TROMPE LA MORT

Lawrence Block

TROMPE LA MORT

roman

TRADUIT DE L'AMÉRICAIN
PAR ÉTIENNE MENANTEAU

ÉDITIONS DU SEUIL
27, rue Jacob, Paris VIe

COLLECTION DIRIGÉE
PAR ROBERT PÉPIN

Titre original : *Hope to Die*
Éditeur original : William Morrow
© 2001, by Lawrence Block
ISBN original : 0-06-019832-X

ISBN 2-02-050678-5

www.seuil.com

Celui-ci est pour John B. Keane

Et lorsqu'il s'agira de mourir,
    il n'y aura personne
        (pas même toi, ma chérie)
Je serai seul
    face à cet événement sidérant
        comme dans un grand poème
et personne là-bas
    pour partager cette expérience ineffable
        consistant à passer de l'existence
        à la non-existence
Le vide redoutable
    tragédie suprême
        du passage
de l'être au non-être
Ainsi le plus grand poème n'a pas de témoin
    c'est le souvenir d'une mort
        immense indescriptible
et nous pouvons seulement parler aujourd'hui
    de moindres morts

Louis Dudek
Le Grand Poème

L'auteur exprime sa gratitude à la Fondation Ragdale,
sise à Lake Forest, dans l'Illinois, où ce livre
a été écrit, et à laquelle il doit beaucoup.

1

C'était une magnifique soirée d'été, le dernier lundi du mois de juillet. Les Hollander arrivèrent au Lincoln Center entre six heures et six heures et demie. Peut-être s'étaient-ils retrouvés quelque part, disons devant la fontaine sur l'esplanade ou bien dans le hall, avant de monter ensemble. Membre d'un cabinet d'avocats qui avait son siège à l'Empire State Building, Byrne Hollander était peut-être venu directement du travail. La grande majorité des hommes étant en costume trois-pièces, il n'aurait pas eu besoin de se changer.

Leur maison se trouvant dans la 74e Ouest, entre Columbus Avenue et Amsterdam Avenue, il avait quitté le bureau vers cinq heures et donc eu le temps de rentrer chercher sa femme. Peut-être étaient-ils venus à pied au Lincoln Center ; il y a moins d'un kilomètre, cela demande au maximum un quart d'heure. C'est ce que nous avions fait, Elaine et moi, nous étions venus à pied de notre appartement situé à l'angle de la 9e Avenue et de la 77e Rue, mais les Hollander résidaient un peu plus loin, et ils n'avaient peut-être pas eu envie de faire de l'exercice. Rien ne dit qu'ils n'aient pas pris un taxi ou un bus pour descendre Columbus.

En tout cas ils étaient là ; ils étaient arrivés à temps pour prendre un verre avant d'aller manger. L'homme était grand, un mètre quatre-vingt-dix à deux centimètres près, quinquagénaire depuis deux ans, et avait le front haut et la mâchoire puissante. Taillé en athlète dans sa jeunesse, il faisait toujours régulièrement de la musculation dans une salle de gymnastique du centre, mais s'était légèrement enrobé. S'il avait eu jadis l'air d'un jeune homme famélique, maintenant il respirait la prospérité. Brun, les tempes grisonnantes, il avait l'œil marron et aux aguets, comme on dit, peut-être parce qu'il passait plus de temps à écouter qu'à parler.

Guère bavarde elle non plus, c'était une jolie fille qui était devenue une belle femme. Parsemés de mèches rouges, ses cheveux bruns mi-longs et tirés en arrière lui dégageaient le visage. De six ans sa cadette, elle mesurait quinze centimètres de moins que lui, ce qu'elle compensait en portant des talons hauts. Elle avait pris quelques kilos en une vingtaine d'années de mariage, mais aussi maigre qu'un mannequin au départ, elle était restée très bien.

Je l'imagine, debout au premier étage de l'Avery Fisher Hall, un verre de vin blanc à la main, en train d'attraper un amuse-gueule posé sur un plateau. À ce titre, il n'est pas impossible du tout que je les aie vus – j'avais peut-être échangé un sourire et un signe de tête avec lui, je l'avais peut-être remarquée, elle, comme on remarque une femme séduisante.

Nous étions là, et eux aussi, en même temps que des centaines d'autres gens. Plus tard, en les voyant en photo, leurs têtes me dirent vaguement quelque chose. Mais cela ne signifie pas que je les ai aperçus ce soir-là. J'aurais pu n'en voir qu'un ou bien les voir tous les deux à l'occasion d'autres soirées au Lincoln Center ou au Carnegie Hall, ou encore les croiser dans le quartier. Nous vivions, après tout, à moins d'un kilomètre et demi les uns des autres. J'aurais pu poser les yeux sur eux des dizaines de fois sans y faire attention, tout comme cela avait très bien pu être le cas ce soir-là.

Reste que je vis d'autres gens que je connaissais. Nous échangeâmes quelques mots, Elaine et moi, avec Ray et Michelle Gruliow. Elaine me présenta une femme avec qui elle avait pris, il y a plusieurs années, des cours au Metropolitan, ainsi qu'un couple terriblement sérieux qui fréquentait jadis son magasin. Je lui présentai Avery Davis, le magnat de l'immobilier que j'avais connu au Club des Trente et Un, ainsi qu'un des types qui passait les amuse-gueules et qui participait lui aussi aux réunions des Alcooliques anonymes de l'église de Saint-Paul. Felix, qu'il s'appelait – je ne connaissais pas son nom de famille –, et il ne devait pas connaître le mien non plus.

Et puis nous vîmes des gens que nous reconnûmes mais ne fréquentions pas, comme Barbara Walters[1] et Beverly Sills[2]. On célébrait l'ouverture du festival d'été de New York, « Surtout Mozart », les cocktails et ce dîner étant une façon de remercier les donateurs qui avaient acquis ce privilège en versant un minimum de deux mille cinq cents dollars au fonds d'exploitation de la manifestation.

Lorsqu'elle était en activité, Elaine se faisait un devoir d'épargner et d'investir dans des biens locatifs situés à travers l'agglomération. À New York, l'immobilier est une valeur sûre, même pour ceux qui font tout en dépit du bon sens ; or elle faisait presque tout comme il fallait et s'en était personnellement très bien sortie. C'est ainsi qu'elle avait pu nous acheter un appartement au Parc Vendôme, et ses immeubles de Queens lui rapportent assez pour que financièrement parlant nous n'ayons pas besoin de travailler, ni l'un ni l'autre. J'ai bien entendu mes activités de détective et elle s'occupe de son magasin, un peu plus bas, dans la 9e Avenue. Nous aimons bien notre métier, elle et moi, et nous trouvons toujours le moyen de dépenser l'argent ainsi récolté. Mais si personne ne m'engageait ou ne lui achetait des tableaux et des objets anciens, nous ne sauterions pas pour autant un repas sur deux.

Nous aimons bien nous dire que nous donnons une partie de nos gains. J'avais coutume, dans le temps, de glisser dix pour cent de mes revenus dans le premier tronc des pauvres venu. Depuis, je me montre un peu plus subtil dans ma façon de faire l'aumône, mais j'arrive quand même toujours à me défausser.

Elaine aime défendre les arts. Elle va plus souvent à l'opéra que moi et assiste aussi à davantage de vernissages et d'expositions dans les musées (mais également à moins de matchs et

1. Présentatrice de télévision célèbre dans les années 70 *(NdT)*.
2. Chanteuse d'opéra *(NdT)*.

de combats de boxe professionnels). Pourtant nous aimons la musique, tous les deux, le classique et le jazz. Les clubs de jazz ne vous demandent pas de verser votre écot, ils vous font simplement payer le couvert ; chaque année nous n'en rédigeons pas moins un tas de chèques à l'ordre du Lincoln Center et du Carnegie Hall. À titre d'encouragement, on nous offre divers avantages, cette réception en faisant partie : boissons, dîner traditionnel et fauteuils d'orchestre gratuits pour le concert inaugural.

Nous nous installâmes vers six heures et demie à la table qui nous avait été attribuée, et y fûmes rejoints par trois autres couples avec lesquels, après avoir fait les présentations, nous eûmes une conversation amicale pendant le repas. Au besoin, je me souviendrais probablement du nom de la plupart de nos commensaux, sinon de tous, mais à quoi bon ? Nous ne nous revîmes jamais, et ils ne jouent aucun rôle dans cette histoire. Byrne et Susan Hollander ne faisaient pas partie du lot.

Ils étaient assis à une autre table, dont j'appris plus tard qu'elle se trouvait à l'autre bout de la pièce. Si je les avais peut-être vus auparavant, ce ne fut sans doute pas le cas pendant le dîner. Au concert ils étaient assis deux rangées devant nous, mais tout à fait à droite de la salle, alors que nous étions sur la gauche. De sorte qu'à moins de nous être trouvés nez à nez avec eux en allant aux toilettes pendant l'entracte, nous ne nous serions vraisemblablement pas vus.

Le repas n'était pas mal du tout, et les convives, ma foi, d'agréable compagnie. Le concert était délectable et, fidèle à son thème, essentiellement consacré à Mozart, dont nous pûmes entendre la symphonie *Prague* et un *Concerto* pour piano. Il y avait également une suite pour orchestre de Dvorak, et dans le programme on faisait le rapprochement entre Mozart et lui, à moins que ce ne soit entre Prague et lui, puisqu'il était tchèque. Quoi qu'il en soit, je n'y prêtai guère attention. Je me contentai de goûter la musique, assis dans mon fauteuil, et lorsque ce fut terminé nous rentrâmes à pied à la maison.

Les Hollander firent-ils de même ? Difficile de se prononcer. Aucun chauffeur de taxi ne vint déclarer qu'il les avait reconduits, mais personne ne se rappela non plus les avoir vus dans la rue. Ils purent très bien prendre le bus, mais là encore, personne ne l'attesta.

À mon avis, ils rentrèrent à pied. Elle portait des talons hauts, ce qui ne lui donnait peut-être pas envie de faire une balade de près d'un kilomètre, mais ils étaient tous les deux en forme et c'était une soirée idéale, ni trop chaude ni trop humide, pour marcher. Il y a toujours plein de taxis à la sortie d'un concert, mais il y a encore plus de gens qui essaient d'en prendre un, même s'il fait beau. Il leur aurait certainement été plus simple de revenir à pied, mais on ne peut pas dire avec certitude comment ils regagnèrent leur domicile.

À la fin du concert, après que le chef eut tiré sa révérence et que les musiciens eurent quitté la scène, Susan et Byrne Hollander n'avaient plus qu'une heure et demie à vivre, environ.

Bien que je n'en sache rien, comme je viens de le dire, je les vois bien rentrer à pied. Ils discutent... de la musique qu'ils viennent d'entendre, d'une remarque d'un de leurs commensaux qui les a hérissés, du plaisir qu'il y a à marcher par un soir comme celui-ci dans une ville comme la leur. Mais dans l'ensemble ils restent silencieux, goûtant un silence complice comme le font les couples mariés depuis longtemps. Ils sont suffisamment proches l'un de l'autre et depuis assez longtemps pour qu'un silence partagé instaure la même intimité qu'une pensée qu'on a eue ensemble.

En traversant la rue il lui prend la main, au moment même où elle lui tend la sienne. Ils se tiennent la main tout le long du chemin, ou presque.

Leur immeuble en pierre de taille se trouve du côté centre-ville de la 74e Rue, pratiquement à égale distance des deux carrefours. Ils en sont propriétaires et occupent les trois étages supérieurs ; le rez-de-chaussée et le sous-sol sont loués à une antiquaire très chic. Lorsqu'ils ont acheté la maison, il y a vingt-six ans, avec le fruit d'un héritage, ils ne l'ont payée qu'un peu plus de deux cent cinquante mille dollars, et le loyer du magasin d'antiquités suffisait à payer les impôts et les frais d'entretien. Aujourd'hui, leur résidence vaut au moins dix fois plus, le loyer mensuel de la boutique s'élève à sept mille cinq cents dollars, ce qui couvre bien davantage que les impôts.

S'ils ne l'avaient pas déjà, se plaisent-ils à dire, ils ne pourraient pas se l'offrir. En tant qu'avocat, il a des revenus considérables (il a pu envoyer quatre ans durant leur fille dans une université privée sans souscrire d'emprunt ni même puiser dans ses économies), mais il ne pourrait pas se payer une maison de trois millions de dollars.

Tout comme ils n'auraient pas besoin d'autant de place. Elle attendait un enfant lorsqu'ils ont acquis leur immeuble. Elle a fait une fausse couche au cinquième mois, est retombée enceinte la même année et a donné naissance à une petite fille, Kristin. Deux ans plus tard, ils avaient un fils, Sean, qui mourut à onze ans en jouant au base-ball dans une équipe de minimes, des suites d'un coup de batte. Une mort absurde, qui les anéantit. Il but de plus en plus l'année suivante, elle eut une aventure avec l'un de ses amis à lui, mais avec le temps la douleur s'atténua, il se remit à boire de façon normale et elle rompit avec son amant. Cela avait été le premier accroc dans leur couple, et aussi le dernier.

Écrivain, elle a publié deux romans et une bonne vingtaine de nouvelles. Ça ne lui rapporte pas beaucoup ; elle écrit lentement, ses histoires paraissent dans des revues prestigieuses qui lui envoient en retour des exemplaires gratuits, à défaut de la payer, tandis que ses romans, qui ont eu droit à des critiques honorables, se sont mal vendus et sont désormais épuisés. Mais c'est une activité gratifiante, en dehors même des distinctions qu'elle lui vaut, et cinq à six fois par semaine elle passe sa matinée à sa table de travail, grimaçant sous l'effort, cherchant le mot juste.

Au dernier étage elle dispose d'un bureau-studio où elle écrit. Leur chambre se trouve au deuxième, comme celle de Kristin et le bureau de Byrne. Kristin, vingt-trois ans, est revenue habiter chez eux à la fin de ses études à Wellesley. Au bout d'un an elle s'est installée avec un ami, puis elle a réintégré le bercail lorsqu'ils ont rompu. Elle passe souvent la nuit dehors et envisage d'avoir son propre logement, mais les loyers sont faramineux, il n'est pas évident de trouver quelque chose de correct et sa chambre est pratique, confortable et elle la connaît bien. Ses parents sont contents de l'avoir avec eux.

L'étage le plus bas qu'ils occupent, le premier, correspond à ce que les gens qui vivent dans ce genre de maisons appellent « l'étage du salon », où l'on trouve des pièces plus spacieuses et des plafonds plus hauts qu'ailleurs. La maison des Hollander possède une grande cuisine dans laquelle on peut se restaurer, ainsi qu'une véritable salle à manger transformée par leurs soins en bibliothèque, salon de musique et pièce consacrée à la télévision. Et puis il y a la salle de séjour : grand tapis oriental, meubles « design classique », plus confortables qu'ils n'en ont l'air, et une cheminée en état de marche encadrée par des étagères qui montent jusqu'au plafond. La salle à manger donne sur la 74e Ouest, et les lourds rideaux sont tirés.

Derrière, l'un assis dans un grand fauteuil à cadre en chêne tendu de cuir tabac, l'autre en train de faire les cent pas devant la cheminée, deux hommes attendent.

Voilà plus d'une heure qu'ils se trouvent sur les lieux. Ils y ont pénétré au moment même, ou pas loin, où Byrne et Susan Hollander ont regagné leur siège après l'entracte ; à la fin du concert ils ont déjà eu le temps de fouiller toute la maison. Ils ont cherché des choses à voler, sans se soucier du désordre qu'ils pouvaient laisser sur leur passage, renversant des tiroirs, faisant tomber les livres des rayonnages. Ils ont découvert des bijoux dans le tiroir d'un buffet et dans une coiffeuse, de l'argent liquide dans le tiroir fermé à clé d'un bureau ainsi que sur l'étagère d'un placard, des couverts en argent dans un coffre de la cuisine et des objets possédant une certaine valeur un peu partout dans la maison. Ils ont entassé ce qu'ils ont sélectionné dans deux taies d'oreillers, qui se trouvent maintenant dans la salle de séjour. Ils auraient pu les charger sur leur épaule et déguerpir avant le retour des Hollander ; tandis que l'un est assis et que l'autre tourne en rond, je les imagine en train d'y songer. Ils ont une bonne nuit de travail derrière eux, ils pourraient rentrer.

Sauf que maintenant, c'est trop tard. Les Hollander sont de retour ; ils grimpent les quelques marches en marbre du perron. Ont-ils décelé une présence étrangère à l'intérieur ? Possible. Susan Hollander est une femme créative, de tempérament artistique et intuitif. Plus traditionnel, son mari est aussi plus pratique, formé à manier les faits et la logique, mais son expérience professionnelle lui a également appris à s'en remettre à son intuition.

Elle a un pressentiment et lui prend le bras. Il se retourne, la regarde, et c'est tout juste s'il ne lit pas sur son visage ce à quoi elle pense. Mais nous avons tous, et sans cesse, des prémonitions et captons des signes plus ou moins inquiétants. La plupart du temps, ça ne repose sur rien et nous fermons les yeux, sans tenir compte de notre propre système d'alerte avancée. À Tchernobyl, vous vous en souvenez peut-être, les voyants indiquaient qu'il y avait un problème ; les hommes qui les surveillaient se dirent qu'ils étaient défectueux et n'y prirent pas garde.

Il sort sa clé, la glisse dans la serrure. À l'intérieur, les deux hommes l'entendent. Celui qui est assis se lève, celui qui fait les cent pas se dirige vers l'entrée. Byrne Hollander donne un tour de clé, pousse la porte, laisse sa femme entrer la première, la suit à l'intérieur.

C'est alors qu'ils aperçoivent les deux hommes. Désormais, il est trop tard.

Je pourrais vous raconter ce qu'ils firent et dirent. Comment ils supplièrent et tentèrent de négocier, comment les deux hommes firent ce qu'ils avaient décidé de faire. Comment ils tirèrent à trois reprises sur Byrne Hollander avec un .22 automatique, deux fois dans le cœur, une fois dans la tempe. Comment l'un d'eux, celui qui marchait de long en large, viola Susan Hollander par-devant et par-derrière, comment il lui éjacula dans l'anus et lui fourra le tisonnier dans le vagin, avant que l'autre, jusqu'alors resté sagement assis, par pitié ou parce qu'il avait hâte de s'en aller, la saisit par ses longs cheveux, lui bascula la tête en arrière, suffisamment fort pour qu'elle y perde quelques cheveux, et lui trancha la gorge avec un couteau ramassé dans la cuisine. En acier au carbone, avec une lame dentelée d'un côté, et capable de couper un os, d'après le fabricant.

Tout cela, je l'imagine, comme je les imaginais en train de se tenir la main en traversant la rue, au moment même où j'imaginais mes deux hommes en train de les attendre, l'un assis dans un fauteuil brun tabac et l'autre en tournant en rond. J'ai laissé mon imagination jouer avec les faits, sans les contredire mais en comblant les failles. Je ne suis pas sûr, par exemple, qu'une quelconque voix intérieure ait soufflé à l'un des Hollander, ou aux deux, qu'un danger les guettait. Je ne suis pas certain que le violeur et celui qui joua du couteau soient deux personnes différentes. C'est peut-être le même qui la viola et l'assassina. Peut-être l'a-t-il tuée alors qu'il était en elle, peut-être cela a-t-il accru son plaisir. Ou peut-être a-t-il tenté le coup, en se disant que ça pouvait lui donner un orgasme plus fort, et peut-être cela fut-il le cas, ou pas.

Assise à son bureau, au dernier étage de son immeuble, Susan Hollander recourt à son imagination pour écrire. J'ai lu certaines de ses histoires ; denses et bien construites, elles se passent tantôt à New York, tantôt dans l'Ouest américain, l'une d'elles au moins se déroulant dans un pays européen non précisé. D'emblée introvertis, ses personnages sont souvent impulsifs et irréfléchis. À mon avis, ils ne doivent pas être faciles à vivre, mais ils sont convaincants, et à l'évidence le fruit de son imagination. Elle les a imaginés, et elle leur a donné vie sur papier.

On attend d'un écrivain qu'il se serve de son imagination, mais cette partie de l'esprit, du moi, fait aussi partie de l'arsenal du policier. Il vaut mieux pour un flic ne pas avoir d'arme ou de calepin que d'être dépourvu d'imagination. En dépit de tout l'intérêt que les enquêteurs, privés ou non, portent aux faits et de tout ce que ces derniers représentent pour eux, c'est notre pouvoir de réfléchir et d'imaginer qui nous indique la solution. Lorsque deux flics discutent d'une affaire sur laquelle ils travaillent, ils parlent moins de ce dont ils sont sûrs que de ce qu'ils imaginent. Ils élaborent des scénarios correspondant à ce qui a pu se passer et recherchent des faits qui étaieront ou infirmeront leurs supputations.

C'est ainsi que j'ai imaginé les derniers moments de Byrne et de Susan Hollander. J'aurais certes pu pousser mon imagination plus loin qu'il ne me parut nécessaire de le faire pour les besoins de la cause ; les faits vont eux-mêmes plus loin que moi : le sang qui a giclé, le sperme qui a coulé, les indices physiques recueillis, notés et analysés par les experts de la médecine légale.

Malgré tout, il reste des questions auxquelles les preuves matérielles ne permettent pas de répondre clairement. Par exemple, lequel, dans le couple des Hollander, mourut le premier ? J'ai laissé entendre qu'ils descendirent Byrne Hollander avant de violer sa femme, mais ç'aurait pu être l'inverse ; les preuves physiques autorisent l'un et l'autre scénario. Peut-être fut-il contraint d'assister au viol et de l'entendre crier jusqu'à ce que, par bonheur, la première balle l'empêche de voir et d'entendre à jamais. Peut-être vit-elle son mari se faire assassiner avant qu'ils s'emparent d'elle, la déshabillent et qu'on la prenne. Je peux l'imaginer d'une façon ou de l'autre, et je l'ai effectivement imaginé de toutes les façons possibles.

Voici comment je préfère me représenter l'affaire : dès qu'ils sont dans la maison et que la porte est refermée d'un grand coup de pied, l'un des hommes tire à trois reprises sur Byrne Hollander qui meurt avant que la troisième balle ne pénètre dans son corps. Il meurt avant de toucher le sol. Le choc suffit à déclencher chez sa femme une expérience de sortie hors du corps et Susan Hollander, désincarnée, flotte tout là-haut, près du plafond et regarde, déconnectée physiquement et affectivement, tandis qu'on abuse d'elle en dessous, sur le plancher. Quand enfin on lui tranche la gorge son corps meurt, et la partie d'elle qui regardait est entraînée dans le long tunnel que l'on retrouve, semble-t-il, dans toutes les expériences du seuil de la mort. Il y a une lumière blanche dans laquelle elle est aspirée et qui la conduit vers ceux qui l'aimaient et qui l'attendent. Ses grands-parents, bien sûr, ainsi que son père, mort quand elle était petite. Sa mère, disparue il y a deux ans à peine, et son fils, Sean. Il ne s'est pas passé un jour sans qu'elle pense à lui, et maintenant il est là et l'attend.

Son mari est là, lui aussi. Ils n'ont été séparés que quelques minutes, désormais ils seront toujours ensemble.

Enfin, c'est comme ça que je préfère m'imaginer ces événements. Et d'abord c'est mon imagination. Libre à moi d'en faire ce qu'il me plaît.

2

Ce fut leur fille Kristin qui découvrit les corps. Elle avait passé la soirée à Chelsea avec des amis et aurait dû normalement dormir chez une copine qui habitait London Terrace, mais dans ce cas elle aurait dû garder ce qu'elle avait sur le dos pour aller travailler le lendemain matin ou bien commencer par rentrer se changer en vitesse. Un homme dont elle venait de faire la connaissance se proposa de la raccompagner, elle accepta. Il était un peu plus d'une heure du matin lorsqu'il se gara en double file devant la maison, dans la 74ᵉ Ouest.

En principe, il aurait dû la reconduire jusqu'à la porte, mais elle l'en avait dissuadé d'un geste. Il n'en avait pas moins attendu qu'elle traverse le trottoir et monte les marches, attendu qu'elle se serve de sa clé, attendu qu'elle entre. Pressentait-il quelque chose ? Sans doute pas. Ce devrait être une question d'habitude, d'éducation : quand on ramène une dame chez elle, on attend qu'elle soit en sécurité avant de s'en aller.

Il était donc toujours là, prêt à démarrer, lorsqu'elle reparut dans l'embrasure de la porte, horrifiée.

Il avait coupé le contact et était sorti voir de quoi il retournait.

L'affaire éclata trop tard pour les journaux du matin, mais elle fut le plat de résistance des informations régionales. Nous apprîmes donc la nouvelle au déjeuner, Elaine et moi. La fille de la chaîne New York One expliquant que les malheureux étaient allés écouter un concert au Lincoln Center ce soir-là, nous sûmes que nous avions entendu la même musique qu'eux ; ce que nous ne savions pas à ce moment-là, c'est qu'ils avaient également assisté à la réception et au dîner donnés en l'honneur des bienfaiteurs. Déjà que nous étions mal à l'aise à l'idée que nous nous étions trouvés dans la même salle de concert qu'eux, en compagnie de milliers de gens... ç'aurait été encore pire de comprendre que nous avions tous participé à une réunion beaucoup plus intime.

Le double meurtre ne se contentait pas de faire les manchettes, c'était, comme disent les journalistes, « une affaire en or ». Les victimes, un avocat en vue et un écrivain publié, étaient des gens respectables et cultivés qu'on avait sauvagement assassinés chez eux. On l'avait violée, ce qui est toujours un plus pour ceux qui lisent la presse populaire, et fini par abuser d'elle avec le tisonnier. À une époque moins crue que la nôtre, on aurait passé sous silence ce dernier détail. En général, la police ne divulgue pas ce genre d'informations pour pouvoir détecter plus facilement les aveux fantaisistes, mais cette fois la presse en avait eu vent. Le *New York Times* n'en souffla mot, peut-être par décence, et au journal télévisé l'on fit état d'un second attentat à la pudeur, sans donner de précisions, mais le *News* et le *Post* n'eurent pas cette retenue.

Une enquête de voisinage permit de trouver une dame qui avait vu deux hommes quitter une maison, sans doute celle des Hollander, quelque part entre minuit et une heure du matin. Elle avait remarqué la scène parce qu'ils avaient tous deux un sac de linge sur l'épaule. Ça ne lui avait pas paru suspect et il ne lui était pas venu à l'esprit qu'il puisse s'agir de cambrioleurs ; elle avait cru que c'étaient des colocataires qui s'en allaient à la laverie automatique ouverte vingt-quatre heures sur vingt-quatre, au croisement d'Amsterdam Avenue. Elle avait trouvé lamentable, elle s'en était souvenue, que les jeunes gens d'aujourd'hui travaillent autant et soient obligés de faire leur lessive en pleine nuit.

Elle ne brossa qu'une vague description des deux individus, une séance avec un dessinateur de la police ne donnant aucun résultat puisqu'elle n'avait pas bien vu leurs visages. Ils étaient ni grands ni petits, ni gros ni maigres. Il lui semblait, même si elle n'en aurait pas mis sa main au feu, que l'un d'eux avait la barbe.

Pour les spécialistes de médecine légale, elle était peut-être dans le vrai. Ils avaient retrouvé des poils provenant presque certainement d'une barbe, et il n'était pas besoin de pratiquer des examens génétiques pour savoir qu'ils n'appartenaient pas à Byrne Hollander, puisque celui-ci était imberbe.

D'après la dame, il n'était pas impossible que l'un d'eux ait boité. Elle se souvenait qu'il marchait de façon curieuse, ce qu'elle avait attribué au poids de son sac de linge. Peut-être était-ce le cas, ou peut-être claudiquait-il. Elle n'en savait trop rien.

Quand on a la chance de tomber sur une affaire qui fait des gros tirages, on la garde en première page, qu'il y ait du nouveau ou pas. Ce fut le *Post* qui se montra le plus imaginatif, en publiant un croquis du suspect avec cette légende : « L'AVEZ-VOUS VU BOITER ? » On découvrait un type au visage démoniaque et qui, affublé d'une barbe méphistophélique, s'éloignait furtivement, le dos voûté, un sac jeté sur l'épaule. Vers Amsterdam Avenue, j'imagine, et non Bethlehem. On laissait entendre qu'il s'agissait d'un portrait-robot réalisé par les services de police alors qu'il n'en était rien. Un dessinateur de la rédaction l'avait pondu sur mesure et il faisait maintenant la une, tandis qu'on invitait les lecteurs à mettre un nom sur ce visage imaginaire.

Ce que firent, bien entendu, des dizaines d'entre eux en inondant de coups de fil le numéro vert de la police, que le journal avait eu l'obligeance de fournir à ses lecteurs. Lorsque quelqu'un téléphone pour communiquer un renseignement sur une affaire aussi médiatisée, la police ne peut pas écarter ses déclarations d'un revers de main, même si cela fait suite aux élucubrations d'un journaliste. Il est toujours possible que l'on soit en présence d'un tuyau sérieux et que la personne qui appelle se serve du croquis pour dénoncer quelqu'un qui lui paraît louche à juste titre. Chaque coup de fil fait l'objet d'une vérification, non point que l'on escompte en tirer quelque chose, mais parce que les responsables savent qu'ils auront l'air malins s'ils ont négligé un renseignement qui s'avère très précieux par la suite. La première chose qu'apprennent les flics de New York, sur le tas si ce n'est à l'école de police, c'est à ménager leurs arrières. Et le travail ne cesse de leur rabâcher la même chose après.

Quelqu'un expliqua que les flics devaient aller voir du côté d'un dénommé Carl Ivanko. Non que le croquis lui ressemblât trait pour trait – le suspect avait le visage un peu de travers, et aussi un peu plus long et étroit que celui qu'on voyait sur le dessin. On ne savait pas non plus si Ivanko portait la barbe. Suivant l'époque il était barbu ou pas, et cela faisait un bail qu'on ne l'avait pas croisé, même que si on ne le revoyait jamais, ce ne serait pas plus mal.

C'était donc avant tout le signalement et non le croquis qui lui avait mis la puce à l'oreille – il y avait quelque chose dans le dessin qui l'avait poussé à réagir, même si ce personnage ne ressemblait guère à Carl. Le fait était que celui-ci avait quelque chose à la hanche, ce qui lui donnait parfois une démarche maladroite. Il ne claudiquait pas, enfin... pas vraiment, mais il avait une drôle de façon de marcher.

Cela dit, des bonshommes qui ont une hanche pourrie ou un genou qui déconne et ont peut-être un jour porté la barbe, il y en a des tas. Ce qui permit de faire le rapprochement, voyez-vous, ce fut le tisonnier, et cela ne reposait sur rien de concret, sur aucun acte connu de l'homme qui avait appelé. C'était ce qu'il avait dit, Carl, et plus d'une fois, à propos d'une femme qui n'avait pas répondu à ses avances, et d'une autre qu'il avait remarquée dans la rue. Ce qui me plairait, avait-il dit, ce que j'aimerais, c'est attraper un tisonnier brûlant et lui fourrer dans la chatte.

Ou quelque chose dans le genre.

Personne ne fut autrement surpris d'apprendre que Carl Ivanko avait un casier. On ne pouvait pas consulter celui qui avait trait à sa jeunesse, mais depuis lors il avait été arrêté à deux reprises pour cambriolage. Il avait plaidé systématiquement non coupable, s'en tirant la première fois avec une condamnation avec sursis et passant ensuite trois ans dans une prison située au nord de l'État de New York. On l'avait aussi interpellé pour tentative de viol, mais on avait abandonné les poursuites, la victime ne le reconnaissant pas lors de la séance d'identification.

Sa dernière adresse connue était chez sa mère, dans la 6e Rue Est, au troisième étage, avec un restaurant indien en bas. C'était entre la 1re et la 2e Avenue, dans un coin où il y a un resto indien au pied de chaque immeuble ou presque. Mme Ivanko n'habitait plus là – personne dans l'immeuble ne savait de qui il s'agissait, et encore moins ce qu'il était devenu.

Il y a mille façons de retrouver quelqu'un lorsqu'on y tient vraiment, mais Carl refit surface de lui-même avant qu'on puisse essayer la plupart d'entre elles. La police de Brooklyn, à qui on avait signalé une odeur nauséabonde provenant d'un appartement fermé à clé, au rez-de-chaussée d'un immeuble de Coney Island Avenue, s'y introduisit et découvrit deux Blancs, qui avaient entre vingt-cinq et trente-cinq ans, morts selon toute vraisemblance depuis plusieurs jours. Les papiers trouvés sur les cadavres montrèrent qu'il s'agissait de Jason Paul Bierman et de Carl Jon Ivanko, ce que confirmèrent leurs empreintes digitales. Bierman avait sur lui un permis de conduire mentionnant l'adresse de Coney Island Avenue. Ivanko n'en avait visiblement pas, mais le fac-similé d'une carte d'étudiant glissé dans son portefeuille donnait quelques renseignements. C'était le genre de documents qu'on trouve dans les magasins de souvenirs ; il attestait que notre homme étudiait à l'« Université des rues mal famées » et avait pour adresse « Les bas-fonds de New York »...

Quelqu'un leur avait tiré dessus et ils avaient succombé à leurs blessures. Ivanko, étalé de tout son long sur le parquet nu, avait reçu deux balles dans la poitrine et une dans la tempe, plus ou moins comme Byrne Hollander, les examens balistiques établissant qu'on avait utilisé le même .22 automatique dans les deux cas. Les flics n'eurent pas besoin de chercher : Jason Bierman l'avait en main. Il était assis par terre dans un coin de la pièce et, adossé au mur, le serrait dans sa main. Apparemment, il s'était mis le canon dans la bouche, l'avait incliné vers le haut et s'était brûlé la cervelle en se perforant le palais. En principe, les tueurs professionnels aiment bien les .22 pour tirer dans la tête de leurs victimes : le projectile leur ricoche à l'intérieur du crâne, et risque fort d'y avoir des conséquences fatales. Dans le cas de Bierman, cela avait marché, mais ç'aurait pu marcher avec n'importe quelle arme. Voilà des années que les flics, ivres, dépressifs ou les deux à la fois, utilisent ainsi leur revolver de service ; les balles de .38 ne rebondissent peut-être pas autant, mais elles font l'affaire.

On retrouva dans l'appartement les deux taies d'oreillers venant de la chambre à coucher des Hollander, l'une vide et roulée en boule par terre, l'autre sur le lit défait, à moitié remplie d'articles volés. Le coffre en bois contenant de l'argent massif, un service pour douze personnes, était posé sur la commode de Bierman. Kristin Hollander le reconnut, ainsi que divers bijoux ayant appartenu à sa mère et des objets volés chez elle.

Les poils faciaux retrouvés sur les lieux du crime provenaient de la barbe d'Ivanko et c'était son sperme que l'on avait prélevé dans l'anus de Susan Hollander, comme le montrèrent les expertises médico-légales. Des radios *post mortem* d'Ivanko révélèrent une détérioration de l'articulation de la hanche, ce qui expliquait la claudication signalée par le témoin et confirmée par la personne qui avait téléphoné.

Tout ça, je l'ignorais à l'époque, même si on en avait beaucoup parlé à la télévision et dans la presse. J'avais alors autre chose en tête.

En sus de l'argent qu'elle envoie, Elaine commande d'ordinaire des places pour une dizaine de concerts pendant le festival « Surtout Mozart ». La plupart du temps je l'accompagne, et lorsque les affaires me retiennent ou que cela ne me dit rien, elle se débrouille pour faire profiter quelqu'un de mon billet. L'an dernier elle a emmené T. J. à un concert donné par un haute-contre et un petit ensemble d'instruments anciens. Ça m'aurait bien plu, mais je travaillais sur une affaire. C'était la première fois, à notre connaissance, que T. J. assistait à un concert classique, et Elaine me dit qu'il avait aimé la musique et tout le reste, sans qu'il faille s'attendre pour autant à ce qu'il courre s'acheter une valise entière de CD.

Nous étions allés au concert inaugural du lundi soir et nous devions y retourner le jeudi suivant pour écouter la pianiste Alicia de la Rocha qui jouait à guichets fermés. Nous avions alors appris que les Hollander ne s'étaient pas contentés d'assister au concert, mais qu'ils avaient également participé au dîner donné en l'honneur des donateurs. On n'avait toujours pas retrouvé les assassins et à l'Avery Fisher Hall toutes les conversations tournaient autour de cette histoire. D'après ce que je pouvais en juger, on ne parlait que de ça.

Je mis un point d'honneur à me diriger vers le foyer pendant l'entracte, davantage pour la conversation que pour le café gratuit et le Toblerone qu'on vous y offre. Un monsieur et une dame que nous y croisons régulièrement, assez en tout cas pour les saluer, se demandèrent s'ils ne nous avaient pas vus lors du repas, et si nous n'avions pas de notre côté aperçu ou même fréquenté les Hollander. Nous répondîmes que nous ne les connaissions pas, que nous les avions peut-être vus ou pas, qu'on ne pouvait pas savoir.

– C'est bien ça le problème, dit la femme. Nous étions en compagnie de trois autres couples que nous n'avions jamais rencontrés. Nous aurions très bien pu nous trouver avec Byrne et Susan Hollander.

– Nous aurions carrément pu être Byrne et Susan Hollander, renchérit son mari, voulant signifier par là qu'il aurait pu leur arriver la même chose.

Quelle aubaine, pour les assassins, de savoir que les Hollander étaient sortis ce soir-là et à quelle heure environ on pouvait escompter les voir revenir ! Était-il impossible qu'ils aient dressé une liste de gens censés assister au repas donné en l'honneur des bienfaiteurs ? Ne pouvaient-ils pas avoir tout simplement choisi un nom au hasard ?

C'était un peu tiré par les cheveux, mais je voyais ce qu'il voulait dire et d'où lui venait cette idée. Une catastrophe quelconque, crime, tremblement de terre, n'importe quoi, nous affecte d'autant plus que nous sommes susceptibles d'en être victimes. Les Hollander étaient des gens comme les autres, le tirage au sort aurait pu faire en sorte que nous soyons assis à côté d'eux pendant le repas. Et si c'était ce qu'ils avaient de commun avec nous qui les avait tués ? Ce n'était pas à exclure ; nous aurions pu être à leur place et cela nous faisait frémir ; nous éprouvions un curieux mélange de terreur et de soulagement, comme c'est souvent le cas quand on l'a échappé belle.

Le foyer était plein de gens heureux d'être en vie et qui appréhendaient un peu de rentrer chez eux parce que quoi ? Pouvait-on être sûr que les tueurs allaient en rester là ?

Ça, c'était jeudi. Le samedi matin suivant, les flics enfonçaient la porte de l'appartement de Coney Island Avenue. Quelques heures après les médias annonçaient la nouvelle et New York, tout particulièrement les gens qui habitent dans l'Upper West Side et vont au concert, poussait un « ouf » de soulagement. Les assassins n'étaient plus dans la nature –, super ; en fait, ils étaient morts –, génial. L'histoire présenterait suffisamment d'intérêt pour gonfler le tirage des journaux pendant encore quelques jours, voire pendant une semaine, mais elle commençait à dater. Elle ne faisait plus peur. Les ventes de systèmes d'alarme, qui avaient atteint des sommets cette semaine-là, reviendraient à un niveau normal. Les femmes laisseraient chez elles leur bombe anti-agression après avoir pris l'habitude de la glisser dans leur sac à main pour aller au concert. Les hommes qui avaient demandé à leurs avocats de voir s'il n'était pas trop compliqué d'obtenir un permis de port d'arme en viendraient à se dire que c'était se donner beaucoup de mal pour pas grand-chose.

Personnellement, cette histoire m'intéressait toujours autant ; j'écoutais les informations, je lisais tout ce qu'on écrivait dessus. Le lundi suivant, je déjeunai avec Joe Durkin. Juste par amitié. Je ne travaillais sur aucune affaire, mais nous avions été en froid à peu près un an plus tôt, lorsque j'avais perdu ma licence de détective privé suite à un boulot. Je peux très bien m'en passer, ce fut le cas pendant vingt ans, mais il m'est indispensable de conserver des amis dans la police comme à l'extérieur. Je prenais donc soin de voir Joe de temps à autre, et pas uniquement quand j'avais un service à lui demander.

Il est inspecteur à Midtown North ; ce n'était donc pas lui qui était chargé de l'affaire, ni même son commissariat, mais elle meubla notre conversation à l'heure du déjeuner, comme celle d'une foule d'autres gens qui s'y intéressaient pour des raisons professionnelles ou non.

– La criminalité est en baisse, dit-il, mais je te fiche mon billet que les mecs en remettent dans la cruauté, histoire de compenser. Putain, quand le cambriolage est-il devenu un sport de contact ? Autrefois, les cambrioleurs cherchaient à éviter les rencontres, par définition.

– Les gentlemen cambrioleurs qui volaient des bijoux ? lui suggérai-je.

– Il n'y en avait pas des tas, hein ? Mais justement : le cambrioleur professionnel se comportait comme un pro ; il prenait ce qui l'intéressait et laissait le reste en se dépêchant d'entrer et de sortir. Dans les autres cas, le cambriolage était en général l'œuvre d'un toxico aux méthodes primitives, qui te défonçait la porte à coups de pied, piquait un transistor, un truc dont il pouvait tirer dix dollars, et s'enfuyait en courant, comme le voleur qu'il était. Eux ont embarqué tout ce qu'ils pouvaient, mis la maison à sac et tranquillement attendu le retour des propriétaires. Tu sais ce que c'était ? Ça tenait à la fois du cambriolage et de « l'invasion de domicile ». Dans ce dernier cas, on ne débarque pas chez sa victime si on n'est pas sûr qu'elle sera là parce que ce qu'on cherche, c'est la confrontation.

– Des dealers.

– Une cible de choix, acquiesça-t-il. « Dites-nous où se trouve le fric, sinon on décapite le gamin. » Ce qu'ils feront sans doute, de toute façon, les fumiers. Ces deux-là sont entrés, ont fouillé la baraque et ont attendu que ça se transforme en squat. Pourquoi ? Parce qu'ils voulaient davantage d'argent ?

– Possible. Ils n'en avaient peut-être pas trouvé autant qu'ils le pensaient.

– Ce doit être le genre de profession dans laquelle l'espoir fait vivre... Ils ont peut-être vu une photo de la dame et décidé de faire sa connaissance.

– Ou bien ils savaient déjà à quoi elle ressemblait.

– L'un ou l'autre. Tu veux que je te dise, Matt ? Gentleman cambrioleur spécialisé dans les bijoux ou toxico incapable de décrocher, autrefois, le viol ne faisait pas partie des réjouissances. Maintenant, ça arrive constamment. Elle est là, elle est jolie, alors merde, pourquoi pas ? C'est du style si tu vois quelque chose qui te plaît dans le frigo, tu ne vas pas y goûter ?

– En principe, ça n'a rien de sexuel.

– C'est toujours le même refrain. Les psys invoquent une animosité envers les femmes ou je ne sais quelle autre connerie.

– À mon avis, il faut quand même leur en vouloir un peu pour faire ce qu'il a fait avec son tisonnier.

– Quel fils de pute ! Oui, bien sûr, c'est évident. Après tout, ce n'est jamais un acte d'amour, hein ? Violer une femme... Mais comment peut-on prétendre que ça n'a rien de sexuel ? S'il n'y a pas de sexe là-dedans, comment l'autre salopard arrive-t-il à bander ? Enfin quoi... on aurait saupoudré du Viagra sur ses cornflakes ?

– Et puis, ils ne ressentent d'animosité qu'envers celles qui leur plaisent.

– Tu parles d'une coïncidence ! Il la saute, il prend son pied, on pourrait croire qu'il lui en serait reconnaissant, si tant est qu'il soit capable d'éprouver quelque chose. Mais non, le voilà qui lui témoigne sa gratitude en la tringlant avec le tisonnier, et puis couic, il lui tranche la gorge ! Je te jure... avec ce genre de mec, je regrette qu'on n'ait pas la peine de mort.

– On l'a.

Il me lança un regard.

– Je regrette qu'on n'ait pas la peine de mort comme elle existe au Texas. Tu saisis ?

– De toute façon, on n'en a pas besoin. Ils sont déjà morts.

– Tant mieux. Aucun avocat ne les fera libérer et aucun comité de probation n'arrêtera qu'ils ont tiré la leçon de leurs erreurs. Et l'autre tordu ? Le Bierman ? Celui qui a tiré ? Il aura au moins fait ce qu'il fallait une fois dans sa vie.

– Je me demande bien pourquoi.

– Qui sait ? Qui sait pourquoi ils agissent comme ils le font ? Remarque, au fond, on s'en fout. Ils sont hors circuit. Ils ne vont pas récidiver.

Ce soir-là je remontais la 9e Avenue sur deux rues pour assister à une réunion des Alcooliques anonymes. Au début, après avoir quitté ma femme, mes fils et la police pour revenir habiter New York, je m'arrêtais souvent à Saint-Paul. Il m'arrivait d'allumer un cierge en pensant à ceux dont je voulais me souvenir, ou que je n'arrivais pas à oublier, et de faire profiter le tronc des pauvres de ma munificence. Comme à l'époque on me payait toujours en liquide, je versais ma dîme sous la même espèce, et de façon anonyme. Impossible de chiffrer le montant de mes libéralités, je ne comptabilisais pas mes rentrées et puis... qu'est-ce que ça change ? Je ne crois pas que les pères de Saint-Paul m'aient jamais invité au banquet des bienfaiteurs.

Aujourd'hui je vais aux réunions des Alcooliques anonymes qui se tiennent juste au-dessous du sanctuaire où j'effectuais mes dons et allumais des cierges. Curieuse coïncidence, mais j'y viens depuis suffisamment longtemps pour ne plus être sensible à l'ironie de la chose.

Voilà dix-huit ans que je ne bois plus, en prenant chaque jour comme il vient, et par moments ça me sidère. Cela fait plus de temps que celui que j'ai passé dans la police, et presque autant d'années que j'ai passées à boire.

Au départ, j'assistais à une réunion par jour, voire à deux ou trois. Maintenant, c'est plutôt deux ou trois fois par semaine, et dans certains cas je n'y vais pas du tout. Il n'est pas rare qu'avec le temps l'on se montre moins assidu. Au contraire, c'est le schéma habituel – même s'il y a des inconditionnels qui n'ont pas avalé une goutte d'alcool depuis vingt ou trente ans et qui viennent quand même sans faute tous les jours. Il m'arrive de les envier, ou de me dire que c'est ce qu'ils font au lieu de vivre. Le programme ne serait-il pas censé leur permettre de renouer avec la vie ? Pour certains, comme le faisait parfois remarquer mon responsable, vivre revient ni plus ni moins à jeter une passerelle avec la prochaine réunion...

Voilà deux ans qu'il est mort, et il me semble qu'avant j'allais plus souvent aux réunions. Il a été assassiné, abattu dans un restaurant chinois par un tueur à gages qui l'a confondu avec moi. Le type qui l'a descendu a lui aussi disparu, tous ceux qui étaient impliqués dans l'affaire, ou presque, finissant également par y passer. Mais moi je suis toujours vivant et, miracle, je n'ai pas recommencé à boire.

On vous explique clairement ce qu'il faut faire si celui qui vous parraine vient à décéder, picoler ou se tirer avec votre femme. D'abord, vous vous pointez à une réunion et vous lui trouvez un remplaçant. C'est ce qui est convenu, et je n'y vois pas d'objection, mais ce sont en général ceux qui ne boivent pas depuis au moins une dizaine d'années qui ne jouent pas le jeu. Pour moi, personne ne remplacera Jim Faber. Au début, ce type solide comme un roc me prodiguait des conseils extrêmement précieux, mais à la longue il était devenu plus un ami qu'un soutien. Nous nous retrouvions systématiquement le dimanche soir dans un restaurant chinois, pour parler de tout et de rien. Je suis certain que cela m'a aidé à ne pas retomber dans l'alcool – et cela sans en souffrir, ce qui était, j'imagine, le but de l'opération. Sauf qu'entre nous ça ne se réduisait pas à cela et que je n'ai jamais eu envie de lui trouver un remplaçant.

Avec le temps, il m'est moi-même arrivé de parrainer des gens. L'an dernier, j'avais sous ma coupe deux individus : l'un ne buvait plus depuis quelques années, l'autre sortait d'une cure de désintoxication. Je ne me voyais nouer une belle amitié avec aucun des deux, mais le parrainage est une relation destinée à aider les parties concernées à renoncer définitivement à leurs libations et, vu le rôle qui était le mien, je suis certain d'avoir assisté à davantage de réunions en y prenant une part plus active. Cela étant, l'un de mes filleuls – le dernier venu – s'est remis à picoler et a disparu dans la nature, l'autre s'est installé en Californie, et personne ne s'est présenté pour les remplacer.

Je pourrais sans doute rechercher activement un autre filleul, mais je n'en éprouve pas le besoin. Quand le disciple est prêt, le maître apparaît, disent les mystiques. Je parie que ça marche aussi dans l'autre sens.

Il y a des gens qui cessent de venir aux réunions et restent sobres. Il suffit, en fin de compte, de ne pas boire. Je me demande parfois ce qui se passerait si je n'y allais plus, mais pour moi cela reste abstrait. Mon temps n'est pas si précieux. Je dois pouvoir y consacrer, disons... deux heures par semaine.

Nous avions des billets pour le concert ce soir-là, mais il y avait une soprano à l'affiche et je préfère m'en tenir à la musique instrumentale. Elaine était donc partie au Lincoln Center avec son amie Monica, tandis que j'assistais à une réunion. Je me servis une tasse de café et saluai ceux que je connaissais. Je connaissais presque tout le monde lorsque j'étais plus actif et assidu. Je m'assis au fond en réfléchissant à tout ça, regardai alentour et m'aperçus que c'était moi qui avais tenu le plus longtemps sans avaler une goutte d'alcool.

Cela arrive de temps à autre. Dix-huit ans, ce n'est pas une éternité, et il y a quantité d'hommes et de femmes qui n'ont pas bu depuis vingt, trente, voire quarante ans ; ils doivent même être légion dans les réunions organisées au sein des communautés de retraités. En revanche, dans le sous-sol d'une église de la 9e Avenue, dix-huit ans, ce n'est pas rien.

Celui qui avait la parole raconta une histoire où il était beaucoup question de cocaïne, mais où l'alcool lui aussi coulait à flot, assez en tout cas pour qualifier notre bonhomme d'éthylique. Je l'écoutai d'une oreille distraite, mais je captai l'essentiel. Il avait picolé et maintenant il ne buvait plus, et ça valait mieux.

Bon, je ne dis pas le contraire.

La réunion terminée, j'aidai à empiler les chaises et songeai à prendre un café au Flame avec les autres. En fait, je revins directement à la maison. Elaine n'était pas encore rentrée. Je jetai un coup d'œil au répondeur, il y avait un message de Michael, mon fils aîné : « Papa, tu es là ? Décroche, si tu es dans les parages, tu veux ? Bon... tu dois être sorti. Je te rappellerai plus tard. »

Il ne me demandait pas de lui téléphoner et ne me disait rien sur l'objet de son coup de fil. Je réécoutai le message deux fois, en essayant de deviner de quoi il retournait, d'après le ton de sa voix et les mots qu'il employait. Il avait l'air crispé, mais c'est souvent le cas lorsqu'on s'adresse à un répondeur. Reste qu'il devait avoir l'habitude de laisser des messages. Il occupait un poste intéressant dans une société de la Silicon Valley, réalisait des ventes à distance et passait la moitié de sa vie au téléphone. Évidemment, ce n'est sans doute pas la même chose quand on appelle son père.

Il était un peu plus de dix heures du soir, et New York a trois heures d'avance sur la Californie. Je cherchai puis composai son numéro. Au bout de la quatrième sonnerie le répondeur se déclencha. Je raccrochai sans laisser de message. Et réécoutai le sien. Restai là, à reluquer mon répondeur en fronçant les sourcils.

Je me fis du café dans la cuisine. J'étais en train de le siroter lorsque Elaine entra, flanquée de Monica. Je servis une tasse de café à Monica et allumai la bouilloire pour Elaine – elle ne prend du café que le matin. Je lui préparai de la camomille, puis nous allâmes nous asseoir pour parler du concert et des Hollander. J'aurais bien fait allusion au message téléphonique, vu ce qu'il en était, mais cela pouvait attendre que Monica soit partie.

Le téléphone sonna, Elaine se trouvait à côté, ce fut elle qui décrocha.

– Ah, salut ! dit-elle, apparemment ravie, mais cela ne me donnait aucun indice sur l'identité de son interlocuteur.

Elle répond toujours ainsi, même s'il s'agit d'un téléprospecteur qui veut lui faire quitter son opérateur téléphonique à longue distance pour souscrire un abonnement auprès de *Sprint*.

– Comment ça va en Californie ? Tu es ici ? Génial ! Écoute, ton père est là. Tu vas lui parler directement.

Je me levai, m'avançai, mais son visage s'assombrit et elle m'arrêta d'un geste.

– Hein ? Oh, non ! C'est affreux. Je suis désolée. Comment est-ce arrivé ? Je suis vraiment désolée. Bon, je te passe ton père.

Elle baissa l'écouteur, mit la main sur le micro :

– Il veut te parler, mais je crois qu'il voulait d'abord m'annoncer la nouvelle... pour que je te mette au courant.

Au courant de quoi ? De ses problèmes de couple ? Des ennuis de santé de sa fille ? Mais pourquoi était-il à New York ? Qu'est-ce qui l'avait poussé à débarquer en catastrophe sur la côte Est ?

– C'est Anita, dit-elle – autrement dit mon ex-femme, la mère de Mike et d'Andy. Elle a fait un infarctus. Elle est morte.

3

Cela avait dû être une superbe villa, une maison de campagne à colombages en pierre et stuc, construite à l'époque où Syosset était un petit village perdu au milieu des champs de pommes de terre. Depuis, les lotissements ont poussé comme des champignons et remplacé les patates, et seules quelques grandes et vieilles bâtisses sont toujours des résidences privées. Certaines ont été abattues, d'autres transformées en maisons de repos ou en complexes de bureaux. Ou encore en salon funéraire, comme celui de l'Albermarle Road. La première fois je passai devant : je ne l'avais pas loupé, Michael m'avait donné des indications précises et il y avait une grande enseigne sur la pelouse de devant, mais je ne devais pas avoir très envie d'arriver à destination. Je fis le tour du pâté de maisons et, parvenu à mi-chemin, j'obliquai sur la gauche, pas à droite, et me dirigeai vers notre ancienne demeure.

Elle me parut plus petite, et le terrain plus grand que dans mes souvenirs. C'était ce qu'on appelait autrefois une villa, et qu'on appelle peut-être toujours une villa de style ranch, trois chambres, une salle de séjour, une salle à manger et une cuisine, le tout de plain-pied, sur un terrain de dix ares en banlieue. Quelqu'un avait ajouté un passage couvert reliant la maison et le garage, et quelqu'un d'autre (à moins que ce ne soit la même personne, va savoir) avait remplacé les croisées de la façade par une grande fenêtre panoramique. Devant, les arbustes s'étaient étoffés, ou bien ils étaient morts et on les avait remplacés, et un arbre que j'avais planté, un jeune chêne grêle et blanc dominait maintenant la maison. Il y avait aussi un autre arbre qui n'existait pas à l'époque, tandis que les bouleaux plantés par mes soins avaient disparu. Peut-être l'un des propriétaires qui m'avaient succédé n'aimait-il pas les bouleaux ; ou alors c'étaient des enfants qui les avaient dépouillés de leur écorce pour se fabriquer un canoë...

À moins que les arbres ne soient morts, purement et simplement. Les bouleaux, si je m'en souvenais bien, ne vivaient pas très longtemps, et cela faisait trente ans que je n'habitais plus dans cette maison et, disons... quelque trente-quatre trente-cinq ans que je les avais plantés. Cela ne représente pas longtemps pour un arbre, même s'il n'a pas une grande espérance de vie, mais les choses ne durent pas toujours aussi longtemps qu'on l'escompte.

Les mariages échouent, les gens meurent. Pourquoi en irait-il autrement des arbres ?

En revenant au salon funéraire, je garai ma voiture de location au parking. L'établissement d'un entrepreneur de pompes funèbres comprend de nombreuses salles, et un type qui avait l'air plus jovial que ne l'exigeaient les circonstances attendait dans l'entrée pour me guider. Il me demanda le nom de famille de la personne pour laquelle j'étais venu, machinalement je lui donnai le mien. Anita l'avait porté pendant des années, et il faut croire que d'une certaine façon c'était toujours le sien, de mon point de vue.

À la mine de l'employé – l'homme était empreint d'une réserve toute professionnelle –, je compris que le registre des enterrements ne mentionnait aucun Scudder ; puis il repéra le nom : c'était celui que portaient les fils de la défunte, et il avait dû les rencontrer.

– Excusez-moi, dis-je sans lui laisser le temps de prendre la parole, mais c'est ainsi qu'elle s'appelait de mon temps. Désormais, il faut voir à Thiele.

Il me désigna une entrée, je le suivis dans une pièce baignée par le soleil de l'après-midi. Je me trouvai un siège au dernier rang. Le service funèbre avait déjà commencé, et un homme en costume noir évoquait, sur le ton inimitable des pasteurs, la précarité de la vie humaine et la pérennité de l'esprit de l'homme. Rien que je n'aie déjà entendu et qui me fasse bondir.

Pendant que les mots glissaient sur moi, je regardai alentour. Au premier rang j'aperçus un homme dont je présumai que c'était Graham Thiele. Je ne l'avais jamais rencontré, mais ce ne pouvait être que lui, assis auprès de deux filles qui devaient être les siennes. Il était veuf, lorsqu'il avait fait la connaissance d'Anita, et vivait avec ses filles. Ses fils à elle ayant déjà quitté la maison, elle s'était installée avec lui et l'avait aidé à élever ses filles.

J'aperçus aussi d'autres gens que je reconnus : le frère d'Anita et sa femme, qui avaient brusquement atteint l'âge mûr, l'un et l'autre, et qui étaient plus gros que dans le temps, ainsi que sa sœur Josie, qui elle n'avait quasiment pas pris une ride. De l'autre côté de l'allée centrale se trouvaient mes deux garçons, Michael et Andrew, avec June, la femme de Michael, assise entre eux. Michael et June ont une fille, Melanie. Il y a environ un an, Elaine et moi sommes allés en avion passer un week-end prolongé à San Francisco, et nous en avons profité pour faire un saut en voiture à San Jose et y voir ma petite-fille. Issue de la troisième génération et toute menue, June est une délicieuse Américaine d'ascendance chinoise ; Melanie est à elle seule un des meilleurs plaidoyers en faveur du mariage mixte.

Je ne la vis pas. Quel âge avait-elle déjà ? Deux ans ? Certainement pas plus de trois, bien trop jeune pour un enterrement.

Anita aussi, d'ailleurs.

– Son anniversaire tombe en novembre, avais-je expliqué à Elaine. Elle a trois ans de moins que moi, trois ans et demi exactement. Ce qui lui fait cinquante-huit ans.

– Dis donc, ce n'est pas vieux.

– Elle a eu un infarctus. Je croyais, moi, que c'était aux hommes que ça arrivait.

– Aux femmes aussi.

– Elle n'était pas grosse et elle ne fumait pas. Quoiqu'en fait je n'en sache rien. Peut-être qu'elle pesait cent trente kilos et fumait le cigare. J'essaie de me rappeler la dernière fois où je l'ai vue. Je n'y arrive pas. Je lui ai parlé au téléphone quand l'autre cinglé de Motley était en cavale et assassinait toutes les femmes qui avaient quelque chose à voir avec moi. Je lui ai dit qu'elle risquait d'être en danger, et qu'elle devait s'installer ailleurs pendant quelque temps.

– Je m'en souviens.

– Elle était très remontée. Comment osais-je me mêler de sa vie ? Je lui ai répondu que je n'avais pas le choix, mais bon, il fallait la comprendre. Tu divorces, tu passes à autre chose ; tu n'as pas envie d'être obligée de te planquer parce que ton ex se retrouve sur une liste noire.

– Tu as dû lui reparler depuis.

– En effet. Maintenant, ça me revient, je l'ai appelée pour la féliciter lors de la naissance de Melanie. Ou plutôt non, ce n'est pas ça. Je l'ai bien appelée, mais je suis tombé sur lui, Thiele, et il m'a dit qu'Anita avait pris l'avion pour aller voir le bébé.

– Tu as téléphoné à Michael, et c'est elle qui a répondu.

– Exact. Je me souviens... elle n'arrêtait pas de répéter que Melanie était magnifique. À croire qu'elle cherchait surtout à s'en convaincre.

– Ah bon... Parce qu'elle est chinoise ?

– Tout juste. Enfin, c'est ce que dit Michael. Ça leur aurait soi-disant posé des problèmes, venant chacun d'une culture différente, etc. C'est comme ça qu'elle a présenté les choses, mais moi, je crois qu'elle ne voulait tout simplement pas avoir une belle-fille chinoise et des petits-enfants aux yeux bridés.

– Mais elle a fini par s'y faire.

– Eh oui. Anita n'était pas une femme mesquine, ni particulièrement obtuse. Simplement, elle ne connaissait pas d'Asiatique. Puis son fils en a épousé une, et elle l'a acceptée.

– Et toi, qu'est-ce que tu en dis ?

– De June ? À mon sens, c'est la meilleure chose qui soit arrivée à Michael, exception faite de Melanie. Mais ce n'est pas là que tu veux en venir.

– Non.

– Je ne sais pas trop qu'en penser. C'est comme si j'avais perdu quelque chose, mais quoi ? Il y a longtemps qu'elle ne fait plus partie de ma vie.

– Peut-être as-tu perdu une partie de ton passé.

– C'est possible. En tout cas, je suis triste.

– Je sais.

Silence. Au bout d'un moment, elle m'avait demandé si je voulais une autre tasse de café. Je lui avais répondu que Monica avait dû le finir, et de toute façon je n'en avais plus envie.

– Elle est morte samedi matin, avais-je ajouté. Les garçons ont pris l'avion le lendemain. Je ne sais plus où vit Andy, aujourd'hui. Aux dernières nouvelles il habitait Denver, mais ça remonte déjà à un moment. Il ne reste jamais longtemps au même endroit.

– Il n'a pas le temps de s'encroûter.

– Ils sont arrivés hier en avion, et ils m'ont appelé ce soir.

J'avais laissé ma phrase en suspens, puis j'avais dit :

– L'enterrement a lieu demain. À Syosset.

– Tu vas y aller ?

– Sans doute. Je vais louer une voiture chez Avis et je m'y rendrai. La cérémonie a lieu à deux heures de l'après-midi, j'éviterai l'heure de pointe à l'aller, et aussi probablement au retour. (J'avais regardé mes mains.) Je ne peux pas dire que ça m'enchante.

– Il n'empêche, à mon avis tu dois y aller.

– Je n'ai guère le choix, semble-t-il.

– Veux-tu que je t'accompagne ? Je viens avec toi si ça peut te faire plaisir, sinon je ne me vexerai pas.

– Ce n'est peut-être pas indispensable.

– Je peux aussi t'attendre dans la voiture. Ça t'évitera de t'afficher avec la remplaçante d'Anita devant ses amis. Ou bien, dans le même ordre d'idées, T. J. serait heureux de te tenir compagnie.

– Il pourrait aussi porter une casquette de chauffeur, et moi je m'installerais à l'arrière... Non, c'est moi qui conduirai et je me tiendrai compagnie. Il n'est pas sûr que la solitude me dérange. J'aurai sans doute matière à réflexion.

J'étais donc là, assis au dernier rang, absorbé dans mes pensées. À la fin du service funèbre, je remontai l'allée pour marmonner quelque chose à Graham Thiele, histoire de lui dire que j'étais navré ; il marmonna quelque chose en retour, m'assurant que c'était gentil d'être venu. Nous aurions pu faire ça par téléphone. Je m'adressai ensuite à Michael et Andy. Ils étaient tous les deux en costume-cravate, bien sûr, et avaient l'air superbes ainsi, mes deux grands fils.

– Je suis content que tu sois venu, me dit Michael. Le service était bien, non ?

– Ça m'a paru correct.

– Tu vas au cimetière en voiture ? Je pourrais aller voir s'il reste de la place avec nous dans la limousine, ou si tu peux tout simplement te joindre au défilé – sauf que ça ne s'appelle pas comme ça.

– Le cortège, le reprit Andy.

– Après, nous revenons tous chez Graham. Enfin, chez eux.

– Là, ne comptez pas sur moi, pas plus qu'au cimetière. Je ne serais pas à ma place.

– Comme tu veux, dit Michael. C'est à toi de voir.

– De toute façon, on a du pain sur la planche, expliqua Andy en enfilant des gants de soie blancs. On doit porter le cercueil. J'ai du mal à m'y retrouver, tu sais.

– Je sais.

– On va fermer le cercueil. Si tu veux regarder maman une dernière fois...

Je n'en avais guère envie, mais au départ ça ne me disait rien non plus de venir à Syosset. Il y a comme ça des choses que l'on fait, que ça vous plaise ou non, on s'en fout. J'y allai, je la regardai et le regrettai aussitôt. Elle avait l'air morte, le teint cireux, comme si elle n'avait jamais été vivante.

Je me détournai, clignai des yeux plusieurs fois, mais l'image restait présente. Elle persisterait encore un moment, à l'évidence, puis elle s'estomperait et je finirai par me souvenir à nouveau de la femme que j'avais connue, celle que j'avais épousée, celle dont j'étais jadis tombé amoureux.

Je cherchai mes fils, ils étaient là, et cette fois, ils portaient tous les deux des gants noirs, comme le veut la tradition, et avaient tous les deux un visage bien énigmatique.

– On pourrait peut-être se retrouver quelque part après, leur suggérai-je. Il y a combien de temps, Mike, qu'on ne s'est pas vus ? Et toi, Andy, je ne sais même plus à quand remonte notre dernière rencontre.

– Moi si, c'était lors de mon dernier séjour à New York. Il y a quatre ans de ça ; j'ai fait la connaissance d'Elaine et nous sommes allés tous les trois à pied manger dans un restaurant.

– Au Paris Green.

– C'est ça.

– Y aurait-il un endroit où l'on puisse se donner rendez-vous ? Un coffee-shop ou quelque chose dans le genre ? On pourrait s'y retrouver après l'enterrement, après que vous aurez pu dire un mot aux gens à la maison.

Ils échangèrent un regard.

– Une fois revenus là-bas, on devra sans doute y rester. Il va venir plein de monde et notre absence ne passerait pas inaperçue.

– Maman avait beaucoup d'amis, m'expliqua Andy.

– Entre l'enterrement et votre retour à la maison ?

Non, ils prendraient place dans la limousine, me répondit Michael, Andy ajoutant qu'on les ramènerait ici, comme prévu, pour qu'ils puissent repartir en voiture.

– June pourra te reconduire à la tienne, ajouta-t-il, pendant que nous irons tous les deux au Hershey's.

– Ah non, pas le Hershey's ! se récria Michael. C'est un bar à bière, me dit-il. C'est plein de lycéens et d'étudiants. C'est bruyant, il y a plein de monde, ça ne te plairait pas. Enfin, moi, ça m'ennuierait.

– Ce n'était pas le cas autrefois, répliqua Michael. Avant que tu ne prennes de la bouteille. De toute façon, l'après-midi, en plein milieu de semaine, tu crois vraiment qu'il va y avoir du chahut ?

– Putain, le Hersheys's Bar... soupira Michael.

– Trouve quelque chose de mieux...

– Non, et puis ils nous attendent. Va pour le Hershey's.

Il m'indiqua en vitesse où cela se trouvait. Un employé des pompes funèbres les plaça tous les deux de part et d'autre du cercueil, désormais fermé. Phil, le frère d'Anita, se trouvait juste derrière Andy, ainsi que trois autres hommes dont la tête ne me disait rien.

Je les laissai s'acquitter de leur devoir.

Pour finir, j'allai au cimetière en voiture. Ce n'était pas prévu, mais ma voiture s'était retrouvée, je ne sais comment, dans le cortège, et je suivais celle qui me précédait. La police nous escorta, ce qui nous évita de nous arrêter aux feux rouges. Je me dis que les flics du coin se la coulaient douce, qui se contentaient de faire de temps à autre un saut au cimetière. Mais je n'étais pas dupe. Long Island n'est pas à l'abri de la délinquance ; on y vend et on y consomme de la drogue, il y a des hommes qui battent leur femme et maltraitent leurs enfants, d'autres qui conduisent en état d'ivresse et percutent de plein fouet un bus de ramassage scolaire. On ne s'y fait pas encore descendre par des types en bagnole, et ce n'est pas encore la guerre ouverte entre bandes rivales, enfin, pas que je sache, mais ça ne saurait tarder.

Parvenu à destination, je restai dans ma voiture pendant que les autres se rendaient au pied de la tombe pour assister au service funèbre. Je les voyais de là où j'étais garé et dès que ce fut terminé, je mis le moteur en marche et trouvai la sortie.

Je n'avais pas vraiment fait attention à l'itinéraire qui menait au cimetière – on n'y prête pas garde lorsqu'il suffit de suivre la voiture qui vous précède –, aussi me trompai-je plusieurs fois pour revenir à Syosset, et de nouveau pour arriver au Hershey's. Je me garai et entrai en espérant que mes fils y seraient déjà, mais il n'y avait personne d'autre que le barman, un skinhead mal rasé en T-shirt Metallica avec manches relevées découvrant des muscles de culturiste, et son seul et unique client, un vieil homme coiffé d'une casquette de toile et vêtu d'un pardessus d'occasion. À première vue, le pépé aurait été bien à sa place sur un tabouret du Blarney Stone ou du White Rose, mais non, il était là, à Syosset, dans un bar de jeunes, en train de boire sa bière dans une chope de verre épais.

Il y avait des fanions d'université accrochés aux murs en bois mal dégrossi, et de grosses chopes suspendues aux poutres apparentes. Sur le bar et les tables, des coupelles renfermaient de minuscules tablettes de chocolat ; de plusieurs sortes, toutes de la marque Hershey, évidemment, ainsi que des petits bonbons coniques enveloppés dans du papier d'aluminium, également frappés au nom de cette société. Cela cadrait avec l'établissement, bien sûr, mais vous avez déjà vu quelqu'un grignoter du chocolat avec sa bière ? Je pensai à plusieurs bars qui offraient des cacahuètes non décortiquées et me souvins des pois chiches de chez Max, à Kansas City, mais enfin... Qui aurait envie d'associer une Dos Equis ou une St. Pauli Girl avec un bonbon Hershey au chocolat ?

Le barman me jeta un regard interrogatif, non, je ne voulais ni bière ni barre de chocolat. Ce que je voulais, c'était un bourbon, disons un double, sec, avec la bouteille à côté, pendant qu'on y était.

Je palpai mes poches, comme si j'avais perdu quelque chose, mon portefeuille, mes clés de voiture, mes cigarettes.

– Je reviens tout de suite, dis-je.

Je sortis, m'assis dans ma voiture, tournai la clé de contact pour écouter la radio et tombai sur une station spécialisée dans ce que l'on appelle le Classic Country, ce qui pour Elaine est une contradiction dans les termes. Mais on y passait Hank Williams, Patsy Cline, Red Foley et Kitty Wells. Arrivèrent Mike et Andy, qui sortirent d'une Honda Accord. Devant l'entrée, Mike dit quelque chose, Andy lui donna une petite tape sur l'épaule et lui tint la porte. Ils disparurent à l'intérieur.

J'attendis la fin de *It Wasn't God Who Made Honky Tonk Angels*[1], puis je leur emboîtai le pas.

1. Soit : « Ce n'est pas le bon Dieu qui a créé les nymphettes de cabaret » *(NdT).*

4

Mike commanda une Heineken, j'optai pour un verre de Coca. Le barman me demanda si un Pepsi ferait l'affaire, je lui répondis que oui. Ni l'un ni l'autre ne correspondait à ce que je voulais, mais de toute façon je n'allais pas avoir ce que je voulais et je ne voulais plus boire vraiment. J'en avais eu suffisamment envie pour me tirer de là-bas, mais il y a un monde entre souhaiter prendre un verre et le faire, et le désir était passé. Un Coca m'aurait convenu, un Pepsi me conviendrait, comme un verre d'eau ou rien du tout.

– Putain, on est à Long Island, non ? Moi, je veux un Long Island Iced Tea ! lança Andy.

Ce truc ayant été inventé après que j'avais cessé de picoler, je ne sais pas au juste ce qu'il y a dedans, mais je présume qu'il s'agit d'un mélange d'alcools et que ça ne renferme pas de thé. Le nom est ironique et fait sans doute référence au trafic de spiritueux pendant la Prohibition, ce qui rajoute encore à la dérision, puisque les jeunes qui se torchent la gueule avec ne se souviennent même pas du Vietnam.

Arrivèrent nos boissons. Andy goûta la sienne et déclara que c'était un breuvage imbécile.

– Qui a eu l'idée de ce machin-là ? gronda-t-il. C'est censé te fracasser la tête, mais ça n'a aucun goût. Remarque, j'imagine que c'est le but de l'opération, surtout quand on a dix-neuf ans et l'intention de soûler sa copine.

Il y retrempa les lèvres.

– Quand même, ça se laisse boire. J'étais sur le point de dire que c'était mon premier Long Island Iced Tea et aussi mon dernier, mais peut-être pas, au fond. Je vais peut-être finir par en descendre cinq ou six de plus.

– Mais peut-être bien que non. Gray a besoin de nous à la maison, le raisonna son frère.

– Gray... c'est comme ça que vous l'appelez ?

– C'est comme ça que maman l'appelait, expliqua Andy. Personnellement, je n'ai pas eu souvent l'occasion de lui donner un nom quelconque. C'est tout juste s'il me répondait lorsque je leur téléphonais ou lorsque je suis allé les voir, à deux reprises.

– Ce qui doit remonter à quatre ans, calculai-je.

– Plus un.

– Ah bon ?

– C'était pour le dernier Thanksgiving. Je ne suis pas allé jusqu'à New York, je me suis contenté de passer deux jours ici, puis j'ai repris directement l'avion. (Il regarda son verre.) Je t'ai appelé deux ou trois fois, ajouta-t-il sans conviction. À chaque fois, je suis tombé sur le répondeur, et je n'avais pas envie de laisser de message.

– Je le trouve assez gentil.

– Il est sympa, dit Andy.

– Il faisait du bien à Maman, précisa Michael. Elle savait qu'il ne la laisserait pas tomber, tu comprends ?

Tout le monde ne pouvait pas en dire autant...

– Je n'aurais jamais cru vivre un jour pareil, me surpris-je à avouer, mes fils n'étant pas moins étonnés, à voir leur tête. J'ai toujours pensé que je partirais le premier, ajoutai-je en guise d'explication. Je n'y ai pas beaucoup réfléchi, mais pour moi, ça devait aller de soi. J'avais trois ans et des poussières de plus qu'elle, et d'ordinaire ce sont d'abord les hommes qui tirent leur révérence. Et voilà que d'un seul coup elle n'est plus là.

Silence.

– On dit toujours que c'est la meilleure façon de s'en aller, enchaînai-je. Tu es là, et l'instant d'après tu es parti. Sans douleur, sans maladie interminable, sans être resté planté au bord du gouffre à contempler l'abîme. Mais pour moi, ce n'est pas ce que je souhaite.

– Ah bon ?

Je hochai la tête.

– Non, moi, j'aimerais avoir le temps de m'assurer que je ne laisse pas la pagaille. J'aimerais pouvoir mettre de l'ordre dans mes affaires, enfin ce genre de choses. Et puis, je voudrais que les autres aient le temps de s'habituer à cette perspective. Une mort subite, ça vaut peut-être mieux pour celui ou celle qui s'en va, mais pour l'entourage, ce n'est pas évident.

– Je n'en sais rien, dit Michael. June a une tante qui souffre de la maladie d'Alzheimer, elle traîne ça depuis des années. Ce serait bien plus simple qu'elle soit emportée par un infarctus ou une congestion cérébrale.

Je fus du même avis. Andy nous expliqua que lorsque viendrait son tour, il aimerait être plongé dans une cuve de lanoline et s'assouplir tout doucement jusqu'à ce qu'il s'éteigne. L'image était plaisante, mais pas assez pour faire rire, vu l'ambiance qui régnait autour de la table.

– De toute façon, reprit Michael, nous étions prévenus. Maman a fait un début d'infarctus il y a un peu plus d'un an.

– Je n'étais pas au courant.

– Moi-même je ne l'ai pas appris tout de suite. Gray et elles ne l'ont pas crié sur les toits. Mais elle avait du diabète et de la tension et...

– Je ne le savais pas non plus.

– Vraiment ? Cela faisait combien... une dizaine d'années qu'elle avait du diabète. La tension, je ne sais pas, j'ignore quand ça a commencé. Son diabète était suffisamment bénin pour qu'elle n'ait pas besoin de piqûres d'insuline, elle la prenait par voie orale, mais ce n'est certainement pas bon pour le cœur, tout comme l'hypertension. Elle a eu son infarctus et ce n'était plus qu'une question de temps avant que ça recommence. Mais je ne m'attendais pas à ce que ça arrive aussi vite.

– Je pensais qu'elle s'en sortirait, renchérit Andy. Elle avait l'air en forme à Thanksgiving. Gray et elle débordaient de projets. Comme cette croisière fluviale en Allemagne.

– Le mois prochain, ajouta son frère. Ils devaient partir juste après la fête du Travail.

– Eh bien, maintenant on n'en parle plus, conclut Andy. Vous pourriez peut-être profiter de leurs billets, Elaine et toi.

Un silence gêné accompagna cette remarque.

– Excusez-moi, bredouilla-t-il, je ne sais pas pourquoi j'ai dit ça.

Il attrapa son verre et le leva pour voir filtrer la lumière à travers. Je pensai à toutes les fois où j'avais fait pareil, même si ce n'avait jamais été avec un Long Island Iced Tea.

– On devrait coller une étiquette sur ce machin-là, histoire de mettre en garde les gens. Je suis désolé.

– Il n'y a pas de mal.

– De toute façon, je ne crois pas qu'Elaine ait très envie d'aller en Allemagne.

– Comment ça ?

– Elle est juive.

– Et alors ?

– Ça ne lui dirait peut-être rien d'aller là-bas. Au cas où elle terminerait en savonnette.

– Tu vas la fermer, oui ? lança Michael.

– Je disais ça pour rigoler.

– C'est idiot.

– Personne ne rit. Savonnette, lanoline, rien à faire. Aujourd'hui, mes blagues tombent toutes à plat.

– Ce n'est pas le bon jour pour sortir des vannes, mon frère.

– Et qu'est-ce qu'il faut faire aujourd'hui, mon frère ? Tu veux me le dire ?

– Vous avez sans doute l'intention de retourner à la maison, les interrompis-je sans connaître leurs projets ni m'en soucier vraiment, mon seul désir étant de partir. Gray aura probablement besoin de vous dans les heures qui viennent.

– Gray... répéta Andy. Tu l'as déjà vu ?

– Tout à l'heure, au salon mortuaire.

– Je croyais que vous étiez de vieux amis, tous les deux, puisque tu l'appelles Gray et tout et tout.

Je me tournai vers Michael.

– Tu ferais mieux de prendre le volant.

– Ne t'inquiète pas pour Andy.

– Comme tu veux.

– Il a de la peine, c'est tout.

– Vous parlez de moi comme si je n'étais pas là, maugréa l'intéressé. Je peux te poser une question ? Une simple question ?

Il n'attendit pas que je lui en donne la permission.

– Quand vas-tu arrêter de faire cette tête d'enterrement et de nous raconter que tu pensais partir le premier ? Et puis d'abord, où es-tu allé chercher tout ça ? Qui a décidé que c'était à toi de mener le deuil ?

Je sentis la moutarde me monter au nez, mais je réussis à me contrôler.

– Tu te foutais pas mal d'elle quand elle était vivante, enchaîna-t-il. L'as-tu seulement aimée un jour ?

– Je le croyais.

– Mais je parie que ça n'a pas duré longtemps.

– Non. Notre mariage n'était pas vraiment une réussite.

– De son côté, elle ne s'en sortait pas si mal. C'est toi qui es parti.

– Je ne suis certainement pas le seul à y avoir pensé. Pour un homme, c'est plus facile de s'en aller.

– Je ne sais pas. Ces derniers temps, j'ai rencontré des femmes que ça ne gêne pas du tout. On fait son sac, on passe la porte et hop, le tour est joué !

– Ce n'est pas toujours aussi simple.

– Surtout quand il y a des enfants. Pas vrai ?

– Si.

– On ne pesait pas lourd, Mikey et moi.

Pour le coup je ne sus quoi lui répondre. Ma colère s'était dissipée. Je l'avais remisée là où on range ce genre d'articles. Si je ressentais encore quelque chose, c'était une intense lassitude. Je voulais mettre un terme à cette petite discussion, dont je savais qu'elle allait s'éterniser.

– Et d'abord, pourquoi es-tu venu ?

– Parce que ton frère m'a téléphoné pour m'annoncer la nouvelle. Non pas samedi, lorsqu'il l'a apprise, ni le lendemain, alors que vous étiez tous les deux ici, mais très tard hier soir. Délicate attention, ajoutai-je à l'adresse de Michael. Comme ça, je ne suis pas resté longtemps à me ronger les sangs avant l'enterrement.

– Je voulais seulement...

– En fait, en jouant de malchance j'aurais eu quelque chose de prévu, il m'aurait été impossible d'annuler au dernier moment et je ne serais pas venu. Tu as de la veine que je n'aie pas grand-chose à faire ces derniers temps.

– J'avais peur de t'appeler.

– En quel honneur ?

– Je ne sais pas... Comment tu allais réagir, ce que tu dirais. Que tu viendrais ou que tu ne viendrais pas. Enfin voilà.

– Je ne pouvais pas ne pas venir. Je ne prétends pas que je brûlais d'envie de me retrouver ici, mais il n'était pas question que je sois absent. Il fallait que je vienne pour vous deux, vous auriez peut-être préféré que je reste à New York... Et puis, c'est aussi pour elle que je devais assister aux obsèques.

Je repris mon souffle.

– C'était une femme bien, ta mère. Vu le genre de type que j'étais, je n'aurais pu rester avec personne. Elle a fait de son mieux. Dieu sait que nous avons fait tout notre possible. On a fait comme tout le monde, de notre mieux, et on ne peut rien faire de plus.

Andy essuya ses larmes du revers de sa manche.

– Excuse-moi.

– Ce n'est rien.

– Je suis confus. Je ne sais pas ce qui m'arrive.

– Tu as bu six alcools, dit Michael, mélangés dans un seul verre. Qu'est-ce que tu veux...

Oui, qu'est-ce que nous voulions donc encore, tous autant que nous étions ?

– Tu ne seras pas amenée à les voir ce coup-ci, je le crains, dis-je à Elaine. Mike et June reprennent l'avion demain matin pour rentrer chez eux.

– Comment June s'est-elle débrouillée ? Elle a laissé Melanie chez ses parents ?

– Ils l'ont emmenée avec eux, mais je n'ai pas eu l'occasion de la voir. June jugeait que l'enterrement n'était pas de son âge ; c'est pour ça qu'elle est restée à la maison. Je ne sais pas s'ils ont engagé quelqu'un pour la garder ou si c'est un membre de la famille qui s'est dévoué.

– Tu ne l'as donc pas vue du tout.

– J'aurais pu si j'avais voulu entrer dans la maison, mais j'ai préféré revenir ici.

– Je te comprends. Et Andy ? Il rentre directement à Denver ?

– À Tucson.

– À Tucson en plein été ? C'est une vraie fournaise.

– Bof, il doit se dire qu'il appréciera l'hiver. S'il est toujours là-bas.

– Ton nomade de fils...

– Ce n'est pas le mien. Plus maintenant. Ils ne sont plus à moi, ni l'un ni l'autre. Je ne sais pas s'ils le furent jamais.

– Tu parles comme ça à cause de la journée que tu as passée.

– Il n'y a pas que ça. Oh bien sûr, je suis toujours leur père et ce sont toujours mes fils. Sinon on ne s'accrocherait pas comme on le fait. On reçoit des cartes à Noël, toi et moi, Andy va parfois jusqu'à nous donner sa nouvelle adresse, quand il en change. Et puis, ils nous appelleront quand ils seront à New York. Peut-être pas chaque fois qu'ils viendront, mais de temps à autre. Évidemment, ils ne seront pas souvent dans les parages.

– Chéri...

– Et quand je mourrai ils prendront l'avion pour assister à mon enterrement et on les verra débarquer en costume. Remarque, ça leur va bien, à tous les deux. Ils aideront à porter la boîte, ils se sont entraînés cet après-midi, même si la prochaine fois ce sera plus lourd.

– À moins que tu ne dépérisses.

– Toi alors ! Tu ne laisses rien passer, hein ?

– Sinon, m'aimerais-tu davantage ?

– Je ne vois pas comment je pourrais. Ils seront très chic avec ma petite femme, soit dit en passant. Ils l'ont été avec Gray. Oui, c'est comme ça qu'ils l'appellent, Gray.

– C'est ce que tu m'as dit.

– Ah bon, j'y ai fait allusion ? Gray. Un beau et grand gaillard, avec un visage franc et honnête. Il a dû jouer au football dans sa jeunesse. En défense, c'est probable. Il a un peu grossi depuis, mais il est toujours en bonne forme.

– Toi aussi.

– Pour un mec qui ne va pas tarder à dépérir... À l'heure actuelle, ils ne te portent pas dans leur cœur, mais ils ont la même attitude à l'égard de tout le monde. Le moment venu, ils seront là.

– Ce sera un réconfort.

– Au fait, juste entre nous, le moment venu, je veux une cérémonie à cercueil fermé.

– J'y veillerai, répondit-elle. Sauf si c'est moi qui pars la première.

– Ne t'avise pas de faire une chose pareille !

Nous nous couchâmes vers onze heures et demie. Je compris très vite que je n'allais pas dormir. J'essayai de m'extraire du lit sans la réveiller, mais elle s'assit et me demanda où j'allais.

– Je suis à cran, lui répondis-je. Je peux encore assister à la réunion de minuit, enfin... à la plus grande partie.

– Ce n'est peut-être pas une mauvaise idée.

Je m'habillai. Avant de sortir, je marquai un temps d'arrêt.

– Je risque de rentrer tard.

– Salue Mick de ma part.

– Compte sur moi.

Lorsque j'ai cessé de boire, il y avait une réunion d'A. A. tous les soirs à minuit à l'église morave de Lexington Avenue. Cela fait des années que cet endroit n'est plus un lieu de rencontre, mais les réunions d'A. A. sont comme l'hydre à sept têtes, et celle-ci a été remplacée par deux autres, l'une à Houston Street, dans le centre, et l'autre, celle vers laquelle je me dirigeais, à l'Alanon House[1], un club appartenant à l'association, situé dans la 48e Ouest. Normalement, j'y serais allé à pied, mais il était déjà assez tard comme ça. Un taxi s'arrêta au moment même où je débarquais sur le trottoir. Je lui fis signe.

Lorsque j'arrivais, on était en train de lire le préambule. Je m'installai sur un des rares sièges libres, en songeant que c'était ma deuxième réunion en quarante-huit heures. Puis je me dis que pendant un certain temps je risquais de venir tous les jours, et l'instant d'après j'en conclus que ce serait sans doute la dernière fois cette semaine. Je ne savais absolument pas quoi faire et, au fond, c'était la raison pour laquelle je me trouvais dans cette pièce en train d'écouter une petite maigrichonne au visage anguleux et à la peau marbrée raconter qu'elle avait commencé par dévaliser le meuble-bar de ses parents à onze ans, qu'à dix-sept elle faisait le tapin pour se payer du crack et que maintenant, à l'âge canonique de vingt-trois ans, elle avait bon espoir, après six mois d'abstinence et le virus du SIDA en prime.

Le public n'est pas le même aux réunions de minuit. Dans le temps, à l'église morave, il arrivait qu'un ivrogne très remonté se mette à balancer des chaises jusqu'à ce que deux ou trois membres le flanquent dehors. On voit beaucoup de tatouages la nuit, beaucoup de cuirs, beaucoup de piercings. En règle générale, ce sont des gens qui ont arrêté de boire depuis peu qui viennent à cette heure-là ; ils se glissent dans une dernière réunion pour ne pas être tentés de prendre un verre. Quand on se séparera, tous les magasins de vins et spiritueux seront fermés. Les bars, évidemment, peuvent rester ouverts jusqu'à quatre heures du matin, et les épiceries vendent de la bière vingt-quatre heures sur vingt–quatre, mais à une heure du matin il y a des chances pour qu'on aille se coucher sans avoir bu et qu'on s'endorme pour de bon.

En sus des nouveaux venus et des désespérés, les réunions nocturnes attirent les individus qui, par tempérament ou au gré des circonstances, sont devenus des créatures de la nuit. Et puis

1. Association qui aide les parents et les amis d'alcooliques ou d'accros à la drogue *(NdT)*.

il y a ceux, parfois abstinents depuis assez longtemps, qui préfèrent une ambiance électrique, avec le risque de voir quelqu'un sortir un couteau, jeter une chaise ou faire une crise d'épilepsie.

Je restai donc là, chargé du poids des ans, soixante-deux en tout, dont dix-huit sans boire, me sentant différent des autres autour de moi, plus jeunes, plus nouveaux, plus délirants.

Enfin, pas tant que ça.

À la fin de la réunion, je remerciai celle qui avait pris la parole, aidai à ranger les sièges, sortis et m'enfonçai dans la nuit. Air lourd et épais, à couper au couteau. Je le traversai et, en marchant vers l'ouest puis vers le nord, atterris à l'angle sud-est du croisement de la 50ᵉ Rue et de la 10ᵉ Avenue et entrai dans le Grogan's Open House.

L'établissement appartient à Mick Ballou, même si son nom ne figure pas sur le bail ou sur le titre de propriété. Il possède, tout aussi officieusement, plusieurs commerces à New York. Il avait jadis une ferme dans les Catskills, où il engraissait quelques cochons et élevait des poules pondeuses, mais lorsque celle-ci a brûlé, il a retiré ses billes. Le propriétaire en titre est mort cette nuit-là, avec sa femme et un tas d'autres gens, et j'imagine que le propriétaire nominal s'est retrouvé avec ce qu'il restait de l'exploitation. Mick, je le sais, n'est jamais retourné voir ce qu'il en était. Il ne veut même pas s'en approcher.

La ferme n'était pas conçue pour dégager des bénéfices, mais Mick Ballou gagne probablement de l'argent avec le Grogan's, ainsi qu'avec les autres commerces. Cela dit, si ceux-ci étaient déficitaires, cela n'aurait rien de grave dans la mesure où ses revenus proviennent d'activités délictueuses diverses et variées. Il arnaque des dealers, détourne des cargaisons licites ou illicites et prête de l'argent à des gens qui ne possèdent en tout et pour tout que leurs bras et leurs jambes. Je suis un ancien flic, qui a aussi été un détective privé dûment licencié, ce criminel de carrière est mon meilleur ami et cela fait longtemps que j'ai cessé de vouloir comprendre.

Histoires de vies antérieures, dit Elaine. Nous fûmes frères, un jour. C'est une meilleure explication que toutes celles qui me viennent à l'esprit.

Le barman m'adressa un signe de tête. Je savais qu'il s'appelait Leeky, et cela ne faisait pas longtemps qu'il était là. C'était un de ces garçons taciturnes qui se pointent au Grogan's dès qu'ils descendent de l'avion de Belfast. L'Irlande a de nos jours plus d'immigrés que d'émigrants suite au redressement économique de ce que l'on appelle plaisamment le « Tigre celte ». Mais, ce tigre-là, les gens qui rendent visite à Mick ne montent pas sur son dos. Condamnés, ils risquent de se retrouver en taule ou de se faire buter par des tueurs, aussi se sauvent-ils et jouent-ils à cache-cache avec les services de l'immigration, vivant dans le Bronx ou à Woodside et travaillant dans la rue ou comme chauffeurs pour Mick Ballou. Lequel se trouvait à sa table habituelle, en compagnie d'une bouteille de Jameson de douze ans d'âge et d'une carafe d'eau. Son visage s'éclaira quand il m'aperçut, ce qui le range décidément dans la minorité par les temps qui courent. Je m'arrêtai au bar pour commander un café, puis je le rejoignis et m'assis en face de lui.

– Belle nuit, dit-il, et vive la climatisation ! Tu es sorti ? Bien sûr, sinon tu ne serais pas ici. Est-ce qu'on respire mieux ?

– Ça s'est un peu rafraîchi, mais l'air est toujours suffocant.

– On ne sait pas s'il faut le respirer ou le manger à la petite cuiller... Mais tu rumines en ce moment des choses encore plus dures à digérer.

– Tu n'as jamais vu mon ex-femme ?

– Je ne te connaissais pas, à l'époque.

– Je l'ai enterrée cet après-midi, dis-je, mais cela sonnait faux. Cela ne sonne jamais tout à fait juste, à moins que celui qui parle n'ait manié la pelle en personne, mais cela me sembla particulièrement incongru en l'occurrence.

– Ce sont d'autres gens qui l'ont inhumée, précisai-je. Je suis resté dans ma voiture à les regarder.

– Ah, mon Dieu, soupira-t-il.

Il avala une gorgée de Jameson, je sirotai mon café, nous discutâmes.

Deux heures, et je ne me souviens pas de quoi, sinon que c'était une conversation à bâtons rompus, avec de grandes envolées suivies de longs silences. Nous parlâmes des Hollander et des deux hommes qui les avaient assassinés pour disparaître à leur tour quelques jours après.

– Heureusement qu'ils sont morts, conclut-il.

Nos séances durent parfois toute la nuit, nous restons après la fermeture, tous feux éteints hormis l'ampoule avec abat-jour fixée au-dessus de la table. Il arrive que nous soyons encore en train de discuter au lever du jour, que Mick enfile le tablier de boucher de son père – c'est tout ce qu'il lui reste de lui –, et que nous descendions la 14e Rue pour assister à la messe des bouchers à l'église Saint-Bernard. Après quoi nous allons, de temps à autre, prendre le petit déjeuner dans un boui-boui de West Street, ou bien chez Florent, dans Gansevort.

Mais cette fois-là, ou bien nous n'avions pas besoin de faire tout ça, ou bien nous n'avions pas assez d'énergie. Le dernier client sortit en titubant vers trois heures et demie, Leeky verrouilla la porte et ferma le bar. Il avait mis la moitié des chaises sur les tables, préparant le terrain pour le type qui allait venir balayer aux aurores, lorsque je lui demandai de m'ouvrir.

Je rentrai à pied. L'air était plus clair, maintenant, à moins que ce n'ait été un effet de mon imagination.

5

Samedi, en fin de matinée. J'étais en train de regarder les programmes télé en buvant un deuxième café et en dressant des plans pour la journée : allais-je suivre la troisième partie du tournoi de golf sur ESPN ou le match des Mets sur la Fox ? Pour la soirée, c'était décidé : il y avait un combat de boxe sur HBO, mais il me restait encore à combler l'après-midi.

La sonnerie du téléphone retentit. C'était T. J.

– Tu n'as plus qu'à raccrocher et sortir, me dit-il. Je t'attends au Morning Star pour prendre le petit déjeuner avec toi.

– J'ai déjà mangé.

– Dans ce cas, viens t'asseoir en face de moi et tu me tiendras compagnie. Ça te réchauffera le cœur.

– Pardon ?

– Elaine dit toujours que ça lui réchauffe le cœur de me voir manger. Ça ne devrait pas te faire de mal.

– Tu as sans doute raison.

Je vidai le reste de mon café dans l'évier. Un quart d'heure après je me trouvais au Morning Star, de l'autre côté de la rue, devant une tasse de café qui était loin de valoir celle que j'avais jetée. T. J. et moi nous étions parlé deux ou trois fois au téléphone, mais cela faisait une semaine que je ne l'avais pas vu et je ne m'étais pas rendu compte qu'il me manquait beaucoup.

– Désolé pour ta femme, dit-il. Enfin... ton ex.

– Elaine t'a dit ?

Il opina.

– Il paraît que tu es allé à l'enterrement. Moi, je n'en ai pas vu beaucoup.

– Plus on vieillit, répondis-je, plus on est amené à en voir.

– Vivement que ça m'arrive...

Une assiette de saucisses-frites avec des œufs était posée devant lui. Il mangea en discutant avec moi. Je ne sais pas si cela me réchauffa le cœur de le regarder, mais ça ne me fit pas de mal.

Il posa sa fourchette, avala une grande gorgée de jus d'orange et s'essuya la bouche avec sa serviette.

– Il y a une fille que je voudrais te présenter. Sympa, jolie, et pas conne, dit-il.

– Ça m'a l'air super. Mais que dirait Elaine ?

Il roula des yeux blancs.

– Eh bien mais... la demoiselle en question est peut-être un peu jeune pour toi. Elle est étudiante à Columbia.

– C'est là que tu l'as rencontrée ?

– Tout juste. Dans un cours d'histoire auquel elle assiste, même si ce n'est pas sa dominante ; elle est inscrite en anglais.

– Elle doit donc bien s'exprimer.

– Elle veut devenir écrivain. Comme sa tante.

– C'était qui, sa tante ? Virginia Woolf ?

Non, à voir sa réaction.

– Je te laisse une dernière chance, dit-il, et ne va pas me sortir Jane Austen.

Le déclic se fit en moi. Je le regardai, il me regarda.

– Susan Hollander, dis-je.

– Je pensais bien que tu tomberais juste ce coup-ci.

– C'est la nièce de Susan Hollander ? Comment s'appelle-t-elle ?

– Lia Parkman. Susan Hollander et sa maman étaient sœurs. Ce qui fait de Susan sa tante et de Kristin sa cousine.

– Et tu voudrais que je la voie ?

– Ce ne serait pas une mauvaise idée.

– Pourquoi ?

– Elle pense que quelqu'un a tué son oncle et sa tante.

– Ça ne m'étonnerait pas qu'elle ait raison, vu que tout le monde ici-bas est du même avis. Deux petits malfrats, Bierman et Ivanov, ont assassiné les Hollander et...

– Ivanko, Carl Ivanko.

– Qu'est-ce que j'ai dit ?

– Tu as dit Ivanov.

– C'est presque pareil puisque c'est un nom qu'on peut se dépêcher d'oublier. Ce gus est mort, ainsi que son acolyte, il est donc trop tard pour qu'il fasse appel à Johnnie Cochran et s'en tire à bon compte. C'est un peu frustrant de savoir que les malfrats ont été éliminés avant qu'on ait eu le temps de les attraper, mais au moins l'affaire est-elle réglée une fois pour toutes.

Ma tasse étant vide je regardai autour de moi pour appeler la serveuse.

– Si ton amie Lisa pense que ce ne sont pas ces deux clowns qui ont...

– Lia.

– Comment ça ?

– Elle s'appelle Lia. Comme Lisa, mais sans « s ».

– Ça aurait pu être Leah.

Je ne voyais toujours pas la serveuse et jugeai le café trop médiocre pour en redemander un autre.

– On a des preuves solides. Ta copine est peut-être très maligne, mais pour une fois les flics ne se sont pas trompés. Bierman et Ivanov ont tué son oncle et sa tante.

– Apparemment.

– Enfin, je veux dire Ivanko, pas Ivanov. Ma langue a encore fourché, mais c'est de lui que je parle.

– Je sais.

– Tu m'as entendu écorcher son nom, grognai-je, mais cette fois, tu ne t'es pas donné la peine de me corriger.

– Je ne sais pas, moi. Si ça ne marche pas comme détective je vais peut-être entrer dans le corps diplomatique.

– Et tu t'entraînes. Tu as sans doute raison, un peu de diplomatie ne fait pas de mal. Si elle est aussi futée que tu le dis, elle sait pertinemment que ce sont eux, Bierman et son copain, qui sont les responsables.

– Elle est au courant.

– Même si c'est sans doute exagéré d'appeler Bierman son ami, puisqu'en fin de compte il l'a descendu. Cela dit, elle pense qu'il y a aussi quelqu'un d'autre dans le coup.

– En effet.

– Quelqu'un qui a rancardé Bierman et son ami sur le cambriolage, quelqu'un qui s'est débrouillé pour que ça se passe de cette façon et que les Hollander y laissent la vie. Quelqu'un qui a liquidé les deux mecs et maquillé le meurtre pour qu'on croie qu'ils s'étaient disputés et que l'un a tué l'autre avant de se suicider.

– Elle n'est pas allée jusque-là.

Il vida son jus d'orange et s'essuya la bouche. Puis il tourna la tête et le serveur se précipita avec la note, comme s'il attendait qu'on lui fasse signe pour entrer en scène. T. J. ne toucha pas à l'addition.

– Le *modus operandi*, reprit-il, Lia ne le connaît pas. Elle sait seulement qui et pourquoi.

– Et de qui s'agirait-il ?

– Il vaudrait mieux qu'elle te le dise elle-même.

– C'est une affaire suivie par la police, répliquai-je, et elle est close. Je ne vois pas pourquoi on irait s'embringuer là-dedans.

– Moi non plus.

– Mais ça ne coûte rien d'aller lui parler. C'est là que tu voulais en venir ?

– Je pensais que ça tombait sous le sens.

– Ce sera une perte de temps. Tu la connais bien, cette demoiselle ?

– Il ne se passe rien entre nous, si c'est ce que tu veux savoir.

– On ne va pas nous confier une affaire, mais si c'était le cas, aurait-elle les moyens de nous payer ? Elle a de l'argent ?

– À mon avis, elle ne doit pas rouler sur l'or. Elle a contracté auprès de l'État tous les emprunts possibles et imaginables pour se payer ses études.

– De mieux en mieux. Une nana sans le sou veut nous engager pour qu'on tourne en rond ! Elle va à Columbia, ce qui signifie qu'elle habite l'Upper West Side. À moins qu'elle ne vive chez ses parents.

– Ça lui ferait une sacrée trotte : sa mère est en Arizona et son père en Floride...

– Et bien sûr, elle n'est pas allée les voir pendant les vacances.

– Non, elle ne voulait pas louper les cours d'été. Remarque, elle ne suit qu'un cours d'histoire, sur la Révolution française et Napoléon.

– Et c'est là que tu l'as rencontrée.

– On y apprend des choses intéressantes. Ces mecs-là avaient de l'idée, mais bon... ça a foiré. En plus de préparer son examen, Lia travaille comme serveuse dans une espèce de pub irlandais bidon. On voit bien que ce n'est pas un vrai pub irlandais étant donné qu'on y sert à manger.

Il reprit son souffle.

– Et aujourd'hui, elle est de repos. Elle partage avec trois autres un appartement d'étudiants. Je pensais qu'on la verrait dans un coffee-shop, à l'angle de Broadway et de la 122e.

– Aujourd'hui ?

Il acquiesça d'un hochement de tête.

– À une heure. Si on part maintenant, on y sera en temps voulu.

– Et si je refuse ?

– J'irai tout seul, répondit-il, et je lui expliquerai que tu n'es pas libre parce que tu essaies de retrouver le juge Crater[1] et le bébé de Charles Lindbergh.

– Mais tu pensais que je viendrais.

– Je ne l'excluais pas.

– Et moi qui allais regarder la télé ! Il y a du golf, et un match des Mets.

– Difficile de choisir.

– N'importe comment, ça vaut mieux que de perdre son temps dans un coffee-shop.

La note était toujours sur la table. Je laissai échapper un soupir et la ramassai.

1. Magistrat américain qui disparut mystérieusement au début du XXe siècle *(NdT)*.

– Je m'en occupe, dis-je.
– Je m'en doutais. Comme on est sur un coup, tu peux te le permettre.

T. J. est un gamin des rues que j'ai rencontré par hasard dans la 42e Rue Ouest il y a quelques années de ça, avant qu'on ait transformé le Deuce[1] en Disneyland. Il s'est proclamé mon adjoint, et j'appréciais suffisamment sa compagnie pour le supporter. Jusqu'au jour où je compris qu'il pouvait m'être d'un grand secours. Imitateur né, il passe sans effort de l'argot hip-hop à une langue châtiée, se pointe un beau jour en casquette de commando et shorts bouffants et débarque le lendemain en costume trois-pièces.

Pendant un moment on ne savait pas où il habitait, et je soupçonne qu'il n'avait, pour toute adresse, que son numéro de biper. Puis, un Noël, je lui ai donné la chambre d'hôtel que j'occupais depuis que j'avais quitté la maison de Syosset. J'étais alors déjà marié à Elaine et habitais le parc Vendôme, mais j'avais gardé ma vieille piaule au Northwestern, de l'autre côté de la rue. Elle me servait à la fois de bureau et de refuge, et en plus c'est un endroit au loyer plafonné : à New York personne ne lâche ça, sauf cas de force majeure. Je me suis dit qu'elle pouvait toujours me servir de bureau, mais que ça n'empêchait pas T. J. de s'y installer et de veiller au grain. La seconde partie de son cadeau de Noël consistait en un ordinateur dont je lui ai également confié la responsabilité et qui lui permet de glaner, comme par magie, des renseignements sur Internet. Elaine possédant désormais son propre ordinateur, ils s'envoient des e-mails de part et d'autre de la rue, comme des gamins qui s'échangent des messages glissés dans des boîtes de conserve qu'ils font coulisser sur une corde tendue. Il ne lui faudrait, dit-elle, qu'un quart d'heure pour m'apprendre à me servir de ce machin. On verra ça plus tard.

T. J... Je lui trouve de quoi s'occuper, de la paperasse et du travail de terrain, et j'essaie de faire en sorte qu'il ne lui arrive

1. Nom donné jadis à cette rue *(NdT)*.

rien. En principe, ce n'est pas difficile, mes activités ne sont pas si dangereuses que ça, mais un jour il s'est ramassé une balle, et visiblement ça ne l'a pas refroidi. Il donne un coup de main à Elaine au magasin, où ses airs hautains mais pleins de déférence laisseraient croire qu'il sort de chez Sotheby's. Ces derniers temps, il est souvent à Columbia, où il arrive habillé en polo et vêtements kaki et assiste au premier cours susceptible de l'intéresser. On n'a pas le droit de procéder ainsi, pas sans s'inscrire et payer les droits d'auditeur libre, mais ce n'est pas tous les jours qu'on voit un professeur déceler qui a ou non sa place dans son cours, et ceux qui découvrent le pot aux roses sont tout émoustillés de tomber sur quelqu'un qui a envie d'écouter ce qu'ils racontent, même si ce quelqu'un n'en retirera pas de titre universitaire.

En apprenant à quoi il consacrait son temps libre, Elaine a proposé de lui payer ses études. Ça l'a horrifié : dépenser de vingt-cinq à trente mille dollars par an pour avoir le droit de s'asseoir dans les mêmes salles et de suivre les mêmes cours magistraux ! Tout ça pour être capable de les réciter et de décrocher un diplôme ? À quoi bon ?

– Ivanko ou Ivanov, en réalité c'est le même nom. L'un est russe et l'autre ukrainien, mais tous les deux veulent dire « le fils de Jean », en l'occurrence d'Ivan, fis-je remarquer alors que nous nous dirigions vers le métro.

– Ce que j'aime dans ce métier, philosopha T. J., c'est qu'on apprend tous les jours quelque chose de nouveau.

– Eh oui... C'est Kristin, hein ?

– Pardon ?

– Celle qui, d'après l'autre, a tout manigancé. La fille, sa cousine, Kristin... C'est à elle qu'elle pense, pas vrai ?

– En tout cas, ce n'est pas à Jane Austen.

6

Il y a bien longtemps, à la fin des années 50 et au début des années 60, deux artistes, ils étaient mari et femme, connurent un succès phénoménal, bien qu'éphémère auprès du public. Ils s'appelaient, si je ne m'abuse, Kean. Lui peignait des enfants à l'air famélique et aux yeux immenses, elle représentait de jeunes demoiselles pubescentes à l'air famélique et aux yeux tout aussi immenses. Je relevais personnellement dans les tableaux de la dame un soupçon d'érotisme qui faisait défaut dans les œuvres du monsieur, mais c'est sans doute très subjectif et un pédophile aurait peut-être vu les choses autrement.

Les Kean ont connu leur heure de gloire, les jeunes couples, un peu partout aux États-Unis, accrochant des reproductions de leurs tableaux dans la salle de séjour et dans le sous-sol aménagé de leur première maison. C'est alors qu'il se passa quelque chose, Woodstock, peut-être, ou bien Altamont[1] ou encore la guerre du Vietnam, et les gens qui achetaient les œuvres des Kean et s'émerveillaient de voir ces yeux les suivre à travers la pièce décrétèrent brusquement que c'était nul, barbouillages insipides, mièvres et gnangnan.

Exit les « Kean », relégués au grenier sous les combles avant d'être donnés aux églises pour leurs ventes de charité ou de figurer dans les brocantes organisées à domicile par les particu-

1. Festival rock, équivalent californien de Woodstock, qui fut marqué par les violences commises par les Hell's Angels *(NdT)*.

liers. Nos artistes disparurent de la circulation. D'après Elaine, ils auraient changé de nom et se seraient mis à peindre des clowns tristes...

Ces dernières années, elle a embarqué tous les Kean qu'elle a pu trouver dans les boutiques d'articles d'occasion et nous en possédons maintenant plus d'une quarantaine rangés dans un casier de son garde-meubles. Elle les a payés de cinq à dix dollars pièce, et elle est sûre de les vendre dix à vingt fois plus cher le moment venu.

– Les républicains arrivent au pouvoir. Donne-moi deux ans et je te les écoule en vingt-quatre heures, m'a-t-elle déclaré un jour.

On verra. Le fait est que Lia Parkman aurait pu poser pour Kean, enfin... Madame, celle qui peignait des adolescentes. Elle avait le long cou des femmes de Modigliani, les hanches étroites, les doigts déliés, la peau translucide et puis, inévitablement, des yeux immenses. Sans oublier le côté enfant abandonné et la vulnérabilité poignante qui avaient contribué au succès des tableaux avant de les transformer, quelques années plus tard, en chromos à l'eau de rose.

Elle nous attendait dans le box d'angle du Salonika, un coffee-shop pas très différent de celui que nous venions de quitter. Il y avait une tasse de thé devant elle, le sachet égoutté dans la soucoupe, une tranche de citron nageant dans le liquide. Tout près, un livre portant la reliure d'une bibliothèque, le titre, le nom de l'auteur et le système de classification décimal figurant sur la tranche. Le *Règne de la Terreur*, de Bell. Des lunettes aux verres parfaitement ronds étaient posées sur l'ouvrage.

T. J. fit les présentations et se glissa dans le box en face d'elle. Je m'assis à côté de lui.

– J'ai essayé de t'appeler, lança-t-elle.

Il sortit son portable, le regarda, le rangea.

– Il n'a pas sonné, répondit-il.

– Je me suis mal exprimée, reprit-elle. En fait, je n'ai pas essayé de t'appeler, car je n'avais pas ton numéro, mais j'avais l'intention de le faire.

– Ce que tu voulais me dire, dis-le moi, car je suis là.

– Eh bien voilà. Je voulais t'économiser le déplacement. J'ai commis une erreur, T. J.

– Et maintenant tu regrettes de m'avoir raconté ça l'autre jour ?

Elle acquiesça.

– Ce doit être le choc, et peut-être que ça aussi (elle tapota le livre), ça a joué un rôle. Robespierre, Danton, le Comité de salut public... Tout le monde qui devient fou et fait n'importe quoi...

– Marat prend un bain et la voilà qui vient le poignarder.

– Charlotte Corday. J'étais horrifiée par ce qui était arrivé à mon oncle et à ma tante et je ne pouvais sans doute pas accepter l'explication qui tombe sous le sens, à savoir que les cambrioleurs ont choisi leur maison au hasard et qu'ils les ont assassinés parce que les malheureux ne sont pas rentrés chez eux au bon moment.

Son regard croisa le mien.

– C'est tellement arbitraire, monsieur Scudder. On a du mal à croire qu'il puisse arriver des choses pareilles, d'un seul coup, sans raison. Pourtant ça doit bien être le cas, non ?

– Vous étiez à cran.

– C'est vrai.

– Vous étiez également très triste et traumatisée. Il n'est donc pas étonnant que vous ayez imaginé un autre scénario, dans lequel tout obéit à une logique.

Elle hocha la tête, bien contente que je vole à son secours.

– Racontez-moi ça.

– Pardon ?

– Votre version, lui dis-je. J'aimerais l'entendre.

– Mais enfin, c'est ridicule !

Elle aurait peut-être continué sur sa lancée si la serveuse n'avait rôdé dans le coin. J'avais désormais suffisamment faim pour commander un cheeseburger et un café. T. J. demanda la même chose, mais à condition que ce soit un cheeseburger au bacon avec des frites, à point tous les deux, de préférence, et un verre de lait à la place du café, tant qu'à faire, à moins qu'il y ait du babeurre. Il y en avait. Adjugé.

Et en plus, il ne prend jamais un gramme.

Lia commença par dire qu'elle ne voulait rien d'autre que son thé, puis elle se ravisa et commanda une tarte aux épinards, celle qu'on sert en hors-d'œuvre, pas l'autre, celle qui constitue à elle seule un repas entier. La serveuse tourna les talons. Lia saisit sa tasse, la regarda et la reposa.

– C'est ridicule, lui soufflai-je.

– Oh... Oui, vraiment. Je crois pas que je devrais en parler.

– Déjà que ce n'est pas chic de penser des choses pareilles, c'est encore pire de les exprimer.

– Tout à fait.

– D'un autre côté, nous sommes venus jusqu'ici et on va nous servir à manger... bref, nous en avons pour un moment. Si on en profitait pour discuter ?

– Je voulais vous appeler...

– Mais tu ne l'as pas fait, la coupa T. J. Et même si cela avait été le cas, nous serions sans doute venus.

Ça la surprit.

– Pourquoi ?

– Pour être sûrs que c'était ce que vous vouliez vraiment, répondis-je, et que vous ne parliez pas sous la contrainte.

– Vous pensez que...

– Je ne pense rien. Je suis venu ici pour me faire une idée. En général, ça vaut le coup d'y consacrer une heure et de dépenser deux jetons de métro. Mais là n'est pas la question, car vous n'avez pas pu nous joindre. Revenons à nos moutons. Vous pensez que votre cousine a tendu un piège à votre oncle et votre tante.

– Mais non, ce n'est pas ce que je crois. Je vous ai dit...

– Je sais. Vous ne le croyez plus, mais vous l'avez cru, même si vous avez du mal à l'admettre. Ce n'est qu'une idée, Lia. Le mieux, c'est de l'exposer au grand jour.

– Sinon ça va se gâter, philosopha T. J.

Elle respira profondément, hocha la tête et cette fois attrapa sa tasse pour y tremper ses lèvres avant de la reposer dans la soucoupe.

– C'est la seule héritière, dit-elle.

– Kristin.

Elle acquiesça.

– C'est la première chose qui m'est venue à l'esprit. Pas la plaindre, la pauvre Kristin, désormais orpheline et seule au monde, mais me dire qu'elle a maintenant beaucoup d'argent.

– Combien ?

– Je n'en sais rien. Mais même s'il n'y a que la maison, ça représente une petite fortune. Un immeuble dans l'Upper West Side ? Quelqu'un parlait l'autre jour d'une résidence dans la 84e Ouest, je crois, eh bien elle est mise à prix à deux millions six cent mille dollars. Bon, ce n'est peut-être plus une somme importante de nos jours, il est même possible que ce soit de l'argent de poche pour les gens qui travaillent dans la nouvelle économie, mais pour moi cela reste considérable.

– Rien ne dit qu'elle n'est pas hypothéquée.

– D'après mon oncle, elle était entièrement payée. Il n'était pas peu fier d'avoir mis des années à régler les traites et de posséder enfin une maison de ce prix. Il m'a expliqué que c'était un placement bien plus sûr que toutes ses actions, ce qui signifie qu'il doit aussi y en avoir, non ?

– Si, mais elles ne lui rapportent pas grand-chose.

– Elles doivent quand même avoir une certaine valeur.

– Bien sûr.

– Et il y avait certainement une assurance. Sans compter tout ce qu'ils possédaient, les bijoux de ma tante, les couverts en argent, les tableaux... Les bijoux et les couverts ont été volés, mais on les a retrouvés, à ce qu'il paraît.

– Il me semble, oui.

– Et ce qui a disparu est couvert par l'assurance. Bon sang, mais qu'est-ce qu'il m'arrive ? Me voilà en train de faire le décompte de leurs biens, comme une espèce de vautour. Enfin quoi, ils sont morts ! Qu'est-ce que ça peut faire qu'ils aient eu de l'argent ? Ce n'est pas comme s'ils avaient eu le loisir de le garder. On les a assassinés, nom d'un chien, ils sont morts !

Le silence retomba et dura un moment, car la serveuse revint avec la commande. T. J. attrapa une frite et fit la grimace, signifiant par là qu'elle n'était pas assez cuite à son goût ; mais il ne retourna pas son plat et ne laissa rien sur son assiette – j'en conclus que ce ne devait pas être si mauvais. Mon cheeseburger n'était pas mal, et le café meilleur que celui du Morning Star.

Lia prit une bouchée de sa tarte à l'épinard et reposa sa fourchette.

– Je l'enviais, dit-elle abruptement. Kristin. Voilà tout. Je l'enviais quand ils étaient en vie. C'étaient deux parents merveilleux qui l'aimaient et s'aimaient. Les miens... non, ce n'est rien, oublions tout ça.

– D'accord.

– J'étais sans cesse invitée à dîner par mon oncle et ma tante. La moitié du temps je me faisais excuser parce que je ne voulais pas abuser de la situation. Je ne pouvais pas non plus m'empêcher de penser que j'étais une parente sans le sou, à juste titre, d'ailleurs, car c'était la vérité. Je bénéficie d'une bourse, sinon il ne faut pas rêver, je ne pourrais jamais étudier à Columbia, et même avec une bourse ce n'est pas facile.

Ses mains bougeaient sans arrêt pendant qu'elle parlait. Elle se touchait les cheveux, chassait des miettes imaginaires... Quand ses ongles reluirent, je compris qu'elle portait du vernis incolore. J'en conclus qu'elle était suffisamment soigneuse pour les protéger, mais guère disposée à les embellir. Elle ne portait pas de rouge à lèvres et je me demandais si elle utilisait du brillant. Cela obéissait-il à une logique, et qu'en déduire ?

– Vous enviiez Kristin, répétai-je.

– De leur vivant. Et lorsque j'ai appris ce qui était arrivé, une fois passé le choc initial, à moins qu'il soit toujours là, en définitive...

Elle reprit son souffle, eut l'air pensive, croisa mon regard.

– Je me suis dit, bon, maintenant elle est riche. Et j'ai recommencé à la jalouser.

– Et vous pensez que cela fait de vous quelqu'un d'épouvantable.

– Je ne crois pas que ça me permette de prétendre à la sainteté.

– Je n'ai pas rencontré beaucoup de saints dans mon existence, mais il faut dire que j'ai mené une vie protégée. Vous ne descendez pas dans mon estime parce que vous étiez jalouse de votre cousine, avant ou après le meurtre, ni parce que vous l'avez reconnu. Mais ce que je pense n'a guère d'importance non plus. Comment ça va ?

– Comment ça va ?

– Oui, maintenant.

Elle fronça les sourcils, réfléchit :

– Ça va, répondit-elle.

– Comment êtes-vous passée de l'envie à la suspicion ?

– De l'envie à... Ah oui, bien sûr. C'est un peu exagéré de parler de suspicion. Je ne dirais pas les choses ainsi.

– On qualifiera cela plus tard. Qu'est-ce qui vous a mis la puce à l'oreille ?

– L'alarme.

– Il y avait une alarme ?

– Elle ne s'est pas déclenchée.

– Ils avaient peut-être oublié de la brancher.

– C'est ce qu'ont raconté les journaux, qu'ils avaient négligé de la mettre en service ce soir-là. Mais elle était toujours branchée. On s'était introduit chez eux l'année où ils ont acheté la maison. Quelqu'un est entré par une fenêtre et a embarqué de l'argent liquide et une télévision portable. Après, ils ont fait installer un système d'alarme relié à la porte d'entrée et aux fenêtres du rez-de-chaussée. Au sous-sol, le magasin avait son propre système d'alarme, en veille également.

– Peut-être leur arrivait-il de le déconnecter ?

– Certainement pas. Ils le branchaient, l'un comme l'autre, même pour aller poster une lettre au coin de la rue. C'était un réflexe. Avant de sortir, ils entraient le code pour le mettre en marche, et ils le retapaient à nouveau en entrant, pour le débrancher. Ils procédaient ainsi depuis vingt ans. Je ne les vois pas changer brusquement d'habitude et se faire cambrioler ce soir-là.

– Si le boîtier se trouvait à côté de la porte d'entrée...

– Non. Il était à l'intérieur de la penderie.

– Cela vaut mieux, mais c'est quand même le premier endroit où un cambrioleur irait voir.

– Pourquoi chercher ailleurs ? Avec l'adhésif métallique sur les fenêtres, les voleurs savent tout de suite à quoi s'en tenir.

– Du ruban adhésif métallisé sur les fenêtres ne signifie pas qu'il y a un système d'alarme, ni qu'il est activé. Mais si j'entrais par effraction chez quelqu'un, ça m'inciterait à la prudence. Surtout si j'avais commencé par effectuer des repérages ; auquel cas j'aurais probablement détecté le système d'alarme avant de m'approcher de la porte d'entrée.

– Mais cela ne suffirait pas, reprit Lia. Il faut composer un code à quatre chiffres pour désactiver l'alarme.

– Pour un spécialiste, il y a d'autres moyens de procéder. On peut trafiquer l'alimentation électrique de manière à neutraliser l'alarme. Évidemment, ça ne passe pas inaperçu. Quel était le code ? Le connaîtriez-vous, par hasard ?

– Dix, dix-sept ; un, zéro, un, sept. C'était leur anniversaire de mariage : ils se sont mariés le 17 octobre. Je ne sais plus quelle année.

– On n'en a pas besoin pour désactiver l'alarme.

– Non.

Elle écarquilla les yeux.

– Vous ne croyez quand même pas que...

– Que c'est vous qui avez tout manigancé ? Pourquoi ? Ce serait le cas ?

– Bien sûr que non !

– À la bonne heure, on peut donc vous rayer de la liste des suspects. Et rassurez-vous, vous n'y avez jamais figuré. Mais comment se fait-il que vous connaissiez le code ?

– Ma tante me l'a communiqué.

– Pour que vous vous sentiez membre de la famille à part entière ?

La larme à l'œil, elle avait plus que jamais l'air d'une pauvre enfant abandonnée.

– Un jour, nous sommes allées faire des courses, dit-elle, et à notre retour elle avait les bras chargés de paquets. Elle m'a demandé de sortir la clé de son sac à main et d'ouvrir la porte, puis d'entrer le code avant que l'alarme ne se déclenche.

– Vous saviez où se trouvait l'appareil ?

– Évidemment. Je les avais vus brancher et débrancher le système.

– Et elle vous a donné le numéro ?

– Je n'allais quand même pas taper des chiffres au hasard ! Elle m'a d'abord donné ce numéro avant de m'en expliquer la signification : leur anniversaire de mariage.

– Et cela vous a aidée à le retenir.

– En réalité, c'est le contraire. Je n'ai jamais su quand ils se sont mariés, mais le numéro du code m'est resté gravé dans la mémoire, et c'est ainsi que j'ai retenu la date de leur anniversaire de mariage.

– Ça ne la dérangeait pas de vous communiquer le code ?

– Je ne crois pas qu'elle avait peur de me voir cambrioler la maison.

– Non, bien sûr. Mais depuis combien de temps l'avaient-ils, ce système d'alarme ? Vingt ans ? Dans ces eaux-là. Selon toute vraisemblance ils l'ont choisi au début et ne l'ont pas changé depuis. À ce propos... on doit probablement le retrouver ailleurs. Ça ne m'étonnerait pas que ce soit aussi le code de leurs cartes de crédit et de leur compte en banque. En principe, il ne faut jamais faire ça. Sur le plan de la sécurité, c'est formellement déconseillé, mais c'est aussi plus pratique de n'avoir qu'un seul numéro à retenir.

– Personnellement, je me sers, euh, du même pour tout.

– Je parie que c'est celui de votre date de naissance, ou que vous avez choisi les quatre derniers chiffres de votre numéro de sécurité sociale.

C'était l'un des deux, à en juger par sa réaction, mais au moins ne me dit-elle pas lequel.

– Il me sert également de mot de passe sur AOL. Je devrais sans doute le modifier.

– En ce qui concerne l'alarme de la résidence de votre oncle et de votre tante, n'importe qui aurait pu donner le code par mégarde. Un cambrioleur est d'autant plus efficace qu'il effectue une enquête préliminaire et les petits malins apprennent à se servir des gens à leur insu ; les réparateurs, les livreurs... Peut-être faisait-on des travaux chez eux. Peut-être construisait-on des étagères ou refaisait-on l'installation électrique à l'étage, et l'ouvrier devait pouvoir aller et venir en leur absence. Ils savaient qu'ils pouvaient lui faire confiance.

– Et il n'a jamais rien dit à personne, m'interrompit T. J. en saisissant la balle au bond. L'ennui, c'est qu'il a expliqué à sa femme que ces gens étaient tellement sentimentaux qu'ils utilisaient leur date de mariage pour entrer et sortir de chez eux. Elle en a glissé un mot à son fils, pour qu'il sache qu'il ne fallait pas oublier ce jour. Le petit jeune a commencé à se droguer et s'est retrouvé à la prison de Rikers Island. Un beau jour, quelqu'un a parlé de sonneries d'alarme et lui, il savait que ces personnes avaient choisi comme code leur anniversaire de mariage. Si c'est tombé dans l'oreille d'un individu mal intentionné, celui-ci n'avait plus qu'à découvrir quand ils s'étaient mariés, ce qui n'est pas bien sorcier.

– Ou bien c'est Kristin qui a mangé le morceau, repris-je. « Mes parents sont tellement sentimentaux... », etc. Il suffit que quelqu'un de louche l'entende...

Elle hocha la tête, ouvrant tout grand ses oreilles, puis elle fit la grimace.

– Ils sont entrés par la porte, déclara-t-elle. Ils devaient donc avoir la clé.

– Est-on sûr qu'ils soient passés par là ?

– Ils n'auraient pas pu faire autrement pour désactiver l'alarme à temps.

– Ça leur aurait laissé de quarante-cinq secondes à une minute pour se retourner, en fonction du système en service. C'est suffisant si on sait ce qu'on cherche. Mais vous avez sans doute raison, ils ont dû entrer par la porte. Ce qui ne signifie pas qu'ils avaient la clé.

– Ça ne se serait pas vu s'ils étaient entrés par effraction ? Et mon oncle et ma tante ne s'en seraient-ils pas aperçus, et ne seraient-ils pas restés dehors ?

– À chaque fois la réponse est la même : peut-être bien que oui, peut-être bien que non. Un cambrioleur expérimenté est capable de crocheter une serrure à broche et gorge sans que ça se voie trop. Ça ne prend que quelques minutes. Ce n'est pas aussi facile qu'au cinéma, mais il n'y a pas non plus besoin d'être Houdini. Et si on ne se sent pas de taille à crocheter une serrure, il existe d'autres façons d'ouvrir une porte sans la défoncer. Cela laisserait-il des traces ? Sans doute, mais il faudrait un bon éclairage et une loupe pour les détecter. Quand on revient chez soi après s'être absenté brièvement, sans avoir aucune raison de penser que quelqu'un en a profité pour visiter les lieux, on n'est peut-être pas si méfiant.

Notre analyse se poursuivit encore un moment. Elle dodelinait de la tête, se tortillait les cheveux et sifflait en silence.

– Je me suis laissée emporter par mon imagination, soupira-t-elle. J'aurais dû vous appeler pour annuler le rendez-vous. Vous êtes venus ici pour rien.

À quoi T. J. lui répondit que nous n'avions tout de même pas traversé l'Atlantique.

– On a pris la ligne 1. Ce n'est pas la mer à boire.

J'ajoutai que je ne m'étais pas déplacé inutilement.

– Vous aviez des soupçons, lui dis-je, et ils n'étaient pas totalement infondés. Certaines questions vous trottaient dans la tête et demeuraient sans réponse. Comment vous sentez-vous, maintenant ?

– Un peu ridicule.

– Et à part ça ?

Elle réfléchit, hocha la tête.

– Mieux, déclara-t-elle. De mon oncle et de ma tante, il ne me reste que Kristin, et à l'enterrement je n'arrivais pas à la regarder sans penser à des choses... désagréables. J'espère qu'elle n'a pas deviné ce qui me passait par la tête.

– Elle avait sans doute d'autres chats à fouetter.

– Oui, évidemment.

Nous discutâmes encore un peu, T. J. et elle parlant de quelqu'un qui portait un nom français, rapport à leur cours sans doute. Elle voulut prendre la note, mais je l'avais déjà ramassée. Elle se récria. C'était la moindre des choses qu'elle nous invite à manger ; sinon qu'elle paye son repas.

– La prochaine fois, lui dis-je.

Nous étions au croisement de Broadway et de la 122e Rue. Le métro s'arrête à la 116e, puis il devient aérien, la station suivante se trouvant au niveau de la 125e Rue. Mais il est rageant de marcher dans la direction opposée à celle dans laquelle on veut aller. Il n'y a pas de raison, puisque de toute façon on emprunte la même ligne. Sous une pluie battante, nous aurions procédé de façon logique et serions remontés un peu vers le nord pour prendre le métro qui redescend dans le centre. Mais le temps n'était pas désagréable, il faisait plus frais et plus sec qu'auparavant, et nous avions envie de nous dégourdir les jambes. Parvenus à la 116e, nous nous regardâmes, haussâmes les épaules et finîmes par continuer notre route.

Il y a quelques années, on a réalisé un documentaire sur une promenade à pied tout au long de Broadway, depuis le bas de Manhattan jusqu'à la pointe septentrionale de l'île. En fait, ça ne s'est peut-être pas terminé là, car Broadway ne s'arrête pas à cet endroit. Un pont enjambe la Harlem River et la rue continue de l'autre côté, dans Marble Hill (qui, par la même occasion, fait partie de Manhattan, même si des gens là-bas vous disent qu'ils habitent le Bronx). Si l'équipe de la télé s'est aventurée aussi loin, elle a dû traverser Kingsbridge et Riverdale et arriver à la lisière du comté de Westchester, mais elle aurait aussi bien pu rester dans Broadway et pousser jusqu'à Albany.

C'est une rue géniale qui suit le tracé d'une ancienne route et coupe à travers la ville au cordeau. Il y avait longtemps que je ne l'avais pas longée à pied de bout en bout et ce fut un vrai plaisir.

À part tendre la main pour attraper la note, en guise d'activité physique je me contente de me promener à pied. Elaine va au gymnase-club trois fois par semaine le matin et suit deux cours de yoga par mois. Tous les deux ans, au premier janvier, je décide de faire quelque chose de ce genre et invariablement j'y renonce avant la fin du mois, quoi que ce puisse être. Mais il paraît qu'il n'y a pas de meilleur exercice que la marche à pied et j'espère que c'est vrai, car pour moi faire de l'exercice se réduit à ça.

Sur l'axe nord-sud, il y a un carrefour tous les quatre-vingts mètres, nous avions donc parcouru deux kilomètres lorsque nous arrivâmes à la 96e Rue.

– Si tu en as marre, dit T. J., l'express s'arrête ici.

– N'importe comment, on doit prendre l'omnibus, répondis-je.

– Tu vois ça comment ?

– L'express ne marque pas l'arrêt à Columbus Circle. Sur la ligne D ou la ligne A, oui, mais pas sur la nôtre.

– Et il faut descendre à la 72e Rue.

– À la 72e Rue ?

– Ce n'est pas là qu'on va ?

– Tu veux dire la 74e Rue.

– Et alors ?

– Il n'y a pas de raison d'aller là-bas.

– Tu veux donc prendre l'omnibus et rentrer chez toi ?

Tout en discutant, nous avions dépassé la 95e. Ce n'était pas grave, il existe une autre entrée dans la 94e et cela évite d'emprunter deux escaliers, un qui descend et l'autre qui monte.

– Il y a combien, demandai-je, de la 94e à la 74e ? Vingt rues ?

– Je pourrais te le dire, mais je crois que j'ai oublié ma calculette dans mon autre pantalon.

– On a fait tout ce chemin, on pourrait finir à pied si tu te sens d'attaque.

– Si je me sens d'attaque, dit-il en levant les yeux au ciel.

7

Toute considération de prix mise à part, nous n'avons jamais envisagé, Elaine et moi, d'acheter une maison. Nous préférons la vie en appartement avec un concierge qui réceptionne les colis et filtre les visiteurs, et des gardiens et des ouvriers d'entretien qui réparent les fuites d'eau, remplacent les plombs qui ont sauté, sortent les poubelles et déblaient la neige. Autant de corvées dont on peut toujours s'exonérer lorsqu'on est propriétaire d'une maison – on trouve toujours des gens prêts à s'en charger –, mais il faut veiller à ce que le travail soit fait. Dans notre immeuble bien tenu, tout marchait comme sur des roulettes. On ne se souciait jamais de rien.

Une maison est plus spacieuse, mais nous avions tout l'espace qu'il nous fallait, et bien plus que ce à quoi nous étions habitués. Depuis mon départ de la villa de Syosset je m'étais bien plu dans ma chambre d'hôtel grande comme une armoire à balais ; Elaine habitait et travaillait de son côté dans un F1 sur la 50e Est, à une rue de l'East River. Par contraste, notre grand trois pièces nous paraissait immense.

Il n'empêche, il suffisait de regarder l'immeuble des Hollander du trottoir d'en face pour comprendre qu'il devait faire bon y vivre. C'était une superbe réalisation architecturale d'un seul tenant, avec une résidence de chaque côté. Emplacement imbattable, tout près de Central Park et desservi par deux stations de métro. D'ici on ne voyait rien, mais il y avait certainement un jardin derrière, dans lequel on pouvait installer un grill pour faire un barbecue ou aller tout simplement s'asseoir avec un livre et du thé glacé.

Le meurtre des Hollander remontait à douze jours, et cela faisait une semaine qu'on avait retrouvé le corps des deux hommes dans un appartement de Coney Island Avenue. On n'en parlait plus dans les journaux, même si cela restait encore gravé dans la conscience collective du quartier. Plus de ruban jaune devant l'entrée, ni de scellés sur la porte.

Je traversai la rue et gravis les marches du perron pour me faire une meilleure idée. T. J., sur mes talons, me demanda ce que je fabriquais.

– Je viens fureter un peu.

Les rideaux étaient tirés. Dans l'entrée, un simple jour en demi-lune et en verre dépoli au-dessus du linteau. Je collai mon oreille au battant. T. J. me demanda si j'entendais la mer. Non, ni rien d'autre au demeurant. Je reculai et appuyai sur la sonnette. Pas de réponse. Je m'en doutais.

– Il n'y a personne, dit T. J.

Je jetai un œil à la serrure – un peu de lumière n'aurait pas fait de mal. En tout cas, si on l'avait trafiquée, ça ne se voyait pas. Pas de travail à la gouge autour du jambage ni d'éraflures récentes sur l'avant du cylindre. Évidemment, après ce qui s'était passé, on aurait pu remplacer ce dernier. Si l'on devait vivre ici, et même dans le cas contraire, on aurait intérêt à changer les serrures.

Le magasin d'antiquités qui se trouvait au rez-de-chaussée était fermé et le rideau baissé. Une pancarte accrochée à la porte donnait les heures d'ouverture – du lundi au vendredi de midi à six heures ou sur rendez-vous. Une décalcomanie prévenait tout le monde que les lieux étaient protégés par un système d'alarme –, avec menace de riposte armée.

– Si nous étions des cambrioleurs, dit T. J., il y aurait de quoi frémir : « Riposte armée ». Pas seulement des flics, mais des flics avec des calibres !

– Ça rassure des tas de gens.

– Quoi ? Un flic armé ? (Il hocha la tête.) Mieux vaut pour eux ne jamais en voir. Tu veux monter ? Le digicode est dans la penderie. Faut composer le 10-70.

– Une autre fois, peut-être.
– T'as peur d'essuyer une riposte armée ?
– C'est ça.
– Si on va à Brooklyn, je te préviens que j'y vais pas à pied.
– Pourquoi veux-tu aller à Brooklyn ?
– À Coney Island Avenue. Pour voir l'endroit où les flics ont enfoncé la porte.
– Ça ne me dit rien. Je préfère rentrer. On prend le métro.
– C'est tout près. On n'a qu'à y aller à pied.

Elaine prépara un repas léger – pâtes et salade verte – et je regardai le match de boxe sur HBO. Je pris ensuite un bain chaud avant de me coucher, mais le lendemain je me sentis courbatu et endolori après toutes ces pérégrinations. Nous sortîmes vers quatorze heures et descendîmes à pied jusqu'au Lincoln Center, où nous avions des billets pour un concert de musique de chambre à l'Alice Tully Hall. Il s'agissait d'un quatuor, auquel un clarinettiste se joignait dans un morceau.

On nous joua du Mozart, du Haydn et du Schubert. Rien à voir avec le jazz, et pourtant il y a quelque chose dans la musique de chambre, en particulier dans les quatuors à cordes, qui me fait penser à une petite formation de jazz. Le côté intime, sans doute, et le dialogue qui s'instaure entre les instruments. On a aussi l'impression que c'est improvisé, même si les musiciens interprètent des partitions écrites il y a deux cents ans.

Nous dînâmes dans un restaurant thaïlandais et rentrâmes à temps pour qu'Elaine suive « Masterpiece Theatre » à la télé. C'était la troisième partie, elle avait manqué les deux premières, mais qu'à cela ne tienne : Elaine regarderait n'importe quoi pourvu que les acteurs s'expriment avec l'accent anglais. J'étais à la cuisine en train de lui faire du thé lorsque le concierge nous appela à l'interphone pour nous annoncer un certain M. T. J. Santamaria.

J'apportai son thé à Elaine et lui dis que nous avions de la visite.

– Santamaria ? Eddie était de service lorsque nous sommes rentrés. Raul a dû prendre son service à huit heures.

Nous n'avons jamais réussi à savoir quel était le nom de famille de T. J. (ni son prénom, maintenant que j'y pense), mais ça m'étonnerait que ce soit Santamaria. Un jour, un des types qui font office de portiers a insisté pour qu'il décline son identité avant de l'annoncer : il est aussitôt devenu T. J. Smith. Il utilise ce nom par moments, mais le troque à l'occasion pour Jones ou Brown. Quand il ne se présente pas sous le nom de T. J. Wesson, l'associé de M. Smith (lequel est un type mielleux, m'a-t-il expliqué un jour). Si le portier de faction a des origines ethniques aisément reconnaissables, il choisit un patronyme en conséquence et se fait donc parfois appeler T. J. O'Hanrahan, T. J. Goldberg (« Le petit frère de Whoopi »), ou encore, comme maintenant, T. J. Santamaria. Pendant plusieurs mois, nous avons eu un type de St. Kitts, un bêcheur au maintien parfait, et T. J. prenait un malin plaisir à lui demander d'annoncer M. T. J. Le Négro.

Il arriva avec un classeur renfermant un dossier consistant.

– J'ai imprimé tout ce qui a fait les gros titres, plus des conneries que j'ai trouvées sur un site Internet, dit-il. Il est curieux que le *New York Times* n'ait pas fait le rapprochement entre le meurtre des Hollander et celui de Sharon Tate.

– Normal, répondis-je. Charles Manson est aussi impliqué dans la mort des Hollander que leur fille Kristin, c'est-à-dire tout autant que n'importe qui en dehors de ces deux paumés de Brooklyn.

Il me tendit le classeur.

– À quoi bon ? Il n'y a rien là-dedans qui puisse nous intéresser. Hier, on a passé pratiquement une heure à soulager la conscience de ta copine.

– Ce n'est pas ma copine.

– Bon, ton amie sans plus. Je reconnais mon erreur.

Je soupesai le classeur.

– Pourquoi faudrait-il que j'examine ça ?

– Pourquoi sommes-nous allés voir la maison où tout ça s'est passé ?

– Par curiosité.

– La curiosité est un vilain défaut. Mais bon... pourquoi ne pas en profiter ?

Il se dirigea vers l'ascenseur.

Lundi matin j'appelai Joe Durkin pour lui demander s'il voulait bien me rendre un service.

– C'est la seule raison qui me pousse à venir travailler le matin, me dit-il. Ce que je fabrique pour la ville de New York est une autre paire de manches.

Je lui fis part de mes desiderata.

– Mais enfin pourquoi ? s'écria-t-il. Qu'est-ce qui se passe ? Tu deviens écrivain ? Tu veux en faire paraître un compte rendu dans *True Detective*[1] ?

– Je n'y avais pas pensé, mais ça ferait une bonne couverture.

– Les mecs préféreraient des clips télé. Blague à part, qu'est-ce qui t'intéresse ? Ne me dis pas que tu as un client.

– Comment pourrais-je en avoir un ? On m'a retiré ma licence.

– D'après ce qu'on m'a dit, tu l'as rendue de ta propre initiative. De toute façon, qu'est-ce que ça change ? Tu as exercé des années sans en avoir.

– C'était l'une de mes caractéristiques si je m'en souviens.

– L'une d'elles, soupira-t-il.

Un ange passa. Joe me demanda ensuite qui m'avait engagé. Je lui répondis qu'en toute sincérité je ne travaillais pour personne.

– Et la fille ? Qu'est-ce qu'il lui faut de plus pour classer l'affaire ? Les saligauds qui ont fait le coup sont morts. Pourquoi veut-elle que tu fouines un peu partout ?

– Je ne l'ai jamais rencontrée et je n'ai pas de client. C'est pour des raisons personnelles que je m'intéresse à cette histoire.

– Tu as l'esprit civique et tu veux que justice soit faite.

1. Revue consacrée aux affaires criminelles et aux affaires non résolues *(NdT)*.

– J'ai l'impression que c'est déjà fait... Est-ce que je t'ai dit qu'Elaine et moi avons mangé avec les Hollander le soir où ils ont été assassinés ?

– Il me semble, oui. Vous n'étiez pas assis à la même table, si je me rappelle. Vois-tu, le mois dernier, un vieux a été battu à mort dans le métro, sur la ligne G. Or, le deuxième prénom de mon père commençait par G. Pourtant, je n'ai pas ressenti le besoin d'aller voir le type qui enquêtait sur l'affaire. Ç'aurait bien sûr été très différent s'il s'était s'agi d'un client.

– Si j'avais un client, je serais occupé et n'aurais pas de temps à perdre avec une affaire classée.

– Raison de plus pour souhaiter que tu récupères ta licence. Bon, tu parles sérieusement ? Je vais passer un coup de fil, voir ce que je peux faire.

Il revint un quart d'heure après, avec un nom et un numéro de téléphone.

– Je ne connais pas ce type, mais on le dit intègre et minutieux, même s'il n'a pas l'air d'avoir inventé la poudre.

– J'espère que tu lui as parlé de moi en des termes aussi élogieux...

– Je lui ai dit que tu n'étais pas le genre à voler une cuisinière brûlante et qu'on a abandonné les poursuites lorsque la mère du garçon a retiré sa plainte. Bon, c'est vrai, tu ne sais pas comment me remercier, mais ne t'inquiète pas, tu trouveras bien quelque chose.

Le type qui avait attendu au bord du trottoir que Kristin Hollander rentre chez elle sans encombre avait appelé la police de son portable. Une voiture de patrouille du commissariat du vingtième district avait répondu à l'appel, et ses occupants avaient signalé leur découverte aux gradés. Moins d'une heure après deux inspecteurs du secteur étaient sur les lieux. Ce double meurtre était de leur ressort, mais avant que les médias ne s'emparent de l'affaire, en haut lieu on avait préféré redistribuer les cartes et mettre sur pied une unité spéciale dirigée par un type de la criminelle de Manhattan Nord.

– Ce n'est jamais agréable de se voir retirer une affaire, soupira Dan Schering. Susceptibilité mise à part, ça valait mieux en fin de compte : on ne peut pas vraiment pousser les investigations quand il faut lever le pied tous les quarts d'heure pour donner une conférence de presse. Le type de la criminelle, lui, savait comment s'y prendre avec les journalistes. On a continué notre enquête et on a résolu l'affaire qui vous occupe. Ça n'avait même pas commencé à schlinguer devant la porte qu'on avait déjà un nom et un signalement. Il ne nous restait plus qu'à coffrer ce saligaud. La seule chose qui nous en a empêchés, c'est qu'il était mort.

Joe avait laissé entendre que Schering n'était peut-être pas une lumière, mais je ne le trouvai pas si bête. Il y avait chez lui un côté flegmatique, très Middle West, ce qui avait sans doute suffi pour le faire taxer de nigaud par un New-Yorkais comme Joe Durkin. Il me rappelait Havlicek, un flic de l'Ohio que j'ai connu dans le temps, que j'aimais bien et pour qui j'avais suffisamment d'estime pour rester en contact avec lui. Il n'était pas con du tout, Havlicek.

Schering était originaire d'Albert Lea, une bourgade du Minnesota. Passionné de football et de basket, il y avait d'abord joué au lycée avant de continuer à l'université, où il avait fait partie de la section football des étudiants de première année. Malheureusement, il n'avait pas été sélectionné pour figurer dans l'équipe officielle de l'établissement, la Golden Gopher. En basket, où tous les joueurs faisaient plus d'un mètre quatre-vingt-quinze, il avait jeté l'éponge.

Sa copine étudiait le théâtre. Après la fac, il l'avait suivie à New York, où elle travaillait comme serveuse et allait à des auditions. Un matin où il se rendait à son premier emploi de bureau, il avait vu une affiche dans le métro signalant qu'on recrutait dans la police. Il avait passé brillamment l'examen d'entrée et n'avait jamais eu à s'en plaindre par la suite. La fille et lui s'étaient séparés ; il ne savait pas ce qu'elle était devenue, si elle habitait toujours New York, s'était installée à Los Angeles ou était retournée à Saint Paul, mais ça ne l'intéressait pas assez pour qu'il se renseigne. Il eut l'air ahuri que je lui demande s'il regrettait le Minnesota.

Les flics avaient compris que ça sentait le roussi pour Ivanko avant même que n'arrivent les résultats positifs des examens génétiques : on avait déjà retrouvé un morceau d'empreinte de pouce sur le tisonnier. Oh, ce n'était qu'une malheureuse empreinte digitale, incomplète de surcroît, et ils n'avaient pas pu l'exploiter avant qu'on leur refile un tuyau et qu'ils sortent son dossier.

– Elle correspondait, dit-il. D'après les types de la médecine légale, il y avait pratiquement deux chances sur trois pour que ce soit la même, ce qui, juridiquement parlant, n'est pas considéré comme une preuve irréfutable. Bref, pour nous, il n'y avait pas l'ombre d'un doute, seulement ce n'était pas suffisant pour emporter la conviction du juge et du jury. Bon, si nous avions dû fournir quelque chose au magistrat, il nous restait les traces d'ADN. Son sperme, ses poils pubiens retrouvés sur les lieux, sans compter les traces relevées par les types du service médico-légal de Brooklyn.

– Les « traces » ?

– Disons que notre Carl n'avait pas eu le temps de prendre une douche.

Ils s'étaient pas mal excités quand le tuyau avait donné des résultats, mais avaient quelque peu déchanté lorsque les flics de Brooklyn étaient tombés sur Bierman et Ivanko avant qu'on ait pu les localiser à Manhattan. Cela dit, il était très content que ça se soit terminé comme ça.

– Pour la victime, expliqua-t-il. Je ne parle pas de ceux qui ont été trucidés, pour eux c'était fini, mais de leur fille. Quand on est dans son cas, mieux vaut connaître la vérité le plus vite possible. Et comme ces mecs sont morts tous les deux, elle fait l'économie d'un procès qui aurait duré des semaines, avec tout le battage médiatique qui s'ensuit. L'affaire est réglée et elle a pas à attendre six mois, six ans ou plus et devoir témoigner tous les deux ans parce qu'on a une audience statuant sur leur demande de remise en liberté conditionnelle. C'est vrai qu'on n'en a jamais vraiment fini quoi qu'il advienne lorsqu'on perd ses parents dans des conditions pareilles, ça vous poursuit toute la vie, mais au moins elle peut tourner la page, comme nous.

Il avait compati à la douleur de la fille comme l'aurait fait n'importe qui, mais ça ne l'avait pas empêché de la tenir à l'œil.

– C'est évidemment la première chose à laquelle on pense, dit-il. Les parents sont assassinés chez eux, c'est la fille qui découvre les corps, on se demande tout de suite si ce n'est pas elle qui a fait le coup. Il faut dire que des cas comme ça, on en voit sans arrêt. Il y a encore quatre mois, à Astoria, une lycéenne dont les parents n'aimaient pas le type avec qui elle sortait a décidé de leur montrer qu'ils se trompaient en s'arrangeant avec le mec pour les descendre.

Je me souvenais de cette histoire.

– Et ils n'ont pas fait du beau travail, fis-je observer.

– Elle avait piqué le flingue de papa et l'avait refilé au copain, qui a buté le vieux et l'a ensuite obligée à tirer sur sa mère ; ou alors c'est elle qui en a eu l'idée, ça dépend de la version à laquelle on s'en tient. Après, il est sorti piquer une bagnole d'où il a canardé la maison, en tirant trois ou quatre balles à travers la fenêtre de devant. Elle, pendant ce temps-là, elle se trouvait à l'intérieur, d'où elle a appelé la police, complètement affolée ; elle avait même des coupures superficielles sur les mains, apparemment causées par les éclats de verre consécutifs à la fusillade. Ce qui n'aurait pas été idiot comme idée, sauf qu'il n'y avait pas d'éclats de verre, les balles n'ayant fait qu'un petit trou en traversant les vitres.

« Et quand on cherche à savoir ce qui cloche dans le tableau, la réponse est simple : tout. Pour commencer, les deux cadavres se trouvent dans la pièce de devant, où ils ont soi-disant été abattus à partir d'une voiture qui passait par là. Or, on relève des taches de sang dans la cuisine, ainsi que d'autres éléments indiquant que l'un d'eux, au moins, y a été assassiné et qu'on a traîné son corps dans la salle de séjour – notamment une balle qui est venue se loger dans le mur de la cuisine. Et même en admettant qu'on leur ait tiré dessus depuis un véhicule en marche, la trajectoire des balles ne colle pas ; elles ont atterri dans le plafond de la salle de séjour. Et pour la femme, la mère, c'est encore pire : non seulement l'angle de tir n'est pas le bon, mais on a retrouvé sur la plaie des brûlures causées par la poudre. Tu parles d'une astuce, toi, de laisser des traces de poudre autour d'une blessure infligée par une balle tirée de l'extérieur ! »

Bref, il pouvait difficilement se désintéresser de Kristin Hollander. Il ne l'avait pas bousculée, puisqu'elle était vraisemblablement innocente et qu'il n'était donc pas question de la faire souffrir davantage. Mais il avait guetté ses réactions, vérifié son alibi et il était resté à l'affût d'une gaffe de sa part.

Elle n'en avait commis aucune.

– Celui qui dit qu'il ne ment jamais raconte des blagues. Seulement, à la longue, on acquiert un sixième sens. Vous êtes un ancien flic, vous savez combien de fois par jour on nous mène en bateau. Les malfrats mentent tout le temps, même sans raison. Et quand ils en ont une, ils vous débitent des mensonges à la chaîne, dans l'espoir qu'on en gobera un, histoire de mettre toutes les chances de leur côté. « La dope, là ? C'est la première fois que je la vois, m'sieur l'inspecteur. La dope, là ? C'est pas de la poudre, ça, c'est du talc, ouais, pour le bébé, quand on lui change ses couches. La dope, là ? Putain, c'est quoi, ce bordel ? C'est vous qui me l'avez glissée dans la poche ! » Vous riez, et pourtant c'est comme ça que ça se passe.

– Je ris parce que c'est toujours le même refrain qu'il y a trente ans.

– Ça ne changera jamais. Pourquoi toucher à un classique ? Et ils sont tous persuadés d'être des petits génies dans leur genre. Mais nous, on n'est pas dupes et on les connaît, leurs simagrées. Avant même qu'ils ouvrent la bouche, on sait qu'ils vont nous raconter des salades.

Or Kristin, elle, ne mentait pas, il en était certain. On ne peut pas feindre ce genre de réaction, blêmir sur commande, se mettre soudain à glapir, sans même s'en rendre compte. Elle était en état de choc, avait dit le médecin, elle en avait présenté les symptômes et ça, on ne peut pas le simuler.

En plus, elle avait un alibi en béton. Elle se trouvait avec des gens ce soir-là, certains qu'elle connaissait bien et d'autres, comme l'homme qui l'avait raccompagnée, qu'elle voyait pour la première fois. Impossible qu'ils mentent tous en même temps, d'autant que leurs déclarations concordaient et la disculpaient.

Certes, elle n'aurait pas été obligée de se trouver sur place au retour de ses parents. Elle aurait pu laisser entrer les cambrioleurs avant, ou bien leur donner une clé et le code, puis faire en sorte d'être ailleurs au moment crucial. Mais il n'y avait aucune raison de la soupçonner, rien qui indique un conflit quelconque avec ses parents, pas de crises de hurlements, pas de rancune latente. Tout comme elle n'avait apparemment d'autre mobile que la valeur reconnue de la maison et ce dont elle devrait hériter. Or, elle avait déjà jouissance de la villa, elle l'habitait, nom d'un chien, et elle n'avait pas particulièrement besoin d'argent. Pour quelle raison aurait-elle commis un crime aussi atroce ?

8

On pourrait croire que Coney Island Avenue mène à Coney Island ou qu'elle traverse carrément l'île, mais non. Elle commence au rond-point situé à l'angle sud-ouest de Prospect Park et descend vers le sud jusqu'à Brighton Beach, pour s'arrêter à quelques mètres de la Promenade. Je pris la ligne D et sortis à la station 16e Rue-Avenue J. J'aurais marché moins longtemps en descendant à l'arrêt suivant, Avenue M, mais je ne savais pas dans quel sens allaient les numéros.

Je me repérai et mis le cap à l'ouest, longeant l'Avenue J, une artère commerçante bordée de restaurants et de pâtisseries casher. Midwood : le type même du quartier juif bourgeois à l'époque où Brooklyn était presque entièrement juif, irlandais ou italien. C'était toujours un quartier juif, à en juger par les enseignes, mais on n'y voyait pas de redingotes et de chapeaux noirs à larges bords comme à Brooklyn Park et Crown Heights.

Coney Island Avenue, où un restaurant casher servant des produits laitiers jouxtait une épicerie pakistanaise et un restaurant turc, offrait davantage de diversité ethnique. Je passai devant des garages spécialisés dans les voitures d'occasion et des bijouteries vendant à crédit, traversai deux ou trois rues et suivis les numéros jusqu'à celui qui m'intéressait. Il était situé à seulement deux maisons du carrefour avec Locust, une petite rue qui coupe Coney Island Avenue, à mi-chemin entre l'Avenue L et l'Avenue M.

Bierman et Ivanko avaient trouvé la mort dans une espèce de cube à trois étages, taillé à angles droits. Au départ, c'était une maison à charpente en bois, et elle devait toujours l'être sous son emballage, car on avait jugé utile de la recouvrir d'un revêtement en aluminium. Je sais bien que cela permet de faire des économies de chauffage et évite de la repeindre tous les deux ou trois ans, mais un revêtement se doit d'être discret, et celui-ci bouchait la vue. Pour limiter les frais on s'était contenté d'enrober la baraque d'un enduit, sans se soucier des décorations et des particularités architecturales qui auraient pu la distinguer des autres. Tout était recouvert et découpé à la serpe, le revêtement lui-même laissant à désirer, à moins qu'il n'ait été posé par un maladroit tant il se gondolait par endroits.

– Vous la regardez comme si vous vouliez l'acheter.

Je me retournai en direction de la voix et aperçus une voiture de police garée devant le trottoir, à côté d'une bouche d'incendie. Un type, petite moustache finement taillée et abondante chevelure brune, sortait la tête par la portière. Chemise hawaïenne sur le dos, les avant-bras cuits par le soleil.

– Ed Iverson, dit-il avec le sourire. Vous êtes Scudder, je parie.

Dans l'entrée, huit sonnettes, plus une, sur le côté, qui ne portait pas de nom.

– Un immeuble de grande classe, ironisa-t-il. Le concierge possède un numéro confidentiel.

Il appuya sur le bouton adéquat. L'interphone se mit à grésiller.

– Police, Jorge. Je t'ai amené quelqu'un.

L'appareil grésilla de nouveau et quelques minutes après la porte s'ouvrit, laissant apparaître un Hispano-Américain.

– Je te présente M. Scudder, dit Iverson. Ton nouveau locataire, au premier à gauche.

Pas question, lui signifia son interlocuteur d'un geste de la tête.

– C'est loué.

– Comment ? Tu as déjà trouvé quelqu'un ?

– Le premier du mois, faut bien. T'as le proprio qui me dit qu'il a signé le bail. Je n'ai plus qu'à repeindre, tout nettoyer...

Il fit la grimace.

– Il faut enlever cette odeur.

– Ça ira mieux avec une couche de peinture.

– Oui, si on veut, mais il y a aussi le parquet qui pue. Les murs en sont imprégnés. Je me disais qu'un peu d'encens...

– Ça vaut le coup d'essayer.

– Sauf qu'après ça pue l'encens et qu'on ne peut plus s'en débarrasser.

– Bah, tu n'as qu'à fumer de l'herbe ! Tu nous fais visiter ?

– Je viens de vous dire que c'est loué.

– Juste pour que M. Scudder se rende compte de ce qu'il a loupé. Il n'a pas vraiment l'intention de louer cet appartement, Jorge ; il veut simplement voir à quoi il ressemble. Dis, tu nous laisses entrer ou bien va falloir que j'enfonce la porte encore un coup ?

– C'est déjà moins écœurant, lança Iverson à l'adresse du concierge. Toi, tu es là en permanence, d'un jour à l'autre tu ne remarques pas la différence. Lave le parquet avec de l'ammoniaque, laisse les fenêtres ouvertes, pulvérise du désodorisant, et il n'y paraîtra plus.

– Tu ne sens pas ?

– Si, bien sûr, mais c'est rien à côté de ce que c'était avant. À propos... tu m'as raconté qu'un petit malin venait de le prendre, l'appart. Qu'est-ce qu'il avait, ce génie, un rhume de cerveau ?

– Il a conclu l'affaire au téléphone.

– Il doit pas être bien difficile pour louer un appartement sans même y jeter un coup d'œil ! Tu n'as qu'à dire à la bonne femme en face de continuer à faire la cuisine. C'est pas elle qui s'est plainte de l'odeur, par hasard ?

– Non, c'est quelqu'un qui habitait au-dessus.

– Ça montait jusque-là ?

– Ça passait sous la porte, c'est comme ça qu'elle l'a senti.

– Faut croire que l'autre, en face, ne faisait pas la tambouille du matin au soir, sinon les odeurs se seraient neutralisées. Au fait, qu'est-ce qu'elle prépare ?

– De la cuisine cambodgienne, sans doute.

– Cambodgienne ?

– Elle vient du Cambodge, elle doit manger la cuisine du pays.

– À tous les coups, le plat national c'est du ragoût de chien, dit Iverson, et toute la famille en raffole. Bon, Jorge, on prend la relève.

– La relève ?

– On se débrouillera sans toi. Allez, va faire de la gonflette et boire des stéroïdes.

– Je ne prends pas de stéroïdes. C'est entièrement naturel.

– T'as raison.

– Ce n'est pas bon pour la santé, ce sirop. Ça vous rétrécit les couilles, déclara Jorge.

– Qui deviennent comme des pois chiches, ajouta Iverson.

La porte se referma.

– Vous avez vu ses épaules, à ce taré ? Entièrement naturel ? Mon cul ! Les petits veulent tous être grands, c'est pour ça qu'ils prennent des stéroïdes, et comme ça marche ils continuent. Bon, c'est vrai, ça vous ratatine les valseuses, ils sont les premiers à le reconnaître, mais ils s'imaginent que c'est comme le cancer des poumons, que ça n'arrive qu'aux autres.

Il hocha la tête.

– Remarquez, on est tous pareils, on ne se sent pas concerné. Sinon, on ne prendrait jamais l'avion, on ne rentrerait jamais chez soi en voiture, on ne fumerait pas de cigarette, on ne mettrait jamais le nez dehors...

– On n'irait jamais au concert.

– On ne ferait plus rien. C'est ici que ça s'est passé et ça sent toujours, pas vrai ? Même si ce n'est pas aussi affreux que le prétend Jorge. N'importe comment, il ne nous reste plus que l'odeur, car il n'y a plus grand-chose à voir. Il a tout nettoyé. Bon, il ne pouvait pas faire autrement ; une fois qu'on a brisé les scellés... Les types de la morgue avaient fini, on avait recueilli tous les indices, pris en photo la scène du crime et les macchabées, on a virtuellement clos l'affaire dès l'instant où on l'a ouverte. Dans ces conditions, pourquoi vouloir garder cet endroit en l'état ?

Il me guida dans la pièce de devant, puis nous revînmes à la cuisine, qui donnait sur une troisième pièce.

– On a enlevé les meubles, reprit-il. Il n'y en avait pas beaucoup, et rien qui mérite d'être conservé. Dans le séjour, deux ou trois chaises récupérées à l'Armée du Salut et une télé posée sur une caisse à bouteilles de lait. Une table de jeu dans la cuisine, avec une ou deux chaises. Là, c'était la chambre, mais il n'y avait pas de lit, juste un matelas en mousse posé à même le sol et recouvert d'un drap. Est-ce qu'il y avait une commode ? Je ne m'en souviens pas. Ce que je sais, c'est qu'il y avait une autre télé par terre, pour qu'on puisse la regarder du lit sans attraper le torticolis.

– Ils pensaient à tout.

– Y compris au fait qu'il est important d'avoir de l'air frais lorsqu'on dort : le matelas était là-bas, à côté de la fenêtre. L'autre mec, Ivanko, se trouvait à votre place, allongé sur le ventre, moitié sur le matelas, moitié par terre. Vous voulez que je vous dise, on aurait dû se retrouver au commissariat, pour que je vous montre les photos et que vous puissiez vous faire une meilleure idée de la scène qu'en tournant en rond dans un appartement vide. À supposer évidemment qu'elles soient toujours là-bas et que je les retrouve.

– Schering, lui dis-je, m'en avait montré un jeu.

– Vous aviez envie de vous rendre compte par vous-même, de vous faire une petite idée (il sourit), de sentir les odeurs...

– Et aussi parler à quelqu'un qui s'était trouvé sur les lieux.

– Si vous voyiez les photos, ce serait clair comme de l'eau de roche. Celui qui a tiré se trouvait dans le coin, face au lit, juste là, en caleçon, qu'il a souillé après s'être tiré une balle dans la tête, ce qui n'a rien arrangé, question odeur, je vous le garantis. Je ne sais pas pourquoi il a enlevé sa chemise et son pantalon avant de se flinguer, ni pourquoi il ne s'est pas déshabillé complètement, sinon dans un accès de pudeur. Son jean était là-bas, par terre, près de la télé, et sa chemise... sa chemise je ne sais plus où elle était. Dans cette pièce de toute façon, certainement sur la moquette car il n'y avait rien d'autre.

– Et il était assis dans le coin ?

– Disons affalé. Il est tombé en avant après s'être tiré une balle dans la bouche, et on l'a retrouvé quasiment plié en deux. La première chose qu'on remarquait, c'était le trou par lequel la balle est sortie, à l'arrière de la tête.

Il traversa la pièce et me désigna une tache noire dans l'encoignure, à cinquante centimètres du sol. Il y avait un rond blanc au milieu, où l'on avait rebouché un trou avec de l'enduit.

– Jorge a décapé puis colmaté l'endroit d'où l'on a extrait la balle, mais il ne l'a pas complètement rebouché. On y serait peut-être arrivé si l'on avait passé de la laque sur les murs, mais comme c'était de la peinture mate, ça pénètre à l'intérieur. Ce n'est pas grave, on va tout recouvrir, même avec cette espèce de cochonnerie qu'achètent les propriétaires. Mais enfin... vous voyez comment ça s'est passé.

– Oui.

– Devinez un peu ce que j'ai pensé.

– Qu'il s'agissait d'une dispute entre amants.

– Vous avez pigé du premier coup. Deux hommes, un matelas, et celui qui a tiré se retrouve en caleçon. Il tue son amant, il mesure la portée de son acte et il fait comme si son flingue était une bite. Après, la première chose que j'ai remarquée, c'est une taie d'oreiller avec rien à l'intérieur, puis une autre qui, elle, n'était pas vide. Je suis retourné dans la cuisine, et sur la table de jeu était posé un petit coffre en noyer dans lequel tout était rangé, y compris les fourchettes à huîtres. Or on ne voit pas beaucoup de fourchettes à huîtres en argent massif dans Coney Island Avenue.

– Vous avez tout de suite compris d'où ça venait ?

Il acquiesça.

– Avec tout ce que disaient la presse et les communiqués qui nous arrivaient du Central, c'est la première chose qui m'est venue à l'esprit. Mon collègue aussi, et je ne sais pas lequel de nous deux a réagi le plus vite. Ça vous remue, des trucs pareils, vous vous en doutez.

– Évidemment.

– Mais on a vite déchanté parce que... où cela allait-il nous mener ? Ce sont eux qui ont fait le coup, ils sont morts, tous les deux, l'affaire est close, rideau. Bien sûr, on a procédé à des vérifications rigoureuses, par acquit de conscience, mais il n'est apparu aucun élément nouveau susceptible de nous amener à changer d'avis. Le plus drôle, c'est que ça nous a valu des félicitations, à Fizz et moi, alors que nous n'avons fait que jeter un œil et prévenir qui de droit.

– La lettre qui figure dans votre dossier a la même valeur, que vous ayez fait quelque chose ou pas, lui répondis-je. Et puis, cela compense toutes les fois où vous méritiez d'être félicité et ne l'avez pas été.

– Et comment ! Ça rétablit l'équilibre.

Nous bavardâmes encore un peu et je fis le tour de l'appartement pour m'imprégner de l'atmosphère, en essayant d'imaginer comment tout s'était déroulé. Deux hommes pénètrent dans l'appartement, chargés du butin de leur cambriolage. Ils viennent de violer une femme puis de l'assassiner, ainsi que son mari, ils ressentent... que ressentent-ils ? Comment pourrais-je savoir ce qu'ils ressentent ?

Ils rentrent, et quelques instants après (ou au bout de quelques heures, je ne connaissais pas la chronologie exacte) l'un des deux flingues l'autre. Il se met alors en caleçon (à moins qu'il ne commence par se déshabiller avant de descendre son comparse), puis il va s'asseoir dans un coin pour téter son flingue. Ou si l'on préfère reprendre l'image inoubliable d'Iverson, pour le sucer.

Je lui demandai s'ils vivaient tous les deux ici.

– L'appartement était au nom de Bierman. C'est lui qui a signé le bail en avril, et d'après les voisins il vivait seul. Les vêtements dans la penderie étaient les siens. Il n'y avait qu'un seul oreiller, et même si deux personnes dorment dans le même lit, on s'attendrait à ce qu'elles aient chacune leur oreiller.

– Apparemment.

– Il se peut qu'il ait fait revenir Ivanko pour planquer le butin, se le partager, que sais-je ?

Il haussa les épaules.

– Peut-être aussi que Bierman l'avait dans la peau, qu'il lui a fait les yeux doux et que l'autre n'a pas marché dans la combine. « Bang ! bang ! » t'es mort. « Bang ! », et hop ! je suis mort. Si l'un d'eux avait survécu, on aurait pu lui demander, mais ils ont trépassé tous les deux, et ce n'est plus possible.

– Vous avez dû enfoncer la porte, dis-je.

– Là encore, s'ils avaient été vivants ils auraient pu nous ouvrir. Mais bon, oui, nous avons dû entrer de force. Pas moi personnellement, mais les deux flics en tenue qui nous accompagnaient. Ils devaient se douter de quelque chose. Personne ne fait longtemps ce travail sans jamais respirer une bouffée d'Eau de Cadavre. Après, pas moyen de la confondre avec autre chose.

– Le concierge était-il ici quand ils sont rentrés ?

– Jorge ? C'est lui qui leur a téléphoné. Un voisin se plaignait, il est allé voir, puis il a appelé la police.

– Il nous a laissé entrer sans problème. Pourquoi n'a-t-il pas fait de même avec les flics en tenue ?

– Ah, c'est ça. Je me demandais où vous vouliez en venir. La porte était verrouillée de l'intérieur.

– La clé ne permettait pas d'actionner le verrou ?

– Pas ce genre de verrou. Rien à voir avec la serrure. C'était une espèce de machin qu'on trouve dans les quincailleries et qu'on visse à l'arrière du battant, enfin... une partie, le reste étant fixé au montant. On tire le verrou et la porte est barrée. Tenez, on voit les trous laissés par les vis. Encore un truc à boucher pour Jorge avant qu'il attaque la peinture, si jamais il s'en donne la peine. Le verrou proprement dit, je l'ai aperçu en entrant ; un joli truc en cuivre brillant. La porte elle-même était intacte, ils ne l'avaient pas abîmée en l'enfonçant à coups de pied, le verrou intérieur s'était simplement détaché. Est-ce qu'on le voit sur une des photos que Schering vous a montrées ?

– Je ne les ai peut-être pas toutes eues en main.

Je refis le tour des lieux et regardai la cour de derrière par la fenêtre de la chambre. Il y avait quatre poubelles, trois debout, la dernière renversée et dégorgeant des ordures. À côté, un sac en plastique renforcé dont on aurait dit qu'il avait été rongé par un rat. Celui-ci avait disparu, mais j'aperçus ce qui avait sans doute été ses déjections. Les techniciens du labo auraient pu me le certifier et me dire aussi ce que l'animal avait pris au petit déjeuner.

On pourrait planter des fleurs ici, songeai-je, ou bien faire un barbecue, mais il faudrait être givré.

– Si seulement je savais pourquoi il s'est déshabillé, soupirai-je.

– Bierman ?

– Ivanko était en petite tenue lui aussi ?

– Non, seulement Bierman. Il faisait bon et vous avez sans doute remarqué qu'entre autres il n'y a pas de climatisation, ni même un ventilateur. Ils devaient être en nage, après avoir trimballé tout ce barda depuis Manhattan. Bierman portait un jean et une chemise à manches longues. Il a dû vouloir se mettre à l'aise.

– Probablement.

– Peut-être n'aimait-il pas porter des vêtements tachés de sang, tout bêtement.

– Parce qu'il y avait du sang ?

– Sur sa chemise et sur son pantalon.

– Le sang d'Ivanko ?

Il secoua la tête.

– Du sang qu'il avait récolté en assassinant les Hollander. Celui de la femme, j'imagine, mais cela devait figurer dans le rapport. Elle a eu la gorge tranchée, on retrouve du sang partout.

– Ce n'est pas Ivanko qui l'a égorgée ?

– Ont-ils vraiment décidé que ce serait l'un et pas l'autre ? Est-ce important ? Ils avaient tous les deux les habits tachés de sang. Quand on égorge quelqu'un, ça pisse le sang. Tout le monde alentour y a droit.

– Je me demande pourquoi ils se sont enfermés.

– Ils venaient de commettre un double meurtre et de rentrer chez eux avec deux sacs remplis d'articles volés. Peut-être voulaient-ils éviter que quelqu'un débarque à l'improviste.

– Possible.

– Ou alors Bierman a descendu son copain et s'est accordé un moment de répit avant de le suivre. Mais là n'est pas la question. Ce que vous voulez savoir, c'est s'ils s'étaient enfermés. Oui : ils avaient verrouillé la porte de l'intérieur.

Iverson avait affaire ailleurs, il vérifia que l'appartement était bien fermé à clé avant de s'en aller. Je ne vois pas ce que j'aurais pu trouver à piquer.

Après son départ je descendis au sous-sol toucher un mot à Jorge, puis je fis le tour de l'immeuble à la recherche d'un autre interlocuteur. La moitié des locataires était partie, et l'autre moitié ne parlait pas anglais –, du moins le prétendaient-ils. Je n'appris rien et je ne sais pas trop s'il y avait quelque chose à apprendre.

Je me dirigeai vers l'Avenue M, tournai à gauche et m'aperçus, en arrivant à l'angle, que j'aurais pu prendre un raccourci en coupant Locust à la diagonale.

Je ricanai. Si j'avais voulu gagner du temps, j'aurais carrément pu m'abstenir de venir à Brooklyn. Je traversai encore plusieurs carrefours, grimpai l'escalier de la station de métro et attendis la rame sur le quai.

9

Il monte en voiture et roule sans but précis. Il a juste envie de conduire, c'est tout.

Et puis le véhicule est si propre que c'est un plaisir d'être à bord. Il est très soigneux, il prend bien soin de sa voiture, à l'intérieur comme à l'extérieur, et il l'amène régulièrement au lavage. Mais ce n'est que dernièrement qu'il l'a fait pour la première fois nettoyer de fond en comble, et lorsqu'il est monté à l'intérieur, il aurait juré qu'elle sortait du salon d'exposition du concessionnaire. Elle sentait la voiture neuve et il a appris depuis comment on avait procédé : ça venait de ce nouveau produit qu'on trouve en brumisateur et qui s'appelle justement « Odeur de voiture neuve ».

Ils ont tout prévu.

Il ne fait pas attention à l'itinéraire : quand on ne sait pas où on va, peu importe comment on y arrive. Dans Canal Street il voit le panneau indiquant le Manhattan Bridge, traverse le pont, arrive à Brooklyn et descend Flatbush Avenue, et du coup il connaît sa destination.

Quand on se donne la peine d'attendre, songe-t-il, on découvre où on va.

Et au final on n'a que ce qu'on récolte.

N'est-il pas de coutume, aussi, de revenir sur les lieux du crime ? Il l'a déjà fait. Deux fois, depuis ce fameux soir, il s'est surpris à traverser le quartier de la 74e Ouest. Il a ralenti en passant devant la maison, mais il n'a pas voulu s'attarder et n'a pas eu envie de la regarder de près. Pourtant, des gens la contempleront pour des raisons parfaitement innocentes, non ? Avec cette avalanche d'infos, tout ce qu'en ont dit les médias, cette baraque est devenue un endroit célèbre. On n'en est pas encore au stade où elle figure sur l'itinéraire des bus touristiques, les chauffeurs débitant dans le micro tous les détails sanglants, et l'on n'en arriverait pas là, pas dans une ville où survient constamment une nouvelle atrocité qui relègue la précédente dans l'oubli.

Il n'empêche : pourquoi jouer avec le feu ? Lors de sa seconde expédition il a été tenté d'aller faire un tour chez l'antiquaire du rez-de-chaussée, peut-être pour acheter quelque chose en guise de souvenir. Qu'y a-t-il de plus anodin que d'être le client d'un petit commerçant ? Mais non, il y a renoncé.

Une main sur le volant, il porte l'autre à sa gorge, glisse un doigt sous son col, effleure la petite chaîne en or qu'il porte autour du cou.

Finalement, les meilleurs souvenirs sont ceux qu'on n'est pas obligé d'acheter.

De Flatbush Avenue il tourne à droite dans Cortelyou Road, puis à gauche, et il tombe sur Coney Island Avenue. Il va jusqu'à la maison où tout est arrivé et passe tranquillement devant, remarquant une voiture de police mal garée à deux numéros de là. Personne à l'intérieur et on peut avoir diverses raisons de stationner ce genre de véhicule dans le coin, à côté d'une bouche à incendie. Il y a quantité de villas et de maisons divisées en appartements, ce qui donne peut-être lieu à une visite de la part d'un flic. Rien ne dit que c'est lié à un crime, ni que le flic soit en train de répondre à un appel.

Il fait le tour du pâté de maisons et se gare correctement, choisissant un endroit d'où il pourra surveiller la porte. Il est en train de la fixer des yeux lorsqu'en sortent deux hommes, le plus jeune affectant une nonchalance très Brooklyn, avec sa chemise hawaïenne aux couleurs criardes et son pantalon sombre, l'autre, un type d'un certain âge et habillé de façon plus classique. Ils se serrent la main, et le plus jeune – décidément, on dirait un flic en congé, un flic qui prend son jour de repos –, monte dans la voiture et démarre. L'autre le regarde s'éloigner et retourne vers la maison.

Le propriétaire qui veut vérifier qu'il peut relouer l'appartement sans détruire des preuves ? Un employé municipal ? Un permanent de la politique ?

Ou bien tout simplement le prochain locataire qui s'inquiète de la sécurité dans l'immeuble. Sauf qu'on le voit mal habiter le quartier.

Bon, donc le propriétaire. Mais en fait, à son niveau, ça n'a aucune importance. Il ne vit pas ici et n'a personnellement aucune raison de revenir dans les parages.

Ce n'est pas comme la 74e Ouest, où il a des intérêts à prendre en compte.

10

Les jours suivants je m'entretins avec une dizaine d'individus, tantôt par téléphone, tantôt en tête à tête. Je n'avais pas de contrat ni de véritable de raison de mener une enquête, et pourtant j'étais débordé.

J'appelai plusieurs avocats de ma connaissance, dont Ray Gruliow et Drew Kaplan, au cas où ils auraient quelque chose d'intéressant sur Byrne Hollander. Ray avait rencontré un beau jour un jeune type qui était son associé, un certain Sylvan Harding, mais c'était surtout son prénom qui l'avait frappé.

– Je n'ai jamais connu de Sylvan, m'expliqua-t-il, et il me fallait sans cesse faire attention à ne pas l'appeler M. Fields, à cause de l'expression « Sylvan Fields[1] » qui me trottait dans la tête et visiblement continue de me hanter. Je ne suis même pas sûr qu'il se souvienne de moi.

– Quand a-t-on vu quelqu'un oublier Ray le Dur-à-Cuire ?

– D'accord, tu as raison. Je peux lui téléphoner, si tu veux, pour le prévenir que tu vas sans doute le contacter. Mais je ne sais pas si ça te facilitera les choses ou si ça l'incitera à rester sur ses gardes.

– C'est juste pour que le concierge me laisse entrer, dis-je.

Il avait décroché son téléphone, je ne restai pas bloqué à la réception mais accédai directement au bureau de Sylvan Harding. Lequel commença par s'excuser du panorama.

1. Soit « les étendues sylvestres » *(NdT)*.

– Lorsqu'on est dans l'Empire State Building, soupira-t-il, on devrait être capable d'apercevoir trois ou quatre États, vous ne croyez pas ? Mais ici on est au sixième étage et avec une vue pareille, on serait aussi bien au sous-sol !

Il me racontait tout ça avec un sourire mécanique, et l'on sentait qu'il avait préparé son coup. J'eus l'impression qu'il récitait la même chose à tous ceux qui venaient le voir.

Je glanais des informations et cherchais quelqu'un qui aurait pu en vouloir au défunt Byrne Hollander. Mon hôte ne me fut pas d'un grand secours. Il ne put me citer aucun client déçu ni aucun employé mécontent et n'en revenait pas qu'on puisse nourrir de l'animosité envers un homme de loi.

J'appris que Byrne Hollander s'était spécialisé dans l'immobilier et les fidéicommis, ce qui rendait encore plus improbable qu'un de ses clients en colère lui ait envoyé Bierman et Ivanko. Dans son secteur, les clients étaient morts et enterrés avant qu'on puisse lui reprocher quoi que ce soit.

Et Bierman et Ivanko ? Byrne Hollander en avait-il défendu un, ou traité une affaire qui concernait l'un d'eux ? Il reconnut leur nom et répondit par la négative avant que j'aie le temps de finir ma question.

– Nous ne travaillons qu'au civil, dit-il, et il ne parlait pas des civilités qu'ils se rendaient mutuellement, même si cela, j'imagine, va de soi. Aucun de mes collègues et associés ne s'occupe d'affaires criminelles.

– Les escrocs rédigent eux-mêmes leurs dernières volontés, rétorquai-je, ou bien ils sont cités dans le testament des autres. J'essaie de voir s'il existe un lien entre l'un des deux assassins et les Hollander, ou bien s'il faut l'exclure purement et simplement.

– À votre place, j'opterais pour la deuxième solution. Oui, je l'exclurais.

Par la seule force de la volonté, évidemment.

– Ce que j'aimerais, repris-je, c'est passer au peigne fin le disque dur de Byrne Hollander.

J'avais enregistré ce que m'avait suggéré T. J. un peu plus tôt et j'étais en mesure de le réciter, même si je ne comprenais pas tout.

– Il ne s'agit pas seulement de relever le nom des fichiers, ajoutai-je, mais de voir si figurent dans l'un d'eux les noms de Bierman et Ivanko.

Il me jura que c'était impossible. D'abord, les dossiers étaient confidentiels, et seuls les avocats et leurs clients avaient le privilège de les consulter. En outre les fichiers informatiques de Byrne Hollander étaient protégés par un mot de passe. À quoi je répondis qu'il l'avait certainement trouvé, hein, sinon il n'aurait pas eu le temps de me recevoir, le travail laissé en suspens par son homologue paralysant la marche de l'entreprise. J'ajoutai que je ne voulais pas empiéter sur les prérogatives de l'avocat et de son client et que je recherchais seulement deux noms. S'il ne les trouvait pas, il ne commettrait aucune infraction en m'en informant. Sinon, il pourrait toujours me dire qu'il avait changé d'avis et m'envoyer paître.

En fin de compte il lui fut plus facile de taper sur le clavier et de cliquer avec la souris que de m'expliquer en détail ce qui péchait dans mon raisonnement. Comme prévu, il n'eut pas besoin de faire violence à son sens moral : aucun des deux noms n'apparut nulle part dans les fichiers de Byrne Hollander...

Au cours de mon entretien avec Ray Gruliow je n'oubliai pas de lui parler des deux assassins. Je les voyais mal figurer dans sa clientèle, mais sait-on jamais ? S'il y avait moyen de dépeindre le meurtre des Hollander comme un acte politique, un coup porté au système, par la gauche ou la droite, Ray le Dur-à-Cuire aurait pu faire ce en quoi il excelle, c'est-à-dire instruire le procès du système, semer la confusion dans les esprits et obtenir l'acquittement pour ses exécrables clients.

Il n'avait jamais assuré la défense de l'un d'eux ; il n'avait même jamais entendu parler d'eux avant qu'on les retrouve morts dans leur appartement de Coney Island Avenue. Drew Kaplan, qui possède son propre cabinet à Brooklyn, n'avait jamais eu de contacts avec eux non plus, mais le nom de Bierman lui disait quelque chose, sans qu'il sache trop pourquoi.

– Vous devriez pouvoir retrouver qui assurait leur défense lorsqu'ils ont été jugés. Il suffit de compulser les archives. Que les avocats en question acceptent ou non de vous parler, c'est une autre histoire. Mais vous n'aurez sans doute pas de mal à les identifier.

Je l'avais déjà compris tout seul. Ivanko avait bénéficié de l'assistance judiciaire gratuite chaque fois qu'il avait été interpellé et mis en examen. J'appelai une avocate dont je réussis à retrouver la trace – un de ses collègues était mort, un autre avait cessé d'exercer et quitté l'État de New York. Elle ne pouvait rien me dire, m'expliqua-t-elle, le décès d'un client ne mettant pas un terme aux prérogatives dont il jouissait. De toute façon, elle n'avait rien à me raconter. Lorsqu'on l'avait accusé de tentative de viol, c'était elle qui avait assisté Ivanko. Présente lors de la séance d'identification, elle avait obtenu le non-lieu, le témoin à charge s'étant alors trompé d'individu. Elle n'avait pas eu d'autre contact avec lui, et j'eus l'impression que c'était déjà amplement suffisant. La prochaine fois qu'un individu inculpé de viol ferait appel à ses services, elle le dirigerait vers un de ses collègues hommes, me dit-elle spontanément.

– Je craignais de ne pas pouvoir représenter efficacement mon client, m'expliqua-t-elle.

J'appelai à droite et à gauche et eus du mal à dénicher le dossier de Bierman. Je ne crois pas qu'on m'ait caché quelque chose, mais plutôt que personne n'avait de renseignements à me fournir. Ça ne m'étonnait pas. Lorsqu'est apparu le nom de Bierman, celui-ci avait déjà une étiquette accrochée à l'orteil. Officiellement, il avait à son actif deux meurtres à Manhattan ainsi qu'un autre assassinat et un suicide à Brooklyn, et cela faisait deux ou trois jours qu'il était mort. Était-il vraiment important d'établir ses antécédents ?

La presse, elle, s'y était attelée, ce qui expliquait que tout ce que je savais était dans les journaux : il avait été interpellé pour une série de délits mineurs, mais il n'avait jamais fait de prison. Il avait passé une nuit en garde à vue pour ivresse et trouble à l'ordre public, il s'était fait cueillir à Brownsville lors d'une descente opérée dans les milieux du crack, il avait été cité à comparaître pour avoir sauté par-dessus le tourniquet du métro ; bref, il avait le profil du parfait minable.

Cambriolage, agression, homicides à répétition, meurtre, il avait été emporté dans une spirale infernale. Certes, le viol avait été commis par Ivanko, Ivanko, l'artiste au tisonnier, comme c'était sans doute lui aussi qui avait égorgé Susan Hollander. Mais il ne s'était certainement pas logé trois balles dans le crâne. Cela avait dû être l'œuvre de Bierman, tout comme on pouvait raisonnablement supposer que c'était le même Bierman qui avait joué du pistolet auparavant, dans la maison de la 74ᵉ Ouest. À chaque fois il avait fait feu à trois reprises, avant que quelque chose le pousse à se brûler la cervelle en se tirant une septième balle dans la bouche.

Dans un cas comme dans l'autre il s'était servi de la même arme, je le savais. Un .22 automatique. Et de quel modèle ? Combien y avait-il de balles dans le chargeur, et combien en restait-il après qu'il s'était suicidé ? Avait-il été obligé de recharger ?

Il restait tant de questions sans réponse...

Je ne chômai pas cette semaine-là, même quand je n'étais pas en train d'ennuyer les flics et les avocats. Je fis un tour à l'entrepôt, pour le compte d'Elaine, et la remplaçai au magasin un après-midi pour lui permettre d'assister à une vente aux enchères. Je ne vendis rien, mais je ne cassai rien non plus, de sorte que nous fûmes quittes.

J'assistai à trois réunions d'A. A., deux à Saint-Paul et une, le midi, au YMCA du West Side. Elaine et moi nous rendîmes à deux concerts, le second étant donné par un ensemble baroque venu spécialement de Bratislava. Elaine ne voyait personne de son entourage qui soit allé là-bas, mais j'avais rencontré autrefois un type qui était né dans cette ville. J'avais fait sa connaissance à Greenwich Village il y a bien longtemps, lors d'une réunion des Alcooliques anonymes. Il était arrivé enfant aux États-Unis et ses plus anciens souvenirs concernaient le Lower East Side, du côté de Madison et Pitt Street. Tous ces immeubles ont disparu, m'avait-il dit, et ce n'était pas plus mal.

Au sortir du concert, à défaut d'aller à Bratislava nous descendîmes en taxi au Village, où nous écoutâmes un double set dans un club de jazz en sous-sol, tout près de Sheridan Square. Le public était aussi respectueux et attentif que l'assistance du Lincoln Center, même si les gens tapaient plus souvent du pied et applaudissaient à la fin des solos. Nous ne parlâmes pas beaucoup et nous rentrâmes ensuite directement.

– J'ai fait un rêve l'autre nuit, déclarai-je, une fois attablé dans la cuisine.

– Ah oui ?

– Je ne sais plus comment ça a commencé. Est-ce qu'on se souvient jamais de la façon dont naissent les rêves ?

– Comment veux-tu que ce soit possible ? Il faudrait que notre cerveau se rappelle ce qu'il faisait avant de se mettre à rêver. Un peu comme si l'on se souvenait de ce qu'on était avant de venir au monde, même si certains s'en disent capables.

– C'est difficile à prouver.

– Ou à réfuter. Mais je ne voulais pas changer de sujet. Donc, tu as fait un rêve.

– Anita y figurait. Elle était morte ou en train de mourir, je ne me rappelle plus. Il me semble qu'au début elle était à l'agonie, qu'elle avait du mal à respirer, puis ça a changé et je me suis rendu compte qu'elle était morte. Elle me regardait, mais en fait je savais qu'elle ne vivait plus.

Elaine attendit la suite.

– Elle me faisait des reproches : « Pourquoi n'as-tu pas réagi ? Je suis morte, c'est de ta faute. Pourquoi ne m'as-tu pas sauvée ? » Ce n'est pas exactement ce qu'elle disait, je ne souviens plus des termes exacts qu'elle employait, mais ça revient au même.

Elle remua son thé – je ne vois pas pourquoi, puisqu'elle ne met rien dedans –, et posa sa cuillère sur la soucoupe.

– Et ensuite, ajoutai-je, elle a disparu.

– Elle a disparu ?

– Elle s'est en quelque sorte estompée. À moins qu'elle n'ait fondu, comme la méchante fée dans *Le Magicien d'Oz.* Petit à petit, elle s'est évanouie.

– Et après ?

– C'est tout, je me suis réveillé. Sinon, je ne me serais sans doute pas rappelé ce rêve. Ça ne m'arrive pas souvent, tu sais. Je dois rêver, comme tout le monde, mais en général je ne me souviens pas de quoi.

– Si nous devions nous remémorer nos rêves, nous serions éveillés lorsqu'ils surviennent.

– Le matin au réveil, je me dis parfois que j'ai rêvé et que je pourrais me rappeler de quoi il s'agissait si je m'en donnais la peine.

– Comment veux-tu faire pour essayer de te souvenir de quelque chose ?

– Je n'en sais rien. Ça ne marche pas, je te le garantis. Le rêve proprement dit ne me revient jamais, mais j'ai nettement l'impression d'avoir rêvé.

– Et ça t'arrive souvent, ces derniers temps ?

Oui, répondis-je d'un signe de tête.

– En plus, on dirait que je fais toujours le même rêve.

– Celui de l'autre nuit ? Celui dont tu t'es souvenu ?

– Celui-là ou une variante. Je n'en ai aucune preuve, mais je ne suis même pas sûr que les mots « rêve » et « preuve » puissent figurer dans la même phrase...

– Elle meurt et toi, tu ne peux rien faire.

– Elle meurt et je ne peux rien faire, elle est morte et j'aurais dû faire quelque chose.

– Te rappelles-tu ce que tu as éprouvé à ce moment-là ?

– Rien que de très normal, j'imagine. Un sentiment d'impuissance et de culpabilité, le désir de réagir alors que je ne vois pas comment.

– Franchement, tu ne pouvais rien faire.

– Je sais.

– Et tu n'étais pas tenu de faire quoi que ce soit. Tu ignorais qu'elle était malade. Comment l'aurais-tu deviné ? Personne ne t'a prévenu.

– Non.

– Mais je présume que cela remonte à beaucoup plus loin.

– Oui, je me retrouve trente ans en arrière, ou du moins à l'époque à laquelle je l'ai quittée.

– Tu t'en veux toujours ?

– Pas vraiment, répondis-je en hochant la tête. J'ai appliqué les consignes à la con qu'on nous donne aux Alcooliques anonymes : j'ai réglé la question, j'ai fait amende honorable. Je ne suis pas fier d'avoir pris certaines décisions à l'époque où je buvais, si l'on peut encore appeler ça des décisions, mais enfin... ça ne m'empêche pas de vivre, et puis j'ai atterri au bon endroit et j'ai épousé la femme qu'il fallait.

– Pourtant, il t'arrive de te dire que tu aurais dû rester avec celle avec qui ça n'allait pas.

– Je n'en ai pas l'impression.

– Pas que tu aurais été plus heureux ou que tu t'en serais mieux sorti, mais que c'est ce que tu aurais dû faire.

– Peut-être dans mes rêves, mais pas quand je suis éveillé. En réalité, c'est...

– Un ensemble, compléta-t-elle.

– Elle est morte subitement et ça m'a fait un choc. Ensuite, il y a eu l'enterrement et puis le cirque avec Michael et Andy. Je t'ai parlé du bar où je les ai retrouvés tous les deux ?

– Celui où il y a des coupelles remplies de petites barres de chocolat ?

– C'est ça. Je voulais prendre un verre.

– Moi, j'aurais pris un chocolat.

– Je n'ai pas bu d'alcool, ni sérieusement envisagé de le faire. Mais j'en avais très envie.

– Ça fait partie du jeu, non ? En fin de compte tu n'as rien bu, c'est le principal.

– Je sais.

– C'est pour ça que tu t'intéresses à ce qui est arrivé aux Hollander.

– D'une façon ou d'une autre. J'avais besoin de m'occuper. Et si j'avais envie de jouer au psychologue amateur...

– Ce que, ne t'en déplaise, tu n'es pas.

– Ce que je ne suis pas, personne n'en doute. Je dirais que je reproduisais mon rêve, que j'essayais de sauver Susan Hollander alors qu'il était déjà trop tard.

– Rien qu'elle ?

– Bon, d'accord, toutes les deux. Je revis mon enfance et j'essaie de sauver mes parents. Tu préfères ça ?

– Je n'aurais pas dû t'interrompre.

– Psychologie mise à part, T. J. m'a convaincu d'aller voir cette fille, je n'avais pas mieux à faire et je ne pouvais pas rester les bras croisés. On l'a vue, ce qui, à l'évidence, l'a rassurée, et moi aussi, apparemment.

– Sauf que non.

– Je suis allé jeter un œil à la maison et ça ne m'a rien appris de nouveau. T. J. a fait sortir sur imprimante les derniers développements de l'enquête et a glané d'autres renseignements sur le Net, mais ça ne m'a pas beaucoup avancé non plus.

– Il n'empêche que tu as persévéré.

– Oui.

– Parce que ça t'occupait.

– J'imagine.

– Et maintenant tu as fini ?

– Pas encore.

– Tu continues quand même ? Parce que ça te fera de l'occupation ?

– Parce qu'il faut le faire, répondis-je en hochant la tête. Qui d'autre le fera ? Les flics ont classé l'affaire.

– Ils n'auraient pas dû ?

– Je ne dis pas qu'ils se sont trompés, mais je ne crois pas non plus qu'ils connaissent le fin mot de l'histoire.

11

J'appelai Iverson le lendemain matin et je lui laissai un message. Il me rappela vers onze heures.

– Je pensais à l'une de vos remarques, lui dis-je. Comment ont-ils réussi à transporter un pareil fardeau, les couverts en argent et le reste ?

– Nous avons tout récupéré, jusqu'à la dernière fourchette à huîtres.

– Savez-vous, par hasard, comment ils ont effectué le déplacement ?

– Le déplacement ?

– L'un d'eux avait-il une voiture ?

– Pas à la connaissance des services de l'immatriculation. Vous avez vu l'appartement, vous vous rappelez ? Et je vous ai expliqué qu'il était meublé. Bierman pouvait s'estimer heureux s'il avait un jean de rechange. Comment voulez-vous qu'il ait eu une bagnole ?

– Dans ce cas, comment ont-ils fait pour revenir à Brooklyn ?

– Comment êtes-vous reparti de là-bas ? En empruntant la ligne D, non ?

– Je ne sais pas pourquoi, mais l'idée de les voir trimballer dans le métro deux sacs remplis d'objets volés...

– On sait bien que ce ne serait pas la première fois que ça arrive. Il est toujours possible qu'ils aient trouvé un taxi clandestin, même si ce n'est pas évident à Manhattan.

– Effectivement.

– Bref, ils ont probablement volé une bagnole. Trafiqué les fils, s'ils savaient comment s'y prendre, à moins qu'ils n'en aient trouvé une avec les clés à l'intérieur. Ils l'ont empruntée pour venir sur les lieux, l'autre type attendant qu'ils sortent. Puis ils sont repartis avec.

– A-t-on retrouvé une voiture volée dans les parages ?

Silence.

– Non, je ne crois pas, répondit-il avec une certaine raideur. Je me demande ce qu'elle est devenue.

– Si les clés étaient à l'intérieur, il y a gros à parier que c'est un autre type qui l'a volée puis l'a amenée ailleurs, où un troisième larron s'est chargé du problème. Combien de temps l'ont-ils gardée ? Deux heures ? Ils l'ont peut-être remise là où ils l'avaient trouvée, ou alors tout près, de sorte que le propriétaire ne s'est jamais douté de rien.

– Possible.

– Vous cherchez la petite bête, Scudder, c'est ça ?

– Non, je me posais des questions

– Moi aussi, je m'interroge. Où voulez-vous en venir, au juste ?

– J'essaie d'y voir plus clair.

Ben tiens... Vous fouinez partout et bientôt vous allez dire qu'on a merdé, qu'on n'a pas vraiment essayé de retrouver la caisse.

– Pas du tout.

– Et puis d'abord, reprit-il, dès l'instant où nous avons identifié les couverts en argent, cette affaire a cessé d'être de notre ressort. Vous croyez qu'on ne l'a pas cherché, ce véhicule ?

– Non, au contraire.

– Et comment ! On a fouillé partout et on a regardé du côté des voitures volées. On a fait tout ce qu'il fallait, y compris des choses qu'on aurait très bien pu laisser en plan, puisque cette affaire à la con est finie, point barre. On n'a rien à se reprocher.

– C'est exactement ce que je voulais entendre.

– Comment ça ?

– Imaginez qu'un troisième homme, celui qui était au volant, les ait conduits à Manhattan et les y ait attendus avant de les ramener.

– Et alors ?

– Il les dépose devant chez eux, à Coney Island Avenue, puis il se débarrasse de la bagnole. Il la largue dans un autre quartier, si c'est un véhicule volé. Ou bien il la gare, tout simplement, si c'est la sienne.

– Avant de l'amener à une station de lavage s'il a un peu de jugeote.

– Pendant ce temps-là, Bierman et Ivanko se trouvent à l'appartement et le premier descend le second.

– Pour une raison qu'il reste à établir.

Sa façon de s'exprimer rappelait un peu celle de W. C. Fields[1], et le ton était de nouveau amical.

– Et qui risque de demeurer mystérieuse, dis-je, à moins qu'on ne découvre un message laissé par le mourant.

– Écrit en morse. Avec des points et des traits gravés dans le parquet par Ivanko en train d'agoniser, grinça-t-il.

– C'est peut-être la raison pour laquelle il a verrouillé la porte, repris-je. Pour éviter que le troisième homme ne débarque au même moment.

– Ou bien il descend Ivanko sur un coup de tête, puis il tire le verrou en attendant de prendre une décision.

Ou alors, me dis-je, il voulait éviter que le conducteur ne débarque à l'improviste pendant qu'il liquidait l'autre. À moins qu'il n'ait verrouillé automatiquement la porte, que ç'ait été un réflexe quand il revenait chez lui parce qu'il se sentait plus tranquille ainsi.

– Un troisième larron, dit Iverson. Maintenant je comprends, et ça explique pourquoi nous n'avons pas retrouvé la voiture. Mais avez-vous quelque chose pour étayer votre thèse ?

– Pas vraiment. Pour l'instant, cela reste théorique.

– On n'a pas vu de tierce personne sur les lieux, à Manhattan ?

– Pas que je sache. L'ennui, quand l'affaire est classée...

– Oui, je sais. Sinon, vous poursuivriez vos investigations. Il y a un type qui est venu voir Bierman à deux reprises. C'était peut-être lui, notre monsieur X.

1. Acteur de cinéma de la première moitié du XXe siècle, incarnant un personnage d'ivrogne cynique et truculent *(NdT)*.

– Ça remonte à quand ?

– Allez savoir. Bierman était lui-même un personnage assez énigmatique, du moins pour ses voisins. Il vivait seul et ne sortait que pour acheter de la bière et de la pizza. Il paraît qu'un type est passé deux fois chez lui, mais on ne sait pas quand exactement. On en a plus ou moins conclu que c'était Ivanko.

– Il correspondait au signalement ?

– Au signalement ? Le mec portait une casquette de baseball. Eh, minute, rien ne prouve que ce gus arborait ce genre de couvre-chef. Il n'est pas exclu que ce soit un autre lascar qui l'ait eu sur la tête.

– Il est également possible que ce soit le troisième homme qui lui ait remis le pistolet.

– Eh oui, si c'était sa voiture, il y a aussi des chances pour que l'arme ait été la sienne.

Il s'esclaffa.

– J'ai toujours pensé que c'était celle d'Ivanko.

– Bierman n'en avait pas ?

– Pas à notre connaissance, mais comment savoir ? À mon avis, elle devait provenir d'un cambriolage. C'est comme ça que les malfrats se procurent des flingues, surtout les voyous à la manque comme ces deux minables. Un type inquiet en achète un pour se protéger. Un beau jour il est victime d'un cambriolage et il ne le retrouve plus. À moins qu'il ne soit chez lui, le malheureux, auquel cas la dernière fois qu'il le voit c'est quand on le braque dans sa direction, et la dernière chose qu'il entend, c'est une détonation...

– Un petit modèle italien de calibre .22, dit Schering. Un automatique Pellegrino à dix coups. Je parie que vous ne saviez pas que cette boîte vendait autre chose que de l'eau minérale gazeuse.

– L'essentiel, c'est de diversifier ses activités.

– Je ne vous le fais pas dire. Le pistolet appartenait officiellement à un psychiatre qui habite au 242, Central Park West et qui a signalé un cambriolage au mois de mars. Le psy et sa femme étaient partis au théâtre. À leur retour, ils ont retrouvé la maison sens dessus dessous et on leur avait embarqué des bijoux et des articles de valeur. Tiens, ça, c'est pas mal.

– Quoi donc ?

– Dans la liste des objets disparus, on relève « deux taies d'oreillers blanches ». Ça ne vous dit rien ?

– Le psychiatre et sa femme ont été bien inspirés de ne pas rentrer plus tôt.

– On pense tout de suite à Bierman et Ivanko, pas vrai ? Les taies d'oreillers jetées sur l'épaule comme s'ils s'en allaient laver leur linge... Le pistolet ne figurait pas dans la première version du rapport.

– Ah bon ?

– Le psy a signalé le vol des bijoux et des taies d'oreillers. Trois jours plus tard, il rappelait pour dire qu'on lui avait aussi volé son arme. Il lui a fallu tout ce temps pour y penser et se souvenir du tiroir fermé à clé dans lequel elle était rangée, et vous savez quoi ? Le tiroir n'était plus fermé à clé et le pistolet ne se trouvait plus à l'intérieur. Pourquoi garder une arme à feu sous clé ?

– Pour des raisons de sécurité, j'imagine.

– Mais à quoi bon, si ce doit être aussi compliqué d'aller la chercher ? Un tiroir fermé à clé dans son cabinet...

– Là où il consultait ?

Je l'entendis remuer des papiers.

– Ce n'est pas précisé, dit-il, mais ça paraît logique. Il voit des gens toute la journée et ils ne viennent pas chez lui pour se faire opérer des amygdales. Dans le tas, il y en a sans doute qui sont complètement givrés.

– C'est certainement le terme employé par les spécialistes.

– Il attend quelqu'un qui ne lui inspire pas confiance : il sort sa clé, déverrouille le tiroir. En cas de problème, il peut s'emparer très vite du pistolet.

– Ce doit être rassurant, pour les patients, d'avoir un psy capable de leur sortir un flingue s'ils déconnent !

Il partit d'un grand rire.

– Vous êtes sur le point de franchir une étape capitale. Vous allez revivre votre colère, ou vous souvenir de ce qui s'est passé lorsque votre oncle est entré dans votre chambre cette nuit-là. Allongé sur le divan, vous levez la tête et voilà que le Dr Nadler vous braque un pistolet dessus !

Le Dr Nadler ne voulut pas me recevoir, et je ne pouvais pas vraiment lui en tenir rigueur. En dépit du secret médical, qu'attendais-je de lui ? Qu'il me dise qu'il avait soigné Bierman et Ivanko ? Qu'ils s'étaient allongés une heure durant sur son divan tous les vendredis pour lui raconter leurs rêves et revivre les traumatismes de leur enfance ? Qu'il avoue connaître l'identité des individus qui s'étaient introduits par effraction dans son appartement et lui avaient dérobé son arme, mais qu'il n'avait pas jugé utile de le dire à la police ?

Je raccrochai le téléphone et conclus que c'était aussi bien qu'il m'ait envoyé promener. S'il s'était montré cordial, il m'aurait fallu trouver deux ou trois questions à lui poser, et je n'aurais pas su par où commencer.

Je continuai à glaner des renseignements, mais ce que j'apprenais ne présentait aucun intérêt, ou presque. On a souvent cette impression quand on mène une enquête. On sonne à des milliers de portes, on pose une multitude de questions et l'on entasse des bribes d'information jusqu'à ce que tout d'un coup un recoupement s'impose. Il faut se montrer persévérant et ne pas écouter, si possible, la petite voix qui vous dit que tout ça ne rime à rien.

Sauf que là, il était difficile de ne pas l'entendre. Je ne voyais pas comment j'aurais pu continuer à demeurer à la périphérie, à ramasser ça et là des fils épars. Je savais ce qu'il me restait à faire.

Je faillis décrocher le téléphone, mais je me ravisai et n'y touchai pas. La météo avait prévu de la pluie, et le ciel s'assombrissait. Je sortis, remontai vers le nord et regrettai de ne pas avoir pris de parapluie. Ça sentait vraiment la flotte.

Enfin, peut-être cela purifierait-il l'air...

12

Le magasin d'antiquités donnant sur la rue avait l'air ouvert. Il y avait de la lumière, la grille était levée, mais je ne vis personne à l'intérieur. La porte était fermée à clé, il fallait appuyer sur un bouton pour entrer. Ce que je fis. Quelques instants après j'aperçus une femme au fond de la boutique. Elle plissa des yeux et mit sa main en visière. Finalement, elle haussa les épaules, comme si ça n'avait aucune importance que je sois un client ou un braqueur, et me laissa entrer.

Elle vendait aussi bien des petits tableaux champêtres dans leur cadre doré et ouvragé que des bronzes français, déclinant pour la plupart des motifs animaliers, des figurines Royal Doulton ou des lampes Art déco. Une étagère était consacrée aux camées.

Imaginez une femme replète – cheveux roux à vous laisser rêveur et joues ultrafardées – qui flottait dans une robe imprimée. Elle m'adressa un sourire circonspect. Vu sa façon de se tenir je conclus qu'elle restait tout près d'un dispositif lui permettant d'appeler à l'aide.

J'avais, lui expliquai-je, quelques questions à lui poser sur ce qui s'était passé à l'étage.

– Vous êtes de la police ? demanda-t-elle.

Son visage se détendit, puis se crispa de nouveau.

– Vous n'êtes pas de la police, enchaîna-t-elle, avec une telle assurance qu'elle emporta ma conviction.

– Je suis un ancien flic, dis-je.

– Ça, je veux bien le croire. Vous faites apparemment partie de ceux qui ont été et qui ne sont plus. Moi, par exemple, j'ai été adolescente et j'ai été maigre. Que voulez-vous, Monsieur l'ancien ? Je ne sais rien et j'ai déjà tout raconté cinquante fois.

– Non, pas cinquante fois.

– Disons quarante-neuf. Que pouvez-vous encore avoir à me demander ?

Rien du tout, en fin de compte. Je l'interrogeai, elle me répondit, et on ne peut pas dire que ce fut une expérience enrichissante ni pour elle ni pour moi.

– À mon tour, lança-t-elle au bout d'un moment. D'où venez-vous, comme ça ?

– D'où je viens ?

– Vous n'habitez pas ici, donc vous venez d'ailleurs. Je ne parle pas de votre lieu de naissance, mais d'aujourd'hui. D'où sortez-vous, comme ça ?

– De la 57e Rue.

– Est ? Ouest ? D'où ça, exactement ?

– Du croisement de la 57e et de la 9e Avenue.

– Qu'est-ce que vous avez pris ? Un taxi ? Le bus ?

– J'ai marché.

– Vous êtes venu à pied depuis le croisement de la 57e et de la 9e Avenue pour me poser ces questions ?

– Ce n'est pas si loin.

– Ce n'est pas non plus la porte à côté. Et puis d'abord, vous ne m'avez pas téléphoné avant. Et si je n'avais pas ouvert aujourd'hui ? J'aurais aussi pu avoir mal à la tête et rentrer chez moi plus tôt que prévu.

– Dans ce cas, j'aurais raté cette merveilleuse conversation.

Elle sourit, mais sans perdre le nord pour autant.

– Vous n'avez pas fait tout ce chemin pour bavasser avec moi.

– Peut-être ne suis-je pas le seul à avoir joué au redresseur de torts.

– J'ai élevé quatre garçons. Ils n'osaient pas me mentir, mais il leur arrivait de ne pas tout me raconter.

Elle regarda le plafond.

– Vous êtes déjà allé lui parler ?

– Non.

– Plus vous discuterez avec moi, plus vous tarderez à la rencontrer.

– Vous ne passiez pas grand-chose à vos fils, hein ?

– Ils ont bien tourné. Je pourrais entrer dans les détails, mais vous avez déjà perdu assez de temps avec moi. Allez donc voir si elle accepte de vous recevoir.

– Elle habite ici en ce moment ?

– C'est chez elle, ici. Où voulez-vous qu'elle aille ?

– Après ce qui s'est passé...

– Écoutez, dit-elle, un jour mon mari m'a regardée de travers : « J'ai des aigreurs d'estomac, qu'il me fait, et je parie que tu as oublié d'acheter du Gelusil. » Piquée au vif j'ai quitté la pièce, puis je suis revenue avec une boîte de Gelusil toute neuve à la main, le petit modèle, et lui, il était mort. Pour une fois, ce n'étaient pas des aigreurs d'estomac, mais un infarctus, et la dernière chose qu'il m'ait dite, c'est que j'avais oublié d'acheter du Gelusil.

– Je suis désolé.

– En quel honneur ? Vous ne l'avez jamais connu, vous ne saviez même pas que j'existais. Tout cela pour dire, Monsieur l'ancien, que je vis toujours dans cet appartement et que j'ai toujours la chaise dans laquelle il s'est effondré. Que voulez-vous que je fasse ? Que je déménage ? Que je me débarrasse d'un siège qui me donne entière satisfaction ? Qu'attendez-vous d'elle ? Qu'elle s'installe ailleurs ? Qu'elle vende la maison et se cherche un immeuble dans lequel il n'y a jamais eu de décès ?

Restait à savoir si elle était là en ce moment.

– Parce que vous croyez que je la surveille ? Si vous voulez lui parler, allez sonner à sa porte. Vous n'avez pas fait tant d'histoires pour frapper à la mienne.

Kristin Hollander n'avait pas l'air de sortir d'un tableau de Kean, mais je ne l'avais pas escompté non plus. J'avais aperçu son visage dans les journaux et à la télévision. Grande brune athlétique aux cheveux coupés très court, ce qui lui allait très bien. Ses yeux bleus n'avaient rien d'immense, tout en étant assez grands, et elle avait le regard franc.

Je ne les avais pas vus quand elle m'avait observé par le judas. Je restai planté là pendant qu'elle me détaillait, puis je lui montrai une carte de visite, un permis de conduire et une carte privilège de la mutuelle des détectives, cadeau de Joe Durkin. Elle n'avait aucune valeur, mais en général elle impressionne les citoyens, ou du moins elle les rassure. Kristin Hollander se sentit suffisamment rassurée pour m'ouvrir.

Nous longeâmes un couloir et passâmes devant une pièce plongée dans l'obscurité.

– La salle de séjour, dit-elle, sans même y jeter un coup d'œil. Je n'y vais pas. Je ne suis pas encore prête.

Dans la cuisine carrelée et tout éclairée, un transistor diffusait doucement de la musique légère. Deux chaises rouges, dossiers à barres horizontales et siège en rotin, étaient disposées de part et d'autre d'une table en pin. En face de l'une d'elles trônait une grande tasse Snoopy à moitié remplie de café, à côté d'un livre ouvert posé à l'envers, à la page où elle en était.

Elle me désigna l'autre siège, je m'y installai.

– J'espère que vous ne buvez pas de café au lait, car je n'ai pas de lait.

Le café noir me convenait parfaitement, lui répondis-je. Elle s'en fut me chercher une autre tasse narrant les aventures de Snoopy, qui représentait cette fois un beagle vautré sur sa niche. La sienne le montrait debout à côté de son écuelle, les oreilles dressées.

Elle se resservit, s'assit, marqua la page de son livre, le ferma et la posa un peu plus loin.

– C'est un roman qui se passe au XIVe siècle, m'expliqua-t-elle. Je ne sais absolument pas s'il respecte la vérité historique. Et d'ailleurs, peu importe. Ce n'est pas comme si j'avais des chances de me souvenir de ce que je lis. Ça va, le café ?

– Parfait.

– Je ne vous ai pas demandé si vous preniez du sucre.

– Je n'en mets jamais.

– Ni de l'édulcorant artificiel ?

– Non merci.

– Bien, dit-elle, visiblement plongée dans l'expectative, où en étions-nous ?

– Il faut sans doute que je vous explique ce qui m'amène ici.

Elle hocha la tête, attendant la suite.

– Tout d'abord, sachez que je ne suis pas de la police. Je l'ai été pendant un temps, mais cela remonte déjà à un moment. Depuis, j'ai travaillé comme détective privé, mais là non plus je n'ai officiellement aucune autorité en la matière. J'avais une licence avant de la rendre il y a deux ans.

– D'accord.

– Je me trouvais au Lincoln Center, le soir où vos parents ont été assassinés. J'ai participé au repas donné en l'honneur des bienfaiteurs et assisté au concert après. Je ne connaissais pas vos parents, et je ne les ai pas rencontrés à cette occasion, mais nous étions là-bas, ma femme et moi.

– Des tas de gens qui y étaient présents, eux aussi, se sont manifestés.

– Il faut croire que ça m'a marqué, ou bien que j'ai trop de temps libre en ce moment, qui sait ?

Je ne fis pas allusion, du moins pour l'instant, à la cousine aux yeux d'enfant abandonnée.

– Pour une raison ou une autre, me voilà en train de mener ma petite enquête dans mon coin.

– Une enquête sur...

– La mort de vos parents.

Elle fit la grimace.

– Pourtant, il n'a fallu que deux jours pour retrouver les corps à Brooklyn, ce qui a mis un terme aux investigations.

– C'est là que j'ai démarré.

– J'ai du mal à comprendre. L'affaire est classée, me semble-t-il.

– Oui.

Elle se pencha vers moi.

– Vous avez découvert quelque chose, n'est-ce pas ? Qu'avez-vous trouvé ?

– Je suis allé à Brooklyn, lui répondis-je. J'avais vu des photos de la scène de crime, mais j'ai voulu me rendre compte par moi-même et j'ai visité l'endroit en compagnie d'un des inspecteurs chargés de l'enquête. À mon avis, c'était une mise en scène.

– Comment ça ?

– La police a été obligée d'enfoncer la porte qui était verrouillée de l'intérieur. On a découvert les deux hommes dans la chambre, l'un abattu de trois balles, deux dans la poitrine et une dans la tête.

– Exactement comme mon père.

– Et avec la même arme. L'autre type se trouvait dans un coin de la pièce. Apparemment, il avait succombé à une blessure qu'il s'était lui-même infligé. Là encore, avec le même pistolet.

– Il a descendu son complice, puis il s'est suicidé.

– Du moins a-t-on voulu nous le faire croire.

– Parce que vous ne pensez pas que c'est ce qui s'est passé ?

– Non. Pour moi, ils ont été liquidés par quelqu'un d'autre.

Elle me regarda et baissa les yeux sur sa tasse.

– Normal et Décaféiné.

– Pardon ?

– Les tasses... Dans un cas Snoopy est bien réveillé, dans l'autre il est affalé sur sa niche. Mon père les appelait Normal et Décaféiné.

– Ah, d'accord.

– Non pas que l'une des deux ait jamais contenu du déca. Pour mes parents, le déca était un crime contre nature.

– Ce n'est pas moi qui dirais le contraire.

– J'ai toujours pensé qu'il y avait quelque chose de louche. La solution : trop simple, trop facile. Mais ensuite il me faudrait en tirer les conséquences, pas vrai ? Et en conclure que ce n'était pas forcément aussi évident.

Elle se pencha en avant et ajouta :

– J'ai des raisons strictement personnelles, qui viennent du tréfonds de mon être, de mon besoin de croire que les choses n'arrivent pas de manière fortuite. Avez-vous entendu parler d'un livre intitulé *Lorsqu'il arrive malheur aux gens bien* ?

– Oui, mais je ne l'ai pas lu.

– Si vous en voulez un exemplaire, je vous l'offre. Figurez-vous que trois personnes différentes m'en ont adressé un. Dans le lot, j'en ai commencé un, mais je ne suis pas allée bien loin. Je devrais peut-être me rabattre sur les deux autres. Qu'est-ce qui vous laisse penser qu'on a maquillé la scène de crime ?

Le fait que ça ne collait pas, me dis-je, et qu'elle n'était peut-être pas la seule à vouloir y croire. Je préférai relever un détail concret :

– La porte était verrouillée, ajoutai-je.

– De l'intérieur, m'avez-vous dit.

– Avec un verrou à deux sous acheté dans une quincaillerie.

– Ce qui signifie, d'après vous, que c'est quelqu'un de l'extérieur qui a fait le coup ?

– Le verrou était flambant neuf.

– Là, je ne vous suis plus.

– Moi, je ne l'ai jamais vu, ce verrou, expliquai-je, mais l'inspecteur avec qui j'ai parlé, lui, si, et il me l'a décrit en détail, jusqu'à la façon dont brille le cuivre. Ce qui signifiait qu'il était neuf, car les ouvriers qui passent une couche de peinture dans un appartement comme celui-ci ne s'arrêtent pas aux garnitures. Le ruban de masquage, ils ne connaissent pas ; ils barbouillent tout, les fils et les prises électriques, les interrupteurs, la quincaillerie, tout ce qu'ils trouvent. Si ce verrou s'était trouvé là lorsque Bierman a emménagé, il aurait été badigeonné de blanc délavé, comme les murs, le plafond et le rebord des vitres.

– Or ce n'était pas le cas.

– Non.

– Ce qui signifie quoi, au juste ?

– Que Bierman aurait été obligé de l'acheter lui-même et que je ne le vois pas faire ça. Ce type vivait dans un taudis et ne cherchait pas à le rendre plus agréable. Il dormait par terre sur un matelas, il ne possédait rien qu'on puisse avoir envie de voler. Après avoir acheté le verrou, il lui aurait fallu des outils pour l'installer. Je ne le vois pas se donner la peine d'en chercher.

Elle réfléchit à la question.

– Concrètement, dit-elle, vous n'avez pas vu le verrou. Le flic a peut-être parlé d'un verrou en cuivre rutilant, car c'est ainsi qu'on les imagine, même si celui-ci était en réalité peint. Je veux dire...

– Il n'y était pas la dernière fois qu'on a passé une couche de peinture. J'ai vu son emplacement, avec les trous forés par les vis. Tout était uniformément blanc, sans aucun endroit resté vierge, comme s'il s'y était trouvé quelque chose sur quoi l'on avait peint. La porte était verrouillée, raison pour laquelle il a fallu l'enfoncer, mais le verrou n'a pas été monté lorsque Bierman habitait cette chambre.

– Vous dites d'ailleurs qu'il n'avait pas de raison d'en mettre un.

– Aucune.

– C'est donc quelqu'un d'autre qui l'a installé.

– Apparemment.

– Quelqu'un qui l'aura acheté et posé pour que ça ressemble à un meurtre et à un suicide. Mais en fait, vous dites qu'il s'agissait de deux assassinats ?

– Oui.

– C'est donc quelqu'un d'autre qui les a supprimés, tous les deux. Je ne prononcerai pas leur nom.

– Comme vous voulez.

– Je n'en ai vraiment pas envie, pour l'instant. Ils ont assassiné mes parents, et ensuite on les a liquidés.

Elle se rembrunit :

– Dites, ce sont bien eux qui ont tué mon père et ma mère ?

– L'un d'eux.

Elle ne m'avait pas explicitement interdit de rappeler leur identité.

– Carl Ivanko, ajoutai-je. Pour Bierman, je n'en sais trop rien.

– Celui qui vivait dans cet appartement ?

– Exact.

– Et qui a descendu l'autre avant de suicider, ou du moins selon ce qu'on voudrait nous faire croire. N'importe comment, n'est-ce pas ce qu'on aurait pensé, même sans le verrou ?

– Si.

– Parce que c'est la première chose qui vient à l'esprit quand on trouve comme ça deux hommes morts et que tout indique que l'un a tué l'autre avant de se faire justice.

– En effet. Le verrou n'était là que pour le décor.

– Le décor ?

– Pour frimer, parce qu'il en a trop fait.

– Je vois. Reste que s'il a procédé ainsi, s'il les a tués tous les deux, avant de fermer et de verrouiller la porte...

– Comment est-il sorti ?

– C'est la question que je me pose. Il est passé par la fenêtre ?

J'acquiesçai.

– Les fenêtres étaient fermées, mais cela se passait au rez-de-chaussée. Il n'aurait donc pas été très difficile de sortir par la fenêtre et de la refermer ensuite derrière soi. Évidemment, on ne pouvait pas leur donner un tour de clé, à supposer que le système ait fonctionné, mais à mon avis on ne saura jamais si celles qui nous intéressent étaient verrouillées ou non. La première chose qu'auraient faite les flics en patrouille qui ont répondu à l'appel, c'est d'ouvrir en grand.

– Sont-ils censés le faire ?

– Non, certainement pas, mais ils sont entrés dans un petit appartement où deux cadavres gisaient depuis plusieurs jours et je ne connais pas beaucoup de flics qui auraient hésité à aérer les lieux.

– Le verrou tiré était censé prouver quelque chose, dit-elle, et en fin de compte ce qu'il prouve est tout autre.

– Prouver n'est pas le mot exact, parce que ça ne prouve rien, au sens propre du terme. Ça m'a donné à réfléchir, mais je me posais sans doute déjà des questions. Je suis allé là-bas voir ce qui clochait.

– Et c'était le verrou ?

– Entre autres.

– Qu'y avait-il d'autre ?

– La façon dont Ivanko a été abattu. Deux balles dans la poitrine, une dans la tête.

– Comme mon père.

– Oui et non.

– Que voulez-vous dire ?

– Je ne voudrais pas être trop direct.

– C'est moi qui suis entrée et qui les ai découverts. Vous pouvez être aussi direct que vous voulez.

– Votre père a été abattu de face. Deux balles dans la poitrine, tirées à moins d'un mètre, suivies d'une troisième tirée cette fois à bout portant dans la tempe.

– Il devait sans doute être déjà mort.

Peut-être, peut-être pas, mais laissons-la le croire.

– En revanche, poursuivis-je, c'est par-derrière qu'on a descendu Ivanko. Deux balles, dont l'une a touché le cœur ; à chaque fois on a relevé des traces de poudre sur sa chemise. Après quoi l'assassin s'est agenouillé pour lui en loger une dernière dans la tempe.

– Et alors ?

– Le tueur ne voulait pas qu'Ivanko sache ce qui se tramait. C'est pourquoi il l'a eu par surprise. Il l'a suivi dans la chambre et lui a tiré dans le dos. Ça ne ressemble guère à l'attitude de quelqu'un qui a soudain des remords ou un coup de déprime.

– Et s'il voulait simplement tout garder pour lui ?

– Le gâteau n'était pas assez gros pour qu'on préfère liquider son comparse au lieu de partager avec lui. L'assassinat a été perpétré de façon délibérée, sans être pour autant l'œuvre d'un calculateur, le rituel des trois balles, deux dans le dos et une dans la tempe, étant à l'évidence une signature. Pourquoi seulement deux balles dans le dos ? Pourquoi ne pas vider le chargeur ? La seule explication qui me vienne à l'esprit, c'est qu'il avait déjà abattu votre père de deux balles dans la poitrine. Il voulait que ça se déroule toujours de la même façon.

– Un troisième homme... On dirait une taupe dans un roman d'espionnage anglais ! N'est-ce pas le titre d'un vieux film ? Avec Orson Welles ?

– En voici le thème musical.

– Je vous demande pardon ?

– *Le Troisième Homme*...

Je fredonnai deux ou trois mesures.

– Ça me trotte dans la tête depuis plusieurs jours, enchaînai-je, et je ne voyais pas du tout de quoi il s'agissait ni où je l'avais appris.

– Serait-ce un message de votre inconscient ?

– Il faut croire. Évidemment, ça me turlupine depuis un moment. Je ne peux plus faire autrement que d'envisager la présence d'un troisième homme.

– Oui, mais cette chanson doit avoir une signification. Vous conseiller, par exemple, de ne pas vous égarer, de vous fier à votre raisonnement.

– Possible. À moins que la seule façon de me sortir cet air de la tête soit de me rappeler de quoi il s'agissait.

– Qui sait. S'il y avait un troisième larron...

– Oui ?

– Étaient-ils présents tous les trois ce soir-là ?

– Non, je ne crois pas.

– Parce que le témoin, la femme qui pensait qu'ils allaient laver leur linge...

– N'en a vu que deux.

– Exact.

– Il arrive aux témoins oculaires de se tromper. Mais cette fois, je crois qu'elle a raison. Ils n'étaient que deux.

– Et l'autre les attendait ? Attendez, c'était lui, le conducteur, non ? Il les attendait dans la voiture, il les a reconduits à Brooklyn et...

Sa voix mourut.

– Je termine à votre place. Ils arrivent tous les trois dans l'appartement de Coney Island Avenue. Le troisième homme tire à trois reprises sur Ivanko, avant de liquider Bierman de façon à ce qu'on pense à un suicide. Au préalable, il l'oblige à se mettre en caleçon.

– En caleçon ?

On ne lui avait pas parlé de ce détail. Il me fallut donc revenir en arrière et la mettre au courant.

– Ce serait là, lui fis-je remarquer ensuite, une tâche très délicate. Je devrais être capable de cerner un peu mieux ce qui s'est réellement passé.

Elle finit son café, posa sa tasse, se redressa sur son siège et croisa les mains sur la table en attendant mes explications.

13

Bierman ne s'était jamais trouvé dans la maison, lui dis-je. Pas plus dans la 74e Ouest que du côté de Manhattan la nuit du crime. Il n'avait jamais quitté l'appartement de Coney Island Avenue, et d'ailleurs il ne pouvait pas le quitter vu qu'il était déjà mort.

En fin d'après-midi, le troisième homme va voir Bierman. Ce n'est pas la première fois, mais ce coup-ci il apporte un verrou acheté à la quincaillerie du coin, avec des outils pour l'installer. Mais auparavant il se débrouille pour le prendre par surprise.

Il le terrasse, ou l'assomme, tout bêtement. Il le déshabille, le laisse en caleçon et le pousse dans un angle de la pièce où on ne risque guère de l'apercevoir en entrant, serre dans sa main la crosse d'un petit automatique italien, lui enfonce le canon dans la bouche, referme la main sur la sienne et appuie sur la détente.

Un seul coup de feu, provenant d'une arme de petit calibre ; selon toute vraisemblance, personne n'y prendra garde. Il s'agit d'un pistolet, et non d'un revolver, de sorte qu'il est peut-être équipé d'un silencieux. Mais même dans le cas contraire il ne fait pas beaucoup de bruit, et puis leurs deux mains l'agrippent, celle de Bierman et la sienne, ce qui étouffe la détonation. Rien à voir avec une série de coups de feu, et il n'y a ni cris ni portes qui claquent. Juste un petit coup de feu, à peu près aussi bruyant qu'un sac en plastique gonflé qu'on écrase d'un coup de poing. Mais cela suffit à tuer Bierman.

On pourrait croire qu'il se dépêcherait de s'en aller, mais non. Il est content de lui, rendu euphorique par la façon dont l'affaire s'est réglée. Il commence par enfiler la chemise et le pantalon de la victime. Ça risque d'être le cirque, tout à l'heure, et d'ailleurs il faut que ça le soit, et il a deux bonnes raisons de porter les vêtements de Bierman : ses propres habits restent propres et ça fournit à la police un indice matériel sérieux. Il laisse ses vêtements dans la penderie, où il les aura sous la main plus tard.

Si jamais on découvre le corps de Bierman avant qu'il revienne à l'appartement, bon, c'est gênant, mais personne n'ira regarder de près ses propres vêtements rangés dans le placard. On examinera attentivement, minutieusement même, le cadavre qui se trouve dans le coin, à l'évidence un suicide, hein, mais où donc est passée l'arme ? Peut-être en conclura-t-on qu'il ne s'agit pas d'un suicide, peut-être pensera-t-on que quelqu'un d'autre s'est pointé, a découvert Bierman mort et s'est tiré avec le flingue.

Mais il y a fort à parier que personne ne découvrira le corps. Il sera de retour d'ici quelques heures, prêt à replacer l'arme dans la main de Bierman.

Seulement, en attendant il en a besoin.

Mais d'abord il y a ce verrou qu'il a acheté, avec une perceuse ou un poinçon pour forer des trous, sans oublier le tournevis. Il n'en a pas pour longtemps à l'installer et quand c'est fini, il s'éclipse en emportant les outils, sans tirer le verrou mais en fermant la porte à clé… il a désormais la clé de Bierman, Bierman dont il porte le jean et la chemise, et ça n'éveillera les soupçons de personne dans le quartier.

Puis il s'en va, comme prévu, retrouver Ivanko.

Ivanko n'a jamais rencontré Bierman, il n'en soupçonne même pas l'existence. Il sait que son copain et lui vont faire un coup, qu'il y a de l'argent à la clé et qu'ils vont sans doute s'éclater.

L'ami, le troisième homme, est au volant. Il a une voiture, même s'il raconte à Ivanko que c'est un véhicule volé. Il conduit, trouve un endroit où se garer.

Il a la clé de la maison de la 74ᵉ Ouest. Une fois à l'intérieur il ouvre la porte de la penderie, où il entre le code pour désactiver l'alarme. Puis il fouille la baraque et sert de guide à Ivanko, en lui disant où regarder et quoi prendre. En même temps il tient à la main les taies d'oreillers, dans lesquelles Ivanko mettra le butin. Comme ça, il ne touche rien et ne laisse aucune empreinte. Il pousse Ivanko à semer le désordre, à renverser les tiroirs, à tripoter ce qu'ils renferment, ça ne le gêne pas que son pote laisse des empreintes ici et là. Mais Ivanko a quand même un peu de métier, rien ne dit qu'il n'a pas enfilé des gants de chirurgien. C'est ennuyeux, il aimerait bien qu'il laisse une empreinte ou deux, mais bon, pour l'instant il ne faut pas y compter.

Ils en ont alors fini, et ils attendent le retour des Hollander. Il lui faut désormais se débrouiller pour qu'Ivanko ait hâte de voir la fin et reste ici pour cela. Ils ont deux sacs remplis d'argent et d'objets de valeur, normalement Ivanko devrait avoir envie de s'en aller une fois qu'ils ont réussi leur coup, de prendre le fric (ainsi que les bijoux et l'argenterie) et de se tirer.

Elle est jolie et elle a l'air chaude, dit-il à Ivanko. Tu peux l'avoir et lui faire tout ce que tu veux. Oui, tout ce que tu veux, absolument tout.

Il sait comment lui parler, comment le mener par le bout du nez.

C'est alors que reviennent les Hollander...

Et ce n'est vraiment pas sorcier. Il a déjà tué auparavant, le même jour, en supprimant Bierman et c'est passé comme une lettre à la poste. Ça ne le gênerait pas de recommencer. D'une certaine façon il attend ça avec impatience, depuis le début que ça le démange. Rien de vicieux ce coup-ci, pas de canon dans la bouche, pas de main collée sur la bouche d'Hollander, parce que ça doit ressembler à ce que c'est, un meurtre commis par deux cambrioleurs. Il tire donc deux balles dans la poitrine de Byrne Hollander. Par mesure de précaution (et peut-être aussi parce qu'il aime ça, appuyer sur la détente, sentir le petit pistolet se cabrer dans sa paume), il lui en colle une troisième dans la tempe.

Facile comme tout, simple comme bonjour.

Il est temps de laisser à Ivanko la bride sur le cou. Enlève tes gants, lui dit-il. Tu veux le sentir à fond, hein ? Enfiler des gants, tu parles, c'est aussi nul que mettre une capote. Tu crois quand même pas que tu vas attraper le sida avec elle, non ? Une femme mariée, très comme il faut.

Sauf qu'Ivanko ne laisse toujours pas d'empreinte. Il déchire le tissu, attrape la peau... Rien qui laisse des traces. Certes, il va semer son ADN, mais ce serait plus pratique d'avoir deux ou trois empreintes digitales de lui ! Si on savait ce qu'il en était avant de découvrir les corps...

« N'oublie pas le meilleur », lui dit-il, et de lui tendre le tisonnier. « Imagine qu'il est chauffé à blanc. Vas-y, qu'il lui fait, tu sais ce qui te branche. »

Et voilà Ivanko qui attrape le tisonnier. C'est métallique, ce machin-là, on devrait retrouver une empreinte dessus.

Et comment va-t-il l'achever ? La descendre ? Il a rechargé après avoir tué Bierman, il avait un chargeur entier quand les Hollander sont arrivés, mais il a vidé trois balles sur le mari, et il lui en faudra d'autres quand ils seront de retour à Brooklyn. Il a en réserve un chargeur dans la voiture, il pourrait toujours recharger son arme, mais il aurait l'air de quoi ?

Sans compter que Hollander n'a pas beaucoup saigné et que ce ne serait pas mal d'avoir un peu de sang maintenant. Du sang sur lui, du sang sur Ivanko.

Il a rapporté un couteau de la cuisine, à tout hasard. Un truc qui a l'air méchant. Laisser Ivanko lui régler son compte ? Sans doute qu'il aimerait ça, l'autre dégénéré. Remarque, il louperait sans doute son coup. Si tu veux du boulot bien fait, tu t'en charges toi-même. Et lui, ça ne le dérangeait pas de mettre la main à la pâte, ce serait peut-être intéressant, il pourrait peut-être, bon, sinon s'éclater, du moins en retirer une certaine satisfaction...

Et l'affaire est faite.

Il avait eu la présence d'esprit de ramasser les trois douilles pendant qu'Ivanko fourrait la femme. De récupérer aussi les gants d'Ivanko. Et maintenant ? Remettre en marche l'alarme ? Non, ça n'aurait pas de sens. Passer la porte, tout simplement, et refermer derrière lui. Sortir tranquillement, comme si de rien n'était, deux colocataires en quête d'une laverie automatique. Des jeunes gens, deux, en pleine ascension, qui travaillent beaucoup et sont obligés de faire leur lessive en plein milieu de la nuit.

Il regagne Brooklyn en voiture, le sang de la femme séchant sur sa chemise et son pantalon. Il fait attention à ne pas en mettre sur les sièges et espère qu'Ivanko se montrera aussi soigneux.

Il aurait peut-être dû le flinguer et le laisser sur place. Ce n'aurait pas été difficile, à le voir se démener et pousser des grognements comme une bête. Il n'aurait pas senti venir le coup, il serait mort en plein exercice. Ce ne serait donc pas comme ça que tous les hommes, disent-ils, voudraient mourir ?

Le descendre et le laisser là, et c'est quoi la morale de l'histoire ? Que Bierman en a eu marre et qu'il a buté son comparse ? Qu'il serait revenu jusque-là, chez lui où, cafardeux, il se serait suicidé ? Et puis, si tu refroidis Ivanko pendant qu'il se défoule, qu'est-ce que tu fais de la femme ? Tu la descends ? Tu l'égorges ? Il était tellement répugnant, Bierman, que tu l'as liquidé pour l'empêcher de violer la femme. Et voilà maintenant qu'elle te dégoûte tellement à son tour que tu as envie de lui trancher la gorge ?

Mieux valait avoir agi comme il l'avait fait, rentrer à Brooklyn tous les deux, où Ivanko savait qu'un vieux juif sympa leur rachèterait à prix d'or les bijoux et l'argenterie.

Il y arrive, se gare, ouvre la porte et fait entrer Ivanko. Lequel se demanderait comment il s'est débrouillé pour avoir la clé ? Non, c'est l'appartement d'un pote, il s'en sert de temps en temps, et puis c'est pratique, on peut y trier le butin et se répartir l'argent avant d'aller chez le fourgue, juste à côté.

Ils sont à l'intérieur. Il désigne la chambre à Ivanko.

– Ouvre une fenêtre, dit-il.

Et de lui montrer le chemin et de passer derrière lui. Ivanko aperçoit-il du coin de l'œil le corps de Bierman ? Avant qu'il puisse se retourner, avant qu'il puisse faire quoi que ce soit on lui colle un pistolet dans le dos et lui tire deux balles dans le buffet.

Plus une dans la tempe. Question symétrie, ça se pose là.

Les douilles roulent sur le sol. Qu'elles restent où elles sont. N'importe comment, il n'y a pas d'empreintes dessus. Et s'il en appuyait une contre le doigt de Bierman ? Non, ça ne vaut pas le coup. Il replace l'arme dans la main de Bierman, installe ce dernier, déjà raide, là où ça lui plaît.

Après quoi il revient en vitesse à la cuisine, tire le verrou qu'il a posé tout à l'heure, enlève sa chemise – celle de Bierman, au départ, et qui redevient la sienne – et la jette par terre. Déboutonne le jean de Bierman, l'enlève, le laisse là. Les vêtements sont imprégnés de l'odeur de Bierman ; entre les jambes, sous les bras, ça sent le phoque, et puis ça grouille sans doute d'ADN et c'est trempé de son sang à elle. Génial. Oui, génial, ça complète le tableau.

Il récupère ses habits rangés dans la penderie et les enfile. Vide une des taies d'oreillers de la famille Hollander, dépose sur la table de la cuisine le coffret renfermant les couverts en argent, éparpille par terre le reste du butin, chiffonne la taie et la jette dans un coin. Laisse les autres taies sur place, sans avoir regardé à l'intérieur.

A-t-il oublié quelque chose ? Quelque chose à quoi il n'a pas pensé, qu'il aurait dû faire ? Il parcourt la pièce du regard, ne voit rien d'anormal. Il lève la fenêtre à guillotine, toujours avec ses gants de chirurgien, et passe dans le jardin de derrière jonché de détritus. Ferme la fenêtre. Quand il se retrouve dans la rue, il n'a plus de gants – ils sont fourrés dans une poche. Il s'en débarrassera ultérieurement, en même temps que des douilles en laiton qu'il a ramassées par terre, dans la salle de séjour des Hollander.

La voiture est toujours à la même place. Il s'éloigne du trottoir. Y aurait-il lieu de se débarrasser de cette bagnole ? Ce serait possible, mais il devrait être amplement suffisant de l'amener au lavage et de la faire nettoyer de fond en comble. De la bichonner comme un modèle d'exposition...

Ou peut-être pas. Les traces n'ont guère d'importance. Personne ne va remarquer sa caisse, ni faire attention à lui. Le crime parfait, exécuté avec brio, à telle enseigne que l'affaire est finalement déjà close avant même d'avoir été ouverte. Les criminels, inextricablement liés à leur crime par une avalanche de preuves matérielles, ont déjà été punis. Il n'a rien à voir avec eux, ça ne le concerne pas.

Génial.

14

Quand j'en eus fini elle demeura un moment assise, droite sur sa chaise, les yeux baissés. Je commençais à me demander si je ne l'avais pas involontairement hypnotisée ou si elle n'avait pas une absence, lorsqu'elle me regarda et dit :

– Si ça s'est passé comme ça...

– Ce ne sont que des conjectures. Une hypothèse, même éclairée, reste une hypothèse.

– Je comprends. Seulement, si... si c'est vraiment ce qui s'est passé, le cambriolage n'était, euh, qu'un accident. Le troisième homme, celui qui a tout manigancé, n'a même pas gardé ce qu'il a emporté.

– Il a déposé le tout dans l'appartement de Brooklyn.

– Parce que ça faisait partie de la mise en scène. Les bijoux de ma mère, l'argenterie de famille. La question n'était donc pas de savoir ce qu'ils pourraient embarquer.

– Ivanko le croyait.

– Mais uniquement parce qu'on voulait l'amener à jouer son rôle. Et l'autre, a-t-il seulement su qu'il allait y avoir un cambriolage ? Non, il n'y avait aucune raison qu'il sache quoi que ce soit. Il n'a même jamais entendu parler de mes parents, n'a jamais été au courant de rien. Il était mort avant le début de cette histoire, et maintenant tout le monde est persuadé qu'il a commis trois meurtres avant de se suicider.

Je pensai à Bierman, dont le palmarès en matière de délinquance culminait avec la fraude dans le métro...

– Je ne crois pas qu'il se souciait vraiment de son image. De toute façon, il ne s'en fait plus, désormais.

Elle acquiesça.

– Tout cela a été minutieusement organisé, fit-elle remarquer.

– Oui, si ça s'est passé comme je l'ai dit, cela a été organisé par quelqu'un de très méticuleux.

– Il disposait d'une clé. Il paraît qu'en fait il n'en aurait pas eu besoin, qu'un cambrioleur chevronné s'en serait dispensé.

– S'il y avait un troisième homme, je suis sûr qu'il avait la clé.

– Il ne s'en serait pas remis au hasard.

– Exactement.

– Et il savait comment désactiver l'alarme.

– Oui, à mon avis.

– On a raconté que mes parents ont oublié de la brancher. C'est faux. Dans ma jeunesse, j'ai traversé une phase idéaliste pendant laquelle il ne me venait pas à l'esprit de fermer à clé – je ne parle même pas de brancher l'alarme. Je trouvais triste de ne pas avoir confiance dans ses semblables.

Elle dodelina de la tête, l'air contrit.

– Ça m'a passé, mais sur le coup, ça rendait fous mon père et ma mère. Ils tenaient absolument à ce que je mette l'alarme avant de quitter la maison, en dépit de toutes les niaiseries que je pouvais leur débiter. Croyez-moi, ils ne sortaient pas avant de l'avoir branchée.

Elle se rembrunit.

– Seulement, le code est secret. Personne ne le connaît.

– Un, zéro, un, sept, lui dis-je.

Elle en resta ébahie.

– Il faudra le changer, ajoutai-je, si ce n'est pas déjà fait. Quelqu'un me l'a donné, quelqu'un dont on n'imaginerait pas qu'il en ait eu vent. Il y a toujours plus de gens qu'on croit qui détiennent les combinaisons et les mots de passe. Je ne sais pas où notre homme a trouvé la clé, ni qui lui a communiqué ces quatre chiffres fatidiques, mais un individu ingénieux n'aurait pas eu trop de mal à se les procurer. Et nous savons que notre homme est débrouillard.

– Qui est-ce ?

– Je l'ignore.

– Et pourquoi faire tout ça ? Il n'a réussi qu'une chose, c'est de les supprimer. Ils ont souffert atrocement, puis ils sont morts...

Elle me dévisagea :

– À quoi bon agir ainsi ? Pour qu'ils perdent la vie ?

– On dirait bien.

Toujours la réponse géniale, celle qui amène une question encore plus transcendante.

– Oui, mais... pour quelle raison ?

– C'est une des énigmes que j'essaie d'éclaircir. Je suis venu ici, aujourd'hui, pour vous demander la même chose qu'aux autres.

– Demandez-moi tout ce que vous voulez.

Et c'était reparti pour les belles questions ! Je lui en posai d'abord des faciles, en gardant les plus délicates pour plus tard. Son père avait-il des ennemis ? Connaissait-il quelqu'un qui pensait, à juste titre ou non, qu'il l'avait doublé sur une affaire ou qu'il ne l'avait pas défendu comme il fallait ? Avait-il eu des mots avec un collègue ou un vieil ami ? Je brodais une dizaine de variations sur ce thème, en essayant de découvrir qui pouvait bien avoir eu une dent contre les Hollander, ou contre l'un d'eux. Si cet individu existait, Kristin n'était pas au courant.

C'est alors que mon interrogatoire prit un tour plus personnel.

– Leur couple ? dit-elle.

Elle fit la grimace et s'accorda un moment de réflexion.

– À mon avis, il avait l'air tout à fait normal : ils s'aimaient, ils pensaient l'un à l'autre. Ils jouissaient chacun d'un espace de liberté ; elle avait ses travaux d'écriture, et lui son cabinet d'avocat, mais ils passaient le plus clair de leur temps ensemble, et ils en étaient ravis. Je ne sais pas quoi dire d'autre. C'est de ça que vous vouliez parler ?

– Leur couple a-t-il traversé une crise ?

– Ils ont dû être très éprouvés par la mort de Sean. J'avais treize ans et demi à ce moment-là, donc ça faisait dix ans l'été dernier. Par moments ça paraît très lointain, d'autres fois on dirait que c'est arrivé hier. Le temps, ça me dépasse.

– On en est tous là.

– C'était tellement absurde, ce qui s'est passé... Personne ne se tue en jouant au base-ball. Au pire, on se fait une déchirure musculaire ou on s'écorche le genou en dérapant sur la pelouse. J'ai eu du mal à y croire ; d'autant plus que je continuais à le voir.

– Il vous apparaissait ?

– Pas du tout. Ça doit arriver, je ne dis pas le contraire, mais moi, je n'ai rien connu de tel. Non, j'avais des hallucinations : je l'apercevais dans la rue, ou au milieu des autres à l'école, n'importe où, et chaque fois il s'avérait que c'était quelqu'un d'autre et qui ne lui ressemblait absolument pas. Je vous vois hocher la tête. Apparemment, c'est là quelque chose qui se produit souvent.

– J'avais à peu près le même âge à la mort de mon père, déclarai-je. Quatorze ans exactement. Et c'est arrivé d'un seul coup, là aussi. Il voyageait sur un boggie, dans le métro, entre deux wagons, et il a dû perdre l'équilibre.

– C'est horrible.

– Pendant deux ans j'ai vécu le même genre d'expérience que ce dont vous avez parlé tout à l'heure. J'étais persuadé de le voir, tout en sachant pertinemment que c'était impossible. Je me disais que c'était quelqu'un qui lui ressemblait, mais si jamais je m'en approchais, je m'apercevais que cet homme n'avait aucun rapport avec lui.

– Ce doit être ainsi qu'on finit par se rendre à l'évidence, soupira-t-elle.

– Oui, si l'on veut. Vous dites que cela a créé des tensions entre vos parents, que cela a mis leur couple à rude épreuve.

– Aucun d'eux n'a quitté la maison, et ils ont continué à se parler. J'étais à l'âge où l'on est hypersensible, sans connaître forcément le dessous des cartes. J'avais peur qu'ils se séparent, qu'ils divorcent, mais je crois que la disparition de mon frère me faisait craindre de perdre tout le monde.

Elle écarquilla les yeux.

– C'est pourtant ce qui est arrivé. Cela a pris plus de temps que je pensais, mais maintenant je me retrouve seule.

Elle avait récité sa leçon sans manifester la moindre émotion. J'en eus froid dans le dos.

– L'un d'eux avait-il une aventure extraconjugale ?

– Je me le suis demandé. C'est affreux, n'est-ce pas, de se poser ce genre de questions à propos de ses parents. Mais nous devons tous en passer par là, à nous interroger sur eux, je veux dire. Je ne crois pas que tout le monde ait une liaison, mais enfin... j'imagine que ça arrive de temps en temps à la plupart des hommes.

Elle aurait pu me tendre la perche, me faire des avances en haussant les sourcils, en me coulant ici et là un regard appuyé, ou tout simplement en multipliant les sous-entendus. Mais non. Il ne s'agissait pas de moi, ni de nous deux.

– Je ne suis pas censée être au courant, bredouilla-t-elle, avant de baisser les yeux sur ses mains jointes.

J'attendis. Elle reprit haleine et poursuivit :

– Ma mère a eu un amant, dit-elle d'une voix presque inaudible. Après la mort de Sean, elle fréquentait quelqu'un. J'en avais conscience, mais à l'époque, je ne voulais pas me l'avouer, vous me suivez ?

– Oui.

– Je ne savais pas de qui il s'agissait, et je l'ai oublié. Ils étaient bien, l'un et l'autre, ils faisaient un beau couple et quand il m'arrivait d'y penser, je me disais que je me trompais. C'est alors qu'il est mort.

– L'homme avec qui... ?

– Oui. J'étais assise, en train de lire tranquillement. Ils n'ont pas dû se rendre compte de ma présence. L'homme était mort. Il avait vécu en Floride, et c'était là qu'auraient lieu les funérailles. « Oui, mais si l'enterrement se déroulait à New York, irais-tu ? » lui avait demandé mon père. « Qui sait ? » lui avait-elle répondu. Ça fait des années que je ne l'ai pas vu. Cela le dérangerait-il qu'elle y assiste ? Elle n'irait pas s'il n'était pas d'accord. Il lui avait répondu qu'il ne savait pas ce qu'il ressentirait. Ils avaient convenu tous les deux que c'était trop hasardeux, changé de sujet et gagné la pièce voisine, sans s'apercevoir que j'avais tout entendu.

– Il s'agissait bien de l'homme avec qui votre mère avait eu une liaison ?

– Oui, j'en suis certaine. À en juger par le ton de la conversation. Mais même s'il avait été question de quelqu'un d'autre, d'un mari jaloux ou d'un amant vindicatif, ils auraient su à quoi il ressemblait, non ?

– Qui ça ?

– Mes parents. Si ç'avait été le troisième homme, s'il les avait attendus ici, ils l'auraient reconnu ? Même s'il était masqué...

– Il n'aurait pas porté de masque.

– N'auraient-ils pas risqué, dans ce cas, de découvrir son identité ?

– Il ne comptait pas leur laisser la vie sauve.

– D'accord, mais son complice ? Si mes parents rentrent à la maison et que mon père s'exclame : « Tiens, Fred, qu'est-ce que tu fabriques ici ? »

– Ivanko aurait eu à se poser des questions... C'est l'ennui, dans l'hypothèse où le troisième homme est un ennemi, ou quelqu'un qui obéit à un mobile personnel.

– Il ne leur serait pas inconnu.

– À moins que ce mystérieux personnage n'ait été engagé pour l'occasion, dis-je, pour faire aussitôt marche arrière. Non, repris-je, ce n'était pas un tueur à gages. On se trouve devant un meurtre préparé avec soin et exécuté de façon magistrale, mais ce n'était pas un travail de professionnel.

– Où est la différence ?

– Un pro aurait évité toutes ces complications. Il aurait peut-être essayé de maquiller ça en cambriolage, mais sans amener avec lui quelqu'un pour lui donner un coup de main, et certainement pas un amateur. Il serait entré par effraction, aurait tué vos parents dès leur retour, puis il serait reparti aussi sec. Il ne se serait pas donné la peine de faire porter le chapeau à deux types de Brooklyn, morts, désormais, car dès lors il ne lui restait plus qu'à rentrer chez lui. Il serait maintenant assis devant sa télé grand écran à Saint Louis ou à Sarasota, pendant que piétine l'enquête de la police.

– C'était donc quelqu'un qui les connaissait, mais qu'ils ne connaissaient pas.

– Peut-être un de vos proches.

– Un de mes proches ?

– Vous pensez à quelqu'un ?

– Quelqu'un de mon entourage qui aurait eu envie de tuer mes parents ?

– Un petit ami qu'ils s'efforçaient de décourager. N'importe qui susceptible de les percevoir comme un obstacle entre lui et vous.

– Je ne sors avec personne. Sincèrement, je n'ai fréquenté personne depuis ma rupture avec Peter.

– Peter.

– Peter Meredith. Nous nous sommes séparés l'automne dernier. J'habitais avec lui dans la 10e Rue Est, et il était question que nous nous installions à Brooklyn. Au lieu de ça, nous avons rompu.

– Brooklyn.

– Il connaissait des gens, des artistes, prêts à se cotiser pour acheter ensemble une maison à Williamsburg. La baraque était dans un état épouvantable ; il s'agissait que chacun y mette du sien et participe aux travaux de réfection. Cela faisait trois couples, disposant chacun d'un étage et se partageant l'entresol.

– Quoi ? Une communauté en ville ?

– Plutôt une résidence en copropriété occupée par des bricoleurs. Au début, ça m'intriguait. Le quartier ne m'enchantait guère, mais ce n'était pas trop grave, car il était à l'évidence en train de s'embourgeoiser et la population se renouvelait constamment. Les prix augmentaient, eux aussi, et si nous attendions un an de plus, nous ne pourrions plus nous le permettre, pas dans le coin, en tout cas. Ils ont rédigé des documents que j'ai apportés à mon père pour qu'il y jette un œil. D'après lui, c'était réglo. Il ne suggérait que deux ou trois petites modifications, afin que tout soit bien clair d'un point de vue juridique, mais en fin de compte il n'y avait rien à redire. Si c'était vraiment ce que je voulais...

– Et ce n'était pas le cas ?

Elle secoua la tête.

– C'est une chose d'habiter avec quelqu'un dans un appartement de location, le sien, c'en est une autre d'acheter une maison avec lui. Cela revenait à prendre un engagement beaucoup plus important que celui auquel j'étais disposée. J'aimais bien vivre avec lui, et s'il n'y avait pas eu toute cette histoire de baraque, nous serions restés ensemble. Vu la façon dont ça a tourné, je suis revenue m'installer ici, et Peter a acheté la villa avec ses copains.

– Vous ne pouviez pas garder l'appartement à vous seule ?

– Pour commencer, c'était chez lui. Et puis, je n'ai jamais aimé habiter là-bas. C'était à Alphabet City[1]. Le quartier est tranquille de nos jours, ce n'est plus comme dans le temps, mais c'est aussi tellement éloigné de tout que le moindre trajet prend des heures. J'étais bien décidée à avoir mon propre appartement un jour, mais d'ici là, pourquoi ne pas habiter chez mes parents et mettre de l'argent de côté pour pouvoir me payer quelque chose de sympa ?

– Le courant passait-il entre Peter et vos parents ?

– Ils l'aimaient bien, oui. Maman le trouvait un peu trop dans la lune pour vivre avec moi, et c'était sans doute vrai, mais elle l'estimait. Ils l'aimaient bien, tous les deux.

– Et comment a-t-il réagi, au moment de la rupture ?

– À mon avis, il a dû être soulagé lorsque j'ai enfin déménagé.

– Cela vous a pris du temps ?

Elle acquiesça.

– Je ne voulais pas me précipiter dans la maison de Williamsburg, répondit-elle, sans avoir non plus envie de rompre sur un coup de tête. Pendant un moment, j'ai pensé que nous pourrions trouver une solution.

1. Quartier situé dans le prolongement de l'East Village, et ainsi appelé familièrement car il est quadrillé par des avenues portant le nom de lettres de l'alphabet *(NdT)*.

– De quelle façon ?

– Toute la question est là : comment parvenir à un compromis ? On connaît la chanson quand dans un couple l'un veut un enfant, et l'autre non. On ne peut pas avoir la moitié d'un bébé.

– Non.

– Nous sommes allés voir un psychologue-conseil, qui faisait de la thérapie de couple. C'était intéressant, mais nous nous heurtions toujours à la même difficulté. Il tenait davantage à emménager dans cette maison qu'à rester avec moi, et je n'étais pas préparée à ça. Je lui faisais remarquer que c'étaient les gens mariés qui achetaient une maison, il me répondait que nous n'avions qu'à nous marier. À quoi je répliquais qu'il n'avait pas vraiment envie de se marier, mais qu'il voulait simplement s'acheter une maison, et que moi, pour ma part, je n'avais pas envie de me marier, et que si jamais je le faisais, je ne voudrais toujours pas de cette baraque. Lorsque nous en sommes venus à nous envoyer tout ça à la figure, ça n'avait plus de sens de rester ensemble. Quand j'ai déménagé, cela a été un soulagement pour nous deux.

– Quand même, ça a dû être un déchirement.

– Sans doute.

– Vous a-t-il appelée ? Pour essayer de vous faire revenir ?

– Non, pas du tout. Je crois honnêtement qu'il était le premier soulagé que je reprenne ma liberté. Et puis il était occupé, il lui fallait collecter les fonds, s'installer et faire les travaux. Si je lui manquais, ça suffisait à lui changer les idées.

– Je vois.

– Et si je ne lui manquais pas, bon, les autres étaient tous des copains à lui. Ils ont dû être bien contents de lui trouver quelqu'un de mieux adapté.

– De la même façon que vous vous sentiez en porte-à-faux ?

– Vous parlez comme le psychologue-conseil. Si j'avais du mal à m'assimiler, c'est, j'imagine, parce qu'ils voulaient tous quelque chose, quelque chose qui, personnellement, ne me tentait pas. N'importe comment, pourquoi aurais-je envie d'une maison à Williamsburg ? J'en ai déjà une à Manhattan, et pour moi toute seule.

Sa voix se brisa, elle se détourna, se leva et s'en fut remplir un verre d'eau à l'évier. De l'endroit où je me trouvais, je voyais ses épaules se soulever et s'affaisser, mais elle sanglotait en silence. Elle but un grand verre d'eau et quand elle revint, elle avait l'œil sec et le visage serein.

Il ne lui avait pas donné de nouvelles, et elle n'en avait pas le concernant, mais il avait téléphoné après l'assassinat de ses parents pour lui exprimer ses condoléances et lui demander, comme tout le monde, s'il pouvait faire quelque chose.

– Que pouvait-il faire ? Qu'est-ce qu'on aurait bien pu faire ? On dit toujours ça, et il n'y a jamais personne qui puisse faire quoi que ce soit.

– Vos parents l'avaient rencontré, dis-je.

– Effectivement, ils l'avaient vu à maintes reprises.

– Il était venu dans la maison.

– Souvent. Oh, non, ce n'est pas ce que vous croyez !

– En êtes-vous sûre ?

– Vous réagiriez de la même façon si vous le connaissiez, ou si vous en saviez un tant soit peu sur lui. Peter est l'un des êtres humains les plus doux qui soient. Il est végétarien, il ne porte même pas de chaussures en cuir.

– Hitler aussi était végétarien, lui fis-je remarquer.

Elaine, qui ne mange pas de viande non plus mais qui a un placard rempli de chaussures en cuir, n'aurait pas été très fière de moi.

Malgré tout, elle ne saisit pas la balle au bond.

– Peter ouvrait toujours la fenêtre pour laisser sortir les mouches, reprit-elle. On avait des cafards dans l'appartement de la 10e Rue, et il voulait absolument s'en débarrasser sans être contraint de les tuer. Il ne voulait pas que je pose des pièges à glu parce que ça les fait souffrir de se débattre là-dedans, avec leurs petites antennes et tout et tout. Ça le chagrinait. Est-ce que ça ressemble à l'homme qui figure dans votre scénario ?

– Non, pas vraiment.

– Et puis, le troisième homme n'a-t-il pas troqué ses vêtements contre ceux du premier individu qu'il a liquidé ? N'a-t-il pas porté sa chemise et son jean en veillant à ce qu'ils soient maculés de sang ?

– Je n'en jurerais pas, mais il semble bien.

– Celui qu'il a tué, reprit-elle, celui qui s'est suicidé, à quoi ressemblait-il ?

– Je ne l'ai jamais rencontré. D'après la photo parue dans la presse...

– Je ne parle pas de son visage, je l'ai aperçu moi aussi dans le journal. Je ne voulais pas le regarder, mais comment faire ? Je les ai vus en photo, tous les deux. Non, ce que je voudrais savoir, c'est quel était son gabarit.

– Ordinaire, taille moyenne, corpulence normale.

– Peter mesure un mètre soixante-dix-huit, et il pèse près de cent vingt kilos. Vous croyez qu'il aurait pu boutonner la chemise de cet individu, voire seulement l'enfiler ? Ou se glisser dans son jean ?

– Non.

– Il y a bientôt un an que je ne l'ai pas vu, il est donc possible, évidemment, qu'il ait maigri, mais...

– Pas à ce point.

– Je me demande comment il aurait fait. Il surveillait son poids, mais en réalité ç'avait toujours été le cas. N'importe comment, le psy trouvait qu'il valait mieux l'aider à s'accepter comme ça que de l'obliger à suer à grosses gouttes pour perdre quelques kilos.

Elle eut un petit sourire.

– Et pour une fois, j'étais d'accord avec lui. Peter était un homme très gentil, très sexy. Il portait bien son poids, mais pas suffisamment pour rentrer dans des vêtements de ce type.

Bref, Peter Meredith n'était pas notre mystérieux personnage et je n'avais pas d'autre candidat.

– Et la suite ? me demanda Kristin.

– Je ne sais pas. Que dire de plus ? Je devrais sans doute m'excuser de vous avoir fait perdre votre temps et cesser de vous ennuyer avec des bêtises.

– Ce n'est pas l'impression que j'ai eue.

– À première vue, ça se tient, ma petite reconstitution, mais en réalité ce n'est que du vent. Je n'ai aucun élément nouveau à communiquer aux enquêteurs. Je connais toujours des gens dans la police, et ils se donneront la peine de m'écouter, mais je n'en vois pas un seul qui serait tenté de rouvrir l'affaire sur la base de ce que je lui amène.

– Vous allez donc déclarer forfait ?

– Probablement pas. Je suis du genre têtu, et j'ai du temps libre. Le mieux serait qu'on me charge d'organiser une réunion de famille incluant tous ceux dont on a perdu la trace. Ça me donnerait une bonne raison de laisser tomber une affaire qui tourne en rond.

– C'est ce que vous voulez ? dit-elle. Parce que dans ce cas-là, moi, je veux bien vous engager.

Quelle ne fut pas sa surprise de m'entendre lui répondre que c'était impossible. Depuis le début, elle pensait que c'était là où je voulais en venir, et elle n'avait pas mis longtemps à être convaincue. Et voilà que maintenant qu'elle me le proposait ouvertement, je lui opposais une fin de non-recevoir !

– Je ne comprends pas, dit-elle. C'est votre métier et vous vous êtes déjà mis au travail sans avoir de client ni être rémunéré. Tout d'un coup je suis prête à vous confier l'affaire, et vous refusez.

– Ce serait de l'argent gâché, Kristin.

– Et alors ? Vous avez bien gaspillé votre temps. Si vous pouvez agir ainsi, qu'est-ce qui m'empêche, moi, de jeter mon argent par la fenêtre ?

– J'ai rendu ma licence de détective privé.

– Pourquoi faire un truc pareil ? Vous avez décidé de prendre votre retraite ?

Autant lui dire la vérité. Cela me permettrait peut-être de la dissuader.

– On menaçait de me la confisquer, répondis-je. J'aidais un ami et il m'a fallu parer au plus pressé. En haut lieu, il y en a quelques-uns qui n'ont pas apprécié, d'autant plus que l'ami en question est un vrai truand.

– Sans blague ? Un vrai truand ?

– Tout à fait. Un méchant garanti sur facture.

– Et pourtant c'est votre ami.

– Oui.

Une lueur traversa son regard.

– Il n'existe pas, ici, de conflit d'intérêt. Enfin quoi, se récria-t-elle, votre ami n'est quand même pas le troisième homme !

– Il fait plus d'un mètre quatre-vingt-dix et il pèse davantage que votre Peter. Dans ces conditions, ça m'étonnerait que la chemise de Bierman lui aille.

– Voilà qui est rassurant. Mais j'ai toujours envie de savoir qui a tué mes parents. Si je ne peux pas vous engager, à qui dois-je m'adresser ?

15

– J'ai commencé par lui dire qu'elle aurait du mal à trouver quelqu'un qui accepterait de se charger de cette histoire, expliquai-je à Elaine, mais je me suis arrêté quand je me suis aperçu que ce n'était pas vrai. Ray déclare volontiers qu'une affaire n'est jamais à ce point lamentable qu'aucun avocat ne voudrait s'en charger, ce qui, nom d'un chien, s'applique également aux détectives privés. Si l'on établit un chèque, il y aura toujours quelqu'un pour l'encaisser.

– Et elle t'a fait un chèque ?

– Je lui ai dit que je préférerais du liquide. Elle m'a alors remis mille dollars, et je dois la prévenir quand il ne me restera plus rien, ce qui n'arrivera sans doute jamais, sauf si j'obtiens des résultats ou si je suis amené à engager des dépenses importantes. En attendant, elle a pour consigne d'examiner les objets que la police lui a rendus afin de vérifier qu'il ne manque rien.

– Tu ne crois quand même pas qu'un flic a embarqué un bracelet pour l'offrir à sa femme ?

– En général, ils ne procèdent pas comme ça ; pas dans une grosse affaire de meurtre. Non, je pensais que l'assassin avait peut-être gardé un souvenir. Ça leur arrive parfois. Quoi d'autre ? Je lui ai dit de ne pas s'attendre à avoir de rapport écrit ni de justificatif des dépenses et je lui ai laissé entendre qu'elle ferait mieux de ne rien escompter du tout. Officiellement, je ne travaille pas pour elle, je me contente de lui rendre service, tout comme elle me dépanne de son côté en me remettant mille dollars.

– Comme au bon vieux temps.

– À peu de chose près. Ce n'était pas mal, pendant un moment, de détenir une licence, d'être quelqu'un de respectable, de tenir une comptabilité et de présenter mes honoraires. Mais je crois que je préfère la méthode actuelle.

– Elle te convient, voilà tout. Dis donc, ce n'est pas un gros à-valoir, ça.

– Je ne sais pas. Pour moi, cela représente un joli cadeau. En billets de cent dollars ; dix en tout.

– Quand même, ce n'est pas une somme importante. Mille dollars...

– Il fut un temps où avec ça, on pouvait s'acheter une belle voiture, et le jour viendra où ce sera le prix d'une bonne tasse de café. Mais à l'heure actuelle, tu as raison, ce n'est pas beaucoup.

– Le travail que tu as déjà fait, à combien l'estimes-tu ?

– À rien du tout, répondis-je. Je n'ai pas de client.

– Oui, mais si tu en avais un ?

– Je ne sais pas. J'ai effectué quelques heures de boulot parci par-là.

– Cela représente plus de mille dollars.

– Peut-être.

– Ce n'est pas que nous ayons absolument besoin de cet argent, remarque.

– Non.

– Même si on trouve toujours à le dépenser.

– Sans problème.

– Dis donc, tu ne vas pas t'amouracher d'elle, au moins ?

– Je suis déjà amoureux.

Elle ne répondit rien, pas à voix haute, en tout cas.

– Non, enchaînai-je, je ne vais pas m'éprendre d'elle. C'est une fille bien, intelligente et jolie. Elle a quarante ans de moins que moi et je la laisse complètement indifférente. En vérité, je pourrais en dire autant à son propos.

– Intéressant. Mais je voudrais te poser une autre question. Prends tout ton temps pour me répondre.

Elle pencha la tête, se mouilla la lèvre, baissa la voix.

– Y aurait-t-il quelque chose qui t'intéresse ? Quelque chose à quoi tu penses ?

J'avais bien une petite idée...

Plus tard. Elle se retourna, s'appuya sur un coude.

– Trente-neuf, dit-elle.

– Sur une échelle d'un à combien ?

– Idiot. Je ne te donnais pas une note, je corrigeais ce que tu as dit. Tu n'as pas quarante, mais trente-neuf ans de plus qu'elle.

– Bon, il faut reconnaître que je me sens déjà plus jeune.

16

Il mesure un mètre quatre-vingts et pèse entre soixante-quatorze et soixante-dix-sept kilos depuis les quinze dernières années de sa vie, qui en compte trente-sept. Ce qui lui fait la même taille et le même poids que le défunt Jason Paul Bierman, mais c'est moins une coïncidence qu'il n'y paraît au prime abord. Ç'aurait pu être fortuit si les circonstances les avaient réunis au départ, et si leur rôle dans la comédie humaine avait précédé sa prise de conscience de leur ressemblance superficielle. Mais non, ce fut le contraire. Il avait choisi Bierman entre tous, dans le genre humain, compte tenu de sa taille, de son poids et de sa carrure. Bon, s'était-il dit, ils pouvaient s'échanger leurs vêtements.

(Bierman, comparaissant devant le tribunal, accusé de s'être glissé sous un tourniquet du métro. Le non-lieu ayant été prononcé, Bierman quitte la salle d'audience, l'air vague, hésitant. Il lui tombe dessus quand il sort dans la rue, lui prend le bras. Bierman a un mouvement de recul ; à tous les coups il se dit qu'il fait l'objet d'une nouvelle interpellation. « M. Bierman ? Jason ? N'ayez crainte, l'ami. Je pourrais peut-être vous aider. » Bierman essayant le canapé, choisissant la chaise. Fermant les yeux, faisant état de ses espoirs et de ses craintes. Apprenant l'évangile. « Qu'as-tu, Jason ? » « On n'a que ce qu'on récolte, Doc »)

C'est ainsi qu'il l'a choisi, Bierman. Tant mieux pour lui. Tant pis pour Bierman.

Ou bien était-ce de la malchance ? Bierman était un raté, un type qui demandait peu à la vie et en obtenait encore moins. On n'obtient jamais plus que ce qu'on demande, se plaisait-il à dire, et il n'y avait pas de mal à demander tout ce qu'on voulait. On peut très bien s'avancer vers la mer muni d'une cuiller à café ou d'un seau, déclarait-il volontiers ; la mer s'en fiche.

Bierman avait pris une cuiller à café et l'avait offerte à la mer, manche tourné vers le bas.

Sa vie s'est donc réduite à peu de chose, et dans la mort, outre le fait qu'il participait d'un dessein ambitieux (qui, soyons juste, n'aurait presque rien signifié pour lui, même s'il en avait eu connaissance, ce qui manifestement n'était pas le cas), en plus de ça, eh bien, Bierman avait réussi dans la mort ce qu'il avait raté de son vivant.

Le pauvre con était devenu célèbre.

Il se trouve maintenant devant son ordinateur, en train de visionner alt.crime.serialkillers, un forum de discussion qu'il explore depuis quelque temps. On a assisté, il y a peu, à un échange animé entre quelqu'un qui avait des renseignements malsains sur le tueur de la Green River et quelqu'un d'autre, tout aussi bien informé et qui prétendait être ce même tueur. Selon toute vraisemblance, il n'y a qu'une chance infime qu'il existe dans les propos de ce dernier une once de vérité, mais il n'en reste pas moins intéressant de suivre le débat.

Effectivement, on note quelques ajouts à la série de réflexions concernant Bierman. Certes, techniquement parlant, Bierman est loin d'être un tueur en série. Trois cadavres, ceux d'individus assassinés en l'espace d'une seule nuit et liés au même crime, ne suffisent pas à faire de quiconque un de ces monstres. Pour cela il faudrait refroidir, pendant un certain laps de temps, des gens qui n'ont aucun rapport entre eux, bien que le nombre requis soit une question controversée, et effectivement une source continuelle de débats sur alt.crime.serialkillers.

Bierman, s'il faut le définir, est l'auteur d'un massacre, au même titre que les postiers mécontents qui amènent une arme automatique au travail et pètent les plombs. Trois victimes, cependant, ce n'est pas grand-chose. Il faudrait probablement un peu plus de massacrés pour faire de lui un authentique massacreur.

(En fait, Bierman n'a tué personne, et lors de sa courte vie il ne s'est sans doute jamais servi de ses poings, mais personne ici n'est au courant. Ils pensent tous que c'est lui l'assassin de ces trois victimes qu'on lui attribue, et certains, ô prodige !, sont prêts à ajouter d'autres noms à la liste.)

Il lit les déclarations, opine, sourit, hoche la tête. La mentalité des intervenants, telle qu'elle transparaît dans leurs propos, ne cesse de le fasciner. Certains d'entre eux éprouvent à l'évidence de l'admiration pour les plus grands criminels américains de notre époque, comparant les procédés et les scores respectifs de gens comme Bundy, Kemper et Henry Lee Lucas. D'autres se montrent très fermes sur le plan moral, ce qui travestit une volonté farouche de punir ; ce sont d'ardents partisans de la peine de mort, qui se réjouissent lorsqu'elle est appliquée à l'un des individus dont il est question dans le forum de discussion. Et, bien sûr, il y a ceux qui se la jouent, feignant l'admiration ou le mépris pour des raisons qui restent hypothétiques.

Il n'intervient jamais dans le débat. Il est parfois tenté de le faire, quand il se sent en verve pour asticoter ces rigolos, mais à quoi bon ? Il n'intervient pas, il se tapit. Intervenir est humain, se tapir est divin.

Bierman, songe-t-il, je t'ai rendu immortel. Vivant, tu étais un mort ambulant. Mort, tu vis !

À sa montre, réglée pour sonner non pas toutes les heures mais à chaque fois dix minutes avant, il est midi moins dix. Il lit les derniers points de vue sur Bierman, clique et éteint. Son écran de veille s'allume, montrant la ligne des toits d'une ville la nuit, changeant continuellement à mesure que les lumières s'allument et s'éteignent, s'allument et s'éteignent...

Il se cale dans sa chaise, s'étire. Le haut de sa chemise est déboutonné, sa cravate desserrée. Il plonge la main dans son col, sort un petit disque rose moucheté d'environ trois centimètres de diamètre, percé au centre. C'est une pierre, une rhodochrosite froide au toucher, suspendue à une chaîne en or qu'il porte autour du cou. Il fait jouer cette pierre lisse entre le pouce et l'index, aime bien la sentir.

Il la remet sous sa chemise, ferme le bouton d'en haut, resserre sa cravate. Il en vérifie le nœud dans la glace, ça va, c'est parfait.

Et il sent sur sa poitrine le disque de pierre rose, lisse et froid...

Il est temps de se mettre au travail.

17

– Alors comme ça, on a une cliente ! s'écria T. J. Putain, voilà qu'on travaille au compteur !

– Bah, c'est tout juste s'il fait tic-tac... Si j'ai accepté l'argent, c'était avant tout pour éviter qu'il atterrisse dans la poche de quelqu'un d'autre.

– Quand même, t'es pas con, vu la façon dont tu te débrouilles. Une nana veut nous engager car elle pense que c'est sa cousine qui a fait le coup. Tu la rassures, tu lui tapotes la joue et tu l'envoies promener. Puis tu te ravises et tu persuades la cousine qui roule sur l'or de nous engager. Remarque, puisqu'on va bosser pour l'une des deux, autant que ce soit pour celle qui a du fric.

– C'est vrai, j'avais presque oublié. Notre cliente a d'abord été la suspecte toute désignée.

– Le lui aurais-tu expliqué, par hasard ?

– Non, ça m'est sorti de l'esprit.

Nous étions au Morning Star. J'avais dormi plus tard qu'à l'accoutumée et lorsque j'avais fini de me raser et de me doucher, Elaine était déjà partie à la gym. Il restait du café. Je m'en étais servi une tasse et avais appelé T. J.

– Si tu n'as pas pris ton petit déjeuner, lui dis-je, retrouve-moi en bas dans dix minutes.

Il était debout depuis six heures du matin, m'expliqua-t-il, réveillé par deux ivrognes qui se querellaient dans le couloir en faisant plus de raffut que d'habitude. Il était alors sorti manger quelque chose, et en rentrant chez lui il s'était connecté sur Internet. Mais il serait quand même heureux de me tenir compagnie.

Je me débattais maintenant avec une omelette, il me tenait compagnie avec une assiette de frites, un bagel grillé et un grand verre de jus d'orange. Il s'essuya les lèvres avec sa serviette :

– Ça t'est sorti de l'esprit, répéta-t-il. C'est peut-être mieux comme ça. Au fait, l'affaire va tenir, maintenant qu'on est dans le coup ?

– Je ne sais pas trop où ça va nous mener. Si seulement l'un d'eux avait un mobile. C'est la prise de tête à cent sous de l'heure.

– Ils ont piqué des trucs.

– Dis plutôt qu'ils les ont empruntés. Ils les ont transportés de Manhattan à Brooklyn, où les flics les ont récupérés.

– En totalité ?

– Il y a bien une autre possibilité : et s'il s'était fixé sur quelque chose de précis, notre mystérieux troisième homme ?

– Ce pourquoi il serait d'abord passé à l'action. Il recherche sans doute un truc, mais il ne veut pas qu'on apprenne qu'il l'a piqué.

– Quoi, par exemple ?

– Si je savais ! Un objet de grande valeur, un diamant, une toile de maître.

– Ça figurerait à l'inventaire de l'assurance et on en aurait à tous les coups noté la disparition.

– Bon, alors autre chose. Des documents juridiques, des photos ou des lettres, le genre de machin pour lequel on est prêt à tuer.

– Pourquoi ne pas prendre ce qu'il y avait, tout simplement, et rentrer peinard chez soi ? Pourquoi assassiner les Hollander ?

– Pour qu'on ne sache pas qu'on avait embarqué ce qui se trouvait là, tiens !

Ah oui.

– Je ne sais pas, dis-je, mais ça m'a l'air bien compliqué. Celui qui a fait le coup a tout combiné, et il n'a pas hésité à commettre un quadruple meurtre pour atteindre son objectif.

Je ne vois pas ce qu'il y aurait pu y avoir chez les Hollander pour qu'on se donne tant de mal.

– Tu dois avoir raison. C'était juste une idée en passant.

– Si seulement je pouvais en avoir une ! Apparemment, on fait fausse route si on s'en tient aux victimes. Ces gens menaient une vie irréprochable, tout le monde les adorait et les respectait, et ils s'aimaient. Je me pose des questions.

– Comme quoi ?

– Je me demande si je ne me suis pas trompé de victimes.

– On n'en a pas d'autres.

– Je peux t'en citer deux autres.

Il comprit vite.

– Dans la maison de Brooklyn, dit-il, Bierman et Ivanko. Tu veux dire qu'il a fait tout ça pour buter ces deux mecs ?

– Non, pour lui, ils n'étaient qu'un moyen d'arriver à ses fins.

– Tu t'en sers, puis tu les jettes... Oui, mais d'abord il fallait qu'il les trouve. C'est là que tu veux en venir ?

– Il doit y avoir un lien. Pas tant avec Bierman, qui a joué un rôle essentiellement passif.

– Tout ce qu'il y a de plus passif. Il s'est contenté de se faire occire.

– Bierman ne le connaissait peut-être pas du tout.

– Le mec sonne à sa porte, il lui raconte qu'il est un employé des services de désinsectisation venu pour le débarrasser de ses cafards. Bierman lui ouvre, et c'est bon pour lui. Bierman, refroidi dans le coin, et l'autre qui ressort, après avoir enfilé sa chemise et son pantalon.

– Sauf qu'Ivanko était de la partie, répondis-je. Même si le dénouement l'a pris de court.

– Le gus vient le voir et lui dit qu'il est sur un coup.

– « Plein de fric, presque pas de risques. Tiens, voilà la clé et la combinaison de l'alarme... »

– On ne parle pas comme ça à un type quand on n'est pas sûr qu'il va marcher. Comment s'est-il rancardé sur Ivanko ?

– Il a tiré trois ans à Green Haven pour cambriolage. C'est peut-être là-bas qu'il a fait sa connaissance.

– Tu penses que notre homme est un ancien taulard ?

Je réfléchis.

– En fait non, je ne crois pas. On apprend des trucs en prison, mais on y perd aussi l'habitude de se croire invulnérable, parce qu'on a plongé. Or, le mec qui a orchestré tout ça se croit toujours invincible.

– Remarque, il a peut-être mouillé sa chemise, lui aussi.

– À mon avis, ce n'était pas la première fois qu'il prenait des libertés avec la loi. Qu'il ait ou non fait de la prison, rien ne dit qu'il n'a pas connu des gens qui ont été incarcérés. Ivanko n'a plus de famille, pour autant que je sache, et sa dernière adresse connue est celle de l'ancien appartement de sa mère. Il devait bien habiter quelque part lorsqu'il a joué le casseur chez les Hollander, seulement la police l'a retrouvé à Brooklyn avant de découvrir où il créchait.

– Et elle a abandonné les recherches.

– Il faut peut-être commencer par là. Sais-tu à qui on doit s'adresser quand on s'intéresse à Ivanko ?

– Si tu penses au même type que moi, il est trop tôt pour l'appeler. Il roupille.

– Danny Boy. C'est son quartier, à lui aussi. Poogan's ne se trouve qu'à deux rues de la maison des Hollander. J'irai le voir ce soir.

– Et entre-temps ?

– Le flingue. On l'a volé dans le cabinet d'un psychiatre de Central Park Ouest.

– Il était peut-être tout prêt à se faire voler, ce pétard.

Je lui jetai un regard.

– À première vue, dis-je, c'est Bierman qui a tiré ; on peut donc imaginer que c'est lui qui a apporté le pistolet. Ce qui signifie qu'il l'a piqué lui-même, ou que quelqu'un l'a fait à sa place et le lui a vendu après.

– Pourtant, tout ce qu'il a récolté, c'est une balle dans la tête.

– Exact, de sorte que c'est quelqu'un d'autre qui a fourni l'arme, et ce n'aurait pas pu être Ivanko, sinon c'est lui qui l'aurait eue à la main pendant le cambriolage, et non son complice.

– Qui dit qu'Ivanko n'avait pas deux calibres ? Il n'avait pas besoin des deux, il en a apporté un et il a filé l'autre au troisième homme.

– Ivanko n'avait pas d'arme sur lui quand on l'a retrouvé, mais l'assassin aurait pu la lui prendre avant de partir. Reste que l'explication la plus simple, c'est qu'il n'y avait qu'une arme et que c'est le même mec qui s'en est servi et l'avait apportée au départ.

– Et ce type, où l'a-t-il trouvée ? Dans le cabinet du psy ?

– C'est de là qu'elle venait et il faut croire que c'est lui qui l'y a prise.

– Il ne pouvait pas l'acheter dans la rue ? C'est pas très dur, si on sait y faire.

– Les taies d'oreillers.

– Je les avais oubliées. À chaque fois, chez le psy et chez les Hollander, c'est le même scénario : ils s'emparent de taies d'oreillers pour trimballer leur butin.

– Rien d'anormal à ça, et puis ça évite de fouiller dans les placards pour y chercher des sacs. Évidemment, quand on les voit réapparaître dans les deux cambriolages...

– C'est vraisemblablement le même qui a fait le coup à chaque fois.

– On dirait.

– En admettant que ce soit Ivanko... ce n'était pas son truc, ça, le cambriolage ? Si ça se trouve, il a toujours procédé comme ça : enlever les taies d'oreillers pour les transformer en hottes du Père Noël.

– Pleines de jouets pour les petits enfants... mais je vois pas Ivanko choisir de cambrioler cet appartement en particulier. C'est l'un de ces immeubles avec concierge qui font face à Central Park. Ivanko était sans doute un petit malin, mais un voyou des rues quand même. Comment a-t-il fait pour que le concierge le laisse entrer ?

– Et pour commencer, comment aurait-il pu savoir où se trouvait le cabinet du psy ?

– Le cambrioleur savait, lui, pour le pistolet. C'est la seule chose qu'il ait volée là-bas, et il l'a trouvée dans un tiroir fermé à clé. En plus, il n'a rien dérangé, puisque le psy ne s'est aperçu de la disparition de l'arme que deux jours après.

– Le cambrioleur connaissait le psy.

– Ça paraît logique.

– Il connaissait le cabinet, savait comment faire pour que le concierge le laisse entrer, était au courant pour le pistolet.

– C'est sans doute ce qui l'a amené là. Il voulait un flingue, il s'est introduit dans le cabinet et il s'est servi.

– Dans le tiroir où il savait que le psy rangeait toujours sa pétoire. Il connaissait le cabinet, donc il connaissait très probablement le psy.

– Ça tombe sous le sens.

– Tu as été voir, du côté du psy ? Tu l'as appelé, par exemple ?

– On obtiendra de meilleurs résultats en faisant preuve d'un peu d'imagination.

– C'est vrai que tu peux être imaginatif, quand tu t'en donnes la peine. C'est le programme du jour ?

– Je crois.

– J'ai oublié le nom du médecin. Je pense toujours à Adler, mais ce n'est pas ça.

– Nadler.

– Nadler. Il y avait un certain Adler, à l'époque où Freud a démarré tout le machin. Qu'est-ce qui se passe ?

– Rien, pourquoi ?

– Si tu voyais ta tête ! Tu ne pensais pas que je savais ça, pas vrai ?

– Je suis toujours surpris par ce que tu sais et ce que tu ne sais pas.

Il opina, comme si dans ce domaine il pouvait accepter la vérité.

– La psychanalyse. Ça tient la route, ce truc ?

– Tu ne t'adresses pas à la bonne personne. J'ai l'impression qu'on s'en détourne un peu, ces derniers temps. C'est plus facile de rédiger une ordonnance que d'écouter des névrosés du matin au soir.

– On préfère écouter le Prozac. Dis, il est pas indispensable que j'aille voir Nadler avec toi, si ?

– À mon avis, ça ferait plus de mal que de bien.

– Il aurait été aussi simple de dire non... À la place, je vais aller voir du côté de Brooklyn à quoi ressemble la baraque.

– Vraiment ?

– Discuter avec les gens, écouter ce qu'on raconte.

– Tu vas peut-être découvrir quelque chose qui m'a échappé. À ce propos... il faut que tu prennes la ligne D jusqu'à l'Avenue M. Je suis sorti une station trop tôt.

– Non, je ne parlais pas de cette baraque. Je me demandais comment va le petit copain de Williamsburg. Elle t'a donné l'adresse ?

– Je ne la lui ai pas demandée.

– Ce n'est pas dans ton habitude. A-t-elle au moins dit le nom de la rue ?

Je fouillai dans ma mémoire.

– Non... j'en suis presque sûr. Elle devait connaître la rue, et aussi probablement le numéro. Elle envisageait de s'installer là-bas.

– Il s'appelle Peter Meredith, non ?

– Oui. C'est un petit gros, incapable de faire du mal à une mouche. Où vas-tu ?

– Nulle part. Je reviens tout de suite.

Il s'absenta assez longtemps pour que je prenne un autre café et demande l'addition. Quand il reparut, j'attendais la monnaie.

– Il me reste la moitié d'un demi-bagel, dit-il à son retour. Tu la veux ?

– La serveuse l'a embarquée.

– Merde. Comment me trouves-tu ?

Lui qui était vêtu précédemment d'un short descendant jusqu'aux genoux et d'un chandail trop grand aux manches coupées reparaissait maintenant en pantalon rayé et chemise blanche à col boutonné. Sans cravate. Il avait ciré ses chaussures noires, glissé quatre crayons dans sa poche de chemise et il tenait une écritoire à pinces à la main.

– Tu ressembles à un employé municipal.

– Un employé de l'inspection du Bâtiment.

– Ils sont généralement plus vieux. Et aussi plus enveloppés.

– Avec un teint plus clair.

– Pour la plupart. Et tous ceux que j'ai vus au fil des ans avaient l'air d'avoir mal aux pieds.

– Je m'attends à ce que ce soit mon cas, quand les miens m'auront porté jusqu'au 168 de la rue Meserole.

– Qu'est-ce que t'as fait ? T'as appelé les renseignements ?

– Trop long. Il faut qu'on te réponde, et ensuite on ne te communique jamais qu'un numéro. Il ne te reste plus qu'à chercher dans l'annuaire, ou bien téléphoner carrément et te débrouiller pour que la personne te donne l'adresse. Y a pas le temps pour toutes ces conneries.

– C'est vrai que ton temps est compté, philosophai-je.

– Je l'ai eue sur le Net. J'ai entré « Peter Meredith, Brooklyn », et j'ai obtenu l'adresse, le numéro de téléphone et le code postal... Ça m'a pris deux secondes et je n'ai eu besoin de parler à personne.

– Sauf que l'adresse est fausse.

– Pardon ?

– Meserole se trouve à Greenpoint et pas à Williamsburg. Les deux quartiers se touchent, mais Meserole est un secteur de Greenpoint qui s'est embourgeoisé il y a déjà un moment. Ce n'est pas là que les spéculateurs vont trouver un appart bon marché à rénover.

– Oui, mais tu parles de Meserole Avenue. Eux, ils habitent dans Meserole Street.

– Il y a deux Meserole ?

– On pourrait croire qu'une suffirait. En cherchant bien, railla-t-il, tu devrais trouver une ville qui n'en possède aucune.

De dessous son écritoire il sortit une feuille sur laquelle était reproduite la carte de Brooklyn nord, vaste périmètre qui s'étend sur plusieurs kilomètres carrés.

– Je viens de la sortir sur l'imprimante, dit-il en prévenant ma question. Tu vois ? Ici, c'est Meserole Avenue, à Greenpoint, et là Meserole Street. Ça va vers Bushwick Terminal.

Je regardai le document. Les deux Meserole, la rue et l'avenue, coupent Manhattan Avenue à environ deux kilomètres et demi d'intervalle. De quoi rendre fous les chauffeurs-livreurs de United Parcel Service.

Ray Galindez, un dessinateur de la police de ma connaissance, a acheté une maison à Williamsburg voici quelques années, et j'ai pris la ligne L pour aller le voir. C'est la même qui conduit dans les parages de la rue Meserole, il faut seulement faire trois stations de plus. Je ne connaissais pas le quartier – j'en ignorais même carrément l'existence –, mais je me doutais bien de la raison pour laquelle Kristin Hollander estimait préférable de rester à Manhattan.

– Je ne savais pas qu'on pouvait sortir une carte de Brooklyn sur imprimante, lui fis-je remarquer.

– Mais putain, mec ! Ce ne serait pas plus difficile de faire la même chose avec une carte de Samarcande ! Tu devrais te familiariser avec Internet. Tu passes à côté de quelque chose.

Nous avions déjà eu cette discussion.

– Je suis trop vieux pour ça, lui répondis-je une fois de plus.

Et lui de me citer un habitant de Point Barrow, en Alaska, un monsieur de quatre-vingt-huit ans, qui tous les jours surfait pendant des heures sur le Net et avec qui il échangeait des e-mails.

Ça me laissa sceptique.

– Pour quelle raison une personne de cet âge habiterait-elle là-bas, au diable vauvert ? Et comment sais-tu que cette personne te dit la vérité ? À tous les coups, c'est une lesbienne de dix-neuf ans qui joue au pépé.

Il leva les yeux au ciel.

– Je suis sûr que ça me plairait énormément de surfer sur le Net et que ça ne pourrait que me faire du bien. Mais ce n'est pas nécessaire puisque je me débrouille pour que tu t'en charges à ma place.

– Et que je courre jusqu'à Brooklyn pour te rendre service.

Il se regarda, hocha la tête.

– Heureusement que c'est un trou perdu. J'ai pas envie que des gens que je connais me voient dans cet accoutrement.

– Ne t'en fais pas, lui dis-je. Tu es méconnaissable.

18

J'aurais dû réfléchir, mais j'ai tendance à me représenter mentalement les gens que je ne connais pas. Il me suffit de parler au téléphone avec quelqu'un pour m'imaginer savoir à quoi il ressemble.

Dans le cas de Seymour Nadler je pouvais m'en remettre à sa voix, grave, empreinte d'un calme professionnel, ainsi qu'à son nom, son adresse et sa profession. Je m'attendais à voir un gros ours mal léché guetté par la calvitie, avec une crinière sombre qui flottait sur le col d'une chemise en velours. Sa barbe, aussi noire que ses cheveux, serait négligée.

C'était en réalité un homme de ma taille, à peu de chose près, mince, rasé de près et vêtu d'un costume en tissu écossais noir et blanc avec une cravate rayée. Brun, soigneusement coiffé, il avait encore tous ses cheveux, et derrière des lunettes à double foyer et monture d'écaille on apercevait des yeux bleu pâle. La bouche petite, les lèvres fines, il me tendit une main qui disparut dans la mienne.

Son bureau, agréablement meublé à l'ancienne, se trouvait au dixième étage. Un divan, bien sûr, mais aussi plusieurs chaises confortables. Oriental, le tapis, les tableaux étant quant à eux de style primitif américain. Près du bureau, un ordinateur juché sur une console en métal noir, seule touche contemporaine dans la pièce. Les fenêtres donnaient sur Central Park.

– Je peux vous consacrer vingt minutes, pas plus, me lança-t-il. Ma prochaine consultation commence à deux heures, et il me faut dix minutes pour me préparer.

Je lui répondis que ça serait amplement suffisant.

– Si vous me disiez exactement ce qui vous amène ? Il y a longtemps qu'on m'a accordé les indemnisations que j'ai demandées pour couvrir les pertes subies lors du cambriolage. Je ne dirais pas que je les estime suffisantes, mais je ne crois pas non plus que cela mérite de remettre l'affaire entre les mains de la justice (il sourit), même si j'y ai pensé.

Il croyait évidemment que je travaillais pour une compagnie d'assurances. Ce n'était pas vraiment ce que j'avais dit, mais j'avais sans conteste tout fait pour lui donner cette impression.

– En fait, déclarai-je, ma visite a trait à l'arme.

– À l'arme ?

– Votre calibre .22 italien. On l'a volé dans votre cabinet. Il était caché au fond d'un tiroir, si mes renseignements sont exacts.

– Je n'ai même jamais signalé sa disparition.

Je feuilletai mon carnet en feignant la surprise.

– Vous ne l'avez pas signalé à la police. Il est obligatoire de déclarer...

– Si, à la police, bien sûr. Mais j'avais déjà déposé ma demande d'indemnisation auprès de votre compagnie avant de constater la disparition du pistolet. Il n'était pas très cher, et je ne l'avais pas indiqué sur l'inventaire, de sorte que je n'ai pas jugé utile de modifier ma requête. Si j'avais su que vous alliez mégoter sur la valeur des bijoux de ma femme, je vous garantis que j'aurais ajouté le pistolet sur la liste.

Je levai la main :

– Ce n'est pas du ressort de mon service. Croyez-moi, je sais de quoi vous parlez. Nos experts, ce n'est pas la peine de le répéter, ont l'habitude de chercher la petite bête.

– Bien.

Il me décocha un sourire. Nous étions maintenant du même bord et j'étais bien content de m'être montré fin psychologue avec un psychiatre.

– Bon, d'accord. Et le pistolet ?

– Il a été utilisé récemment lors d'une « invasion de domicile ».

– Oui, dit-il en faisant la grimace, j'en ai entendu parler. Un crime absolument atroce. En plus, ça ne s'est pas passé bien loin.

– Dans la 74e Ouest.

– En effet, c'est tout près. Deux personnes ont été tuées.

– Plus deux autres à Brooklyn.

– Oui, les coupables. Meurtre et suicide, c'est ça ? Intéressant. Apparemment, ça arrive de temps en temps, lorsque les gens sont pris de folie meurtrière et font un carnage. En guise de dénouement, ils se suppriment.

Il joignit les auriculaires et pinça les lèvres.

– Je ne sais pas exactement à quel mécanisme cela obéit. On prétend qu'ils mesurent soudain la gravité de leur acte et se suicident en guise d'autopunition. Mais je me demande si ce n'est pas tout bêtement qu'il ne reste plus personne à descendre alors qu'ils ont toujours envie de tuer. Du coup, ils retournent leur arme contre le seul individu qu'ils ont sous la main, à savoir eux-mêmes.

Diplômes et certificats divers étaient encadrés dans sa salle d'attente, mais son petit discours attestait davantage qu'un mur tapissé de parchemins qu'il était bel et bien psychiatre.

– Bon, ce n'est qu'une hypothèse, dit-il après que j'eus admiré sa théorie. Mais qu'est-ce qui vous amène ? On ne va certainement pas me restituer cette arme.

– Non, à mon avis elle va rester un bon moment sous clé dans un casier, à titre de preuve.

– Elle peut y rester définitivement. Je n'ai aucune envie de la récupérer.

– L'avez-vous remplacée ?

Il secoua la tête.

– Je l'avais achetée par mesure de protection. Je ne comptais pas m'en servir, et de fait je n'ai jamais eu l'occasion de la sortir du tiroir fermé à clé dans lequel je la conservais.

Il se caressa le menton.

– Quand elle a disparu, reprit-il, je me suis demandé si ce n'était pas ce que j'avais voulu, inconsciemment. Il se peut que mon dégoût pour les armes à feu ait eu, d'une certaine façon, pour résultat que les cambrioleurs se sont emparés de la mienne.

– Comment ça ?

– Le principe veut que rien ne soit jamais complètement fortuit. Sans qu'on en ait conscience, une part de volonté entre en jeu. Cela ne signifie pas que la victime est toujours responsable, c'est absurde, mais il y a parfois un facteur déclenchant. Dans le cas présent, les cambrioleurs se sont limités à la partie logement de l'appartement. Dans le bureau, ils n'ont pris que le pistolet, et rien d'autre. C'est pour ça que j'ai mis si longtemps à m'apercevoir que ce machin avait disparu.

– Vous pensez donc que votre attitude envers l'arme...

– Elle n'a peut-être pas directement poussé le cambrioleur à s'introduire ici et à la voler, non. Vous allez sans doute trouver ça un peu tiré par les cheveux et pour tout dire, moi aussi. Enfin, vu la tournure des choses, je n'avais pas du tout envie de m'acheter un autre flingue.

– Il était dans votre bureau.

– Exact.

– Celui devant lequel vous êtes assis ?

– Bien sûr. Vous en voyez un autre ?

– Et de quel tiroir s'agissait-il ?

Il me regarda d'un sale œil :

– Quel tiroir ? Qu'est-ce que ça peut faire que je l'aie rangé dans un tiroir ou dans un autre ?

– Rien, probablement.

– Encore une fois, pour quelle raison êtes-vous ici ? Je regrette profondément qu'une arme qui m'appartenait ait servi à tuer plusieurs personnes, mais je ne vois pas ce qu'on pourrait me reprocher.

– Eh bien, justement.

– Pardon ?

– La question se pose au niveau juridique. Le propriétaire d'une arme risque d'être tenu responsable de l'usage qu'en fait un autre individu. Autrement dit, un individu blessé par une balle tirée avec votre pistolet peut vous intenter un procès, car vous avez laissé cette arme tomber dans de mauvaises mains.

– Mais enfin, c'est ridicule ! Dans ce cas, nom d'un chien, pourquoi ne pas aller jusqu'au bout et assigner le fabricant en justice ?

– C'est déjà arrivé, à deux reprises. Les personnes lésées ont mis en cause la responsabilité du fabricant et ont obtenu gain de cause. Le jugement sera sans doute cassé en appel, mais...

– Vous voulez dire que je peux être traîné devant les tribunaux par quelqu'un sur qui on a tiré avec mon pistolet ?

– En l'occurrence, les principales victimes sont mortes. Si une procédure est engagée, le plaignant sera nécessairement l'héritier ou l'héritière de l'une de ces deux personnes.

– La fille de ces gens...

Dans mon esprit, il n'était pas question qu'il appelle Kristin pour essayer d'éviter un procès imaginaire.

– En l'occurrence, le coupai-je, on peut craindre que ce soit une des parties adverses qui intente une action en justice.

– Vous ne parlez pas des malfaiteurs, si ? Un individu s'introduit chez moi, dérobe des choses qui m'appartiennent, y compris un pistolet déclaré en bonne et due forme et avec lequel il tue plusieurs personnes, dont lui-même, et vous me dites qu'un de ses proches serait en droit de me traîner devant les tribunaux ?

– Docteur Nadler, répliquai-je, n'importe qui peut intenter une action en justice ; il se trouvera toujours un avocat pour se charger de l'affaire.

– L'un de ces aigrefins qui racolent dans les salles d'urgence, grinça-t-il.

– Pour le moment, il n'y a pas de procès en cours et dans le cas contraire, ce qui est peu probable, cela se conclura par un non-lieu ou par une décision en votre faveur. Je ne suis là que pour recueillir des renseignements vous permettant d'étouffer dans l'œuf une éventuelle action en justice.

Il m'avait été étonnamment facile de le faire monter sur ses grands chevaux et ce ne fut pas évident de le rasséréner. Je n'avais pas non plus de temps à perdre. Il regardait sans arrêt sa montre et je savais qu'il allait me mettre à la porte à deux heures moins dix.

Je lui redemandai dans quel tiroir était rangé le pistolet, à ma requête il me montra comment il faisait pour l'ouvrir et le fermer à clé. C'était un bureau ministre ovale en acajou, avec un dessus en cuir repoussé. Un tiroir, au milieu, plus trois autres de chaque côté, le deuxième à droite ayant abrité l'arme à feu. Comme il était droitier, ç'aurait été très pratique, m'expliqua-t-il, au cas où, assis à sa table de travail, il lui aurait fallu sortir son arme.

Les tiroirs fermaient en principe tous à clé, même si l'âge et la rouille avaient eu raison de deux serrures. La petite clé, genre passe-partout, se trouvait quant à elle dans le tiroir du milieu. Un bout de tissu rouge y était attaché, afin de la retrouver plus facilement, j'imagine.

– Les tiroirs étaient-ils tous verrouillés lors du cambriolage, ou bien seulement celui dans lequel se trouvait votre pistolet ?

– C'était le seul à être fermé à clé.

– Qui était au courant pour le pistolet ?

– Comment ça ?

– Qui savait que vous en aviez un et où il était rangé ?

– Personne.

– Votre femme ? L'hôtesse ?

– Ma femme, oui, savait que j'en avais un, mais elle ignorait où je l'avais caché. Elle a une véritable phobie des armes à feu et au début elle ne voulait même pas que j'en achète une.

Il fit la grimace :

– Ce doit être, j'imagine, l'une des raisons pour lesquelles je n'ai pas modifié ma demande d'indemnisation. Quant à Georgia, l'hôtesse, elle ne se serait même pas doutée qu'il y avait une arme, et encore moins où elle était planquée.

Georgia était une Noire d'une quarantaine d'années, au regard serein et au sourire chaleureux. J'eus le sentiment qu'elle ne ratait pas grand-chose. Soit. Et les clients, demandai-je ? Lui était-il jamais arrivé de sortir son arme lors d'une consultation ?

– Jamais de la vie ! Je n'ai jamais ouvert le tiroir devant un patient. Je ne l'ai même pas déverrouillé... non, c'est faux : je l'ai fait deux fois avec un individu qui était en crise ; j'avais déverrouillé avant la consultation. Mais je n'ai jamais ouvert le tiroir, ni à plus forte raison exhibé mon pistolet.

– Et ce monsieur... ?

Son visage se voila.

– Il a mis fin à ses jours, hélas. Il occupait un appartement au premier étage. Il a pris l'ascenseur pour monter sur le toit et s'est jeté dans le vide. Il a laissé un petit mot pour expliquer que, s'il ne le faisait pas, il risquait de tuer quelqu'un. De sorte que mes appréhensions n'étaient peut-être pas totalement infondées.

– Et ça s'est passé récemment ?

– Son suicide ? Non, ça remonte à l'hiver dernier, entre Noël et le jour de l'an. C'est fréquent, à cette époque de l'année.

– Avant qu'on vous vole votre arme, par conséquent.

– Effectivement, plusieurs mois auparavant.

– Les deux cambrioleurs, les dénommés Jason Bierman et Carl Ivanko...

– Oui ?

– En aviez-vous un comme patient ?

Il n'hésita pas une seconde. Il aurait pu refuser de répondre s'il avait pensé que j'étais un flic, mais il n'allait pas jouer les cachottiers avec le représentant d'une compagnie d'assurances qui voulait lui éviter un procès.

– Non ! se récria-t-il. Je n'avais jamais entendu parler d'eux avant de lire le journal.

– Verriez-vous, dans votre clientèle, quelqu'un qui pourrait avoir fait de la prison ?

Apparemment pas.

– J'ai une clientèle bourgeoise, répondit-il, des cadres. Deux fois sur trois, au minimum, ils souffrent de dépression. Dans plusieurs cas, il s'agit de jeunes femmes qui ont des troubles de l'alimentation. J'ai un écrivain bloqué, auteur de cinq romans ; le dernier a connu un grand succès, ce fut même un best-seller. Depuis sa sortie, il y a neuf ans, ce monsieur n'a rien pu terminer. Je reçois aussi des gens dont le mariage bat de l'aile, d'autres qui ont le sentiment de s'être engagés professionnellement dans une impasse...

Il délaissa le bureau, se dirigea vers la fenêtre et regarda Central Park.

– Lorsque j'étais étudiant, on se montrait admiratif envers la dermatologie. « Les dermatos, tous des escrocs ! Ils ne tuent personne, mais ils ne guérissent personne non plus. » C'était la blague qui courait.

Il se retourna face à moi en se tenant une main dans l'autre.

– On peut dire la même chose de mon travail : en fait, je passe de la pommade sur les psoriasis du psychisme. Ce n'est bien sûr pas entièrement vrai dans le cas d'un dermatologue, il y a des gens qui se rétablissent, d'autres qui meurent de mélanome. Mes patients profitent souvent de leur cure, ils sont moins déprimés, leur névrose est moins débilitante. Et puis, évidemment, de temps en temps il y en a un qui se jette du toit...

Il regagna son bureau et ramassa un coupe-papier en cuivre, avec une poignée en malachite verte.

– J'ai soigné un homme qui agressait ses quatre enfants, trois filles et un garçon ; j'en ai soigné un autre qui avait piqué deux cent cinquante mille dollars dans la caisse de son entreprise pour financer son penchant pour la cocaïne et les paris sur les résultats sportifs. Aucun n'a fait de la prison. Il se pourrait que mon travail profite à un délinquant ou à un ancien détenu, mais aucun ne me l'a encore dit.

Il allait ajouter autre chose, mais il se redressa brusquement et regarda sa montre.

– Il est deux heures moins dix, déclara-t-il. Je n'ai plus de temps à vous consacrer. Personne n'aurait pu savoir où se trouvait le pistolet. Aucun de mes patients ne l'a jamais vu. S'il y a autre chose...

– Je vous remercie de votre aide. Excusez-moi de vous avoir dérangé. Entre nous, je ne pense pas que vous ayez de souci à vous faire.

– Alors je ne m'en ferai pas, conclut-il avec un sourire glacial.

Je ne peux pas dire qu'il aurait eu l'air trop inquiet. Je lui serrai la main, il me raccompagna.

19

Il tombait du crachin lorsque je quittai le cabinet du Dr Nadler. Ce n'était quand même pas assez grave pour que je regrette de ne pas avoir emporté mon parapluie. Nous avions un concert le soir, mais je voulais d'abord me glisser dans une réunion, raison pour laquelle je gagnai Broadway à pied et pris le métro pour descendre au Village. Les Alcooliques anonymes y louent un magasin de Perry Street depuis deux fois plus longtemps que j'ai cessé de boire. Lorsque je commençai à fréquenter cet endroit, il s'y tenait deux ou trois réunions par jour, et maintenant c'est quasiment ouvert en permanence, de l'aurore jusqu'au milieu de la nuit. J'arrivai au milieu d'une séance, sortis boire un café à la fin et revins à temps pour assister à un peu plus de la moitié d'une autre séance. Au total, je n'avais toujours pas une goutte d'alcool dans le sang.

T. J. m'appela pour me dire que personne n'avait tiqué devant son petit numéro d'inspecteur adjoint de l'inspection des Bâtiments de la ville de New York, secteur de Brooklyn. Il avait trouvé facilement la maison de Meserole Street, mais vu l'ambiance qui régnait dans le coin il aurait mieux fait, me dit-il, de rester en short. Partout des bennes à ordures et des travaux de rénovation. Visiblement, le quartier était en train de changer d'aspect, quoiqu'à l'entendre il y en avait encore pour un moment.

Il avait vu Peter Meredith et trois autres personnes habitant la même maison que lui et promit de me faire un compte rendu détaillé de son travail la prochaine fois. Pour l'instant, il se contenta de me dire que Peter Meredith n'avait peut-être pas grossi depuis sa dernière rencontre avec Kristin, mais il n'avait pas non plus maigri et n'était toujours pas prêt à mettre la chemise et le jean de Jason Bierman. Autrement, il avait aussi eu deux Blanches et un Noir pour interlocuteurs. Sans que ce soit explicite, il lui semblait que notre mystérieux lascar devait être de type caucasien...

Ce qui ne laissait plus qu'un membre de l'équipe qu'il n'avait pas encore eu l'occasion de rencontrer, expliquai-je à Elaine, mais une deuxième visite du même inspecteur de l'inspection des Bâtiments risquait d'éveiller les soupçons. Cela dit, il avait le nom de l'individu et nous trouverions bien le moyen de faire notre petite enquête sur lui.

– Je sais que ce n'est jamais complètement inutile, déclara Elaine, mais on dirait quand même qu'il s'est déplacé pour rien.

– C'est ce que je lui ai dit. Il m'a répondu que ce n'était pas si loin que ça et que ça lui avait permis de découvrir un coin de New York qu'il ne connaissait pas. Et puis, le bilan de sa visite est positif.

– Oui, car maintenant tu peux rayer tous ces gens de la liste.

– Il n'y a pas que ça. Il a été payé. Les gens ont cru sincèrement qu'il était inspecteur des Bâtiments. Il va de soi qu'ils ont déjà eu affaire à ce service, ou qu'ils connaissent quelqu'un à qui c'est arrivé. C'est pourquoi, en le voyant traîner dans le coin et demander, sans raison précise, à vérifier ceci et cela, Peter Meredith l'a pris à part et lui a discrètement glissé un billet de cent dollars.

– Et bien sûr, T. J. l'a accepté.

– Je ne vois pas ce que je ferais de lui sans ça. Évidemment qu'il n'a pas dit non. Ça l'aurait rendu malade de ne pas prendre ce fric, sans compter que ç'aurait été contraire à un principe de base.

– L'argent, ça ne se refuse pas.

– Tout juste.

Nous dînâmes à la maison et remontâmes à pied la 9e Avenue jusqu'au Lincoln Center. Il pleuvait pour de bon quand nous nous mîmes en marche ; nous aurions pu prendre un taxi, mais avec un temps pareil il n'y en avait pas un de libre. En plus, le Lincoln Center n'était qu'à cinq ou six rues de là, et nous avions chacun un parapluie, ce qui nous évita de nous faire mouiller.

Le concert était donné par un pianiste belge qui jouait, comme au temps de Mozart, sur un pianoforte, instrument charnière, cela va de soi, entre le clavecin et le piano moderne. Le programme expliquait leurs différences et leurs similitudes, précisions qui, dans l'ensemble, me parurent superflues. Le pianiste était accompagné par l'orchestre du festival « Surtout Mozart », qui interpréta des choses agréables à l'oreille. Et que je pouvais, dans mon cas, tout aussi bien ne pas écouter, car j'avais l'esprit ailleurs. Je me repassai plusieurs conversations dans la tête – avec Nadler, Kristin Hollander et mes contacts dans la police de Brooklyn et de Manhattan. Je ressassai les changements intervenus dans le scénario que j'avais exposé en long et en large à Kristin (style « variations sur le thème du *Troisième Homme*, de Matthew Scudder ») jusqu'à ce qu'elles deviennent un rêve obsédant, ou un air envoûtant.

À l'entracte, Elaine me demanda si je voulais m'en aller.

– Tu ne gigotes pas vraiment sur ton siège, me dit-elle, mais je te sens préoccupé.

– Je resterai, lui dis-je.

Le festival prenait fin dans huit jours, et nous avions encore des billets pour deux concerts. Elaine irait en écouter un avec une amie, puis ce serait la soirée de clôture ; après quoi il nous faudrait attendre onze mois pour renouveler l'expérience. Il était tôt, et pour Danny Boy la journée ne faisait que commencer. Ça ne mangerait pas de pain de me caler dans mon fauteuil tandis qu'on me jouait de la belle musique, que je l'écoute ou non.

Un bus qui remontait la 9e Avenue démarra à l'instant même où nous partions. La pluie s'étant calmée, Elaine se dit prête à marcher. Elle ne prenait pas le bus ? Je ferais le chemin à pied avec elle.

– Et ensuite, dit-elle, on tourne casaque et on va par nos propres moyens jusqu'à la 72e Rue ?

– Tu n'as qu'à prendre le bus, lui répondis-je.

Poogan's se trouve dans la 72e, à l'est de Broadway. Ce n'est pour moi qu'un trou sombre qui ne présente aucun intérêt, sinon qu'on y trouve souvent Danny Boy Bell. Je le connais depuis longtemps, c'est lui qui m'a présenté Elaine. Je dirais bien qu'il n'a pas changé, qu'il est exactement le même, sauf que c'est impossible. Il devait avoir quelque chose comme vingt-huit ans lors de notre première rencontre et il faisait beaucoup plus jeune. Il fait toujours jeune pour son âge, mais depuis il a quand même coulé pas mal d'eau sous les ponts et ça se voit.

Dans le temps il ne ressemblait à personne et ça n'a pas changé. C'est un Afro-Américain, terme que je n'emploie guère mais qui lui sied mieux que « Noir », qui ne lui va pas du tout. Danny Boy est un authentique albinos, plus blanc que nature, avec des cheveux décolorés et des yeux roses qui craignent la lumière. Même l'été, il fuit le jour à la manière d'un vampire excessivement prudent.

La nuit, il donne audience dans un des deux endroits où l'éclairage est tamisé et le bruit assourdi. Au Mother Blue's, établissement situé un peu plus au nord et qui est fréquenté par une clientèle un peu plus choisie, composée de gens entre deux âges, se produisent des musiciens. Le Poogan's, lui, avec son juke-box qui offre un choix judicieux, bien qu'éclectique, a un petit côté interlope. À chaque fois, Danny Boy s'installe à sa table habituelle et attend qu'on le vienne le voir. Certains lui apportent des renseignements, d'autres repartent avec un tuyau. Si nous vivons à l'ère de l'information, Danny Boy est un mec branché, sa spécialité étant de faire circuler l'information.

Je sirotai un Coca au bar tandis qu'il discutait avec une femme trop enveloppée pour être une professionnelle mais qui, vu son accoutrement et son maquillage, ne pouvait guère être autre chose. Une jolie poupée blonde et dodue, au charme effrayant. Pourtant, sa gaieté suffisait à dissiper tout éventuel soupçon de malveillance. Elle riait de bon cœur ; à la fin de l'entretien elle se leva, se pencha et planta un baiser sur la bouche de Danny Boy. Elle s'esclaffa derechef et sortit d'un pas vif. Lorsqu'elle passa devant moi, je humai une bouffée de son parfum. Il était aussi sobre et discret que le reste.

Lorsque je le rejoignis à sa table, Danny Boy était en train de se tamponner les lèvres avec un mouchoir blanc trempé dans de la vodka.

– Becky a une bouche délicieuse, dit-il, mais va savoir où elle a traîné... Je suis content de te voir. C'est pas trop tôt.

– Le temps passe.

– Quand on s'amuse, et aussi quand c'est moins drôle.

Il redressa la tête et me regarda de haut en bas.

– Tu as bonne mine, dit-il. Apparemment, ça te réussit de ne pas boire. Je ne crois pas qu'il en irait de même pour moi.

Il rangea son mouchoir et se gargarisa avec une rasade de vodka, comme s'il s'agissait d'un vulgaire bain de bouche, avant de l'avaler.

– Les microbes, dit-il. J'ai beau savoir qu'elle se refait une beauté après chaque passe, deux précautions valent mieux qu'une.

Au Mother Blue's comme au Poogan's, Danny Boy a droit à sa bouteille. Il la sortit du bac à glace et remplit son verre.

– L'ennui quand on ne boit plus, c'est qu'on fréquente beaucoup moins les bars, soupira-t-il.

– Je deviens casanier, répondis-je.

– Et comment va la belle Elaine ?

– Très bien. Elle te fait la bise.

– Moi de même.

Il saisit son verre et s'accorda une gorgée. Il était toujours capable de boire comme un homme deux fois plus grand mais aussi deux fois plus jeune que lui. On raconte, chez les Alcooliques anonymes, que ce n'est qu'une question de temps, qu'en fin de compte personne n'en ressort indemne, mais je n'en suis pas certain. J'ai des amis qui visiblement s'en tirent très bien.

Il déglutit, baissa un instant les paupières, et c'est tout juste si je ne sentis pas l'alcool lui couler dans le gosier. Il ouvrit les yeux :

– Ça me manquerait, dit-il.

Propos qui s'adressaient autant à lui-même qu'à moi. Il médita quelques instants, puis nos regards se croisèrent.

– Alors, Matthew, quel bon vent t'amène ?

À mon retour je trouvai Elaine dans la salle de séjour, en train de lire un roman de Susan Isaacs en sirotant un café. Pieds nus, elle avait enfilé un peignoir en soie très déshabillé. Je la regardai, gloussai, et m'entendis dire que les hommes sont tous des cochons.

– C'est expliqué là-dedans, ajouta-t-elle en tapotant son bouquin. Comment va Danny Boy ?

– Comme d'habitude. Il t'embrasse.

– C'est gentil. Michael a téléphoné.

– Michael ?

– Ton fils.

– Il n'appelle jamais, dis-je en me remémorant son dernier coup de fil. Qu'est-ce qu'il voulait ?

– Il a dû essayer de te joindre pendant que nous étions au concert. J'ai trouvé un message de lui en rentrant. Il aimerait que tu le rappelles. Il a laissé un numéro. De portable, je crois. Je n'ai pas effacé le message sur le répondeur.

Je l'écoutai : « Papa, c'est Michael. Peux-tu me rappeler ? Quand tu veux, ça m'est égal. Je ne sais pas où je serai ; essaie sur mon cellulaire... »

Je griffonnai le numéro et revins dans la salle de séjour.

– En tout cas, il ne nous donne pas le moindre indice. Sa voix ne trahit aucune émotion.

– Il y a sans doute un moyen très simple de savoir ce qu'il veut.

– Il est presque minuit.

– Ce qui fait quelle heure, en Californie ?

– Si c'est là-bas qu'il se trouve.

– S'il est à Paris, il est six heures du matin.

– Où qu'on aille, philosophai-je, il est toujours une heure ou une autre. Bof, il ne me reste plus qu'à décrocher le téléphone, mais ça ne me dit pas grand-chose.

– Je sais. Tu risques pourtant d'apprendre une bonne nouvelle, chéri. June attend peut-être un nouveau bébé.

– Ça ne doit pas être ça et, à mon avis, ce n'est pas une bonne nouvelle. Mais bon, autant savoir de quoi il retourne.

– Papa ? C'est gentil de téléphoner. Dis, tu es chez toi ? Au même numéro que tout à l'heure ?

– Oui, mais...

– Je te rappelle. Avec cette saloperie d'appareil, il y a de l'écho.

Il mit fin à la communication. Je raccrochai et guettai la sonnerie. Je devrais sans doute acheter un portable mais ne me féliciterai jamais assez de ne pas en avoir.

– Que s'est-il passé ? demanda Elaine.

J'étais en train de lui répondre lorsque le téléphone sonna.

– Excuse-moi. Est-ce qu'Andy t'a contacté ?

– Non. Pourquoi ?

– Je ne pensais pas qu'il le ferait. Il m'a dit qu'il t'appellerait. Je croyais qu'il avait peut-être changé d'avis. Ce ne doit pas être le cas.

– Michael...

– Je suis désolé, papa, mais il s'est fourré dans une sale histoire, voilà tout. Il refusait de t'appeler, et il ne voulait pas que je te prévienne. Mais j'ai estimé de mon devoir de te mettre au courant.

– Quel genre d'histoire ?

– Je n'irai pas par quatre chemins : il s'est tiré avec du fric.

– Il l'a volé, tu veux dire ?

– Oui, techniquement parlant. Je ne crois pas qu'il voie les choses comme ça, mais quand on pique dans la caisse et qu'on est incapable de rendre le pognon après, il s'agit d'un vol, non ?

Une foule de questions se bousculèrent dans ma tête. Dans le tas, j'en choisis une :

– Ça se chiffre à combien ?

– À dix mille dollars.

– Qu'il a pris à son employeur.

– Exact, à son entreprise.

– Je ne sais même pas où il travaille, ni ce qu'il fabrique au juste.

– Il bosse chez un grossiste qui vend des pièces détachées d'automobiles. Andy est plus ou moins le directeur de la succursale de Tucson, il fait de la comptabilité, de la paperasse.

– Dans ce métier, on ne doit pas brasser beaucoup de liquide.

– Non, tout se paye en chèques. Comment il a procédé, je n'en sais trop rien, mais il a dû ouvrir des comptes bidons pour la boîte et rédiger des chèques payables par elle. Après quoi, il s'est ouvert un compte sur lequel il les a déposés et en a profité pour en tirer d'autres à virer sur son compte.

C'est une façon de procéder, et ça marche comme sur des roulettes jusqu'au jour où on se fait pincer.

– Son patron s'en est aperçu, et...

– C'est toujours ce qui arrive.

– Je sais, et je n'en reviens pas qu'il ait pu être aussi con. N'importe comment, son patron lui a laissé le choix : s'il restitue l'argent avant la fin du mois, il n'y aura pas de suite. Sinon, il porte plainte, et Andy se retrouve derrière les barreaux.

– Il y en a pour dix mille dollars ?

– Dans ces eaux-là. C'est ce qu'il doit rembourser.

– Et il t'a appelé pour te demander de lui envoyer cette somme.

– Il s'adresse toujours à moi.

– C'est déjà arrivé ?

– Pas vraiment.

– Pas vraiment ? Ce qui signifie qu'il ne s'agissait pas de pièces détachées de voiture et que ça ne se passait pas à Tucson.

– Ça n'a jamais été aussi grave. Il m'appelle, je ne sais jamais quand ça va le prendre ; une fois ou deux par an, quelque chose comme ça. Quand j'entends sa voix au bout du fil, je sais qu'il est encore dans la merde.

– C'est-à-dire ?

– Il est fauché, il a besoin de fric, il y a un truc qui a foiré. Sa voiture ne marche pas et il faut payer les réparations ; il doit de l'argent à des mecs qui lui feront sa fête s'il ne les rembourse pas. Il y a toujours quelque chose.

– Il ne m'a jamais rien dit.

– Non, c'est toujours moi qu'il appelle.

– Et tu le tires d'affaire.

– Que veux-tu, c'est mon frère.

– Bien sûr.

– Et puis, comme je te disais, ce n'était jamais bien grave. De l'ordre de mille dollars, en général. Parfois moins, et ça s'est chiffré au plus à deux mille cinq cents dollars.

– Il te téléphone et toi, tu lui envoies de l'argent. Te le rend-il ?

– De temps en temps je reçois un chèque ou un mandat qui couvre une partie de sa dette. Et puis, il se montre très généreux à Noël. Depuis la naissance de Melanie, il y a toujours un beau cadeau pour elle ; même chose à son anniversaire. Mais vu la situation, bon, je n'ai pas très envie de faire les comptes avec lui.

– Il faut quand même que tu saches où tu en es.

– Je me tiens au courant.

– Combien te doit-il ?

– Dans les douze mille dollars.

– Douze mille dollars, répétai-je.

– Ça me fait tout drôle de donner ce chiffre. June en ignore le montant. Elle sait qu'il m'arrive de dépanner Andy, mais pas combien ça fait en tout.

– Je ne me doutais de rien. Je savais qu'il se laissait aller, qu'il n'était pas pressé de trouver sa voie, qu'il ne restait jamais longtemps au même endroit. Mais apparemment, il a le chic de se planter.

– Que veux-tu, il est comme ça. Il est drôle et charmant, et tout le monde l'aime bien. Mais bon, c'est vrai, ça m'ennuie de le dire, il a aussi le don de se foutre dans la merde.

– Où passe-t-il, ce fric ? Dans le jeu ? Dans la coke ?

– À une époque, je m'en souviens, il faisait des paris sur les matchs de basket-ball, mais je ne crois pas qu'il soit un joueur acharné. Je sais aussi qu'il a pris de la coke, d'après ce qu'il m'a raconté un jour, mais seulement dans les grandes occasions, pour tenir le coup, quoi. Il doit y avoir des tas de gens dans le même cas.

Sinon, les autres ne gagneraient pas autant de fric à leur en vendre.

– Il a piqué ces dix mille dollars parce que ça lui permettait de réaliser un bel investissement. Je ne sais plus ce que c'était, un truc quelconque qu'il pouvait acheter à moitié prix à condition de réunir la somme nécessaire. Il m'a d'ailleurs proposé de m'associer à lui. Je n'ai pas noté exactement ce qu'il me racontait et de toute façon je n'ai jamais eu l'intention de donner suite. On n'a pas beaucoup d'argent à placer, June et moi, mais quand ce sera le cas, on choisira des fonds indexés. Ça n'a rien de folichon, mais ça me paraît nettement préférable que de découvrir un beau matin que le pognon s'est évaporé.

– Comme il ne pouvait pas te taper, il s'est servi auprès de son patron.

– C'est ce que je me suis dit.

– Et il l'a réalisé, son investissement ?

– Non, l'affaire est tombée à l'eau.

– Qu'est devenu l'argent ?

– Il l'a claqué.

– Génial.

– Il était déprimé parce qu'il en attendait beaucoup. Il nourrit toujours de grands espoirs. Mais il n'avait pas le moral et il s'est mis à boire en se disant qu'il devait bien dépenser un peu d'argent pour se changer les idées. Il a emmené une fille à Cancun, il a acheté une nouvelle voiture...

– Et maintenant, il rembourse ou il va en taule.

– Absolument.

– Qu'est-ce que tu lui as dit ?

– J'étais bien ennuyé. « Je te jure, Mikey, c'est la dernière fois. Ce coup-ci, ça me servira de leçon. » Que veux-tu répondre à ça ? Qu'il déconne et que je le sais ? « Je te les rendrai, Mikey. » Oui, c'est ça. Je bosse comme un con, June travaille aussi dur que moi, on a la gosse, la maison...

– Je sais.

– Est-ce que je pouvais lui passer ces dix mille dollars ? Oui, je le pouvais. Il m'aurait fallu céder quelques valeurs, souscrire un emprunt, mais c'était possible. Est-ce que je vais le faire ?

Il s'interrompit, comme pour rassembler une fois de plus ses idées.

– Je lui ai expliqué que c'était trop me demander, que je ne pouvais lui en donner que la moitié.

– Qu'a-t-il répondu ?

– Que ça ne suffirait pas. Son patron l'a prévenu que s'il porte plainte, l'assurance le dédommagera. S'il se contentait de la moitié, il se retrouverait avec une perte sèche de cinq mille dollars, et il n'en est pas question. Andy m'a dit que si je ne peux lui envoyer que la moitié de la somme, autant le faire par mandat télégraphique, car dans ce cas il touchera l'argent en liquide et pourra disparaître dans la nature. Je lui ai répondu que ce n'était pas une bonne idée, à mon avis.

– C'est peut-être la plus mauvaise idée qu'il ait jamais eue, même si je commence à m'apercevoir qu'il n'y a pas que ça. La dernière chose à faire, dans son cas, c'est de se soustraire à la justice.

– C'est exactement ce que je lui ai dit.

– Tu lui as expliqué que tu étais prêt à lui envoyer la moitié de la somme ?

– Cinq mille dollars, point à la ligne. Le puits est à sec. La prochaine fois que tu as des ennuis, mon frère, adresse-toi à quelqu'un d'autre.

– L'enterrement de ta mère, c'était quand ? Il y a quinze jours ?

– Dans ces eaux-là.

– Je ne l'ai pas trouvé changé. Un peu morose, vu les circonstances, mais il n'avait pas l'air de quelqu'un qui est pris à la gorge.

– C'était avant que son patron ne découvre le pot aux roses. Andy se réveille toujours au dernier moment. Donc, tout allait bien pour lui, jusqu'à ce qu'il rentre à Tucson et que le ciel lui tombe sur la tête.

– C'est là qu'il t'a appelé.

– Exact. Avant-hier. Je suis resté toute la journée à me demander ce que j'allais lui répondre.

– En as-tu parlé à June ?

– Non. J'ai téléphoné à Andy et je lui ai dit ce que tu sais, en ajoutant qu'il devrait te contacter pour essayer d'obtenir l'autre moitié. Il m'a répliqué qu'il n'en était pas question.

– Du coup, c'est toi qui m'appelles à sa place.

– Non, il ne voulait pas que je t'en parle. Mais j'ai quand même décroché le téléphone.

– Et que veux-tu que je fasse ?

– Je n'en sais rien.

– Allons donc ! Tu veux que je verse l'autre moitié.

– Je n'en suis même pas certain. Peut-être ai-je envie que tu le dépannes, ou alors que tu refuses de l'aider, comme ça, je ne serai pas le seul à lui dire non, tu comprends ? Mais je n'ai pas envie que mon frère aille en prison non plus.

– Certes.

– Ou devienne, comment dis-tu ? quelqu'un qui se soustrait à la justice. Je n'ai pas non plus envie de voir ça.

– Non. Et il n'a rien à vendre ? Tu m'as expliqué qu'il vient d'acheter une voiture neuve.

– Hum... Il devait plus sur l'ancienne que ce qu'elle valait réellement. Avec l'argent qu'il a détourné il a pu verser deux ou trois mille dollars d'arrhes. Il a fini de payer le véhicule d'avant, mais une fois de plus il a contracté davantage de dettes pour acquérir le nouveau que ce qu'il lui en a coûté, et il s'est donc fait avoir. S'il vendait tout ce qu'il possède, il arriverait peut-être à en tirer mille dollars. Et encore.

– Une véritable réussite à l'américaine... J'imagine qu'il n'a plus d'amis disposés à lui prêter de l'argent.

– Tu le connais. Il se lie facilement, puis il jette les gens et il va voir ailleurs. Qu'as-tu l'intention de faire ? Je ne connais même pas ta situation financière. Serais-tu en mesure de débloquer rapidement cinq mille dollars ?

– Oui. Mais je ne veux pas me décider tout de suite. La nuit porte conseil. Je te rappelle demain ?

– Demain ? Il n'y a pas de problème. Il a jusqu'à la fin du mois pour rembourser.

20

Je lui avais dit que j'aviserais le lendemain matin au réveil, mais je ne dormis pas beaucoup cette nuit-là. Elaine et moi discutâmes très tard et en se levant vers sept heures du matin, elle me trouva dans la cuisine, attablé devant une cafetière.

– Ce n'est pas une question d'argent, dis-je.

– Bien sûr que non.

– Sauf d'une façon bizarre. Le montant a son importance. S'il s'agissait de cinq cents dollars, je lui enverrais un chèque sans barguigner.

– Évidemment.

– Et si ça se chiffrait à cinquante mille dollars, eh bien, je n'aurais pas non plus à y regarder à deux fois, car ce serait exclu. Mais cinq mille dollars, ça se situe entre les deux, c'est une somme suffisamment modique pour qu'on arrive à la débloquer, mais assez importante pour qu'on la sente passer.

– On peut se le permettre, chéri.

– Oui, évidemment.

– Nous n'aurions même pas besoin de vendre des biens ou de nous serrer la ceinture. Il y a ce qu'il faut sur notre compte.

– Je sais.

– Et pourtant, tu viens de le dire, ce n'est pas seulement une question d'argent.

Je bus du café.

– C'est celui qui me ressemble le plus, tu vois.

– Oui.

– Michael tient de sa mère. C'est un costaud, comme tous les hommes de sa famille. Andy, lui, a hérité de son père.

– Il aurait pu faire pire.

– Je crois aussi qu'il boit comme son père. Je me demande combien de fois on lui a retiré son permis et combien de voitures il a cassé. Je suis bien ennuyé.

Elle se servit du café et s'assit en face de moi.

– S'il fallait vraiment qu'il me ressemble, repris-je, quel dommage qu'il ne soit pas allé jusqu'au bout en entrant dans la police. Comme ça, il aurait pu piquer tout ce qu'il voulait sans problème.

– Tu n'as jamais été un voleur.

– J'ai pris de l'argent qui ne m'appartenait pas. J'arrivais toujours à trouver une justification, mais c'est ce qui se passe d'ordinaire. Regarde Andy, il ne faisait que l'emprunter, cet argent, il allait le rendre. Bref, je tourne en rond. D'un côté je n'ai pas envie qu'il croupisse dans une prison en Arizona, de l'autre je n'ai pas non plus envie de lui sauver la mise.

– C'est délicat, dit-elle, mais toi seul peux décider.

– Qu'est-ce que tu ferais à ma place ?

– Difficile à dire, je n'y suis pas et ne devrais pas y être.

– À ton avis, que te dirait-on aux Alcooliques anonymes ?

– De ne pas entrer dans son jeu, répondit-elle sans hésiter. Que ce serait lui rendre un mauvais service de le dépanner ; qu'en fin de compte tu l'empêcherais d'en tirer la leçon ; qu'il ne serait jamais capable de changer tant qu'il ne mesurerait pas la portée de ses actes ; qu'il pourrait aller où il voudrait, il y arriverait encore plus vite sans toi.

– C'est donc ta réponse. Bref, tu ne lui posterais pas l'argent.

– Si.

– Ah bon ? Tu viens de dire...

– Je sais, mais il y a aussi un autre principe, qui veut que ce soit à chacun son tour. Il a peut-être déjà fait le coup, mais c'est la première fois qu'il s'adresse à toi.

– Il ne s'est pas adressé à moi. Il a expliqué à son frère...

– Il lui a demandé de ne pas t'appeler, mais en même temps il l'a mis dans une situation qui l'a contraint à te téléphoner. Résultat : d'une certaine façon il a fait appel à toi.

– Tu lui enverrais le fric ?
– Et je le préviendrais que c'est la dernière fois.
– Oui, mais il va encore déconner.
– Bien sûr.
– Et la prochaine fois, je l'enverrai promener.
Elle acquiesça.
– Mais là, toi, tu lui adresserais un chèque.
Je trempai mes lèvres dans le café.
– Tu sais, ajoutai-je, je crois que tu as raison.
– De mon point de vue, j'ai raison. Mais il n'en va pas forcément de même pour toi.
– Cette fois, si. Je vais appeler Michael.

Mais pas maintenant. Il était, me fit-elle remarquer, quatre heures du matin en Californie. Je ne lui demandai pas quelle heure il était à Paris.

Je me sentais soulagé d'avoir pris une décision, mais à mesure que la matinée avançait mon optimisme chancelait. Je retournai le problème dans tous les sens, comme un chaton qui joue avec une bobine de fil, et me retrouvais sans cesse obligé de me dire que ma ligne de conduite était toute tracée.

Et je regardais continuellement ma montre, attendant avec impatience que ce soit l'heure de lui téléphoner, pressé d'en finir. En même temps, je repoussais systématiquement l'échéance et multipliais les prétextes pour ne pas composer son numéro – il était trop tôt, je ne voulais pas les réveiller tous les trois, je n'avais pas envie de les déranger pendant leur petit déjeuner ; puisqu'il n'était pas question de mettre June au courant, pourquoi obliger Michael à s'isoler dans une autre pièce pour prendre la communication ? Je pouvais très bien attendre qu'il soit au bureau.

T. J. débarqua vers onze heures. Il avait enfilé un pantalon en coton et un polo et se trimballait avec la même écritoire à pinces que la veille. Il avait pris des notes sur Williamsburg, nous les passâmes en revue. La maison faisait partie d'une rangée de constructions contiguës et toutes construites sur le même modèle et qu'on avait recouvertes, quelque trente ou quarante ans plus tôt, d'un horrible revêtement en asphalte.

– Il a dû passer par là un représentant, railla T. J. Ils se sont donné le mot, dans le coin. Une véritable opération concertée d'enlaidissement de l'habitat !

Le revêtement avait déjà disparu au rez-de-chaussée et au premier étage du 168, Meserole Street, et l'on s'occupait maintenant du deuxième. Il allait falloir rejointoyer la brique qui affleurait et entreprendre quantité de réparations, mais la baraque était déjà nettement plus présentable. On s'activait également à l'intérieur : on supprimait les améliorations apportées par les précédents occupants, on abattait les cloisons pour aménager des petits logements là où il n'y avait au départ qu'un seul appartement par étage, on arrachait les lambris en pâte à bois, on éliminait les plafonds surbaissés et enlevait le lino usé. Il était aussi prévu de gratter le plâtre à l'extérieur, de manière à découvrir la brique. En fin de compte, les trois appartements seraient des espaces style loft, même si on envisageait d'y dresser des semi-cloisons pour installer des rayonnages et accrocher des tableaux.

– Ce devrait être sympa quand ils auront fini, dit-il. C'est des artistes, il leur faut de l'espace pour bosser. Alors ils s'y mettent tous ensemble. Quand je suis arrivé, Peter était au rez-de-chaussée, en train de décoller un affreux papier sur un mur qui doit rester en place, tandis que deux de ses copains étaient occupés au second étage, soit chez lui, à gratter la brique. Ils avaient tous des petits masques sur le nez, pour éviter de respirer la poussière, et ils étaient couverts de plâtre. C'était rigolo, mais j'imagine qu'un inspecteur des Bâtiments a constamment droit à ce genre de spectacle. Bref, je me suis contrôlé et je ne me suis pas esclaffé.

Peter occupant à lui seul le dernier étage, T. J. s'était demandé si ce n'était pas parce qu'il avait besoin de faire de l'exercice qu'on l'avait installé là-haut. Il était gros, c'est vrai, mais ça n'avait pas l'air de le ralentir dans ses mouvements. Il montait et descendait l'escalier d'un pas alerte et n'avait pas l'air penaud qu'on trouve si souvent chez les obèses.

– Quand tu le vois, m'expliqua-t-il encore, tu te dis, putain, il est gros, le mec. Tu le regardes évoluer un moment, et puis tu finis par oublier son poids. On n'y pense même plus. Après, quand t'as passé un moment avec un autre de la bande et que tu le revois, tu te dis, merde, qu'est-ce qu'il est gros ! Comme si tu ne t'en étais jamais rendu compte, alors que c'est le contraire.

Ça ne m'étonnait pas. J'avais observé le même phénomène chez d'autres gens qui ne présentaient pas forcément une surcharge pondérale. Chez un aveugle, par exemple, et aussi chez un manchot. Leur dénominateur commun, c'était de s'accepter tels qu'ils étaient, ce qui donnait le résultat décrit par T. J. Quand ils s'acceptent comme ils sont, on n'y fait plus attention.

Le psy de Peter Meredith n'avait peut-être pas réussi à faire maigrir son client ni à préserver le couple qu'il formait avec Kristin Hollander, mais il pouvait se prévaloir d'un certain succès.

Marsha Kittredge et Lucian Bemis occupaient le premier étage. Une blonde platinée, protestante, sudiste (elle venait de Beaufort, Caroline du Sud) et enfant gâtée, avec un grand Noir émacié, issu du quartier sud de Philadelphie. Elle était peintre et lui sculpteur. T. J. en avait conclu qu'au temps jadis l'arrière-grand-père de la première avait possédé l'arrière-grand-père du second...

Au rez-de-chaussée vivaient Ruth Ann Lipinsky, une petite brune, peintre elle aussi, la seule du groupe à être née à New York, et Kieran Eklund, un peintre et graveur qui était parti faire quelque chose d'indéterminé pendant la visite de T. J. Celui-ci avait bien songé à attendre son retour, afin de voir à quoi il ressemblait, mais les autres devaient le rejoindre à Manhattan. Ils étaient pressés de tout nettoyer et de s'en aller, ce qui était peut-être la raison pour laquelle Peter Meredith lui avait discrètement glissé un billet de cent dollars en lui serrant la main.

– J'ai trouvé ça louche. Le mec te donne de l'argent, c'est pour que tu fermes les yeux. Je me suis demandé de quoi il pouvait bien s'agir. C'est alors que je me suis souvenu de ce que j'étais censé être.

– Un employé municipal.

– Tu l'as dit, Julie. Un type qui a ce statut, on se sent obligé de lui graisser la patte, même si on n'a rien à se reprocher.

Il soupira.

– Ça vaudrait le coup de faire ce métier. Si seulement l'uniforme n'était pas aussi ringard !

Quand je me décidai à décrocher le téléphone et à composer son numéro, Michael était sur la route, parti voir un client.

– Je vais rédiger le chèque à ton nom et le poster cet après-midi. Pour un montant de cinq mille dollars. Tu n'as qu'à lui en faire un, ou mieux...

– Je pensais l'établir à l'ordre de son employeur.

– C'est exactement ce que j'allais te proposer. Non pas qu'on ne lui fasse pas confiance, toi et moi, mais parce que le chèque compensé sera la preuve que la somme a bien été versée.

– Tout juste. Je m'apprête à expliquer la même chose à Andy, s'il se vexe. Quoique, très sincèrement, je me méfie de lui.

Je sortis mon carnet de chèques et en rédigeai un de cinq mille dollars à l'ordre de Michael Scudder. Je cherchai son adresse, la reportai sur l'enveloppe et pliai en deux une feuille de papier pour y glisser le chèque, de manière à ce qu'on ne le voie pas par transparence. Je ne sais pas pourquoi – je n'ai pas l'impression que beaucoup d'employés de la poste s'amusent à examiner les lettres à la lumière d'une lampe pour subtiliser d'éventuels chèques qui se trouveraient à l'intérieur...

Je me devais, semble-t-il, d'écrire quelque chose au dos du chèque. Encore fallait savoir quoi. Tout ce qui me venait à l'esprit me paraissait idiot ou superflu, voire les deux. Je me résolus à admettre que je n'avais rien à dire à mon fils, à aucun de mes deux fils, plaçai le chèque dans la feuille de papier, déposai le tout dans une enveloppe, la cachetai et y apposai un timbre, puis je la tins à bout de bras et la regardai.

T. J. était assis sur le canapé, en train de feuilleter une revue d'art. Ça faisait un bon moment qu'il n'avait pas ouvert la bouche.

– J'envoie cinq mille dollars à mon fils qui habite en Californie, lui expliquai-je.

– Il sera sans doute content de les recevoir, dit-il sans lever la tête.

– Ce n'est pas pour lui, c'est pour son frère de Tucson. Andy, qu'il s'appelle. Il a commis un détournement de fonds au détriment de son entreprise et s'il ne rend pas cet argent, il ira en prison.

Il resta silencieux.

Je ramassai l'enveloppe et la tins dans ma main. Elle était légère comme une plume. Un timbre l'enverrait à l'autre bout du pays.

– Je pourrais aller chercher cet argent à la banque, l'asperger d'essence à briquet et craquer une allumette, ce ne serait pas plus idiot, grommelai-je.

– Le sang, dit-il.

– Quoi « le sang » ?

– Nous sommes unis par les liens du sang.

– Il paraît. Mais parfois je me le demande.

Je me levai.

– Je vais poster ce truc-là. Tu veux m'attendre ici ?

Il secoua la tête, ferma sa revue et se leva.

Je déposai la lettre dans la boîte la plus proche, conscient d'avoir accompli là un acte de foi en escomptant que les services postaux l'acheminent à cinq mille kilomètres et la remettent à son destinataire. Reste que selon toute vraisemblance la lettre arriverait à bon port, alors qu'il ne fallait pas trop espérer que le chèque serve à grand-chose...

Nous mangeâmes une tranche de pizza sicilienne en buvant un Coca à l'angle de la 58e Rue. Mon Coca était trop sucré, je demandai une tranche de citron à l'homme derrière le comptoir. Il me tendit une dose de jus de citron emballée dans un petit sachet en plastique, ce qui, à mon sens, aggravait encore les choses. Je contemplai mon breuvage.

– Unis par le sang, philosophai-je.
– À ce qu'il paraît.
– Tu as de la famille, T. J. ?
– Plus depuis la mort de ma grand-mère.

C'était elle, je le savais, qui l'avait élevé. Il me l'avait expliqué un jour, en ajoutant que c'était à l'occasion de sa mort qu'il avait pleuré pour la dernière fois.

Nous terminâmes notre pizza et échangeâmes un regard. Je fis signe au type derrière le comptoir de nous en apporter deux autres. Nous les attaquâmes, T. J. but son Coca. Je lui proposai de finir le mien, il n'en eut pas envie. Nous demeurâmes un moment silencieux, et pas seulement parce que nous étions en train de manger.

– Je pourrais avoir un père, dit-il soudain. Ça restera toujours un mystère.

Je gardai le silence.

– Ma mère est revenue à la maison pour accoucher de moi, enchaîna-t-il. Puis elle est tombée malade et elle est morte. Je n'ai aucun souvenir d'elle. Je n'avais même pas un an quand elle a disparu. Ma grand-mère me parlait d'elle. Elle me montrait des photos, elle me disait qu'elle m'aimait beaucoup, ce qui est possible, mais le contraire l'est aussi. Quant à mon père, tout ce qu'elle savait, à l'entendre, c'est qu'il était mort. Il se serait fait tuer, d'après elle, mais va savoir. Elle a peut-être tout inventé... à moins que ce ne soit la version de ma mère, qui risque elle aussi d'avoir raconté des histoires.

Un homme arpentait le trottoir en ayant une conversation téléphonique animée. Il n'avait pas de portable et s'égosillait dans le micro d'un téléphone, en traînant derrière lui un fil de trente centimètres. Je l'avais déjà vu : même pantalon et même veste mal assortis, le premier trop court pour lui, la seconde aux manches trop longues. Il se baladait tout le temps comme ça, trimballant son petit téléphone privé, révélant à son interlocuteur les secrets du KGB et de la CIA, dévoilant tout ce qu'on nous cache sur l'attentat d'Oklahoma City...

Personne ne lui prêtait attention.

– Je dirais qu'il était noir, reprit T. J. Étant moi-même café au lait... D'un autre côté, ma grand-mère était nettement plus foncée que moi et ma mère, dans la mesure où je me souviens de ses photos, il avait la même couleur de peau qu'elle. Ce qui veut dire qu'il est possible que mon père ait eu le teint plus clair. Mais c'est pas comme lorsqu'on mélange de la peinture. On n'est jamais sûr de ce que ça va donner. Peut-être qu'il était aussi foncé que ma grand-mère, peut-être qu'il était blanc. Va savoir.

– Oui.

– Et puis, rien ne prouve que ma grand-mère ait été au courant. Elle ne m'a jamais vraiment dit que ma mère s'envoyait tout ce qui passait, mais enfin... elle était très jeune et j'ai l'impression qu'elle n'avait pas froid aux yeux. Si ça se trouve elle faisait la pute et je suis le fils d'un client. Qu'est-ce que j'en sais ?

Un peu plus tard, nous nous assîmes dans Central Park pour faire le point sur ce que nous avions appris à Williamsburg, et qui, en fin de compte, se réduisait à peu de chose. Parmi tous les gens qu'il avait vus, personne ne correspondait au signalement du troisième homme. On pouvait toujours retenir la candidature de Kieran Eklund, mais uniquement parce qu'on ne l'avait pas encore éliminé...

Cela dit on pouvait quand même le rayer de la liste pour la bonne et simple raison que les gens qui travaillent jour et nuit à retaper une maison mal entretenue, à enlever le mortier, à décaper la brique à l'acide chlorhydrique, à frotter les murs et à poncer les parquets ne sont pas du genre à inventer des histoires aussi compliquées débouchant sur une cascade d'homicides. Déployer tous ces efforts pour une baraque entre deux cités pas très loin de Bushwick Terminal laisse à penser que l'intéressé manque de discernement, tout en montrant qu'il n'est visiblement pas un tueur.

– Ce n'est pas seulement un dingue, fis-je remarquer, c'est aussi un calculateur. Si seulement il y avait de l'argent à la clé...

Il haussa le sourcil.

– Aux dernières nouvelles, on avait une cliente.

– Je ne parle pas pour nous, mais pour lui. On ne monte pas un coup pareil uniquement pour se venger ou par sadisme. Ça demande trop de sang-froid. Manifestement, notre homme poursuit une chimère.

– Lia en était convaincue. Tu crois qu'elle avait raison ?

– Non.

– Je n'ai jamais ajouté foi à son histoire. Il n'y a que l'argent de la maison, pas vrai ? Et c'est Kristin qui hérite de tout. Or, on travaille pour elle et on sait bien qu'elle est innocente.

J'avais eu, dans le temps, des clients coupables, mais tel n'était pas le cas actuellement. Il n'empêche : comment pouvions-nous affirmer que la maison était le seul bien ? Et qu'est-ce qui nous prouvait que Kristin était la seule héritière ?

21

Une fois de plus, elle commença par regarder à travers le judas avant de m'ouvrir. Mais je n'eus pas besoin de justifier de mon identité ce coup-là. T. J., que je lui présentai comme mon assistant, adopta le langage qui lui réussissait si bien sur le campus de Columbia.

Nous la suivîmes à la cuisine, où nous prîmes place tous les trois devant la table en pin. L'idée que ce soit l'appétit du lucre qui ait motivé les assassins de ses parents la laissa tout d'abord perplexe. Elle s'était bien dit, au départ, qu'il s'agissait d'un cambriolage qui avait mal tourné et qui s'était spontanément transformé en quelque chose d'horrible.

Mais ne lui avais-je pas expliqué que ce cambriolage n'était en réalité qu'une opération de diversion destinée à couvrir un assassinat ?

– Ce que je me demande, dis-je, c'est si les assassins ont pu être motivés par l'argent. À qui profite, financièrement parlant, la mort de vos parents ?

– À moi, me répondit-elle du tac au tac. J'hérite de presque tout.

– Si ça ne vous dérange pas, je vous raye de la liste des suspects.

Je réussis à lui arracher un sourire.

– Je présume que l'immeuble vous revient et je sais qu'il représente une petite fortune.

Je ne précisai pas que sa cousine Lia me l'avait sommairement évalué.

– Représente-t-il l'essentiel de vos biens ?

– Oh non, il n'y a pas que ça. Il faut aussi prendre en compte ce qui se trouve à l'intérieur, le mobilier et les tableaux accrochés aux murs. Plus des choses comme les bijoux de ma mère. Au fait, vous m'avez demandé d'accomplir une tâche et j'ai oublié. Vous vouliez que j'examine ce que la police m'a restitué, pour voir s'il ne manquait rien, mais je n'en ai pas eu l'occasion.

– Ce n'est pas pressé.

– J'allais le faire, et puis ça m'est sorti de l'esprit. Mais il y a aussi tellement de trucs dans une maison de cette taille ! Je n'ai aucune idée de ce que ça peut valoir, même s'il doit y avoir une ou deux toiles de prix. Je suis impardonnable. Il y a du café et du soda au gingembre au frigo, et aussi de la bière, je crois.

Nous déclinâmes son offre.

– Bon, moi, je vais reprendre du café, dit-elle en joignant le geste à la parole. Et il ne faut pas oublier les actions en Bourse de mon père. C'est vrai, mes parents les possédaient conjointement, mais c'était lui qui décidait lesquelles vendre et acheter. Ils avaient aussi leur compte épargne retraite. En tout, ça se chiffre à environ un million et demi de dollars

Actions : 1,5 million de dollars, notai-je sur mon calepin.

– Sans compter l'assurance. Ils avaient souscrit une assurance-vie d'un million de dollars, dont ma mère était la principale bénéficiaire, et moi... la bénéficiaire accessoire, appelez ça comme vous voulez. Il y en avait aussi une autre, légèrement moins importante, contractée par le biais de son cabinet d'avocats, dont l'indemnité s'élève à huit cent mille dollars. À l'origine, ma mère devait en toucher les trois quarts et moi le reste, mais maintenant elle me revient en totalité. Et enfin, il y a une troisième assurance, plus modeste, de cent mille dollars, qui ne concerne que moi. La plus grosse des trois, celle d'un million de dollars, a une clause d'indemnité double, de sorte qu'on devrait me verser, euh... deux millions de dollars.

Assurance : 3 millions de dollars, inscrivis-je encore.

– Avaient-ils des dettes ?

Bien sûr que non.

– Quelques achats réglés par cartes de crédit. Ça ne va pas bien loin, mon père payait tout comptant.

– Une hypothèque ?

– Ça fait des années qu'ils l'ont remboursée.

Biens immobiliers : 3,5 millions de dollars, griffonnai-je.

– Il me reviendra aussi quelque chose du cabinet d'avocats. Une partie des avoirs en caisse, je ne sais pas combien. Je ne sais pas comment ça marche.

Elle regarda mes notes. Je tournai mon calepin dans l'autre sens, pour lui éviter de lire à l'envers.

– Ça fait quoi ? Huit millions de dollars ? Je ne sais pas à combien se chiffre le reste, les œuvres d'art et les bijoux, ni combien va me rapporter le cabinet juridique, ou combien d'actifs on va encore découvrir. J'ai bien la clé du coffre à la banque, mais je ne suis pas encore allée voir ce qu'il y a dedans. Il faut l'ouvrir en présence d'un responsable. J'ignore ce qu'il contient.

Elle ferma les yeux, observa un moment de silence, rouvrit les paupières :

– Bref, je suis riche.

– Ce n'est pas ce que diraient Bill Gates et Warren Buffett, mais enfin... des tas de gens seraient de votre avis.

– Je n'ai jamais considéré que mes parents roulaient sur l'or, reprit-elle, songeuse. Je savais que mon père avait une belle situation, qu'il gagnait bien sa vie et que nous ne manquions de rien. Mais nous n'étions pas riches. La maison, bon, c'était notre domicile. Elle n'a jamais valu autant.

– Non.

– D'ailleurs, les actions étaient des placements destinés à nous assurer une existence agréable quand mon père serait à la retraite. Ils allaient partir en voyage, ils voulaient voir le monde.

Elle serra les dents, ravala ses larmes.

– L'assurance était destinée à nous assurer le même train de vie, si jamais il lui arrivait quelque chose. Ce qui veut dire qu'ils n'étaient pas vraiment riches. Mais pour moi, disposer de tout cet argent à mon âge... J'ai de la fortune. Je suis riche. Je ne sais pas comment dire, mais bon, voilà.

– Et tout vous revient ?

– Oui. Enfin, la majeure partie.

– La majeure partie ?

– Un des collègues de mon père a relu son testament avec moi. Je suis la seule héritière, hormis quelques legs de moindre importance.

– Vous souvenez-vous de l'un d'eux ?

– Laissez-moi réfléchir... Je n'y ai pas vraiment fait attention et je n'ai pas de copie du testament ici... C'est important ?

– Probablement pas. Dites-moi seulement ce qui vous vient à l'esprit.

– Il y avait entre trente et quarante donations à des organismes charitables. De l'ordre de cinq mille dollars pour la plupart, mais je crois me rappeler que le Metropolitan Opera, l'Orchestre philharmonique de New York et Carnegie Hall doivent toucher chacun vingt-cinq mille dollars. Le Metropolitan Museum peut escompter recevoir cinq mille dollars, comme le musée d'Art moderne et le Whitney et oh... de nombreux musées vont aussi profiter de ses largesses.

Tout concordait, et certains de ces organismes recherchent assurément les donations de façon agressive. Reste que je n'en voyais aucun aller jusqu'au meurtre pour ça.

– Sans oublier des institutions caritatives, reprit-elle : la Goddard-Riverside, Coalition for Homeless, Meals on Wheels[1]...

– Lègue-t-il de l'argent à des particuliers ?

– Plusieurs personnes recevront de un à deux mille dollars. La femme de ménage, qui vient chez nous deux fois par semaine, une infirmière qui s'est occupée de ma grand-mère à la fin. Il y a aussi des gens de la famille qui toucheront, pour leur part, des sommes plus importantes.

Elle me cita quelques noms, que je ne jugeai pas utile de noter, mais bientôt je sursautai.

– Et puis il y a ma cousine Lia qui recevra vingt mille dollars.

Je craignis que la réaction de T. J. ne se lise sur son visage, mais il était trop malin pour ça.

1. Soit la « Coalition pour les sans-abris » et les « Repas à domicile » *(NdT)*.

– C'est beaucoup plus conséquent, fis-je remarquer. Vos parents étaient-ils très proches d'elle ?

– Ils ont ajouté un codicille. Cette année. Lia est une fille bien. Elle a une bourse complète pour Columbia et ma mère aimait bien l'avoir à dîner. La mère de Lia et la mienne étaient sœurs et tante Frankie avait fait un sale mariage, pour elle, ça n'avait jamais été vraiment la joie. Ma mère et elle s'étaient presque perdues de vue et comme Lia était à New York... Maman avait sauté sur l'occasion pour faire quelque chose pour elle. En plus, Lia est vraiment chouette et c'était agréable de l'avoir à la maison.

– D'où l'ajout du codicille par votre père.

– Dans son esprit, ça devait suffire à la dépanner pendant ses études. Sa bourse payait ses frais d'inscription et sa chambre en cité universitaire, mais elle ne vivait pas sur un grand pied. C'était du style « je remplace mes chaussures usées ou je bouffe à midi ? ».

– Résultat, votre mère l'aidait aussi.

– Vous savez ce que c'est. « Lia, cette veste était en solde, et je me suis dit qu'elle t'irait très bien. Je n'ai pas pu résister. » Ou bien, après le repas : « Écoute, il est tard, je veux absolument que tu prennes un taxi », et elle lui remettait vingt dollars. À combien la course allait-elle lui revenir ? À huit dollars, à tout casser.

– L'avez-vous vue depuis... ?

– Depuis que c'est arrivé ? À deux reprises. Non, trois fois. J'étais sous le choc, la première semaine. J'avançais au radar. J'imagine que c'est une façon de se protéger, le psychisme qui se replie sur soi et ne laisse plus rien sortir. Et je crois que Lia se trouvait dans le même état, même si ce n'était pas aussi grave. Elle n'arrivait pas à me regarder. Je me souviens avoir jeté une fois un coup d'œil dans sa direction, j'avais dû la prendre au dépourvu... eh bien, ce qu'elle pouvait me fixer ! Mais des tas de gens agissent de même quand il vous arrive quelque chose de ce genre.

– J'imagine. Selon vous, Lia savait-elle, pour le codicille ? Apparemment non.

– Je l'ai moi-même découvert en regardant le testament avec M. Ziegler. Lia, je ne l'ai pas revue depuis lors. Je devrais sans doute l'appeler, pour la mettre au courant. Ce n'est pas vraiment une fortune, mais dans sa situation, ça peut lui donner un sacré coup de main dans les deux années à venir.

– C'est vrai, mais pourquoi ne pas attendre que l'avocat le lui notifie ?

– Vous pensez que c'est préférable ?

– Oui. Franchement, je crois.

– Je me posais une question, dit-elle un peu plus tard. À propos d'une remarque de maître Ziegler.

– Vous avez déjà fait allusion à lui. C'est votre avocat ?

– Enfin... c'était celui de mon père. Ce serait le mien maintenant ? Oui, sans doute.

Elle fronça les sourcils et réfléchit à la question. T. J. lui demanda de quoi il s'agissait.

– Oh ! dit-elle. Il voulait savoir si j'avais fait un testament et je lui ai répondu que non, évidemment. Pourquoi est-ce que j'aurais fait un testament ? Il m'a fait remarquer que je possédais désormais une belle fortune et que je devrais penser à rédiger mes dernières volontés.

– Il a sans doute raison.

– Sauf que je ne vois pas ce qui presse. Je sais bien, croyez-moi, qu'il peut toujours arriver quelque chose, j'en ai conscience. Bon, ce ne serait pas pareil si j'avais un être cher à qui léguer mes biens. Mais qu'en sera-t-il si je suis renversée demain par un autobus ? Tout irait à l'État, n'est-ce pas ?

– Seulement s'il ne restait plus personne de votre famille.

– Et sans ça, ça leur irait ?

– D'une façon ou d'une autre. Je ne sais pas très bien comment ce serait réparti, quelqu'un que vous connaissez à peine risquant de toucher plus qu'un être qui vous est proche, ce qui ne serait sans doute pas le cas si vous aviez rédigé un testament.

– Je ne suis même pas sûre que ce soit à moi de décider. Après tout, ça n'a pas l'air d'être mon argent.

Elle se pencha en avant et me dévisagea :

– Qu'en pensez-vous ?

– Je pense qu'il vous appartient.

– Non, ce n'est pas ce que je veux dire. Pensez-vous que je doive me dépêcher de rédiger un testament ?

– Non, répondis-je, non, je ne crois pas.

22

Il s'installe dans sa voiture, garée en face de la maison. Les rideaux de la salle de séjour sont tirés. Il en va de même pour ceux des étages, sauf que là-haut ils ne sont pas opaques, ce qui lui permet de voir qu'il y a de la lumière.

Elle est donc là. Il en est pratiquement sûr.

Il est déjà venu la veille, il s'est garé à un endroit d'où il pouvait surveiller la maison. Il s'y trouvait toujours, attendant calmement, patiemment, lorsqu'elle était sortie et avait descendu l'escalier donnant sur la rue. La commerçante du rez-de-chaussée, la rousse aux cheveux teints, l'avait aperçue, avait ouvert sa porte et l'avait appelée car elle avait un mot à lui dire. Ensuite, la vieille s'était retirée dans son magasin avec tout son bric-à-brac, tandis que la fille Hollander tournait à gauche et mettait le cap à l'ouest. La circulation automobile allant dans le sens ouest-est dans la 74e, sa voiture faisait face à Central Park West et il lui avait fallu se retourner sur son siège pour la voir longer les immeubles jusqu'à Columbus Avenue et disparaître à l'angle de la rue.

Exactement le même itinéraire que celui qu'il avait emprunté avec Ivanko la nuit fatidique, des taies d'oreillers jetées sur l'épaule comme de vulgaires sacs de linge. Plus lourdes que des sacs de linge, cependant, et le poids avait déséquilibré Carl, exagérant sa claudication.

Deux pédés qui vont faire leur lessive, qu'il s'était dit, mais il n'en avait soufflé mot à Carl. Et il n'avait pas eu l'occasion d'y faire allusion ultérieurement car il n'avait pas voulu attendre ; il n'avait pas osé et, dès qu'il avait pu, il avait sorti le pistolet qui avait tressauté à deux reprises dans sa main – juste une petite pétoire, sans guère de recul –, mais enfin... il avait tressauté et Carl s'était étalé les quatre fers en l'air, et l'engin avait tressauté encore une fois et Carl ne bougeait plus, et ne bougerait plus jamais.

Il avait attendu dans sa voiture, un bras sur le dossier du siège, à regarder par la vitre arrière et se remémorer, tout se repasser dans la tête, ce souvenir, et c'est alors qu'elle avait reparu, qu'elle s'était dirigée vers la maison une fois de plus, tenant à la main un sac en plastique avec ses provisions. Il s'était retourné, ne voulant pas être surpris en train de la fixer, et l'avait observée du coin de l'œil tandis qu'elle arrivait à la maison et gravissait les marches.

La clé dans la serrure, s'était-il dit. Maintenant tu tournes, et puis tu pousses, c'est ça. Et n'oublie pas l'alarme...

Et là, vingt-quatre heures après il n'est pas certain de savoir quoi faire. À deux reprises ce matin, il a failli lui téléphoner. Il a répété plusieurs conversations dans sa tête, pour décider finalement de ne pas l'appeler. Il est là, il la sait chez elle, il envisage d'aller sonner, de lui expliquer qu'il habite le quartier. Vaudrait-il mieux, au contraire, lui laisser penser qu'il s'est déplacé dans le seul but de la voir ? Peut-être devrait-il lui raconter qu'il passait dans le coin, mais de telle façon qu'elle en conclue qu'il est venu exprès pour lui présenter ses respects et lui donner un conseil.

Mais est-ce une bonne idée ? Peut-être, comme il le répète souvent aux autres, peut-être faut-il impérativement laisser du temps au temps. Il arrive que le mieux soit de ne rien faire. Qu'a donc écrit Pascal ? Que tous les malheurs de l'homme viennent de ce qu'il est incapable de rester seul en repos dans sa chambre.

Il est seul dans une voiture...

Qu'est-ce que c'est que ça ? Deux hommes, dont on ne sait pas d'où ils viennent. Le premier, un Blanc, est un monsieur d'âge mûr, l'autre, un Noir, est beaucoup plus jeune. Ils gravissent les marches du perron, le plus vieux sonne.

Des témoins de Jéhovah venus annoncer la fin du monde. Un vieux Blanc, un jeune Noir, le couple est invraisemblable. La première chose qui vient à l'esprit quand on voit pareil attelage, c'est qu'il s'agit de deux homos. Le Blanc est un micheton et le Noir fait le tapin.

La porte s'ouvre, elle les invite à entrer.

Peut-être, songe-t-il, vont-ils ressortir avec des sacs de linge. Deux pédés qui s'en vont à la laverie automatique. Mais ils restent un bon moment à l'intérieur, presque une heure. Sa montre bipe à moins dix, il se dit qu'il devrait rentrer.

Sauf qu'il ne le fait pas. Quelque chose le retient ici, la conviction sereine que c'est important, que ces deux-là ne sont pas des visiteurs ordinaires.

Il ne quitte pas la porte des yeux, il est en train de la fixer quand elle s'ouvre et que reparaissent les deux individus. Elle se referme derrière eux, les voilà qui descendent les marches. Il se rencogne dans l'ombre de peur qu'on l'aperçoive. C'est ridicule, il est de l'autre côté de la rue, dans sa voiture. Personne ne peut le voir, il se rend compte que s'il se cache, c'est qu'il a quelque chose à cacher...

Cache-toi de tout le monde. Il parvient, au prix d'un effort surhumain, à s'avancer sur son siège, à se retourner et à bien les regarder.

Et malgré tout il recule, car il a déjà vu le plus âgé. Il vient seulement de le reconnaître, peut-être parce qu'il ne l'avait pas bien observé, mais maintenant ça y est, et oui, il le reconnaît.

Et le jeune Noir ? L'a-t-il déjà vu ?

Franchement, comment savoir ? Non que les jeunes Noirs se ressemblent tous, il n'est pas idiot. Seulement on le pense, dans sa tête on enregistre « Jeune Noir » et on ne va pas chercher plus loin. Délibérément, il détaille les traits de son visage, bien décidé à l'identifier la prochaine fois qu'il le verra.

À supposer qu'il le revoie.

Ils vont vers l'ouest. Exactement comme hier, lorsqu'elle est sortie faire ses courses. Il n'est pas garé dans le bon sens, il est obligé de se retourner pour les observer. En les voyant s'approcher de l'angle de la rue, il est brusquement certain qu'ils jouent un rôle important dans toute cette histoire et que c'est une erreur de les laisser filer comme ça.

Il n'hésite pas. Il descend de voiture, la ferme à clé et les suit.

Maintenant, songe-t-il, ils vont tourner et monter en voiture, et lui va se retrouver à pied. À moins qu'ils ne hèlent un taxi. Bon, s'il y en a un, il y en aura bien deux. Avec un peu de chance le sien suivra le leur.

Mais ils ne prennent ni voiture ni taxi. Ils tournent dans Columbus Avenue, le jeune sort un portable, appelle quelqu'un, parle, puis tend l'appareil au vieux, qui a fini de discuter lorsqu'ils traversent la 72e. Le jeune range son appareil et ils continuent vers l'ouest jusqu'au prochain carrefour, et sont alors happés par la bouche de métro à l'angle de Broadway et de la 72e.

Il est étonnamment facile de les suivre. La station est mal conçue, il y a des tourniquets différents suivant qu'on veut remonter ou descendre dans le centre, mais il a de la chance, il est assez près pour les voir franchir ceux qu'empruntent les gens qui se dirigent vers le nord, il leur emboîte le pas et choisit un endroit situé à une dizaine de mètres d'eux. Il se place de façon à pouvoir les observer du coin de l'œil, tout en ne leur offrant que son profil, son corps étant en grande partie masqué par d'autres voyageurs.

Ce n'est pas qu'ils regardent alentour, ni qu'ils se douteraient de quelque chose. Il pourrait sans doute se planter à côté d'eux sans éveiller les soupçons.

Il y pense, en se disant que ce serait peut-être intéressant de savoir de quoi ils parlent.

S'il n'y en avait qu'un, le vieux, et s'il y avait moins de monde sur le quai... C'est vrai, quoi, ça arrive tout le temps, ce genre de choses. On se met tout près, on attend, en calculant l'approche de la prochaine rame, puis on décoche une ruade, on pousse, et si on est malin, on peut même faire semblant d'essayer de sauver la personne en question, de rattraper l'individu qu'on vient d'envoyer valdinguer sur les rails.

Ridicule. Mais il doit reconnaître qu'il a des fourmillements dans les mains, comme s'il prévoyait leur rôle.

Intéressant, ce qu'on apprend sur soi...

Un métro express[1] *qui arrive. Ils montent dedans, lui aussi, en entrant par une autre porte du wagon. Ils sont debout, leurs mains*

1. Le métro de New York, où chaque ligne a quatre voies, se divise en *express*, qui ne s'arrêtent qu'à certaines stations, et *local* (omnibus), qui s'arrêtent partout *(NdT)*.

à trente centimètres l'une de l'autre, agrippent la barre au-dessus d'eux. Il s'assied et les regarde sans qu'ils lui rendent la pareille.

Encore un arrêt avant la 96e Rue. Les portes s'ouvrent. Ils descendent, discutent, ne font pas attention à lui qui les suit. Une fois de plus il reste environ dix mètres en arrière, et c'est avec eux qu'il emprunte l'omnibus de Broadway lorsqu'il arrive.

23

– Espérons que je ne me suis pas trompé, lançai-je une fois dehors.

– En lui disant qu'elle n'a pas besoin de rédiger un testament ?

– Oui. Combien se garde-t-elle sous le coude ? Neuf, dix millions de dollars ? Ça paraît peut-être invraisemblable, mais on a vu des gens tuer pour moins que ça.

– Parfois pour vingt mille dollars à peine.

– C'est exactement ce à quoi je pensais.

– Remarque, elle n'était pas au courant, la Lia.

– Que dit Kristin. Comment savoir ce que la tante Susan a pu laisser échapper en même temps que la combinaison de l'alarme ?

– C'est vrai qu'elle a pu l'apprendre. Elle a peut-être cru qu'elle toucherait davantage. Cela dit, je la vois mal dans le rôle du Troisième Homme.

– Elle a un petit ami ?

– Elle n'en a jamais parlé. Ce qui ne signifie pas qu'elle n'en ait pas.

Nous discutions en marchant. Juste avant d'arriver au carrefour, T. J. reprit :

– Voilà ce qui ne colle pas. Si elle est dans le coup, elle ne veut rien d'autre que ce qui est en train de se passer : les flics classent l'affaire. Sinon, pourquoi cette mise en scène ?

– Oui, mais alors pourquoi te parler ? Comment expliquer qu'elle fasse état de ses soupçons envers Kristin ?

– C'est ça qu'est pas logique.

– Vingt mille dollars, ce n'est pas une si grosse somme que ça. Pas de quoi récompenser une opération de cette envergure. Elle escomptait peut-être recevoir davantage.

– Comme quoi ?

– J'en sais rien, dis un chiffre. Cent mille dollars ? Elle voit comment vivent les Hollander et pour elle ils roulent sur l'or. Sa tante Susan s'arrange pour qu'elle puisse faire des études, qui sait ce qu'elle a pu s'imaginer ? C'est alors qu'elle s'aperçoit qu'il ne lui revient que vingt mille dollars, pratiquement rien. D'un autre côté, si Kristin est impliquée dans le meurtre de ses parents, elle ne peut pas en profiter. Auquel cas le gâteau sera divisé entre les membres de la famille.

– Ce qui représente combien, pour elle ?

– Combien de parents a-t-elle cité ? Huit ? Dix ? Admettons qu'il y en ait plus, disons une vingtaine, et qu'on partage à égalité. Ça leur fait quoi, à chacun, cinq cent mille dollars ?

– Plus que vingt mille.

– Nettement, oui, répondis-je en revoyant la blonde cendrée, l'enfant abandonnée à la peau translucide et aux grands yeux mélancoliques.

– N'empêche, je ne la crois pas mêlée à cette affaire. Pas de façon délibérée.

– Qu'est-ce que tu cherches ?

– Un téléphone public. T'en as vu un quelque part ?

– J'en ai un gratuit, répondit-il en sortant son portable.

– J'imagine, repris-je, que tu ne te souviens plus du numéro de Lia Parkman.

Il leva les yeux au ciel.

– Pas besoin. Je l'ai stocké dans mon répertoire.

Il appuya sur deux ou trois touches, releva le clapet, se colla l'engin à l'oreille :

– Lia ? C'est T. J. Attends une seconde.

Il posa la main sur l'écouteur :

– Sérieusement, tu devrais t'en payer un, dit-il en me tendant l'appareil.

Nous empruntâmes le métro et la retrouvâmes au Salonika, comme la dernière fois. Elle nous attendait dans un box, devant un verre de thé glacé à moitié fini. Je commandai la même chose, T. J. opta pour un Coca. La serveuse ne prit visiblement pas ombrage que nous ne commandions rien à manger. C'était une heure creuse, et sans nous il n'y aurait eu personne dans l'établissement.

Lia avait été étonnée d'avoir de mes nouvelles. J'avais si bien réussi à la tranquilliser qu'elle n'aurait jamais imaginé que je puisse poursuivre l'enquête lancée à son initiative. Elle commença par manifester une vive inquiétude. Elle ne voulait pas créer d'ennuis à Kristin, surtout pas, et maintenant que le traumatisme commençait à s'estomper, elle ne comprenait pas comment elle avait pu avoir une idée pareille. Elle avait revu sa cousine depuis. Celle-ci était bouleversée par la mort de ses parents et...

Kristin, je le lui affirmai, ne figurait pas sur la liste des suspects. Il n'en restait pas moins des questions sans réponse, tout comme il était possible que le cambriolage ait été un coup monté et que les assassins aient eu un complice sur place.

– L'alarme, dit-elle.

– Le code de l'alarme, la clé de la porte d'entrée, l'horaire des Hollander. Je me demandais si quelqu'un ne vous aurait pas soutiré des renseignements essentiels.

– À moi ?

– Enfin... à vous ou à votre ami.

– Je ne sors avec personne, répondit-elle, donc ce n'est pas ce qui s'est passé. En plus, personne n'a jamais entendu parler de mon oncle et de ma tante, de l'endroit où ils vivaient, ni de quoi que ce soit. Je ne vois donc pas comment j'aurais pu renseigner quelqu'un.

Elle ne me disait pas tout. Je sentais bien qu'elle gardait quelque chose par-devers elle, dans les limbes de sa pensée. J'essayai plusieurs tactiques :

– Et la clé ? Quelqu'un l'a-t-il jamais empruntée ?

– Non, bien sûr que non.

– Mais vous en aviez bien une, n'est-ce pas ?

– C'est ma tante qui me l'avait remise.

– Vous n'en aviez jamais parlé. Vous êtes rentrées toutes les deux, un soir, votre tante et vous. Elle avait les bras chargés de paquets, elle vous a passé sa clé pour que vous ouvriez. Puis elle vous a donné le code de l'alarme pour que vous la désactiviez.

Je ne voulais pas l'effrayer, mais c'est ce qu'il advint. On aurait dit une pauvrette fascinée par la lumière des phares...

– Ce n'est pas ce que vous m'avez raconté ? lui demandai-je d'une voix douce.

– Si. C'est ce qui s'est passé, mais comme vous en parlez...

– Si vous aviez votre clé, pourquoi votre tante vous a-t-elle confié la sienne ?

– Je n'en avais pas encore, à l'époque. Elle m'en a confié une plus tard, au cas où j'aurais besoin d'entrer quand il n'y avait personne. Puis elle a vérifié que je savais bien comment débrancher l'alarme, en insistant pour que je la remette en service avant de sortir.

– Vous êtes-vous souvent servi de votre clé ?

– Je ne crois pas l'avoir jamais utilisée. J'avais quasiment oublié qu'elle existait jusqu'à ce que vous en parliez, il y a quelques instants. En tout cas, personne n'était au courant, et je suis certaine de ne pas l'avoir prêtée.

– L'auriez-vous avec vous ?

Elle fouilla dans son sac, en sortit un trousseau de clés. L'une d'elles était celle de la maison des Hollander.

– Autrement dit, même si quelqu'un l'avait subtilisée lorsque je ne faisais pas attention, ce qui n'aurait pas de sens car je ne vois pas qui pouvait savoir que je l'avais, enfin... même si ça s'était passé comme ça et qu'on me l'avait prise, eh bien ça ne colle pas, car elle est là.

– Ça signifierait seulement que cette personne vous l'a rendue.

– Dans ce cas, je m'en souviendrais. Vous ne croyez pas, surtout après ce qui s'est passé, que ça m'intriguerait si quelqu'un me rendait une clé de la maison dans laquelle mon oncle et ma tante ont été assassinés ?

T. J. fit valoir qu'on aurait pu lui restituer cette clé aussi discrètement qu'on la lui avait dérobée.

– Et ça ne serait pas forcément intervenu après le cambriolage, ajouta-t-il. Cet individu ne l'aurait pas gardée indéfiniment, il n'aurait pas voulu prendre le risque que vous vous aperceviez de sa disparition. Il lui aurait suffi de la conserver le temps d'en faire un double. N'importe quel serrurier peut régler ça en cinq minutes.

Il s'ensuivit un long silence, qui fut rompu lorsqu'elle annonça son intention d'aller aux toilettes. Elle quitta la table, puis revint chercher son sac à main.

– Elle a peur qu'on fouille dedans, dit T. J.

– Oui, elle ne veut pas qu'on croie une chose pareille, mais elle n'a pas non plus envie de le laisser là.

– Elle nous cache quelque chose.

– C'est aussi mon avis.

À son retour je lui posai quelques questions faciles, de celles qui ne risquaient pas de la désarçonner, l'objectif étant de détendre un peu nos relations. Je lui demandai ensuite s'il ne lui venait rien à l'esprit, si elle ne savait pas quelque chose qu'elle hésiterait à me dire. Je la sentis embarrassée, ne sachant trop si elle devait ou non livrer le fond de sa pensée.

– Non, dit-elle finalement. Désolée, mais je n'ai rien à ajouter.

Je n'avais sans doute pas envie de rentrer une fois de plus à pied, me dit T. J., quand nous nous retrouvâmes dans Broadway. Il avait raison, et nous nous dirigeâmes vers le métro.

– Je croyais que tu n'allais pas la lâcher avant qu'elle crache le morceau.

– J'y ai pensé.

– Tu t'es contenté de lui donner une carte. « Appelez-moi s'il vous revient quelque chose, même si ça vous paraît dérisoire ou tiré par les cheveux. »

– Quand on pêche et qu'on fait une touche, il faut savoir quand laisser filer ou ferrer.

– Je ne savais pas que tu aimais la pêche.

– Détrompe-toi ! Je trouve ça d'un ennui mortel.

– C'est pour ça qu'avec elle, tu as laissé filer...

– Je lui ai donné la possibilité de changer d'avis sans dommage. Elle sait ou craint de savoir quelque chose. Elle va rentrer chez elle et y réfléchir. Elle s'en voudra de m'avoir menti alors que je faisais comme si je ne m'en étais pas aperçu. Il n'est pas exclu qu'elle me passe un coup de fil.

J'observai un moment de silence.

– Mais ce n'est qu'une hypothèse. Si elle m'appelle, ce sera que je ne me suis pas trompé.

Ce ne fut pas exactement le cas, comme la suite le démontra. Elle me téléphona, mais cela ne veut pas dire que j'aurais su jouer mes cartes.

24

Lia !

Il est dans la rue, en face du coffee-shop, et lorgne à travers la baie vitrée. Ils sont là, assis dans un box, et lui tournent le dos. Il serait incapable de les identifier, il ne voit que leurs nuques, mais ce mélange de noir et de blanc permet de les repérer facilement. En face d'eux, une blonde, qu'il reconnaît immédiatement.

Qu'est-ce qu'ils peuvent bien fabriquer avec Lia Parkman ? Comment ont-ils appris son existence ?

Par Kristin Hollander, tiens pardi. Ils sont allés la voir, elle les a laissés entrer, ils sont restés près d'une heure, ils sont repartis et les voilà attablés avec Lia Parkman, sa cousine.

De quoi peuvent-ils bien parler ?

Que leur raconte-t-elle ?

Elle n'a pas grand-chose à leur dire. Elle ne sait presque rien. Mais elle le connaît, et l'on peut imaginer qu'elle les mette sur sa trace.

Il faut éviter ça. Quelle que soit leur identité et quoi qu'ils cherchent, il faut éviter.

Il porte la main à sa gorge. Il n'a pas de cravate aujourd'hui, ni de veste, d'ailleurs, juste une chemise bleue au col ouvert et aux manches relevées, c'est plus pratique. Il sort le disque de rhodochrosite, lisse au toucher, le remet sous sa chemise.

C'est de sa faute. Il la savait en train de traîner à droite et à gauche, comme suspendue à un fil, comme une pierre précieuse, en attendant qu'on vienne la cueillir d'un coup sec. Tout s'étant passé sans anicroche, il en est venu à croire que ce n'était pas plus mal de la laisser libre...

Il ne faut pas qu'il reste ici, devant la fenêtre. Ils ne peuvent pas le voir, mais à quoi bon se faire remarquer ? Il redescend Broadway sur cinquante mètres. L'arrêt de bus, là-bas. Personne ne trouvera louche qu'il attende l'autobus.

Et de là il jouit d'une vue imprenable sur l'entrée du coffee-shop.

C'est de sa faute, mais il n'y a pas eu que de la négligence. Ça le démangeait de nouer la corde, pour l'empêcher de gigoter, et ses motivations, il s'en méfiait. Sa main se rappelle la façon dont le pistolet a tressauté, se souvient d'avoir agrippé le couteau, d'avoir tranché cette gorge avec une précision chirurgicale. Tout en lui se rappelle ce qu'il a éprouvé à ce moment-là.

Le grand frisson ?

Enfin... peut-être. Les montagnes russes, ça donne des sensations fortes. La drogue, aussi. Verser dans l'illégalité, pareil.

Ce qu'il a fait, c'était... comment dire ?

Gratifiant ?

Appelez ça comme vous voulez, il en a voulu davantage. C'est ainsi qu'il a surmonté le désir de faire un nœud, qu'il s'en est dépris au motif que ça lui ferait courir un risque inutile.

À la place, il en a couru un plus grand en laissant les choses en suspens.

Il y a là une leçon à en tirer, se dit-il, si seulement on parvenait à la faire ressortir. Il est pratiquement certain qu'il existe un principe sous-jacent, et de la première importance. Cela mérite réflexion.

Que peut-il arriver de mieux ?

Elle est là-dedans, assise avec eux (quels qu'ils soient, M. Poivre et M. Sel, et quoi qu'ils veuillent exactement). Bon, le mieux qu'il puisse arriver, c'est qu'ils n'aient d'autres questions à poser que celles qui débouchent sur des réponses n'ayant aucun rapport avec lui. Auquel cas leur rencontre dans ce boui-boui ne nuira jamais qu'à leur système digestif.

À l'inverse, que peut-il arriver de pire ?

Le pire qu'il puisse arriver n'est pas si effrayant. Elle peut leur raconter qu'elle a rencontré un certain Arden Brill. C'est le nom sous lequel il s'est présenté à elle, et ce n'est manifestement pas le sien. S'ils recherchent Arden Brill, ils feront chou blanc.

Il n'empêche... c'était complètement idiot de lui donner ce nom. Pourquoi pas John Smith, nom d'un chien ? Pourquoi pas John X ou Richard Y, ou, bon sang, n'importe quel nom anonyme et passe-partout ? Il a joué au malin en se présentant sous le nom d'Arden Brill, et dans quel but ? Pour faire des blagues qu'il serait le seul à apprécier ? Il s'est laissé emporter par son ego, il a tendu des pièges dans lesquels lui seul pourrait tomber.

Idiot.

Putain, comme il exècre et abhorre la bêtise ! Chez les autres, il la trouve insupportable, même si elle est, sans nul doute, parfois utile. Mais chez lui, il la déteste, purement et simplement.

Elle peut donner son nom, celui d'Arden Brill. Elle peut même fournir un signalement. Elle n'est pas en mesure de communiquer une photo, ni de remettre un objet qu'il a touché de ses doigts nus. Il n'a jamais laissé d'ADN auprès d'elle, même s'il lui faut reconnaître qu'elle est séduisante et que son espèce de vulnérabilité poignante la rend encore plus attirante.

Pas que ça changerait quoi que ce soit. Il ne va pas lui faire l'amour. Il n'en a pas envie, et même si c'était le cas, il ne se permettrait pas d'agir ainsi. Il ne serait pas aussi bête, merci quand même.

Ce qu'il va faire, et le plus tôt sera le mieux, c'est la zigouiller. Et pourquoi diable ne serait-ce pas encore plus gratifiant de supprimer une jolie fille qu'une fille ordinaire ?

Ça l'est. Il le sait, il le sait à ces picotements dans les mains, il le sait au feu qui lui monte au visage.

Il le sait, en son for intérieur.

Les deux hommes s'en vont les premiers. Côte à côte, jeune et moins jeune, Noir et Blanc, comme dans une affiche de la National Brotherhood Week[1]*. Et alors ? Va-t-il les suivre ?*

1. Soit la « Semaine nationale de la fraternité » *(NdT)*.

Non, c'est Lia qui l'intéresse.

Saisira-t-il l'occasion ? Entrer d'un pas alerte dans le restaurant et feindre la surprise deux secondes après. Lia ! Ça, par exemple, je ne vous avais jamais vue ici ! Avez-vous le temps de prendre un café ? Non ? Bon, de quel côté allez-vous ? Je vais faire un bout de chemin avec vous...

Non, ce serait trop visible. Il y a des gens alentour, et quelqu'un risquerait de se souvenir de quelque chose. Il n'y a pas de Bierman, dans les parages, pour porter le chapeau. Ce sera un meurtre commis par des inconnus, autant rester invisible et ne pas se faire remarquer.

De toute façon, elle quitte l'établissement. Et maintenant ? Va-t-il la suivre ?

Involontairement il porte la main à sa gorge, touche le disque moucheté de pierre rose. Si lisse, si froid au toucher. Les minéraux possèdent des vertus propres et c'est pour cela que les hommes ont résolu de les porter en bijoux depuis des temps immémoriaux. Pas seulement pour la décoration. L'améthyste rendrait immortel, notamment si on la boit après l'avoir fait dissoudre dans l'alcool de vin. Il ne connaît pas les vertus traditionnelles de la rhodochrosite, mais il semblerait, oui, il semblerait bien qu'elle donne les idées claires.

Car subitement tout lui paraît clair. Lia retourne chez elle. Il se peut qu'elle s'arrête en cours de route, ou bien qu'elle rentre directement. Peu importe. Il n'a pas besoin de la suivre s'il sait où elle va.

Avant tout, il faut s'occuper de la voiture. Pas question de la laisser garée là, en face de la maison des Hollander. Et puis il a intérêt à savoir quoi faire de Lia Parkman, et de quels outils il aura besoin à cet effet.

Les circonstances de leur rencontre :

– Excusez-moi, mais vous ne seriez pas Lia Parkman ?

– Si, et vous êtes...

– Arden Brill. Vous ne me connaissez pas, il n'y a aucune raison pour que vous me connaissiez. Mais... bon, j'entre dans le vif du

sujet. On m'a dit que vous étiez apparentée à Susan Hollander, l'écrivain.

– C'est ma tante.

– Par alliance, ou bien...

– C'est la sœur de ma mère.

– Et vous euh... vous la connaissez ?

– Oui, évidemment. C'est ma tante.

– Excusez-moi, je dois avoir l'air complètement idiot. Il se trouve, voyez-vous, que je pense qu'il s'agit d'un écrivain tout à fait remarquable. L'un des meilleurs de sa génération. À ce propos...

– Oui ?

– Eh bien, je lui consacre une thèse.

– Vous faites une maîtrise sur elle ?

– Non, un doctorat.

– Oh, un doctorat. Je suis très impressionnée.

– C'est moi qui suis impressionné. La nièce de Susan Hollander. Puis-je vous offrir un café ? Car il y a mille questions que je meurs d'envie de vous poser.

– Bien sûr. Et si vous voulez...

– Oui ?

– Je pourrais probablement vous présenter, et...

– Non, c'est très gentil de votre part, mais ce ne serait pas très judicieux, à mon avis.

– Ah bon.

– La distance universitaire et tout et tout. Je compromettrais mon objectivité en la rencontrant. Mais faire la connaissance de la nièce, ça me paraît entrer dans les limites de l'acceptable.

– Je vois.

– Surtout quand la nièce en question est aussi charmante...

Elle habite dans Claremont Avenue, près de La Salle Avenue, dans une maison divisée en appartements acquise il y a des années par l'université pour héberger des étudiantes. Elle partage tout l'étage avec trois autres filles. Une grande salle de séjour avec une cuisine intégrée, un long couloir donnant sur quatre chambres et une salle de bains tout au fond.

Quand il a déplacé la voiture, il est allé au bureau chercher un trousseau de clés rangé dans son secrétaire. Trois clés y sont accrochées, toutes brillantes. L'une d'elles correspond à la porte d'entrée de la maison de la 74e Ouest et elle n'a servi qu'une fois depuis qu'il l'a fait fabriquer. Les autres, reproduites le même jour par le même serrurier, n'ayant jamais servi, il n'est absolument pas certain qu'elles marchent.

Il attend qu'il n'y ait plus personne dans les parages, puis il sort une clé et l'essaie sur la porte d'entrée. Elle fonctionne à merveille. Il la tourne et entre, traverse le hall désert.

Il y a un ascenseur, mais il le dépasse et emprunte l'escalier pour monter au troisième étage, prend le couloir, vide lui aussi, jusqu'à une porte dont il sait que c'est la sienne. Colle l'oreille au battant, écoute, rien.

Sonner ?

Non.

Il glisse l'autre clé dans la serrure, la tourne tout doucement, ouvre lentement. Le séjour est désert, mais on entend de la musique ailleurs dans l'appartement, derrière des portes closes. Il longe prestement le couloir jusqu'à la dernière porte, juste avant celle de la salle de bains. Il écoute, entend parler.

La porte est fermée, mais pas hermétiquement. Il l'entrouvre d'un ou deux centimètres. Elle est au téléphone et stupeur ! il l'entend prononcer son nom...

Enfin, pas le sien, mais celui d'Arden Brill.

« Si vous voulez m'appeler, vous savez où me joindre. Je suis désolée de ne pas vous avoir donné mon numéro plus tôt, mais il a fallu que je réfléchisse. Je suis sûre que ce n'est rien du tout et je ne veux pas faire d'histoires, mais enfin j'ai pensé qu'il valait mieux vous mettre au courant. Je me suis dit simplement... »

Puis elle s'arrête, comme ça, d'un seul coup. Elle ne le voit pas, mais... aurait-il fait du bruit sans le vouloir ? A-t-elle, d'une façon ou d'une autre, détecté sa présence ?

Il ouvre la porte.

Sa réaction est saisissante : bouche bée, les yeux comme des soucoupes, les mains qui se lèvent machinalement jusqu'à hauteur des seins, les paumes ouvertes, comme pour le repousser.

Son portable est posé sur la commode, le clapet fermé. Le répondeur s'est trouvé saturé, il le comprend, raison pour laquelle elle s'est arrêtée au beau milieu d'une phrase. Quand l'appareil a coupé la communication, elle n'a pas insisté.

« Lia ! » dit-il, négligeant sa réaction, lui montrant qu'il est ravi de la voir, partant du principe qu'elle est, de son côté, tout aussi enchantée de le voir. « Où étiez-vous passée ? J'ai essayé de vous joindre. »

Il traverse la pièce à grandes enjambées, sans s'arrêter de parler. Elle reste muette, paralysée, sinon elle l'interromprait sans façon et comment une jeune fille aussi bien élevée que Lia pourrait-elle faire une chose pareille ? Sans compter qu'elle est hypnotisée, glacée, elle est l'oiseau et lui le serpent et c'est tout bonnement ravissant de la regarder, de voir qu'elle sait n'avoir aucune chance.

Il tient une petite bombe de gaz paralysant. De la taille d'un briquet jetable. Cela fait des semaines qu'il l'a, il se préparait à l'utiliser contre Jason Bierman, mais ce n'a pas été nécessaire. Ce n'est sans doute pas indispensable non plus maintenant, mais elle pourrait essayer de le griffer, se mettre à crier, et pourquoi courir ce risque ? Et puis, il aimerait bien voir comment ça marche, ce truc. Il a lu de la documentation, mais il ne l'a jamais vu en action.

Il appuie sur le petit bouton, lui envoie une giclée en pleine figure.

Elle s'écroule aussitôt. C'est vraiment épatant, ce machin-là. Elle roule par terre, ferme les yeux convulsivement, le visage entre les mains, se frotte les paupières avec les paumes...

Il se sent gagné par l'émotion. Ça le prend de court, comme le gaz paralysant l'a prise par surprise, et l'effet est presque aussi spectaculaire. Il éprouve ce sentiment dans toute sa plénitude, ça se rapproche de l'amour, ou, plus précisément, de ce qu'il imagine être l'amour.

Les larmes aux yeux, il s'agenouille pour l'attraper.

Il ne va pas être facile de l'amener dans la salle de bains. Il n'a que quelques mètres à faire, mais il pourrait y avoir quelqu'un dans le couloir, on pourrait le voir en train de la transporter. Il ne peut pas courir ce risque.

Il est plus facile de l'achever dans sa chambre. Il déchire un drap, fabrique un nœud coulant, la pend à une canalisation qui court en hauteur.

Elle est déprimée, attristée par la mort de sa tante. Pourquoi pas ?

Ou bien... lui fendre le crâne avec le pied de la lampe, tout simplement. Quelqu'un est entré par effraction, a cambriolé l'appartement et l'a assassinée.

Mais il lui a déjà fait perdre connaissance avec un étranglement et décapsulé une bouteille de vodka pour lui en faire avaler plusieurs gorgées.

Poursuis ton plan, se dit-il.

Il ouvre la porte, regarde dans le couloir. Il sort, seul, frappe à la porte de la salle de bains, l'ouvre, n'obtient aucune réponse. Il n'y a personne.

Il revient la chercher. À l'aide d'un mouchoir en papier il efface les empreintes. Puis il la relève, regarde une fois de plus dans le couloir, la sort de la pièce, moitié en la traînant, moitié en la portant, puis la fait entrer dans la salle de bains. Une fois à l'intérieur il referme aussitôt et pousse le verrou.

Il met le bouchon de la baignoire et tourne les robinets. Pendant que l'eau coule, il l'allonge sur le carrelage et s'agenouille auprès d'elle. Il la déshabille, la dénude entièrement, ravi que se dévoile à lui ce corps svelte. C'est comme un cadeau de Noël, songe-t-il en se prenant pour un enfant têtu qui casse son jouet avant que lui ou un autre ait le temps de s'amuser avec.

La métaphore lui arrache un sourire.

Une fois qu'elle est nue et qu'il y a environ vingt-cinq centimètres d'eau dans la baignoire, il la soulève, un bras sous ses cuisses et l'autre sous ses épaules, afin de la déposer dans son bain. D'une main il saisit ses cheveux blonds. L'autre, il la pose sur sa poitrine, les doigts écartés, ce qui lui permet de toucher en même temps ses deux petits seins. Il appuie, lui maintient la tête sous l'eau.

Les yeux ouverts, elle le fixe. Le voit-elle ? A-t-elle conscience de ce qui se passe ?

Quelle importance ?

Il la tient comme ça, se pénétrant du spectacle, jusqu'à ce qu'un chapelet de bulles s'échappe de son nez et de sa bouche. Il continue d'appuyer sur sa poitrine, d'autres bulles montent à la surface. Puis son regard change. Quelque chose s'en est enfui.

Il inspire et expire profondément. Il lâche ses cheveux. Elle garde la tête sous l'eau. Il lui serre une dernière fois les seins, égare la main sur ses muscles. Il lui écarte les cuisses, glisse à peine le bout du doigt dans son sexe puis le retire, en se demandant bien, un instant, ce qui a pu le pousser à agir ainsi.

Peu importe. Il plie ses vêtements, les empile soigneusement sur la commode. De nouveau il se sert de son mouchoir pour essuyer tout ce qu'il a pu toucher.

Il ne voit personne en quittant l'appartement. Il reprend l'escalier, ne croise pas un chat dans le hall. Il y a bien deux ou trois passants dans la rue, mais nul ne le remarque.

Ce n'est qu'une fois sur le quai du métro aérien, en attendant la prochaine rame, qu'il sort la carte de visite de la poche de sa chemise bleue. Il l'a trouvée sur la coiffeuse, près du téléphone portable, et y a alors jeté un œil. Il recommence.

« Matthew Scudder », lit-il. Il hoche la tête et remet le bout de carton à sa place.

25

Si j'étais rentré directement, je me serais peut-être trouvé à la maison lorsqu'elle téléphona. Difficile à dire.

Cela prête à controverses vu que je ne rentrai pas directement. Je m'arrêtai en face pour regarder CNN pendant que T. J. allumait l'ordinateur pour rechercher Jason Bierman. Il existait déjà plusieurs sites Internet dédiés en totalité ou en partie au massacre de la 74e Ouest, et il m'en avait lu quelques extraits, y compris les conclusions d'un esprit pénétrant qui avait compté le nombre de pas entre la maison des Hollander et l'endroit où John Lennon avait été assassiné, devant le Dakota...

– Combien de pas avant le monticule herbeux[1], maugréai-je, voilà ce que j'aimerais savoir.

– Eh, voilà autre chose, lança T. J. Sa mère prétend qu'il n'y est pour rien.

Celle d'Oswald tenait le même discours, et tu parles d'une coïncidence ! À la télé, Lynne Russell faisait état, en souriant courageusement, de nouvelles inquiétantes en provenance des Balkans, et d'autres encore, et plus graves, concernant le Moyen-Orient. Nous nous quittâmes, elle et moi, lorsque la publicité prit le relais, et j'appelai Elaine au magasin. Nous avions prévu de manger de bonne heure chez Armstrong et de nous y retrouver. Je proposai à T. J. de nous accompagner, mais il avait des choses à faire.

1. Allusion au meurtre de Kennedy par Lee Harvey Oswald *(NdT)*.

Je le laissai courbé devant son Mac et traversai la rue. Je relevai le courrier, le montai et le triai, sans rien trouver d'exaltant. J'écoutai les messages. Il y en avait un de Lia Parkman, un riff incohérent, sans queue ni tête, dans lequel elle s'excusait de ne pas m'avoir dit plus tôt qu'elle se souvenait d'une conversation concernant sa tante Susan. Elle avait discuté avec un étudiant qui lui consacrait sa thèse de doctorat. Un certain Arden Brill. Elle ajoutait que je pouvais l'appeler, que j'avais son numéro, et c'est alors que le message s'arrêtait brusquement au milieu d'une phrase.

Mais voilà : son numéro, je ne le connaissais pas. C'est T. J. qui l'avait. Pour l'instant, sa ligne était occupée. J'essayai de le joindre sur son portable, il répondit, vérifia le numéro et me le donna. J'appelai. Au bout de quatre sonneries une voix enregistrée me dit que j'étais en relation avec une boîte vocale et m'invita à laisser un message pour, encore une autre voix enregistrée, Lia Parkman.

Je décidai de rappeler plus tard et raccrochai.

Je pris une douche, ne jugeai pas utile de me raser de nouveau. Une fois habillé je recontactai Lia, ce qui se solda par le même résultat. Je regardai vaguement les nouvelles à la télé, j'essayai encore une fois de joindre Lia avant de sortir, puis je fis tout un périple à pied, cap à l'ouest, pour rejoindre la 10e Avenue, où Jimmy Armstrong tient un bar. J'entrai dans le débit de boissons, pris un Perrier au bar, me retournai quand on me héla. C'était Manny Karesh, une vieille connaissance du temps où le bistrot de Jimmy se trouvait dans la 9e Avenue, tout près de mon hôtel, qui s'était levé pour me faire signe.

Il partageait sa table avec deux infirmières qui venaient de terminer leur journée à l'hôpital Roosevelt. Elles buvaient des Margaritas, il sirotait une bière, une Dos Equis, « pour rester dans l'ambiance mexicaine », me dit-il. Et si j'avais envie de changer et de boire de l'eau minérale du Mexique ?

Sur quoi l'une de ces dames m'expliqua qu'on soignait dans son service une patiente qui était allée en vacances au Mexique et y avait bu de l'eau du robinet. Manny demanda comment elle allait.

– Bof, on ne donne pas cher de sa peau, répondit la fille.

Arriva Elaine. Nous nous installâmes à une autre table.

– Je te dirais bien que je suis désolée d'être en retard, badina-t-elle, mais j'aurais peut-être mieux fait de ne pas venir du tout. Tu avais l'air de très bien te débrouiller…

– Oui, c'est vrai. Elles me regardent et elles pensent « service de gériatrie ».

– Ce ne serait peut-être pas si mal. Qui dit que tu n'arriverais pas à les persuader de te faire un lavement ? Et puis, si elles comptent les années, que fabriquent-elles avec Manny ? Il a vingt ans de plus que toi.

– Oui, mais il a un cœur de jeune homme.

– Dans le corps d'un vieux cochon, répliqua-t-elle en attrapant la carte.

Elle prit une salade d'avocat, je commandai du chili. En attendant d'être servi, je lui annonçai que j'avais envoyé le chèque à Michael.

– Je n'ai fait que ça, commentai-je, et ça me paraît à la fois trop et pas assez.

J'avais libellé le chèque à l'ordre de Michael, qui en établirait lui-même un autre au nom du dirigeant de l'entreprise. Saurait-il, me demanda-t-elle, que c'était moi qui en avais versé la moitié ?

– Qui ça, son patron ? Il se moquera éperdument d'où vient le fric. Oh, ce n'est pas ça que tu voulais dire.

– Michael a déclaré qu'il ne pouvait envoyer que cinq mille dollars. Comment va-t-il expliquer à son frère où il a trouvé le reste ?

– Nous n'en avons pas parlé. Qu'il fasse ce qu'il veut.

À la maison, trois messages nous attendaient sur le répondeur. Celui de Lia, qui n'avait pas été effacé, suivi d'un autre de Danny Boy, qui m'invitait à passer quand je voudrais au Mother Blue's après neuf heures.

Le troisième était ainsi formulé : « La personne qui m'entend pourrait-elle avoir l'obligeance d'appeler Ira Wentworth ? » Suivait un numéro, et rien d'autre.

Elaine, à qui je posai la question, déclara ne connaître personne de ce nom.

La voyant perplexe, je lui fis écouter le message.

– Dis donc, lança-t-elle sur le ton de la plaisanterie, on dirait qu'on vient de gagner un voyage pour aller visiter une maison de vacances en multipropriété dans l'île de Grand Caïman, un endroit superbe... Sauf que ce type n'a pas vraiment la voix d'un téléprospecteur. Tu sais à quoi il me fait penser ? À un flic.

Je réécoutai le message et fus du même avis. Je composai le numéro indiqué et laissai sonner longtemps. J'étais sur le point de raccrocher lorsqu'une femme répondit :

– Salle de police, McLaren à l'appareil.

Je demandai à parler à Ira Wentworth, elle m'expliqua qu'il était sorti. Je me présentai, en ajoutant que je répondais à son coup de fil. Quant à mon numéro, ajoutai-je, il devait l'avoir, puisqu'il m'avait appelé chez moi.

– Tu avais raison, annonçai-je à Elaine, c'est bien un flic, d'après une certaine McLaren. Qui est elle-même de la police, sinon elle ne prendrait pas les communications, même si elle n'a pas vraiment la voix d'une inspectrice.

– Que peut-il bien vouloir ?

– Aucune idée. Elle ne m'a même pas dit de quel commissariat il s'agit, elle a juste lancé « salle de police ! », et sur le coup je n'ai pas réagi.

– Tu pourrais rappeler.

– Je pourrais aussi les envoyer promener. Je vais voir ce qu'a trouvé Danny. J'en profiterai pour lui demander s'il a des renseignements sur Wentworth et McLaren.

– Wentworth et McLaren... On dirait un cabinet d'architectes, ou bien un studio de création.

– Ce sont des flics, d'abord et avant tout, le reste est purement accessoire. Écoute, s'il téléphone, essaie de savoir de quoi il retourne, d'accord ?

Lorsque je débarquai au Mother Blue's, la section rythmique de la maison interprétait joliment *Walking* de Miles Davis. Je retrouvai Danny Boy et à la fin du morceau le bassiste et le percussionniste quittèrent la scène pour aller prendre un verre au bar, laissant le pianiste jouer une composition de Thelonious Monk. L'air nous disait quelque chose, à Danny et moi, mais nous ne parvînmes pas à nous souvenir du titre. Quand il en eut fini, le pianiste retrouva ses camarades au bar, le juke-box se mit en marche, Danny se versa une solide rasade de vodka et m'affirma que tout le monde avait la même réaction pour Bierman et Ivanko.

– C'est très bien d'en être débarrassé. De l'avis général, c'est le genre de mecs qui ternissent la réputation du milieu. Surtout Ivanko, dont tout le monde se doutait qu'il ferait tôt ou tard un coup pareil. Bon d'accord, on juge après coup, mais en l'occurrence, ça ne fait pas l'ombre d'un pli.

– Et Bierman ?

– On y arrive. C'est pour ça que je t'ai appelé. Sur Bierman, personne n'a grand-chose à dire. Si on est bien content qu'il soit mort, c'est qu'on sait qu'il était avec Ivanko quand a été commise notre fameuse horreur de la semaine. La seule à se distinguer est sa mère.

– D'après T. J., on la voit partout sur Internet.

– Et dans New York aussi. Elle est venue ici en avion pour disculper son fils.

– Bierman n'était pas un New-Yorkais de souche ?

– Je ne sais pas d'où il était originaire, ni elle d'ailleurs, mais elle vit actuellement dans le Wisconsin. Dans un bled dont je n'avais jamais entendu parler, et dont le nom comporte une dizaine de lettres, pour moitié des « o ». Ce n'est pas que ça ait une importance quelconque, mais enfin elle ne s'y trouve plus actuellement parce qu'elle a débarqué ici.

– À New York ?

– À l'Hôtel Forum, surnommé par les connaisseurs l'Hôtel Formol.

– Un peu à l'ouest de Broadway, du côté de la 90e.

– Dans la 97e, et tu parles d'un trou à rats ! Des bébés qui braillent, des balles qui sifflent, les seules chambres tranquilles étant celles dont les occupants ne respirent plus. Il a été racheté, tiens-toi bien, par une chaîne qui l'a transformé en hôtel bon marché pour gens de passage tout à fait respectables. Espérons qu'ils ont commencé par désinfecter les lieux avec des fumigations pour chasser la vermine.

– Et c'est là qu'elle est descendue ?

– Si elle ne s'est pas déjà fait buter, ou si elle ne s'est pas transformée en travelo pour inaugurer une vie de pute. À moins qu'elle n'ait tout simplement sauté dans un wagon de marchandises pour revenir à Ocomocoloco... Elle jure que son fils était un bon petit gars et qu'il ne peut avoir fait ce dont on l'accuse. À l'entendre, Jason a servi de bouc émissaire à un protagoniste qui reste à identifier.

– Ou je suis aussi dingue qu'elle, soupirai-je, ou bien elle a raison.

Il se resservit de la vodka.

– Vous étiez faits l'un pour l'autre, déclara-t-il. Elle a causé à des journalistes, d'après ce qu'on m'a dit, mais les seuls qui aient pris la peine d'aller la voir écrivent dans la presse à sensation et ils aimeraient bien qu'elle leur raconte que, tout petit déjà, le Jason s'amusait à arracher les ailes des mouches et à faire des expériences scientifiques sur les chats de gouttière. Seulement, comme elle tenait absolument à le faire passer pour un enfant de chœur, ils ont décroché. Et bien entendu, les flics n'écoutent même pas ce qu'elle raconte. Ils ont envoyé un débutant relever ses déclarations, puis ils ont arrêté les frais.

– Je les comprends.

– Oui. Alors, ce à quoi elle occupe ses journées, même si elle est complètement fauchée, comme tous les clients du Colonial Inn...

– C'est le nouveau nom du Forum ?

– Oui, et ça lui va très bien, dès lors que le mot de Colonial évoque une colonie pénitentiaire, comme celle de l'Île du Diable... Ce à quoi elle occupe ses journées, reprit-il, raison pour laquelle je t'ai appelé aussitôt ? Essayer de trouver un détective privé qui défende ses intérêts et réhabilite son pauvre fils. Vous êtes faits l'un pour l'autre, tous les deux. Faits l'un pour l'autre !

Si ç'avait été un des soirs que Danny passe au Poogan's, je n'aurais peut-être jamais rencontré Helen Leich Bierman Watling, la mère de Jason Bierman, veuve par deux fois. Certes, l'idée me serait venue de la joindre à son hôtel, et rien ne dit que je n'aurais pas regardé l'heure à ma montre et estimé qu'il était trop tard pour la déranger. Si je n'avais pas trouvé de téléphone public en état de marche, tout en étant bien décidé à l'appeler de chez moi, à mon retour, je n'en aurais été que davantage enclin à juger qu'il n'était plus temps, et à remettre au lendemain matin.

Mais à ce moment-là, j'aurais déjà eu des nouvelles d'Ira Wentworth (ou de Wentworth et McLaren), et passer un coup de fil à une vieille timbrée du Wisconsin n'aurait plus été l'une de mes priorités. De toute façon il m'aurait fallu la joindre avant neuf heures du matin, car c'était à ce moment-là qu'elle quitterait l'hôtel afin de prendre le vol de onze heures pour Milwaukee, l'aéroport d'élection des habitants d'Oconomowoc.

Seulement le Mother Blue's se trouve dans Amsterdam Avenue, du côté de la 90e, soit à quelques minutes à peine du Colonial Inn, anciennement Hôtel Forum. Je ne pris même pas la peine de téléphoner, je m'y rendis directement à pied. Un réceptionniste, trop propre sur lui pour le reste du hall, me confirma qu'il y avait bien parmi les clients une certaine Mme Watling. Je décrochai un téléphone intérieur, il me passa sa chambre.

– Madame Watling, je me présente : Matthew Scudder. Je suis détective privé. J'aimerais que nous parlions un peu de votre fils.

– Ça alors ! Décidément, vous autres, vous ne perdez pas le nord !

– Je vous demande pardon ?

– Vous avez dû flairer l'argent. Désolée de vous décevoir, mais je n'ai, hélas, pas les moyens de régler vos honoraires.

Et elle raccrocha.

– Je crois que nous avons été coupés, dis-je au réceptionniste. Pourriez-vous me repasser cette dame ?

Je n'y allai pas par quatre chemins lorsqu'elle décrocha de nouveau :

– Madame Watling, vous ne pourriez pas m'engager, même si vous le vouliez. J'ai déjà un client, et il se trouve que je crois votre fils innocent. Pour moi, il a été victime d'un coup monté ourdi par un homme dont on ne connaît toujours pas l'identité et qui l'a ensuite assassiné. Je me trouve en bas, dans le hall, et je suis venu ici pour vous parler, mais si vous me raccrochez encore une fois au nez, je rentre chez moi et démerdez-vous.

J'avais débité mon petit laïus d'une seule traite, afin qu'elle capte le message avant de couper la communication, ce qui explique peut-être que ma conclusion ait été un peu plus abrupte que prévu. Je crus qu'elle avait raccroché car elle resta silencieuse.

– Oh là là... J'ai quand même fini par taper du poing après avoir fait des risettes à tout le monde depuis mon arrivée à New York, et j'ai visiblement envoyé promener celui qu'il ne fallait pas. Vous êtes toujours là ?

– Oui, oui.

– Voulez-vous monter ?

« VISITES INTERDITES », proclamait un écriteau.

– Ça me semble impossible. C'est contraire au règlement.

– Croyez-vous vraiment qu'ils me prennent pour une prostituée ? Remarquez, je m'en fiche, ici, il n'y a pas de place pour deux. Je n'ai encore jamais vu un hôtel invoquer un prétexte aussi minable, ni résidé dans un endroit pareil de toute ma vie, et figurez-vous que ça me coûte quatre-vingt-quinze dollars la nuit, taxe locale non comprise. Et on me dit que c'est une affaire !

Bienvenue à New York, ma petite dame.

– Il faut que je m'habille, reprit-elle, j'en ai pour cinq minutes et je vous retrouve en bas.

Ça lui demanda plus longtemps que ça, mais pas trop. Enfin, elle surgit de l'ascenseur en tailleur, pantalon beige et chemisier jaune canari.

– Je ne suis pas habillée pour New York, dit-elle. C'est pas la peine de me le dire.

– Ce n'était pas mon intention.

– Il n'empêche que c'est le cas, et que je le sais. Mais je ne vais pas courir m'acheter des vêtements noirs pour être dans l'ambiance. D'ailleurs, je ne crois pas que j'y arriverais, même si j'essayais.

Je n'avais pas envie de polémiquer là-dessus. Elle avait la dégaine d'une matrone de banlieue comme on en voit dans le Middle West, avec ses cheveux bruns bien coiffés, son rouge à lèvres impeccable et ses pattes-d'oie. Sans être la mère caricaturale que j'avais imaginée, elle correspondait tout à fait au rôle qu'elle s'était fabriqué, ou qu'elle avait été forcée de jouer, celui de la mère bien décidée à défendre la réputation de son fils mort.

Sauf qu'il n'avait pas une réputation aussi géniale que ça, le Jason, me déclara-t-elle après que nous nous fûmes installés dans un box d'angle du Salonika, l'équivalent du Morning Star de la 96e.

– Pour lui, ça n'a jamais marché, reprit-elle. Au lycée, son père était pratiquement le plus beau garçon de la classe, et le plus drôle. Mais voilà : il ne pensait qu'à rigoler, autrement dit boire, et boire cela signifiait... enfin, il est parti lorsque Jason avait quatre ans. Il ne m'a jamais donné de ses nouvelles et on m'a dit que je pouvais divorcer *in absentia* ou le faire déclarer mort aux yeux de la loi au bout de sept ans. Seulement je n'étais pas sûre de vouloir le faire. Et d'ailleurs, je n'en ai pas eu besoin, car il a eu un accident de voiture en Californie et on a retrouvé dans son portefeuille un petit mot indiquant qui prévenir si d'aventure il lui arrivait malheur, ce qui était le cas.

Jason avait connu une scolarité médiocre, m'expliqua-t-elle encore, et quand elle s'était remariée, il ne s'était pas du tout entendu avec son beau-père qui n'était, il fallait le reconnaître, pas facile à vivre. Jason s'était alors plus ou moins laissé aller, et avait souvent eu des ennuis, sans devenir pour autant un voyou. Il n'avait pas un fond méchant et ce n'était pas un mauvais bougre. On racontait qu'il s'était fait arrêter pour s'être glissé frauduleusement sous un tourniquet dans le métro, et elle voulait bien y croire, comme ça ne l'aurait pas surprise qu'il ait commis des vols à l'étalage dans un supermarché ou un grand magasin, mais là, ce dont on l'accusait...

Je lui dis que j'avais repris l'enquête à l'envers, en m'efforçant de trouver quelqu'un qui aurait eu un motif particulier de s'en prendre aux Hollander. Si je pouvais découvrir un quelconque élément commun, quelqu'un dans la vie de son fils qui soit, d'une façon ou d'une autre, lié à Byrne et Susan Hollander, je serais peut-être capable de faire le lien.

Elle réfléchit à la question en tartinant sa brioche de pain complet (« c'est bien meilleur à New York, je vous l'accorde », dit-elle). Elle mordit dedans, but un peu de thé glacé, reprit de la brioche, rebut du thé, leva les yeux et hocha la tête en me regardant.

– J'ignore quelles étaient ses fréquentations. Il me téléphonait une fois par semaine environ ; de ce côté-là, il était gentil. Il m'appelait en PCV, évidemment. C'est moi qui lui disais de le faire, il n'avait pas les moyens de payer les communications. En réalité, je l'aidais un peu, je lui envoyais un mandat de temps en temps. Pas de chèque, car il n'aurait jamais pu encaisser un chèque établi par un particulier dont le compte se trouvait dans une banque située dans un autre État et, bien sûr, il n'avait pas lui-même de compte en banque sur lequel le déposer. Il n'avait rien du tout.

Cela étant, ajouta-t-elle, il commençait à trouver sa voie, à acquérir une certaine assise. Il ne s'assumait toujours pas vraiment, on lui prêtait des capacités qu'il n'avait pas, mais au moins devenait-il l'acteur de sa vie au lieu d'en être le spectateur et de la regarder se dérouler devant lui.

– Il travaillait, dit-elle. Trois heures par jour, du lundi au vendredi ; il livrait le midi des repas pour un traiteur. Chaque fois on le réglait en liquide à la fin de son service. Il ne touchait pas grand-chose, mais il avait aussi ses pourboires. Et puis, il bossait aussi la nuit, il effectuait des livraisons pour une cave.

Je ne connaissais pas l'expression.

– Vous ne dites pas comme ça, à New York ? me demanda-t-elle. Un magasin qui vend de l'alcool sous toutes ses formes. Comment ça s'appelle ici ?

– Un magasin de vins et spiritueux.

– Que voulez-vous, soupira-t-elle, c'est New York... Nous sommes sans doute plus discrets dans le Middle West, ou tout simplement moins directs. Maintenant que vous savez ça et que j'ai découvert que ça porte également un autre nom, nous avons au moins appris quelque chose tous les deux, pas vrai ?

La vie de Jason, elle en avait bien conscience, se réduisait à peu de chose. Deux boulots à mi-temps, à peine suffisants pour assurer sa subsistance, ça ne constitue pas vraiment une carrière. Mais quand on le connaissait et quand on savait quel avait été son parcours, on comprenait qu'il était sur la bonne voie.

– La dernière fois qu'il a eu des ennuis, dit-elle, on l'a envoyé voir un psychologue. Et j'en suis reconnaissante à la ville de New York car, d'après Jason, cet homme lui a permis de se remettre un peu les idées en place. De lui faire comprendre qu'il retombait, pour la énième fois, dans les mêmes travers, et que rien ne l'y obligeait. C'est là qu'il a commencé à se reprendre en main.

Il aurait été utile d'avoir quelques précisions. Le nom du travailleur social, par exemple, qui aurait pu lui-même connaître l'identité de deux ou trois individus figurant dans la nouvelle vie de Jason Bierman. Ça n'aurait pas fait de mal non plus de savoir chez qui il travaillait, à l'occasion, et où exactement. Tout ce qu'elle put me dire, c'est que l'un des traiteurs était situé à Manhattan, ce qui ne nous avançait pas beaucoup. La cave (« ou plutôt, corrigea-t-elle, le magasin de vins et spiritueux, il va falloir que je prenne l'habitude de dire comme ça ») pouvait, elle, se trouver n'importe où.

Elle finit sa brioche au pain complet et son thé glacé. De mon côté, je n'avais plus envie de café. Je pris l'addition, elle voulut régler sa part. Je l'en dissuadai.

– Vous êtes en visite à New York. La prochaine fois que j'irai dans le Wisconsin, c'est vous qui payerez pour moi.

– C'est gentil, dit-elle en souriant. Surtout après vous avoir accusé de racoler les clients pour vous en mettre plein les poches.

Il n'empêche qu'elle avait donné audience à plusieurs détectives privés. L'un d'eux lui avait tout bonnement conseillé de rentrer chez elle, au lieu de perdre son temps à New York, les autres s'étaient déclarés prêts à travailler pour elle, à condition qu'elle leur verse une coquette somme à titre d'à-valoir.

– Deux d'entre eux m'ont demandé deux mille dollars, m'expliqua-t-elle, un troisième vingt-cinq mille. Et puis j'en ai vu un dernier, qui a commencé par me réclamer deux ou trois mille dollars, je ne me rappelle plus exactement. Quand je lui ai répondu que c'était beaucoup trop cher pour moi, il est descendu à mille dollars. Comme je continuais à tiquer, il m'a dit qu'il se contenterait de cinq cents dollars au départ. J'ai compris qu'il accepterait n'importe quoi pourvu que je le lui donne, et qu'ensuite il ne ferait sans doute rien du tout.

Je lui dis qu'elle avait probablement raison. Elle s'excusa de nouveau, et sans raison, avant de me demander s'il était, à mon avis, indispensable qu'elle reste à New York. Elle devait normalement prendre l'avion ce matin, mais rien ne l'empêchait de prolonger son séjour.

Je lui répondis que ce n'était pas utile. Je lui remis une carte de visite et pris soin de noter son adresse et son numéro de téléphone. Puis je la raccompagnai à son hôtel, même si elle me dit que ce n'était pas la peine. J'attendis qu'elle ait récupéré sa clé à la réception et se soit engagée dans l'ascenseur pour ressortir et chercher un taxi.

Ira Wentworth avait téléphoné à deux reprises, me dit Elaine en me voyant rentrer. Il n'avait pas voulu donner de précisions, mais il voulait que je le rappelle le plus tôt possible.

Je composai son numéro. Une voix masculine et nasillarde me répondit :

– Poste de police, Acker à l'appareil.

Je donnai mon nom en expliquant que l'inspecteur Wentworth avait essayé de me joindre.

– Il n'est pas ici, répondit le dénommé Acker, mais je sais qu'il veut vous parler. Pourriez-vous rester où vous êtes encore un quart d'heure ?

– Je ne bouge pas. Il a mon numéro, mais à tout hasard je vous le donne.

Il répéta après moi et raccrocha. Je m'aperçus alors que je n'avais pas pensé à lui demander ses coordonnées téléphoniques. J'attrapai le combiné et faillis appuyer sur la touche *bis*.

Il me semblait savoir de quel commissariat il s'agissait.

Je reposai le téléphone, regardai dans mon carnet, repris l'appareil et composai un numéro que j'avais déjà appelé en vain. On décrocha au bout de la deuxième sonnerie.

– Ira Wentworth ? demandai-je.

– Qu'est-ce que ça veut dire ? lança la voix que j'avais entendue une fois sur mon répondeur.

26

Une demi-heure plus tard, le concierge m'annonça l'arrivée d'un certain Wentworth. Je lui dis de le laisser monter. J'étais en train de l'attendre dans le couloir quand mon visiteur sortit de l'ascenseur. Balaise, large d'épaules, mâchoire carrée, front dégagé, pas loin de la quarantaine. Ses cheveux bruns étaient lissés en arrière.

Nous nous présentâmes et échangeâmes une poignée de main.

– Je me suis renseigné, dit-il. Vous étiez de la partie, autrefois.

– Ça fait un moment.

– Enfin, vous étiez inspecteur.

Voilà sans doute qui expliquait la poignée de main. On ne peut pas se serrer la main au téléphone, mais même dans le cas contraire je crois qu'il s'en serait dispensé. Ça l'avait pris au dépourvu et rendu méfiant que j'appelle sur le portable de Lia Parkman. Il l'avait embarqué dès qu'on avait établi qu'il ne comportait pas d'empreintes digitales, et depuis lors il se trimballait avec.

C'était comme ça qu'il m'avait contacté. L'appareil conservait en mémoire les appels sortants et il ne lui restait plus qu'à effectuer une manipulation élémentaire pour composer le numéro de la dernière personne à qui Lia avait parlé. Il m'avait donc téléphoné sans savoir qui j'étais. D'où son premier message, où il me demandait de le rappeler mais ne prononçait pas mon nom.

Je m'étais exécuté, mais en laissant mon nom, et en retour il avait essayé à deux reprises de me joindre, en me laissant à chaque fois un message. Je lui avais rendu la politesse, Charlie Acker avait réussi à le prévenir, il était prêt à me contacter lorsque l'appareil avait sonné dans sa poche. C'était moi. Je demandais à lui parler en personne, ça l'avait plongé dans la stupeur.

Au téléphone, il n'avait même pas voulu me confirmer qu'elle était morte. Mais je le savais déjà. Je l'avais compris dès l'instant où c'était lui et non pas elle qui avait répondu, et je le subodorais peut-être déjà en composant son numéro.

– C'est un bel immeuble, dit-il. Je ne suis jamais entré à l'intérieur, mais je l'ai souvent admiré en passant devant. Ça fait longtemps que vous êtes là ?

– Deux ans. Mais j'habite le quartier depuis un bon moment.

– Super. On peut aller à pied jusqu'à Central Park, ou bien au cinéma. Très pratique.

L'appartement lui fit aussi grande impression, lorsque nous le traversâmes pour nous rendre à la cuisine. Elaine s'était retirée dans la chambre en fermant la porte derrière elle, mais n'avait pas oublié de nous préparer du café. Je fis le service, nous prîmes place autour de la table.

Il goûta le café, le trouva extraordinaire, et devant ma curiosité répondit qu'effectivement Lia Parkman était morte. C'était une de ses colocataires qui avait découvert le corps peu avant dix-sept heures. Lia habitait dans une résidence pour étudiants située dans Claremont Avenue et partageait un appartement avec trois autres filles, dont deux se trouvaient sur place à ce moment-là. L'une avait frappé à la porte de la salle de bains. N'obtenant aucune réponse elle était entrée dans la pièce et l'avait vue, noyée dans la baignoire.

– Elle est effectivement morte de noyade, déclara-t-il. C'est confirmé par la présence d'eau dans les poumons, et l'on attend les conclusions du légiste. On a retrouvé sur sa table de nuit une bouteille de vodka Georgi ouverte, à côté de son téléphone portable. Avec ses empreintes dessus ; les siennes uniquement. J'ai d'abord pensé qu'elle avait bu un verre ou deux avant de prendre un bain, de s'évanouir et de se noyer.

– Je ne crois pas que ce soit ce qui s'est passé.

– Moi non plus, bien que pour des raisons différentes, sans doute. Tout d'abord, on a relevé des marques sur son cou, ce qui laisse penser qu'elle a probablement été étranglée. Là aussi on attend le compte rendu du légiste, seulement maintenant on ouvre l'œil. Et il y a la vodka. Elle n'en a même pas bu un verre et on ne me fera pas croire que ça suffit à faire perdre connaissance à une grande fille en bonne santé. D'accord, chacun réagit différemment et si elle a pris un bain très chaud, ça peut avoir aggravé les choses, mais ça m'étonnerait. Bien sûr, avant de rentrer elle a peut-être avalé des comprimés, je ne sais pas lesquels, et la dernière gorgée de vodka lui aura été fatale. Une fois de plus, il faut attendre les résultats de l'autopsie.

– Était-elle portée sur la boisson ?

– J'y venais. D'après ses colocataires, elle ne buvait quasiment pas. Un verre de vin, à la rigueur, lors d'une soirée, mais elles ne la voient pas ramener un litre de vodka dans sa chambre. Et puis, il y a les empreintes sur la bouteille.

– Les siennes, vous m'avez dit.

– Uniquement. Il faisait quoi, le type qui la lui a vendue, il portait des gants ? Sans compter qu'il n'y a que des empreintes de doigts de la main droite et qu'elle était droitière.

– Et alors ?

– La bouteille a un bouchon dévissable. Si vous voulez l'ouvrir, comment vous faites ?

Je mimai le geste, pour reconstituer la scène. Il y avait longtemps que je n'avais pas décapsulé un litre de vodka, mais je présume que n'importe quelle autre bouteille aurait fait l'affaire, même un flacon de vinaigrette.

– Je crois que je tiendrais la bouteille de la main gauche, répondis-je, et que je dévisserais le bouchon de la main droite.

– C'est ce que ferait un droitier.

– Vous avez relevé des empreintes sur le bouchon ?

– Aucune.

Il leva sa tasse vide. Il ne m'avait rien demandé, mais je fis le service.

– Je vais le regretter, dit-il en souriant. Boire un autre café à cette heure... mais tant pis ! Il ne faut pas bouder son plaisir. Vous achetez du café en grains et vous avez un moulin ?

– Effectivement, répondis-je, ceci expliquant cela.

– Autre chose qui m'a mis la puce à l'oreille : ses vêtements.

– Ses vêtements ?

– Ils étaient soigneusement pliés et empilés sur le couvercle des toilettes rabattu. Elle est rentrée, elle s'est fait couler un bain et a sauté dedans.

– Et alors ?

– Où est passée sa serviette ? Elles se partagent la salle d'eau toutes les quatre, et chacune garde sa serviette dans sa chambre. Il y en a bien une autre pour s'essuyer les mains, mais elle n'est pas assez grande pour se sécher le corps. Comment se fait-il qu'elle ait oublié la sienne ?

– Avec toute cette vodka...

– Oui, grinça-t-il, c'est ça.

Il se passa la main dans les cheveux.

– Tout ça ne prouve rien, mais quand même, ça me donne envie d'y regarder de plus près. Ce qui de toute façon va être le cas si le légiste trouve quelque chose. En attendant qu'il nous fasse signe, pour moi, c'est un homicide.

– Vous avez raison.

– Et comment ! Mais j'aimerais en connaître le mobile. Comme j'aimerais bien savoir pourquoi vous êtes la dernière personne qu'elle ait appelée, et pour commencer quel rapport il y a entre vous et Lia Parkman ?

– Je travaille pour Kristin Hollander.

– Ce nom me dit quelque chose.

– C'est la fille de Byrne et Susan Hollander.

– Les gens qui ont été assassinés en juillet, quand on s'est introduit chez eux ?

– Tout juste. Lia Parkman est la cousine de Kristin Hollander, et donc la nièce de Susan Hollander.

– Ça alors ! Pourquoi ne m'en a-t-on rien dit ? L'une de ses colocataires m'a raconté qu'elle n'avait pas le moral ces derniers temps suite à un décès dans la famille. Il ne s'agissait pas seulement d'un deuil, mais d'un véritable bain de sang ! Enfin, les coupables sont morts. Meurtre et suicide à Coney Island...

– Non, dans Coney Island Avenue, le corrigeai-je. En fait, c'est à Midwood.

– Ce n'est pas loin. Vous travaillez pour leur fille, et à tous les coups ce n'est pas pour réparer la toiture de sa maison. Vous faites quoi ? Une enquête ?

– Rien d'officiel. Mais oui, je me livre à mes petites investigations.

– *A priori,* je ne vois qu'une chose qui puisse vous intéresser. L'affaire est classée, non ?

– Si.

– Seulement la fille pense qu'on n'a pas encore découvert le pot aux roses ? Ou alors c'est vous. Vous deux ? C'est qui ?

– Nous deux.

– Et c'est ce qui vous a aiguillé sur la cousine ? Éclairez ma lanterne. Qu'est-ce qu'elle vient faire là-dedans ?

Je lui brossai un compte rendu succinct, lui parlai de la clé de la porte d'entrée, de la combinaison de l'alarme.

– Lia Parkman détenait une clé, lui expliquai-je, et elle connaissait le code. Cet après-midi, je suis allé discuter avec elle. J'en ai profité pour lui demander qui aurait pu lui emprunter la clé ou avoir connaissance de la combinaison. Elle ne voyait pas, mais il était évident qu'elle me cachait quelque chose.

– Il y a des fois où ça saute aux yeux.

– Je le sentais bien, mais que faire ? J'aurais peut-être dû pousser plus loin. Il a bien fallu que je me décide, et j'ai préféré lui laisser le temps de la réflexion. Je lui ai donné une carte, en lui disant de m'appeler si elle découvrait quelque chose.

– Et c'est ce qui s'est passé.

– Si j'étais rentré directement chez moi...

Ma voix s'étrangla.

– Mais non, repris-je, et à mon retour j'ai trouvé un message d'elle. Je l'ai rappelée aussitôt et je suis tombé sur sa boîte vocale.

– Parce que son portable était éteint. Dans ce cas, on bascule sur la boîte vocale. Vous lui avez laissé un message ?

– À quoi bon ? Je me suis dit qu'en insistant je finirais bien par l'avoir. Et je l'ai rappelée, deux fois, sans plus de résultat. Je ne savais même pas qu'il s'agissait d'un portable. Je croyais que c'était son fixe et qu'elle était sortie.

– La plupart du temps, les étudiants n'ont pas de fixe. Rien que des portables. C'est plus pratique quand on est toujours entre deux portes.

– Même si je lui avais laissé un message, repris-je, elle n'en aurait jamais pris connaissance. Il lui avait sans doute déjà réglé son compte.

– N'empêche que ce devait être un sacré malin. Je vous ai dit que deux des trois colocataires de Lia étaient sur place quand c'est arrivé ? Elles étaient en train d'étudier en écoutant de la musique, mais quand même. Il lui a fallu entrer dans l'immeuble, s'introduire dans l'appartement, pénétrer dans sa chambre, l'assommer, la traîner dans la salle de bains, la déshabiller et lui tenir la tête sous l'eau jusqu'à ce qu'elle se noie, puis repartir sans croiser personne sur son passage.

– S'il sait se débrouiller, et si la chance est de son côté...

– Oh, c'est jouable. D'ailleurs, il n'a pas fait un sans-faute.

– La serviette.

– Par exemple. Il a dû se dire que les serviettes étaient dans la salle d'eau et que ce n'était pas la peine d'aller en chercher une. Seulement voilà, la sienne était accrochée dans sa penderie et elle ne l'aurait pas laissée là avant de grimper dans la baignoire. Ensuite, la vodka. L'accident est beaucoup plus plausible sans l'alcool : elle trébuche, sa tête heurte le rebord ou autre chose, elle meurt noyée sans avoir repris connaissance. Ça paraît beaucoup plus vraisemblable que de voir une nana qui ne boit pas se bourrer la gueule l'après-midi avec deux lampées de Georgi. Et puis, où est passé le sac ?

– Le sac ?

– Vous avez déjà acheté un litre de gnôle aux États-Unis sans qu'on vous l'emballe ? Elle aurait laissé la bouteille dans le sac jusqu'à son retour, elle n'aurait pas jeté celui-ci en cours de route. Sans parler des empreintes digitales. C'était pas con d'essuyer la bouteille, puis de lui poser les doigts dessus, sauf que ce n'était pas la bonne main et que l'assassin a oublié le bouchon. Ça ne suffit pas pour l'envoyer à la potence, mais c'est assez pour qu'on se pose des questions.

– Vous croyez ? La plupart des gens n'auraient rien remarqué.

– Eh bien, moi si.

– Parce que vous êtes un bon. Un peu plus dégourdi que la moyenne.

Il rougit, surpris par le compliment.

– Je n'en sais rien. Si j'étais si bon que ça, je vous dirais le nom de celui qui l'a tuée.

– D'après Lia, il s'appelle Arden Brill.

– Fichtre. Moi, ça m'évoque surtout Arden. Pourriez-vous le repasser ?

J'étais allé chercher le répondeur dans la chambre, mais Elaine s'était réveillée alors que j'étais en train de le débrancher et elle avait tenu à ce que je le laisse en place et que je fasse plutôt entrer Wentworth. Elle disparut dans la salle de bains et en ressortit, vêtue d'un peignoir et toute maquillée, tandis que nous l'écoutions. Nous l'avions déjà entendu cinq ou six fois, et nous étions de plus en plus perplexes.

– Arden. C'est un nom de lieu, non ? fit observer Wentworth. La forêt d'Arden...

– Dans Shakespeare[1], dit Elaine. Je ne crois pas que cette forêt existe réellement.

– Ah bon ? Il l'a imaginée ?

Nul ne le savait avec certitude. De toute façon, me fit-il remarquer, c'était un prénom inusité. Comme nom de famille, ça ne posait pas de problème, il suffit de penser à Elisabeth.

– Ce pourrait être Auden, dit-il, comme le poète[2] ?

– Ou bien Alden, répondis-je, ou encore Alton. Il arrive parfois qu'on les donne, l'un et l'autre, comme prénoms.

1. Dans *Comme il vous plaira (NdT).*
2. Wystan Hugh Auden, poète américain (1907-1973) *(NdT).*

Elaine vérifia dans l'annuaire. Il avait plusieurs Brill, mais aucun dont le prénom commençait par un « A ».

– Bien sûr, raisonna-t-elle, cela ne concerne que Manhattan. Qui sait où il habite ? Rien ne dit non plus qu'il ne soit pas sur liste rouge.

– Ce n'est sans doute pas son vrai nom, déclarai-je.

– Moi, voilà comment je vois les choses, résuma Wentworth : si c'est bien son nom, ce n'est pas notre homme.

– Attendez, je ne vous suis plus, dit Elaine. S'il existe bien un universitaire anglais du nom d'Arden Brill, cela signifie, d'après vous, que la fille a menti ? Ça n'a pas de sens.

– Partons du principe qu'elle ne racontait pas de salades parce que... pourquoi nous aurait-elle menés en bateau ? Non, elle était sincère. Un mec s'est présenté à elle sous le nom d'Arden Brill, en lui disant qu'il faisait une thèse sur sa tante. Maintenant, si ce type existe bien, c'est qu'elle disait la vérité et lui aussi. Il s'appelle Brill et il rédigeait vraiment un papier ou une thèse, peu importe. Il est donc hors de cause.

– Et s'il n'y a personne de ce nom ?

– On a affaire à un imposteur qui a pris contact avec Lia afin de pouvoir faire fabriquer un double de la clé et de trouver le moyen de désactiver l'alarme, répondis-je. Bref, ou bien ce Brill existe vraiment et il faut en conclure que c'est quelqu'un d'autre qui avait intérêt à supprimer Lia ; ou bien il n'y a pas de Brill et c'est ce gus qui a fait le coup.

– Nous voilà bien avancés, soupira Wentworth. On n'a pas la moindre idée de qui il peut s'agir.

Il y avait bien une autre possibilité, déclara Elaine. Wentworth était reparti en promettant de nous appeler s'il y avait du nouveau.

– Et s'il existait effectivement un dénommé Arden Brill qui préparerait même, pourquoi pas ?, une thèse de littérature anglaise, sans que ce soit pour autant l'homme à qui Lia a eu affaire ?

– Continue.

– Imagine, par exemple, que je veuille te mettre en confiance. J'invente toute cette histoire de thèse sur ta tante, etc. Oui, mais si tu vérifies ? Je choisis par conséquent le nom de quelqu'un qui existe vraiment, celui d'un universitaire que tu n'as pratiquement aucune chance de rencontrer, ce qui fait que, si tu mènes ta petite enquête, tu constates qu'il y a bien un certain Arden Brill au département de littérature anglaise ; d'ailleurs, il travaille dur sur sa thèse, sans doute consacrée au symbolisme des oiseaux dans la poésie de Robin Jeffers[1], et il n'a rien à voir avec Susan Hollander, mais personne ne va te l'expliquer. Tu vois ce que je veux dire ?

– Oui, bien sûr.

– Ça se tient ?

– Possible.

– Sinon, voilà ce qui ne colle pas : s'il ne s'appelle pas Arden Brill, pourquoi inventer un nom pareil ?

1. John Robinson Jeffers, poète américain (1887-1962) *(NdT)*.

27

J'étais en train de me raser quand on m'appela. L'agent Tillis, du vingt-sixième commissariat de quartier, voulait savoir si je pouvais venir afin qu'on enregistre ma déposition sur Lia Parkman. J'étais disponible. J'avalai un café et sautai dans le métro pour remonter jusqu'à la 125e Rue.

Le poste de police se trouve dans la 126e, entre les deuxième et troisième carrefours en partant de Broadway. Je fis le chemin à pied et me retrouvai assis devant un bureau métallique dans une pièce vide, hormis une photo du maire encadrée au-dessus du meuble et surmontée d'une accroche publicitaire pour American Express parue dans un magazine : « ME CONNAISSEZ-VOUS ? »

On me donna un bloc-notes, mais on me laissa me servir de mon stylo pour expliquer, en style journalistique, les liens que j'entretenais avec Lia Parkman. Je n'avais pas relaté à Wentworth ma première rencontre avec elle, ni fais état des soupçons qu'elle nourrissait envers sa cousine. Pourquoi compliquer les choses ? À part ça, ma déposition était relativement complète. Je la relus, la signai, on me dit que je pouvais rentrer chez moi.

Il y a une église épiscopalienne en face du commissariat. J'y serais peut-être entré si les portes avaient été ouvertes, mais je retournai au métro, continuai jusqu'à La Salle Avenue, tournai à l'ouest et marchai encore un peu pour atteindre Claremont Avenue. Je ne savais pas très bien où habitait Lia, mais je trouvai vite quelqu'un pour me renseigner : l'employé assoupi d'une laverie automatique me désigna à l'angle un immeuble résidentiel. Je me postai en face pour le regarder, c'était un cube de cinq étages avec de fausses moulures de style Tudor. Je n'entrai pas et n'essayai pas de repérer les colocataires de Lia. Une enquête officielle était en cours, je n'allais pas casser les pieds des flics. Je voulais juste voir l'endroit de plus près et pour ce faire, je n'avais pas besoin de m'en approcher davantage.

Je repris la direction de Broadway. Il y avait en remontant un peu dans La Salle Avenue un restaurant qui proposait de la cuisine de l'Afrique occidentale. Je me promis de l'essayer un jour. En attendant, je pensai au Salonika qui se trouvait à deux rues de là. J'avais faim, je n'avais pratiquement rien avalé d'autre qu'un malheureux café et je mangerais aussi bien là-bas qu'ailleurs. Cela dit, je n'avais pas envie de partager mon repas avec un fantôme. Pas que je me sente coupable de sa mort, c'était le fait du salopard qui l'avait tuée, mais quand même... je me demandais si, les uns et les autres faisant preuve d'un peu plus de fermeté, le dénouement n'aurait pas été différent...

Chez moi, je trouvai un message me priant de rappeler Ira Wentworth. Ce coup-là, je ne fis pas de zèle en composant le numéro du portable de Lia Parkman, je téléphonai directement au commissariat et ce fut Wentworth lui-même qui me répondit. Il travaillait beaucoup, je le remarquai.

– J'ai veillé tard hier soir, m'expliqua-t-il, et je suis arrivé de bonne heure ce matin ; je voulais asticoter un peu le légiste. Il m'a transmis son rapport : les blessures à la gorge ont été causées par un étranglement. La cause de la mort est indiscutablement la noyade, on a retrouvé de l'eau dans ses poumons, etc. Par ailleurs, le taux d'alcoolémie dans le sang est pratiquement nul. Un peu de vodka dans l'estomac, qui n'a pas eu le temps de passer dans le sang, car elle est morte aussitôt après l'avoir avalée. Ce n'était pas bête, hein, le coup de la vodka ? Mais ça fait quand même trois fausses notes, conclut-il.

Notre homme avait déjà joué le petit malin en fixant un verrou en cuivre à la porte de Bierman, côté intérieur.

– Tenez, reprit-il, ça aussi, c'est pas mal. On a relevé sur la peau des traces de, je cite, « un produit chimique avec un nom à coucher dehors », mais dont on a montré qu'il s'agissait d'un gaz propulseur, souvent combiné au gaz paralysant.

– C'est comme ça qu'il l'a estourbie.

– Il l'a gazée, puis il l'a étranglée et enfin il l'a noyée dans la baignoire. Tout cela a dû se passer très vite.

– Et sans bruit.

– Il fallait bien, avec les copines à quelques mètres de là. Pauvre gosse.

– Ses études étaient intégralement payées par une bourse, lui expliquai-je. Elle suivait un cours d'été sur la Révolution française et Napoléon.

– Et si elle avait un condisciple du nom d'Arden Brill ? Ce serait pratique, vous ne croyez pas ?

Malheureusement, Arden Brill était inconnu au bataillon. Wentworth m'appela une heure après pour mc le signaler. Il n'y avait personne de ce nom inscrit dans les trois universités phares de New York, ni dans les autres établissements d'enseignement supérieur qu'il avait contactés.

Les annuaires de New York en général et ceux des États limitrophes recensaient bon nombre de Brill, dans des proportions comparables à celles de Manhattan *stricto sensu*, mais aucun ne se prénommait Arden, ni rien d'approchant genre Alden, Alton ou Auden. Wentworth avait chargé deux ou trois agents d'effectuer des recherches par téléphone ; la tâche était ingrate et mortellement ennuyeuse et il n'en escomptait pas grand-chose.

– Il a inventé un nom, dit-il, elle en a fait état et pour sa peine il l'a butée. Ça montre une chose, même si ça n'aurait pas valeur de preuve devant un tribunal.

– Ah oui ?

– Ça prouve que vous aviez raison pour les Hollander. On n'aurait jamais dû classer l'affaire, même si vous voyez pourquoi on a pris cette décision.

Allait-il demander la réouverture de l'enquête ?

– Appeler quelqu'un que je ne connais pas pour lui dire qu'il s'est planté ? Ce n'est pas comme ça qu'on se fait des amis et qu'on acquiert de l'influence.

– Ça pourrait permettre d'obtenir une protection de la police pour Kristin Hollander.

– La cousine. Vous croyez qu'elle en a besoin ?

Il répondit lui-même à sa question.

– Ses parents, puis sa cousine... Évidemment, il vaudrait mieux ne pas la perdre de vue. Et ça me fait penser qu'elle figure sur la liste des gens avec qui j'aurais intérêt à faire un brin de causette.

– En a-t-elle été avisée ?

– Pas par moi. Personne n'a encore réussi à la joindre et pourtant, sa mère était la plus proche parente de Lia. C'est une des colocataires de la victime qui a identifié le corps.

– Je vais la prévenir et lui expliquer que vous allez prendre contact avec elle.

– Je vous en serais reconnaissant.

– En lui disant aussi de n'ouvrir à personne.

– Je veillerais à ce que ce soit moi qui prenne contact avec elle. Quant à rouvrir l'enquête, pour l'instant je m'efforce surtout de coincer ce type. Une fois qu'on lui aura collé le meurtre de Parkman sur le dos, on pourra ajouter celui des Hollander à son palmarès.

– Plus celui des deux autres à Brooklyn.

– Ah oui... je les avais oubliés, ceux-là. Ça nous fait combien en tout ? Cinq cadavres ? Il commence à devenir un des meilleurs plaidoyers en faveur de la peine de mort, notre bonhomme, mais quant à l'avoir... je n'en mettrais pas ma main au feu. Quand même, cinq condamnations à la réclusion à perpétuité, ça devrait suffire à le garder à l'ombre un moment. Si seulement on avait la moindre idée de qui il s'agit et de l'endroit où il se trouve...

– Vous finirez par le coincer. Il est bon, dans son genre, mais il est aussi trop malin pour rester caché.

– J'en ai bien l'impression, moi aussi. D'ailleurs, il a fait autre chose, en plus du coup de la vodka.

– C'est-à-dire ?

– Vous avez donné une carte à Lia, n'est-ce pas ? Une carte de visite... ?

– Oui.

– Lia a dû la consulter pour vous appeler. Mais dans ce cas, où est-elle passée ?

– Il faut croire qu'elle a disparu.

– Elle ne s'est quand même pas envolée ! Ce qui tend à confirmer ce dont on est déjà sûr, à savoir que Lia n'a pas glissé comme ça dans sa baignoire et ne s'est pas noyée toute seule. Bien sûr, ça indique aussi autre chose.

– Oui, quoi ?

– Que le mec a ramassé votre carte et que maintenant il sait qui vous êtes.

Kristin n'ayant pas lu les journaux ni écouté les informations à la radio, il m'appartint de lui annoncer la mort de sa cousine. Ç'aurait sans doute été moins brutal si je le lui avais dit en face, mais ainsi je gagnais du temps et j'évitais de me déplacer. Je ne vis donc pas comment elle réagit quand je lui annonçai la nouvelle.

– Il a essayé de maquiller le meurtre en accident, lui expliquai-je, mais il a commis plusieurs erreurs et c'est un super-flic qui mène l'enquête. Il s'appelle Ira Wentworth et il va prendre contact avec vous.

– Il veut me parler ?

– Oui.

– Mais je ne sais rien ! Que voulez-vous que je lui dise qu'il ne sache déjà ?

Rien, sans doute, j'en convins, mais il voudrait certainement s'en assurer lui-même. Je lui expliquai qu'il demanderait probablement à ses supérieurs l'autorisation de la faire bénéficier d'une protection policière et qu'elle devrait accepter la présence d'un ange gardien si on la lui proposait.

– Je ne crois pas que vous soyez en danger, enchaînai-je, mais je me disais la même chose pour votre cousine et je me suis trompé. Et je veux que vous n'ouvriez à personne d'autre qu'à l'inspecteur Ira Wentworth et moi.

Je lui décrivis l'intéressé, en lui disant d'insister pour qu'il lui montre une pièce d'identité.

– Pourriez-vous aussi filtrer les coups de fil que vous recevez ? Je vous le conseille, ça vous évitera d'être importunée par les journalistes. C'est un miracle qu'ils n'aient pas encore découvert que Lia était votre cousine, mais ça ne va pas tarder et ils vont vous harceler et faire le siège de votre porte. Ne leur parlez pas, n'ouvrez pas.

– D'accord.

– Je ne plaisante pas, Kristin. Non seulement ils viendront vous ennuyer et vous faire perdre votre temps, mais l'un d'eux risque d'être le type qui a tué votre cousine.

– Et mes parents.

– Et vos parents.

– Je ne laisserai entrer personne. Au fait...

– Quoi ?

– J'attends quelqu'un, cet après-midi.

– Qui ça ?

– Il s'appelle David Hamm. C'est lui qui m'a raccompagnée le soir où j'ai découvert... enfin, le soir où c'est arrivé.

Il avait attendu sur le trottoir, histoire de s'assurer qu'il n'y avait pas de problème.

– Ce ne pouvait pas être lui le coupable, dit-elle, avant que je m'en fasse moi-même la réflexion : il a passé toute la soirée avec moi, chez mes amis. La police a d'ailleurs mené une enquête très serrée sur lui avant de découvrir les deux cadavres à Brooklyn.

– Qui a eu l'idée de cette visite ?

– Il m'a téléphoné, et je l'ai invité. Il m'avait déjà passé un coup de fil après l'enterrement. Il était très inquiet et...

Sa voix s'éteignit tout doucement.

– Appelez-le tout de suite et dites-lui qu'il y a un imprévu et que vous ne serez pas chez vous cet après-midi.

– D'accord.

– S'il vous rappelle, ne décrochez pas, et ne le recontactez pas.

– Mais... bon.

– Téléphonez-lui immédiatement et rappelez-moi après.

– Bien.

Il n'avait sans doute rien à se reprocher. Il n'avait pas pu se trouver à deux endroits en même temps et il y avait tout à parier que la police s'était intéressée à lui de près au début de l'enquête. Tant pis. Je ne voulais pas qu'il s'approche d'elle, ni lui ni personne d'autre.

Je commençais à me demander pourquoi ça lui prenait si longtemps lorsque le téléphone sonna. Tout était arrangé, m'annonça-t-elle. Y avait-il autre chose ?

– Oui. Il y a du nouveau. Connaissez-vous un certain Arden Brill ?

– Arden Brill ?

– Oui. Ce nom vous dit-il quelque chose ?

– Non, pourquoi ?

– Quelqu'un a-t-il pris contact avec vous, ces derniers temps ou bien auparavant, en vous expliquant qu'il préparait un doctorat sur votre mère ?

– Sur ma mère ?

– Sur son œuvre.

– Ma foi, non. Et je ne vois pas pourquoi. Elle prenait son travail au sérieux et je pense qu'elle était un bon écrivain, mais sans avoir une stature suffisante pour qu'on ait envie de faire une thèse sur elle.

– Il n'empêche que quelqu'un s'est peut-être intéressé à ses livres.

– Bien sûr. Elle en écrivait de fascinants. Pourquoi ne s'y intéresserait-on pas ?

– Pourriez-vous vérifier si elle a entretenu une correspondance avec un dénommé Arden Brill ?

– Est-ce celui qui...

– À mon avis, il n'y a personne qui s'appelle ainsi. C'est juste un nom d'emprunt.

– Pour ça, il faut que je regarde dans ses dossiers. Elle rangeait sa correspondance dans un meuble de son studio. Il y a toute une pile de papiers là-dedans et rien ne m'empêche de les examiner. Je peux aussi vérifier sur l'ordinateur, histoire de voir si ce nom figure quelque part. Prénom A-R-D-E-N, nom de famille B-R-I-L-L, c'est ça ? Je vous tiens au courant.

J'essayai de joindre T. J. à plusieurs reprises, mais il était sorti. La deuxième fois, je me rappelai qu'il avait un portable – ce n'est jamais la première chose qui me vient à l'esprit –, mais là non plus personne ne répondit. J'effectuai une autre tentative après m'être entretenu avec Kristin, et cette fois fut la bonne.

Il était déjà au courant pour Lia. Il était allé faire un tour à Columbia, où circulaient des rumeurs contradictoires à ce sujet : on racontait qu'elle était la dernière victime de celui que la presse à sensation appelait « le violeur des pavillons des filles », qu'elle s'était suicidée ou qu'elle avait été tuée accidentellement par le copain d'une de ses colocataires lors de galipettes un tantinet brutales qui se passaient dans l'eau.

– La dernière partie est vraie, dis-je. Celle qui a trait à l'eau.

Je lui résumai la situation, puis lui demandai s'il était chez lui.

– Tu viens de faire mon numéro et j'ai décroché. Où veux-tu que je sois ?

– Tu pourrais être n'importe où. Je t'appelle sur ton portable.

– Ah oui, c'est vrai.

– Il faut croire, mais j'imagine...

– Non, ce doit être ça, vu que je suis en train de te causer avec c't'appareil.

– Tu ne m'as pas répondu, tout à l'heure.

– Je mets l'appareil en veille quand je suis en cours. Les profs perdent tous leurs moyens lorsqu'ils sont au milieu d'une phrase et que le bigo d'un crétin se met à sonner.

– Mais maintenant tu es chez toi. Ne bouge pas, j'arrive.

– Je ne supporterais pas d'attendre.

– Force-toi. Et pendant que tu y es, essaie de me retrouver Arden Brill.

Il y avait un Alden Brill à Yreka, en Californie, et un Arlen Brill à Gasdsden, dans l'Alabama. Il n'eut aucun mal à faire apparaître leur nom à l'écran. Cela m'impressionna, mais il fit la moue.

– C'est pas comme ça que je vais le retrouver, dit-il. Même si c'est le cas, ça ne donnera rien. On n'a pas affaire à un mec qu'a pris l'avion en Californie pour commettre un massacre à New York. Notre type est un enfant du pays.

– C'est vrai, mais...

– Et il ne s'appelle pas Arden Brill non plus.

– C'est quand même un début et on n'a rien d'autre.

Il en convint.

– Ce que tu as dit tout à l'heure... dit-il. La remarque d'Elaine ? Pourquoi aller chercher un nom pareil, Arden Brill ?

– Tout le problème est là.

– On aurait peut-être intérêt à voir de ce côté-là.

– De quelle façon ?

– On va vérifier quelque chose, dit-il courbé sur son clavier. Y en a pour une minute.

J'allumai la télé mais en coupant le son, afin de ne pas le déranger. Lorsque je me surpris à lire sur les lèvres de Judy Fortin[1], je laissai tomber et j'éteignis. Je cherchai de la lecture et tombai sur une revue intitulée *MacAddict*[2],qui n'était pas destinée, on s'en serait douté, aux gourmets qui se restaurent au McDonald's, mais aux gens qui utilisent un Macintosh. J'essayai de trouver un article auquel je comprenne quelque chose lorsque T. J. me lança :

– Arden Brill !

– Tu as trouvé quelque chose ?

– Il aurait aussi bien pu s'appeler Abe, dit-il, à moins qu'il n'ait trouvé que c'était trop connoté, ethniquement parlant. Ou

1. Présentatrice de la télévision *(NdT)*.
2. Soit *Les Accros du Mac (NdT)*.

encore A. A.[1], le seul ennui étant que tu aurais essayé de le retrouver dans une de tes réunions.

– De quoi tu parles ?

– D'Arden Brill. Il aurait pu se faire appeler Carl Young et on n'aurait pas été plus avancé pour autant : on n'aurait jamais su comment il épelait ça. Tu ne vois pas où je veux en venir, hein ?

– Pas du tout.

– Moi, le nom de Brill me disait quelque chose. Il y a bien Steven Brill, qui a lancé Court TV[2], etc.

– À mon avis, on peut le rayer de la liste.

– Ça, c'est sûr. Mais il y avait un autre Brill auquel je pensais constamment, mais entre Steve et Arden je m'y perdais. Lorsque j'ai tapé « Brill » sur Google, j'ai reçu des milliers de réponses, pour la plupart liées à Contentville, le site Internet qu'il a créé. Je parle de Steven Brill, bien sûr.

– Et alors ?

– Attends, je vais l'imprimer. Comme ça tu pourras en juger par toi-même.

– Si c'est aussi clair que cette revue...

– Non, répondit-il, en appuyant sur les touches, c'est très simple, tu vas voir.

Moins d'une minute après il sortait une feuille de papier de l'imprimante. Il la prit et me la tendit :

BRILL, Abraham Arden, 1874-1948. Né en Autriche, débarque aux États-Unis à l'âge de 13 ans, vit à New York. Achève en 1901 ses études à l'université de New York, obtient son diplôme de médecine à l'université de Columbia en 1903. Étudie en Suisse avec Carl Jung, retourne aux États-Unis en 1908. L'un des promoteurs de la psychanalyse, il est aussi un des premiers à traduire Freud et Jung en anglais et contribue à

1. C'est-à-dire les Alcooliques anonymes *(NdT)*.
2. Chaîne de télévision consacrée aux procès et aux enquêtes judiciaires *(NdT)*.

vulgariser leurs thèses aux États-Unis. Il enseigne pendant des années à l'université de New York et à l'université de Columbia. A publié notamment *La Psychanalyse, théorie et pratique* (1912) et *Les Concepts fondamentaux de la psychanalyse* (1921).

– C'est peut-être une simple coïncidence, dit-il.

– Non.

– Ses livres figurent toujours sur les listes d'ouvrages conseillés aux étudiants. C'est ce qui m'a mis la puce à l'oreille. En revanche, à cause d'Arden je ne pigeais pas. Habituellement, on le cite sous le nom d'Abraham Brill, ou d'A. A. Brill.

Il avait troqué son discours de rappeur contre celui d'un intello, lecteur de Freud, de Jung et d'Abraham Brill.

– Ce n'est pas une coïncidence, répétai-je.

– Le contraire m'aurait étonné, pas vrai ?

– Il a choisi ce nom parce qu'il lui évoquait quelque chose et qu'il était persuadé qu'elle n'y verrait que du feu.

– Lia, tu veux dire.

– Personne d'autre n'était censé le connaître. C'est pour éviter que la petite ne le répète qu'il est allé la zigouiller chez elle. Il est arrivé trop tard, mais pas tant que ça. « Arden Brill » : ce sont les derniers mots qu'elle a prononcés.

– Encore heureux que tu aies branché ton répondeur.

– Si j'avais été chez moi...

– Heureusement tu n'y étais pas.

– Comment as-tu deviné ?

– Parce qu'elle t'aurait annoncé qu'elle avait quelque chose d'important à te dire et toi, tu n'aurais pas voulu en parler au téléphone et tu lui aurais fixé rendez-vous au Salonika. Bon, tu aurais attendu pour rien parce qu'elle aurait déjà été en train de flotter dans sa baignoire et toi, tu n'aurais jamais entendu parler d'Arden Brill.

Réflexion faite, c'était possible, en effet.

– À moins, ajouta-t-il, qu'elle n'ait eu un coup de sang en entendant ta voix et qu'elle ne t'ait raccroché au nez.

– Dans ce cas, rien ne l'empêchait de raccrocher quand mon répondeur s'est mis en marche.

– Sauf qu'elle ne l'a pas fait.

– Si seulement je l'avais cuisinée au Salonika...

– Elle aurait peut-être vidé son sac.

– Possible.

– Mais c'est pas sûr. Qui sait si elle ne se serait pas braquée devant ton insistance et si elle n'aurait pas jugé inutile de te téléphoner.

– Effectivement.

– Pendant ce temps il serait arrivé comme prévu et elle aurait connu le même sort que si n'avions pas téléphoné et effectué le déplacement. Au moins disposons-nous d'un nom, Arden Brill, alors qu'autrement nous n'aurions pas le moindre indice.

– Arden Brill.

– Tu penses que c'est lui ?

– Il faut croire.

– Oui, sans doute.

– J'imagine, répondis-je. Quand on y réfléchit, tout s'éclaire. Mais ça ne m'a pas traversé l'esprit le jour où je me suis retrouvé devant lui. Bon sang, c'était son arme. Cet enfoiré s'est servi de son arme !

28

Il s'assied et regarde clignoter les lumières de la ville. On est en plein milieu de l'après-midi, mais pour l'ordinateur c'est perpétuellement la nuit et l'écran de veille est infatigable. Les lumières des bureaux et des appartements s'allument et s'éteignent, les immeubles changent progressivement de forme, ont plus ou moins d'étages, s'agrandissent ou rapetissent. Il s'agit, bien entendu, de faire en sorte que toutes les petites subdivisions de l'écran deviennent sombres à tour de rôle et qu'ainsi aucun endroit à haut débit ne grille ou ne s'éteigne avant les autres.

Cela pose-t-il vraiment problème ? Arrive-t-il jamais aux écrans d'ordinateur de griller ? Avec les progrès implacables de la technologie, voit-on quelqu'un garder son matériel suffisamment longtemps pour qu'il s'use ?

Sans doute pas. Chaque année – tous les six mois –, il sort de nouveaux ordinateurs plus rapides et plus puissants, et moins chers que ceux de la génération précédente. Il ne va pas tarder à remplacer le sien. Il marche très bien, il fait absolument tout ce qu'il lui demande, mais il va le troquer contre un autre à la fois plus récent, perfectionné, rapide... et il installera consciencieusement son écran de veille sur le disque dur.

Pour voir clignoter les lumières...

Il abaisse un doigt, appuie sur une touche, l'écran de veille s'éteint. Il effleure d'autres touches, clique avec la souris, en un rien de temps (et son prochain appareil ira encore plus vite) le voilà connecté à Internet.

Il consulte ses e-mails, ne traîne pas, efface les conneries, la pub, répond à un message qui vaut le coup, garde le reste pour plus tard. Il déroule le menu « Endroits préférés », sélectionne le forum de discussion ACSK.

Celui-ci apparaît à l'écran, alt.crime.serialkillers. Il fait défiler la liste des nouveaux messages. Il y en quatre sur Jason Bierman, il les lit, ne trouve rien de vraiment intéressant. Il a été à maintes reprises témoin du même phénomène, au bout de vingt-quatre heures on oublie le thème initial, certains répondent à des déclarations décousues et complètement hors sujet, d'autres, les radoteurs patentés, enfourchent leur cheval de bataille, plaidant, par exemple, en faveur de la peine de mort ou bien contre, quand ils ne vous mettent pas en garde contre l'ingérence des autorités et le nouvel ordre mondial. Il y a moyen de filtrer les messages envoyés par les individus les plus irritants, en mettant leur nom à la corbeille, de sorte que leurs messages n'apparaissent plus jamais sur écran, mais il ne l'a pas encore fait. C'est pour bientôt, peut-être.

Il n'y a rien sur Lia Parkman.

C'est vrai que... comment pourrait-il en aller autrement ? Si tout s'est bien passé, on va croire que la petite chérie a bu un coup de trop et a oublié qu'il faut des branchies pour respirer sous l'eau. Ça ne tiendra peut-être pas longtemps, tout dépend de la compétence du légiste, et de l'humeur dans laquelle il se trouve. Si les mecs sont bons, s'ils y regardent de près, ils risquent de se dire qu'on l'a aidée.

Sous l'eau, ses yeux le fixent...

Mais même s'ils découvrent ce qui s'est passé, ils ne sauront pas qui est le coupable. C'est bien, c'est exactement ce qu'il veut. Enfin... cela présente quand même un léger inconvénient.

Bierman ne va pas s'en voir attribuer la responsabilité.

Il va cesser d'être au premier plan des préoccupations de ceux qui interviennent dans le forum de discussion. Il n'y a pas vraiment sa place, il n'est que l'auteur d'un massacre et en aucune façon un tueur en série. Il a trois victimes à son actif, toutes tuées le même jour et à près de deux kilomètres les unes des autres, c'est vrai, mais leur assassinat faisait partie d'un seul et même épisode prolongé.

Il convient donc qu'il s'efface et qu'on l'oublie.

Seulement, il y a un véritable tueur en série dans le coup et ça, personne ne le sait. Personne n'a le moindre indice !

Appelons-le, enfin, pour l'instant... Arden Brill. C'était une erreur d'emprunter le nom de ce vieux freudien racorni, mais passons. Ça ne devrait pas donner l'alarme, sauf si le flic chargé de l'enquête s'intéresse à tout ce baratin psychanalytique complètement ringard. Et donc, pourquoi ne pas l'utiliser, ne serait-ce que dans l'intimité de son for intérieur ?

Arden Brill n'a pas tué trois, mais cinq personnes. Il a tué à deux reprises dans la 74e Ouest, deux fois dans Coney Island Avenue (à quelques heures d'intervalle, ce qui fait qu'on croit être en présence de deux incidents distincts), et il revendique désormais une cinquième victime, dans Claremont Avenue.

Et personne ne le sait !

Il balaie son écran du regard. En bas de la fenêtre de son forum de discussion se trouve l'icône « Nouveaux Messages ». Il clique dessus, apparaît un nouvel écran, prêt à recevoir un message destiné à alt.crime.serialkillers.

Sur la ligne consacrée au thème de son intervention, il tape : BIERMAN EST UNE VICTIME INNOCENTE.

Non, seul un con fini utiliserait des majuscules. Dans un forum de discussion, ça revient à hurler. Il efface et recommence : Bierman est une victime innocente.

C'est mieux.

Il regarde l'écran et laisse courir ses doigts sur le clavier :

Jason Bierman n'a jamais tué personne. Il a été victime d'un coup monté destiné à lui faire endosser la responsabilité d'un crime commis par quelqu'un d'autre et dont personne d'entre vous n'a jamais entendu parler. Cet homme s'appelle Arden Brill.

Il efface la dernière phrase et continue :

... Je suis cet homme, et je réponds au nom d'Arden Brill. J'ai tué cinq fois. Bierman fut ma première victime, les Hollander occupant la deuxième et la troisième place. Carl Ivanko est le numéro quatre. On a attribué tous ces meurtres à Jason Bierman alors qu'il n'a jamais rencontré l'une de ses prétendues victimes, ni même entendu parler d'elles.

Lia Parkman est ma cinquième victime et son nom ne vous dit rien – mais à moi si. Je l'ai noyée dans sa baignoire en la tenant par les seins et en la regardant se débattre.

Sauf qu'elle ne s'était pas débattue. En réalité, il n'était pas vraiment certain qu'elle ait jamais repris conscience. Elle avait les yeux ouverts, mais cela signifie-t-il nécessairement qu'elle savait ce qui se passait ? Il devrait peut-être modifier cette dernière phrase :

... Je l'ai noyée dans une baignoire en la tenant par ses jolis petits seins et en regardant un chapelet de bulles monter à la surface tandis qu'elle expirait.

C'était mieux. De fait, c'était exactement comme ça que ça s'était passé. Parler de jolis petits seins n'est pas vraiment une description clinique, mais personne, question véracité, personne n'y trouvera rien à redire.

... Je ne tue pas par plaisir. J'ai un mobile, et tout cela est parfaitement logique. Je retirerai un profit considérable de mes crimes.

Non, pas le mot « crimes ». Il l'efface et recommence :

... un profit considérable de mes actes, ce qui risque de m'empêcher de prétendre au titre de tueur en série. Je ne nie pas que le fait de tuer me procure des satisfactions insoupçonnées. J'y prends plaisir avant, pendant et après.

Il s'arrête, rassemble ses idées :

J'ai tué aussi bien des hommes que des femmes. Tuer des hommes me procure, dirais-je, davantage le sentiment du devoir accompli. En revanche, question plaisir, il n'y a rien de tel que de tuer une femme.

Non, corriger légèrement :

... rien de tel que de tuer une femme séduisante.

Il regarde ce qu'il vient d'écrire et hoche la tête en signe d'approbation. Sa montre bipe, signalant qu'on va changer d'heure dans dix minutes.

Il fait glisser la souris, pointe le curseur sur l'icône « Envoi ».

Et puis non. Non, je ne crois pas.

Il déplace la souris, clique sur « Annuler ». Le message non expédié s'efface de l'écran. Encore quelques clics et il quitte Internet. Son écran de veille se remet en place et les lumières clignotent...

29

– Revoyons tout ça, dit Wentworth. Le toubib s'appelle Nadler ?

– Seymour Nadler.

– Et il est psychiatre, c'est ça ?

– Inscrit au conseil de l'ordre.

– Un disciple de Sigmund Freud.

– Ça, je ne pourrais pas vous le dire.

– Et peut-être de Brill. A. A. Brill. Il a peut-être étudié avec lui.

– Non, c'est chronologiquement impossible. Brill est mort en 1948.

– Nadler était-il déjà né à l'époque ?

– Non. Il a la quarantaine.

– Mais l'arme du crime est bien son pistolet.

– En effet.

– Le flingue était officiellement déclaré et Nadler possédait un permis.

– Qui l'autorisait à le garder chez lui ou dans son bureau. Il n'avait pas le droit de se balader avec.

– Quand l'a-t-il acheté ? L'an dernier ? Avait-il une raison d'acquérir ce truc ?

– D'après lui, un de ses patients l'inquiétait.

– C'est logique. Il y a un malade qui me fiche le trac, donc il me faut un calibre pour l'abattre. Pourquoi aller se faire chier à lui prescrire des médicaments ? J'imagine qu'il n'a pas eu l'occasion de descendre cet individu ?

– Non, il paraît qu'il s'est suicidé.

– Avec un pistolet ?

– Il a sauté par la fenêtre... à moins que ce soit du toit.

– On a vérifié ?

– Quoi ? Pour le patient ? Je n'en sais rien. Il ne m'a pas donné son nom et je n'ai pas éprouvé le besoin de le lui demander.

– Vous ne le considériez pas comme suspect.

– Non, pas du tout. Le soupçonner de quoi, d'ailleurs ? D'avoir tué trois personnes avec une arme officiellement déclarée et qu'il a ensuite laissée sur les lieux du crime ? Ce type est psychiatre, il doit avoir un QI impressionnant.

Wentworth commença une phrase, puis s'arrêta net. À l'angle de la rue un vendeur ambulant de glaces à l'italienne venait de garer son véhicule et nous serinait avec la petite ritournelle lancinante de Mister Softee[1].

– Excusez-moi, dit-il.

Il se leva et fonça vers le camion en question.

– Dès qu'il entend cette musique, il court s'en payer une, persifla T. J. Il a été conditionné dans son enfance, voilà tout.

Il regarda de l'autre côté de la rue, en direction du dixième étage.

– Si t'as du mal à piger, enchaîna-t-il, le Dr Nadler se fera un plaisir de te l'expliquer.

Nous étions assis sur un banc dans la partie orientale de Central Park West, juste en face de l'immeuble de Seymour Nadler. Derrière nous, un mur d'un mètre cinquante, de l'autre côté, le parc. J'avais laissé au commissariat un message pour Wentworth, qui m'avait rappelé en sortant de chez Kristin. Il l'avait longuement interrogée et lui avait répété les consignes que je lui avais données : ne pas répondre au téléphone, n'ouvrir à personne. Il n'avait pas encore réussi à lui obtenir une protection policière, mais il en avait fait la demande et il escomptait une réponse positive sous peu.

1. Marque de glaces à l'italienne, dont les vendeurs ambulants se déplacent dans des véhicules qui diffusent une petite musique répétitive *(NdT)*.

Wentworth était en train de discuter avec le vendeur ambulant. Au bout d'un moment, le véhicule démarra, traversa le carrefour et passa son chemin. Wentworth revint les mains vides, mais l'air triomphant.

– Je lui ai dit d'aller voir plus loin. À quoi bon être flic en civil si on ne peut pas virer Mister Softee du coin ?

– C'est ce que je voulais être quand j'étais petit, déclara T. J.

– Quoi ? Mister Softee ou un flic en civil ?

– Mister Softee. T'es comme le joueur de flûte d'Hamelin, t'agites ta cloche et tous les gamins se précipitent...

– Ça vous plairait, hein ?

– C'est ce que je me disais, autrefois. Partout où tu passes, les mômes sont contents de te voir.

– Oui, mais pas leurs parents, rétorqua Wentworth, ni ceux qui essaient de réfléchir. Vous vous imaginez ? Rester assis toute la journée dans ce bahut à écouter sans arrêt la même rengaine !

Il hocha la tête.

– Le type ne voulait pas s'en aller. « C'est mon coin », qu'il pleurnichait. Comme s'il allait perdre tous ses clients en s'installant au prochain carrefour. « Non, c'est mon coin à moi », que je lui ai répondu. Il a compris.

– Modeste victoire, commentai-je, mais à ranger au nombre des succès.

– Et comment ! Écoutez, je lui ai fichu la trouille de sa vie, à Mister Softee. Il s'est dégonflé comme une baudruche.

Devant nous, une adolescente en rollers passa en trombe sur le trottoir.

– On n'a pas le droit de faire du patin sur les trottoirs, ronchonna Wentworth, mais pour une fois je ne dirai rien. J'ai déjà rempli mon quota avec Mister Softee. Vous voulez qu'on en revienne au camarade Nadler ?

– Oui.

– Il a acheté son calibre l'an dernier et il le gardait sous clé, dans un tiroir de son bureau. Au mois de mars sa femme et lui sortent en ville. À leur retour ils découvrent qu'on les a cambriolés. Nadler fait une déclaration de vol et adresse une demande d'indemnisation à son assurance. Rien à dire jusque-là ?

Non, lui répondis-je d'un signe de tête.

– Deux ou trois jours plus tard, il ouvre son tiroir et constate que l'arme à feu a disparu. Vous a-t-il expliqué ce qui lui a donné l'idée de regarder là-dedans ?

– Pas que je sache.

– C'est pas compliqué. Il est assis à sa table de travail, en train de penser au cambriolage, et il se dit, putain, si je m'étais trouvé là, qu'est-ce que j'aurais fait ? Est-ce que je serais allé chercher mon flingue ? Il veut le prendre, mais il n'est plus là. Il en signale la disparition, c'est ça ?

– Oui.

– Mais il n'en fait pas état dans sa demande d'indemnisation.

– Il ne voulait pas être obligé de modifier sa requête, répondis-je. Et puis, il n'était pas sûr que ça soit couvert par l'assurance et il ne l'avait pas mentionné dans l'inventaire. Ça n'avait rien de déraisonnable.

– Non, et ça ne l'est toujours pas. Il ne faut pas oublier non plus qu'il se sentait gêné : « J'ai acheté une arme à feu pour nous protéger, ma famille et moi, et des malfrats l'ont embarquée. » Au regard de la loi, il est tenu d'en informer la police, mais rien ne l'oblige à déposer une demande d'indemnisation. C'est selon.

– Tout à fait.

– Avançons de plusieurs mois. Nous voici fin juillet, début août ; les Hollander sont assassinés, ainsi que les deux autres, à Brooklyn.

– Bierman et Ivanko.

– Sur les lieux on retrouve une arme, comme ce doit en principe être le cas quand on veut faire passer l'affaire pour un suicide. Or, les analyses balistiques révèlent que c'est ce même pistolet calibre .22 qui a été volé chez le bon Dr Nadler. C'était bien un calibre .22, non ?

– Si, si.

– Bon, on revoit tout. Pour commencer, ce flingue n'a jamais été volé.

– En effet.

– Et le cambriolage ? Était-ce une mise en scène ?

– Probablement pas, répondis-je, mais il ne faut pas non plus l'exclure. En arrivant dans le hall, il s'aperçoit qu'il a oublié les tickets sur la coiffeuse, ou du moins il le fait croire à sa femme.

– Du coup il remonte, renverse deux ou trois tiroirs, embarque des bijoux, et ensuite ? Il ne va pas se pointer avec au théâtre.

– Il fourre tout dans deux taies d'oreillers prélevées sur le lit, se dépêche d'aller les planquer dans un placard de son bureau, puis il redescend.

– Et hop ! ils sortent faire la bringue. Une fois de retour, il signale le cambriolage. Bon, c'est possible, mais vous ne pensez pas que ça s'est passé comme ça.

– À mon avis, déclarai-je, le cambriolage s'est bien déroulé comme il l'a raconté au départ. Les voleurs ont fouillé son domicile et ont effectivement emporté tout ce qu'il nous a dit, en entassant leur butin dans des taies d'oreillers. Deux jours après, lui qui se demandait comment trouver un flingue dont on ne puisse pas savoir que c'est le sien s'aperçoit qu'il a la solution. Il déclare le vol de son pistolet et quand on remonte jusqu'à lui, on ne peut pas l'incriminer puisque cette arme lui a été dérobée plusieurs mois auparavant.

Wentworth dodelina de la tête, médita mes propos.

– Ce qui me plaît, là-dedans, c'est que c'est ingénieux : et on sait que notre gus a un faible pour les coups tordus. Si tu veux devenir un bandit, ajouta-t-il à l'adresse de T. J., ne fais pas trop le malin. Sinon, devine ce qui va t'arriver.

– Je vais me planter.

– Vous croyez que c'est pour cette raison qu'il a acheté une arme ? Vous pensez qu'il avait tout combiné des mois à l'avance ?

Je m'étais moi-même posé la question.

– Ça se peut. Disons qu'il décide de se procurer un flingue. C'est un psychiatre de l'Upper West Side, il ne risque pas de connaître des gens qui peuvent lui vendre un pistolet en douce. C'est vrai qu'il pourrait aller voir dans d'autres États où ce genre d'article est en vente libre et s'acheter un calibre dans un salon consacré aux armes à feu, mais en aurait-il seulement l'idée ?

– Il avait donc prévu ce qu'il allait en faire dès le début.

– Et donc, le cambriolage n'était qu'une mise en scène : il n'allait pas attendre que quelqu'un se pointe à l'heure dite pour lui dévaliser son appartement. À moins qu'il n'ait pas encore réglé tous les détails, notamment l'épisode du suicide. Si on ne retrouvait pas d'arme, il n'avait pas à craindre que celle-ci ne mène à lui.

– C'est là que survient le cambriolage, une aubaine à ses yeux.

– D'après moi, il savait très bien qui il allait tuer, et pour quelle raison. Seulement, il ignorait comment et c'est le voleur qui lui a apporté la solution.

– En transformant virtuellement ce pistolet, qu'il possédait en toute légalité, en arme de crime et en lui donnant l'idée de simuler un second cambriolage pour couvrir le meurtre.

– Il lui a même montré à quoi ressemblait un cambriolage. Le fait d'utiliser des taies d'oreillers, par exemple. Au début, j'ai cru qu'il s'agissait d'une coïncidence si on retrouvait le même mode opératoire chez Nadler et chez les Hollander. Puis je me suis dit, bon, c'est Ivanko qui a pillé l'appart de Nadler ; il a gardé le calibre et il l'avait sur lui quand il s'est pointé chez les Hollander.

– Il est victime d'un cambriolage, conclut Wentworth, et il adopte la technique du type qui s'est introduit chez lui pour mettre en scène un cambriolage bidon. Après quoi, il se sert de son arme en sachant qu'on ne pourra pas l'incriminer. Putain, c'est un petit malin, celui-là !

30

Radieux, il lui cède le passage.

– Peter ! Entrez, entrez. Vous êtes juste à l'heure.

– Compulsif, répond Peter Meredith, souriant à son tour.

Il fait référence à une blague qu'il leur a racontée à tous les cinq quelques mois plus tôt pendant une séance de groupe. Les analystes, leur a-t-il alors expliqué, divisent leurs patients en deux catégories, suivant l'heure à laquelle ils arrivent au rendez-vous. Ceux qui sont régulièrement en avance sont des anxieux, ceux qui sont systématiquement en retard nourrissent de l'hostilité à l'égard du psy.

Puis il avait attendu, ne doutant pas qu'on lui pose la question et, comme prévu, ç'avait été Ruth Ann qui lui avait fait plaisir. Et ceux qui arrivent à l'heure ? avait-elle demandé. Eux, ce sont les compulsifs, avait-il décrété.

Il sourit à Peter, s'avance pour le serrer dans ses bras. Ce type est une véritable barrique. Il n'a pas perdu un kilo, il n'en perdra jamais, mais dans les autres domaines il fait des progrès extrêmement flatteurs.

Apprenez à un homme à perdre du poids, songe-t-il, et il vous adorera jusqu'au jour où il en reprendra. Apprenez à un homme à s'aimer, quel que soit son poids, et il vous adorera pour toujours.

Comme si ce n'était pas le but de l'opération ?

– Bien, dit-il, le divan ou la chaise ? À votre avis ?

– Non, non, répond Peter, toujours aussi aimable.

Du pouce et de l'index il se caresse une barbe imaginaire.

– Nein, dit-il, en prenant l'accent allemand du célèbre Viennois, pas mon affi, mais le fôtre, Herr Doktor.

Ils s'esclaffent.

– Le divan, je crois. Oui, aujourd'hui, Peter, le divan, conclut-il.

Peter s'assied donc sur le divan, enlève ses chaussures, puis il s'allonge et pose les pieds en hauteur. Il le regarde, se demande un instant si le meuble va tenir le coup, avec un poids pareil, avant de se rendre compte que c'est illogique. Le divan est conçu pour que trois personnes puissent y prendre place en même temps, trois personnes qui ensemble doivent peser deux fois plus que Peter Meredith. Et voilà des mois que ce divan supporte régulièrement son poids. Il n'a pas trop grossi et le meuble n'a pas perdu de sa robustesse. Il n'empêche qu'il manifeste, lui, le propriétaire du divan, la même angoisse injustifiée chaque fois que Peter s'en sert.

Fascinant, l'esprit humain. Et le sien est tout aussi digne d'intérêt que celui d'un autre.

– Bien, Peter. Vous vous sentez à l'aise ?

– Tout à fait.

– C'est relaxant, hein, de s'allonger, de fermer les yeux ? Les soucis et les inquiétudes s'exhalent et disparaissent au loin.

Il parle de façon apaisante, rassurante. Il n'est pas en train d'hypnotiser Peter, même s'il l'a déjà fait auparavant, mais il y a quand même quelque chose d'engourdissant dans son intonation, dans l'inflexion de sa voix. Ça ne va pas l'endormir, mais ça va l'aider à se détendre, à s'ouvrir.

– Alors, ça avance, la maison ?

– Ah, la maison...

Ah... la maison. Ils travaillent jour et nuit sur la baraque de Meserole Street et Peter peut en parler pendant des heures. Il n'est pas vraiment indispensable d'écouter. L'un des vilains petits secrets du métier est qu'on n'écoute pas toujours les patients. Il arrive parfois, même avec la meilleure volonté du monde, qu'on s'envole sur les ailes de réflexions très accessoires, voire qu'on s'endorme. Tout comme il ne peut pas imaginer mieux, dans le genre d'exercice inutile, que de lutter contre le sommeil. Autant y céder de bonne grâce et avec gratitude et s'assoupir, bercé par ces marmonnements névrotiques.

Car, en plus du vilain petit secret, il y a aussi une joyeuse petite vérité : l'important, c'est que le patient s'exprime et non que le thérapeute l'écoute. Certes, il peut lui ouvrir les yeux, le mettre sur la voie, mais qui pourrait prétendre qu'il n'arriverait jamais au même résultat sans l'aide de personne ?

Ça lui rappelle une femme à qui l'on avait dit de se débarrasser de son chien à cause de ses allergies. Elle était allée consulter un allergologue, elle avait subi une série d'injections et souffert les rigueurs d'un régime censé la faire éliminer. En vain. Elle avait les larmes aux yeux, le nez qui coulait et la gorge prise dans un étau dès qu'elle s'approchait du bestiau. Elle était venue le voir en espérant que c'était une réaction psychosomatique et qu'il réussirait là où le dermatologue avait échoué.

Ce qu'il fit, bien sûr, ce fut de remédier au problème. À sa demande, elle lui amena le clebs. Il connaissait, lui expliqua-t-il, la personne idéale pour que l'animal retrouve un foyer, un de ses amis qui partait s'installer dans le Wisconsin. Le chien aurait des hectares de campagne pour s'ébattre et, surtout, il serait à plus de trois mille kilomètres de là, de sorte qu'elle ne serait pas tentée d'aller le voir ou, fatalitas !*, de le reprendre.*

Il s'agissait d'un king-charles aux yeux vifs et expressifs et qui avait fière allure. Dès qu'elle fut sortie de son cabinet, le petit copain avait eu droit à la mégapiquouze de morphine, ce qui avait abrégé le supplice de tout un chacun. Il l'avait ensuite fourré dans un sac de voyage et emmené faire une dernière promenade dans Central Park. Il avait déposé le colis, s'était éloigné un peu pour voir les canards, et quand il était revenu sur les lieux, vous vous en seriez douté... Un jeune homme entreprenant s'était enfui avec le bagage. La bonne surprise qu'il allait avoir lorsqu'il ferait sauter les serrures !

Puis il avait envoyé la dame s'acheter un ours en peluche chez FAO Schwartz[1]*. Elle pourrait le doucher avec autant d'amour qu'elle en avait témoigné à son chien, en s'imaginant que son amour était payé de retour, tout cela étant aussi plausible que s'il s'agissait d'un véritable animal de compagnie. Elle n'aurait pas*

1. Grand magasin de jouets *(NdT).*

besoin de le sortir ni de lui donner à manger, elle n'aurait pas à nettoyer ses cochonneries, et nom de Dieu, ce machin-là était garanti hypoallergénique !

Et maintenant il y a des animaux en peluche partout chez elle ; ça n'a rien d'étonnant et l'on peut en avoir autant qu'on veut sans déranger les voisins avec le bruit et l'odeur. Et en plus elle le trouve génial et qui pourrait dire le contraire ?

Et elle l'aime.

Comme si, il se le dit une deuxième fois, ce n'était pas le but de l'opération. On ne peut pas faire ça pour l'argent, il n'y en a jamais assez. Les gens s'imaginent qu'on t'a donné le droit de battre monnaie, à te ramasser cent dollars de l'heure en les écoutant (ou pas) t'avouer leurs craintes, te raconter leurs rêves et leurs souvenirs d'enfance. Comme s'il s'agissait d'une fortune et que tu la leur barbotais !

Seulement voilà : combien de patients peut-on voir par semaine ? Vingt ? Et combien payent effectivement cent dollars de l'heure ? Peter et ses potes, par exemple, versent chacun soixante dollars pour une séance individuelle. En thérapie de groupe, quand il les a tous les cinq à la fois, il leur demande vingt-cinq dollars par personne, ce qui lui rapporte cent vingt-cinq dollars pour cette heure-là, un jour sur sept.

Mais, putain, il faut se tuer à la tâche pour ramasser cent mille dollars par an et qu'est-ce qu'on peut faire avec ça à New York, au XXIe siècle ? N'importe quelle autre spécialité médicale, ou presque, rapporte plus, c'est clair. Ne parlons pas des anesthésistes ou de ceux qui donnent dans la chirurgie plastique. Enfin quoi... un généraliste qui se respecte reçoit en une heure ou deux autant de malades que lui en une semaine !

Cent mille dollars. Les gros cabinets d'avocat proposent cent cinquante mille dollars aux petits jeunes qui sortent de fac ! Non, ce n'est pas une question de fric. Tu ne vas pas faire ce qu'il fait pour l'argent. C'est par amour que tu dois le faire.

Et c'est évidemment là que ça paye.

Un ange passe. Il s'aperçoit brusquement que Peter ne dit plus rien, que le silence est chargé d'attente. Lui a-t-il posé une question ?

– Hum... lâche-t-il en se penchant en avant pendant que son cerveau travaille. Faites-moi plaisir, Peter. Répétez-moi tout ce que vous venez de me dire, mot pour mot, avec la même intonation. Vous y arriverez ?

– Je vais essayer, dit Peter.

Et il s'exécute, le brave. Et l'on en vient effectivement à la question, comme il s'en doutait. Une fois que Peter la lui a posée, il y répond. D'où une percée, due à son inattention inspirée.

On le prend pour un génie. Et franchement, qui pourrait dire le contraire ?

– Peter, dit-il, j'ai pensé à Kristin.

– Ah.

– Je sais que vous aussi, vous avez pensé à elle.

– Un peu.

– Avez-vous repris contact avec elle ?

– Je l'ai appelée après ce qui est arrivé. Il me semble vous en avoir parlé.

– Effectivement.

– Et je suis content d'avoir décroché le téléphone. Je lui devais bien ça. Je voulais le faire, mais au début...

– Vous appréhendiez ?

– Oui, je crois.

– Bien. Asseyez-vous sur la chaise. Vous aviez peur de l'appeler, mais vous lui avez quand même téléphoné, et vous êtes content.

– C'est ça.

Il se lève, joint les mains, se campe sur ses talons.

– Peter, dit-il, lorsque deux personnes ont certains rapports, lorsqu'il s'établit entre eux une véritable magie, c'est là quelque chose de remarquable.

– Je sais.

– J'ai toujours senti qu'il y avait cette magie entre Kristin et vous.

– Moi aussi, mais...

– Mais vous avez rompu Vous êtes allé vivre à Williamsburg et elle est revenue chez ses parents

– Exact.

– C'était inévitable. Vous aviez pris des engagements envers les autres, Marsha, Lucian, Kieran et Ruth Ann.

– Et aussi envers vous, ne l'oubliez pas.

– Soit, dit-il, avec un sourire timide, dans la mesure où, pour vous, j'incarne ce qui vous tient le plus à cœur. Vous et les autres poursuiviez le même objectif, et nous en avons conclu, tous ensemble, que ce n'était pas le cas de Kristin.

– Elle s'y prenait différemment.

– Vous êtes devenus une petite famille, tous les cinq.

– Oui.

– La maison vous convient à merveille. Vous disposez d'un étage pour vous tout seul, Marsha et Lucian ont le leur, ainsi que Ruth Ann et Kieran. Mais vous travaillez tous ensemble et c'est tous ensemble que vous le créez, cet espace.

– En effet.

– Comme une famille.

La famille, voilà la formule magique. Prononcer le mot avec l'intonation correcte et c'est tout juste si Peter n'en avait pas les larmes aux yeux.

– Kristin a sa propre famille, reprend-il, et elle n'était pas prête à changer de nid. Vous avez pris la décision qui s'imposait.

– Je sais.

– Et elle aussi, elle a pris la bonne décision.

– Maintenant, je l'ai compris. Je n'en étais pas certain au début, mais maintenant, je sais que vous avez raison.

– Seulement, sa situation a changé.

– Parce qu'elle...

– Parce qu'elle a perdu les siens.

– C'est affreux.

Quelle éloquence, mon garçon !

– C'est affreux, répète-t-il en écho. Au final, qu'est-ce qu'on a, Peter ?

– Ce qu'on a ?

– Vous connaissez la réponse.

– On n'a que ce qu'on récolte.

– Tout juste. On n'a que ce qu'on récolte, et suivant la façon dont on se comporte, ça tourne bien ou ça tourne mal. Vous êtes faits l'un pour l'autre, Kristin et toi.

– Je l'ai toujours pensé.

Il parle au passé et non au présent. C'est quoi, ça ?

– À mon avis, vous devriez l'appeler, dit-il sur un ton pressant. Vous devriez aller la voir, être à ses côtés en cette heure difficile.

Il a vraiment dit ça ? Bof...

– Vous êtes solide, Peter, et c'est ce dont elle a besoin, en ce moment, tout comme elle a de nouveau besoin de faire partie d'une famille.

– Mais...

Il attend. Il porte la main à sa gorge, ses doigts effleurent le disque de rhodochrosite. Il le caresse, froid et lisse au toucher.

– Il y a une femme dont j'ai plus ou moins fait la connaissance, une sculptrice. Elle habite dans Wythe Avenue, à Williamsburg. Elle est très sympa, nous avons les mêmes valeurs, elle et moi, elle et nous autres, et je me suis dit que peut-être...

Il laisse sa phrase en suspens, touche à nouveau le petit disque de pierre rose, pense : Clarté ! Il attend une seconde, puis il lance :

– Le rebond.

– Pardon ?

Le voilà debout, qui fait les cent pas, se retourne vers Peter Meredith.

– Le rebond, Peter ! Vous êtes en train de vous ressaisir ! C'est tout.

– Vous le croyez vraiment ?

– Je le sais. Debout. Allez ! Face à moi, oui. Maintenant fermez les yeux, tendez-moi les mains, paumes vers le haut. C'est ça. Vous êtes prêt ?

– Euh... oui.

– Ce que vous éprouvez pour Kristin, mettez-le dans la main droite. Sentez-en le poids, la consistance. Vous sentez ?

– Oui.

– Maintenant, ce que vous éprouvez pour cette sculptrice, mettez-le dans l'autre main. Là ! Vous sentez la différence ?

– Oui.

– Ouvrez les yeux, Peter. Laquelle de vos mains est la plus lourde ?

– Celle-ci.

– Le corps ne ment pas. Il sent le poids de l'une, l'inconsistance de l'autre. Et maintenant dites-moi, alors : où est votre destin ?

– Avec Kristin ?

– C'est une question ou une réponse ?

– Il est avec Kristin.

– Quoi donc ?

– Mon destin.

Il s'approche de lui, le serre dans ses bras.

– Peter, si vous saviez comme je suis fier de vous ! Je suis tellement fier !

La porte se referme, il pousse le verrou et laisse échapper un long soupir. Il aurait pu tuer Peter Meredith, il aurait pu tendre la main et le supprimer. Une sculptrice, sans blague, qui s'amuse avec de l'argile, tu parles, dans une espèce de trou à rat de Wythe Avenue, quelqu'un qui partage ses valeurs à la mords-moi-le nœud...

Il faut leur tenir constamment la main, à ces mecs-là. Constamment !

31

– Si au moins on avait un début de preuve, soupira Wentworth. Des éléments à transmettre au juge pour qu'il puisse me délivrer un mandat d'arrêt.

– Vous voulez qu'on vous apporte la solution sur un plateau, ironisai-je.

– Oui, je suis comme ça : je recherche toujours la solution de facilité. Ça me rappelle quand mon père m'a appris à jouer au billard : « Mon gars, disait-il, contente-toi des coups faciles. Laisse les bandes et les carambolages aux gosses de riches. »

– Conseil judicieux.

– Sauf que ce n'est pas mon père qui me l'a donné. À ma connaissance, il n'a jamais touché une queue de billard de sa vie. C'est un type avec qui je jouais, juste après que j'avais loupé un carambolage à trois billes. L'occasion était trop belle, conclut-il, mélancolique, je n'ai pas pu résister.

– Et vous ne vous en êtes jamais remis.

– Non. Mais je suis encore jeune, je ne désespère pas. Bon, je m'intéresse de près au psy, histoire de voir si ça donne quelque chose. On aura peut-être du bol ; qui sait s'il n'a pas un casier ? À moins que j'aille lui demander où il se trouvait hier, qu'il pique un fard, et que dans la foulée il passe aux aveux.

Il nous serra la main et partit rejoindre les beaux quartiers.

– Il n'est pas mal du tout, ce type-là, fis-je remarquer.

T. J. demeura silencieux. Je me retournai et le surpris en train de regarder de l'autre côté de la rue, sa main en visière pour se protéger du soleil de l'après-midi.

– J'ai cru apercevoir quelqu'un, dit-il, mais ce n'est pas lui.
– Nadler ?
– Qu'est-ce que j'en sais ? Je l'ai jamais vu, moi, ce mec.
– Alors, comment peux-tu dire que ce n'est pas lui ?
– Hein ?
– Rien. Je rentre. Et toi ?
– Je vais faire un tour du côté de Columbia. Écouter les bruits qui courent sur Lia.

Je revins tout doucement à pied, en essayant de dresser des plans. À mon arrivée, Elaine m'annonça que je tombais pile.
– Pour aller au cinéma, m'expliqua-t-elle. Je m'ennuyais, j'ai fermé de bonne heure. J'ai décidé d'aller voir un film en plein après-midi. Je n'ai rien trouvé de plus décadent.
– Tu as toujours mené une vie protégée...
– Tout à fait. Tu viens avec moi, mon grand ?
– Qu'est-ce que tu veux aller voir ?
– Il y a un film avec Adam Sandler au Worldwide.
– Tu ne parles pas sérieusement ?
– Allez, viens, on passera un bon moment. Et ça ne nous coûtera que trois dollars par tête. Ce sera ta récompense pour ne pas y être allé lorsque c'est sorti.
– Dis plutôt que j'ai eu de la chance de ne pas le voir à ce moment-là !
Elle consulta sa montre
– Il nous reste dix-sept minutes. Crois-tu qu'on ait le temps d'arriver au croisement de la 50e Rue et de la 8e Avenue.
– Oui, répondis-je, je le crains.

Pendant notre absence Kristin avait laissé un message où elle me demandait de la rappeler. Je lui téléphonai aussitôt, tombai sur son répondeur, déclinai mon identité et lui expliquai qu'elle avait essayé de me joindre :
– Je vous en prie, décrochez si vous êtes là. Je devrais être chez moi toute...

La soirée, voilà ce que j'avais sur le bout de la langue, mais ce fut sa voix qu'on entendit.

– Monsieur Scudder ? Excusez-moi, j'étais dans une autre pièce.

– Qu'est-ce qui se passe, Kristin ?

– Eh bien voilà : tout à l'heure j'ai reçu un coup de fil. De Peter.

– Peter Meredith ?

– Absolument. Je me trouvais à côté de l'appareil quand il a appelé, et je me suis dit que ce n'était peut-être pas si grave de lui parler.

– C'est ce que vous avez fait ?

– Non. Vous m'aviez dit qu'il ne fallait pas.

– Très bien.

– Mais ça m'a fait tout drôle, vous comprenez ? Enfin quoi... des tas de gens ont essayé de me joindre, des journalistes, par exemple, et je me suis contentée d'effacer leurs messages, point à la ligne. Ça ne m'a posé aucun problème de conscience.

– Il n'y a pas de raison qu'il en aille autrement. Ils vont continuer à vous harceler, mais ça devrait se calmer si vous ne rentrez pas dans leur jeu.

– Je sais. Seulement, avec Peter c'est différent.

Elle reprit haleine.

– Il aimerait que je le rappelle.

– À votre place, j'éviterais.

– Pourquoi ?

Je lui répondis, mais je me serais sans doute montré plus convaincant si j'avais pu lui donner une raison. Je ne voulais pas qu'elle lui parle, voilà tout, et j'étais incapable de lui dire pourquoi. Pas que j'aurais cru Peter capable de se métamorphoser en boule de charges électriques et susceptible de l'abattre en discutant avec elle au téléphone, mais bon... il n'était pas question qu'elle bavarde avec un ex-petit ami ou qui que ce soit.

– Bien, dit-elle finalement, sans que je sache à quoi m'en tenir.

En fin de compte, la décision lui appartenait. À moins de débrancher ses appareils, je ne pouvais pas l'empêcher de répondre au téléphone si ça lui chantait.

– Le policier est venu me voir, reprit-elle. L'agent Wentworth.

– L'inspecteur.

– Oh là, dans ce cas, c'est une gaffe de l'appeler monsieur l'agent. Remarquez, je ne lui ai donné aucun titre. Il est gentil.

– C'est un type bien.

– Il m'a expliqué qu'il allait affecter des hommes à la surveillance de la maison, mais que je ne m'apercevrais pas de leur présence. Évidemment, je regarde sans arrêt par la fenêtre, cachée derrière les rideaux, et je ne vois personne. Il m'a dit que c'était normal. Il se peut qu'ils soient là ou qu'ils ne soient pas encore en faction.

– Il ne vous arrivera rien.

– En principe, je ne suis pas censée leur offrir des petits-fours. Bref, peu importe qu'ils soient là ou pas. Enfin, se corrigea-t-elle, que je sache, moi, qu'ils sont là ou pas.

– Oui, bien sûr.

– Merci. C'est quand même bizarre, de se retrouver cloîtrée chez soi. Je voulais commander une pizza, mais je ne savais pas si je le pouvais étant donné que vous m'avez dit de n'ouvrir à personne. Vous m'autorisez à ouvrir à un livreur de pizzas ?

Je commençais à comprendre comme il doit être pénible d'être protégé par la police lorsqu'on doit témoigner dans une affaire criminelle. Elle ne me laissa pas le temps de répondre :

– Ce n'est pas grave, enchaîna-t-elle, j'ai plein de provisions. Vous devez me trouver insupportable. Si c'est le cas, dites-le-moi.

– Mais non. Je sais que ce n'est pas facile.

– Je suis claquemurée ici, à repasser tout ça dans ma tête. Au fait, je sais ce que je voulais vous dire !

– Quoi donc ?

– J'ai failli oublier. Oui, je devais vérifier, souvenez-vous, si on m'avait bien restitué tout ce que les cambrioleurs avaient volé.

– Il manque quelque chose ?

– À première vue, oui, mais je ne sais pas ce qu'il faut en conclure. Bon, ce n'est rien de précieux... ce qui signifie que, si je ne la retrouve pas, ce n'est pas forcément parce qu'on me l'a volée.

– De quoi s'agit-il ?

– Connaissez-vous la rhodochrosite ?

– La gemme ?

– Oui, c'est ce qu'on appelle, je crois, une pierre semi-précieuse ; voire pas précieuse du tout. Elle a une teinte rosâtre... Venez donc chez moi, que je vous la montre.

– Si vous ne l'avez plus, comment allez-vous me la montrer ?

– Je vous parle d'une boucle d'oreille.

– Ah bon.

– Sur les deux, je n'en retrouve qu'une.

– D'accord.

Je regardai ma montre. Il était initialement prévu que j'assiste à une réunion. Tant pis.

– J'arrive. Vérifiez bien que c'est moi avant d'ouvrir.

– Entendu. Euh, monsieur Scudder, vous serait-il possible... non, c'est idiot.

– Dites toujours.

– Bon. Vous pourriez m'apporter une pizza ?

J'avais déjà vu cette pierre en devanture, mais je n'en connaissais pas le nom. Il s'agissait d'une rhodochrosite, me dit-elle. Une gemme fragile et tendre qui n'avait rien de précieux mais qu'elle trouvait jolie.

Moi aussi, au demeurant. Je la retournai entre mes doigts, pour l'examiner sous tous les angles. Lisse et froide au toucher, avec un clip en argent.

– Je les avais achetées quand j'étais encore étudiante à Wellesley. Je les ai trouvées ici, à New York, dans un petit magasin de Macdougal Street. Elles ne m'ont pas coûté grand-chose ; dans les trente-cinq dollars. Moins de cinquante, en tout cas. Je les lui ai offertes pour son anniversaire.

– Elle les portait lorsque...

– Il me semble. Mais bon, on les perd facilement, surtout quand elles tiennent avec un clip. La plupart du temps, elle portait des classiques, pour les oreilles percées, mais il lui arrivait aussi d'en mettre à clips. L'ennui, c'est qu'on les égare vite. Elle n'a peut-être pas voulu dire qu'elle en avait perdu une étant donné qu'il s'agissait d'un cadeau. Ou bien elle n'a pas eu le temps de le signaler.

Nous étions attablés dans la cuisine devant une pizza. Elle en avait déjà mangé deux tranches et attaquait la troisième.

– Quand on en a envie, il n'y a rien de tel qu'une pizza, reprit-elle.

Ce n'était pas ce que j'aurais choisi, spontanément, mais je n'avais rien avalé depuis le petit déjeuner, hormis le pop-corn qu'Elaine avait acheté, juste avant la séance de cinéma. Et en définitive, elle n'était pas si mauvaise, cette pizza.

Je lui en fis la remarque, puis je regardai la boucle d'oreille à la lumière.

– Pourriez-vous me la confier ?

– Bien sûr. Vous pensez que...

– Que c'est lui qui l'a prise ? Probablement pas. Mais si jamais on le surprend avec, il sera intéressant d'écouter ses explications.

32

Dès mon retour, j'appelai Wentworth. On me promit de lui transmettre le message. Je ne sais pas quand il l'eut, mais il ne donna pas signe de vie avant le lendemain matin.

Il avait une voix étrange, mais j'attribuai cela à l'heure matinale. Je le mis au courant des derniers développements. Il garda le silence un instant, puis il dit :

– Une boucle d'oreille.

– Qui fait partie d'une paire. Ça ne veut peut-être rien dire, mais il se peut aussi que le type ait voulu emporter un souvenir.

– Vous parlez de Nadler ?

- Évidemment.

– Évidemment, répéta-t-il en écho. Seulement, ajouta-t-il, il y a problème : ce n'est pas lui le coupable.

– Comment ça ?

– Seymour Nadler est un psychiatre tout ce qu'il y a de plus respectable et qui n'a jamais commis la moindre infraction.

- Ça n'a rien d'étonnant. Il devait donner le change et puis...

- Il a aussi un alibi solide. Je lui ai parlé hier, quelques heures après notre entretien.

– Et alors ?

– J'aurais bien aimé discuter en tête à tête avec lui. Mais je ne crois pas que mes supérieurs m'auraient permis d'effectuer le voyage en avion aux frais de la princesse.

– Quel voyage ?

– Celui qui m'aurait conduit à Martha's Vineyard[1] où sa femme et lui se trouvent depuis huit jours. J'ai eu un mal de chien à obtenir son numéro auprès de l'opérateur téléphonique qu'il utilise. Ils ont dû me prendre pour un fou, un de ses patients, mais j'ai fini par les convaincre que c'était encore pire et que j'étais suffisamment dingue pour être flic à New York.

– Il n'a pas bougé de là-bas ?

– Pas depuis une semaine. Ils y passent tous les ans la seconde quinzaine du mois d'août. La plupart des psys prennent un mois de vacances, mais lui ne s'absente que pendant quinze jours en été ; il s'accorde également deux semaines de repos aux Antilles en février.

– Il est revenu, dis-je. C'est obligé. Il a sauté dans un avion, il a assassiné Lia Parkman, puis il est retourné là-bas dare-dare.

– Vous ne me croirez peut-être pas, mais j'ai envisagé cette possibilité. Ça ne rimait pas à grand-chose, mais j'ai vérifié deux ou trois choses au téléphone. Il existe une petite compagnie aérienne qui assure la liaison entre l'aéroport de Teterboro et Martha's Vineyard. Les employés se sont montrés très coopératifs. Visiblement ils ne se tuent pas au travail, aussi ont-ils pu vérifier avec moi les listes d'embarquement. Nadler et sa femme ont bien pris l'avion le jour où il me l'a dit, et ils doivent rentrer à New York par le même moyen dans une semaine. Et depuis huit jours, on ne l'a vu sur aucun autre vol.

– À moins qu'il n'ait voyagé sous un nom d'emprunt.

– Par les temps qui courent, il faut montrer un papier d'identité avec une photo, même dans les compagnies régionales dont les appareils ne font que des sauts de puce. Il y a au maximum huit personnes qui travaillent dans celle-ci et je vois mal comment on pourrait monter dans leur coucou à quarante-huit heures d'intervalle sous des identités différentes.

– Il aura trouvé une autre combine pour venir ici.

– Il a bien fallu.

– Oui.

1. Lieu de villégiature par excellence de la bourgeoisie new yorkaise *(NdT)*.

– Parce que c'est lui qui a tué Lia Parkman et vous en avez la preuve.

Silence.

– Ça avait l'air très convaincant, votre version des faits, quand vous me l'avez exposée avec le petit jeune à côté de vous qui abondait dans votre sens. J'ai trouvé ça très bien, jusqu'au jour où il m'est apparu que Nadler ne pouvait pas être l'assassin et qu'il n'y avait jamais eu aucune raison de le soupçonner. Qu'est-ce que vous avez fait ? Le rapport entre lui et son flingue ? Bon sang, on n'a jamais douté que c'était le sien ! On le sait depuis le début.

– Pas si vite...

– Non, écoutez-moi, vous. J'avais complètement oublié qu'il n'existe aucun lien entre lui et les gens qu'il aurait soi-disant assassinés. Pourquoi s'en prendrait-il aux Hollander en particulier ? Parce qu'ils ont de l'argent ? Il en a, lui aussi, ça va très bien pour lui. Quinze jours de vacances à Martha's Vineyard, deux semaines dans les îles Vierges, on ne peut pas dire qu'il tire le diable par la queue, le bonhomme.

– Ça ne signifie pas qu'il n'en veuille pas davantage.

– Il n'empêche, essayez d'être logique. Connaissait-il les Hollander ? Connaissait-il les deux mecs de Brooklyn, je me souviens plus de leur nom...

– Bierman et Ivanko.

– Alors ? Connaissait-il Lia Parkman ? Quelqu'un, c'est sûr, connaissait tous ces gens et avait intérêt à les supprimer. Mais pourquoi serait-ce Nadler ? Parce que le tueur a choisi comme pseudonyme le nom d'un psychiatre d'autrefois ? Si je suis votre raisonnement, seul un psychiatre pourrait agir ainsi. Or Nadler est psychiatre. Donc c'est lui. Vous captez le message ?

Cinq sur cinq, mon pote. Je ne lui demandai pas ce qu'il voulait que je fasse de la boucle d'oreille. Je craignais sa réponse...

Il nous arrive de louer une voiture, Elaine et moi, pour aller nous balader. La dernière fois, j'avais emporté une carte routière.

D'habitude, j'oublie ce genre d'objet dans la bagnole quand je la rends, mais exceptionnellement j'avais conservé le guide en question. Massachusetts... Martha's Vineyard, une petite île au large de Nantucket. Apparemment, il n'y a pas lieu de prendre l'avion pour se rendre là-bas, il suffit d'emprunter le ferry et de louer un véhicule une fois sur place.

Seulement, il fallait absolument que ce soit lui le coupable, pas vrai ?

Je reposai la carte, me servis une tasse de café. Les arguments de Wentworth tenaient la route, il n'y avait pas à tortiller. Il y avait nécessairement un lien, quelque chose qui avait poussé Nadler à jeter son dévolu sur les Hollander. L'argent était le mobile du crime, j'en étais pratiquement sûr. Mais pourquoi le leur, en particulier ? Qu'est-ce qui l'avait attiré dans cet immeuble et lui avait aussitôt fait penser à ce qu'il devait représenter, financièrement parlant ? Comment avait-il pu s'imaginer qu'il lui appartiendrait sans doute un jour ?

J'attrapai le téléphone et composai le numéro de Kristin. Elle devait se trouver juste à côté de l'appareil, car elle décrocha dès que je me présentai.

– Il m'a rappelée, lança-t-elle avant que j'aie eu le temps de placer un mot.

Complètement obsédé par Nadler que j'étais, je ne trouvai pas mieux que de lui demander :

– Depuis Martha's Vineyard ?

– Pardon ?

– Excusez-moi. Qui vous a téléphoné ?

– Peter. Il était à Brooklyn. Je n'étais pas fière de moi, à l'écouter me laisser un message sans décrocher pour lui répondre. D'ailleurs, je croyais que c'était lui qui essayait à nouveau de me joindre.

Et si cela avait été le cas, comment aurait-elle réagi ? Là encore, je n'osai pas le lui demander, de peur de connaître la réponse...

– Je vous ai peut-être déjà posé la question, mais j'aimerais que vous y réfléchissiez. Connaissez-vous un certain Dr Nadler ?

– Ce nom me dit quelque chose.

– Prenez votre temps, Kristin.

– Ah oui, c'est vrai, vous y avez fait allusion, un jour. C'était le monsieur à qui appartenait cette arme à feu, au départ ? L'arme qui a servi à...

– Vous ne l'aviez jamais entendu auparavant ?

– Non, pourquoi ?

– Je ne voudrais pas être indiscret, mais auriez-vous eu recours aux services d'un psychiatre ? Auriez-vous, par hasard, suivi une psychothérapie ?

– J'ai consulté un psychologue, lors de ma première année à Wellesley. Je déconnais dans un cours. Dans ces cas-là, pour vous éviter un avertissement, on vous envoyait voir le psy de la fac. Mais il s'agissait d'une femme et elle ne s'appelait pas Nadler.

– Et vos parents ? L'un d'eux a-t-il un jour été soigné par un psychiatre ?

– Pas que je sache. Ils l'auraient sans doute fait, si cela avait été indispensable. Après la mort de Sean, ma mère a pris des médicaments ; des antidépresseurs et des tranquillisants, je ne sais pas exactement. Mais je crois que c'est notre généraliste qui les lui a prescrits.

J'abordai le même sujet sous des angles différents, sans plus de résultat. Je l'interrogeai alors sur Peter et lui demandai s'il ne serait pas possible qu'elle lui parle.

Cela m'orienta dans une autre direction.

– La personne que vous êtes allée voir, dis-je, vous vous souvenez de son nom ?

– La psychologue de Wellesley ? Non, j'ai complètement oublié comment elle s'appelait. Qu'est-ce que ça peut faire ?

– Non, pas elle, mais l'autre, le psychologue-conseil, celui auquel vous vous êtes adressés, Peter et vous.

– Ah, lui... Là aussi, ça m'échappe. Mais ce n'était pas non plus Nadler.

– Vous en êtes certaine ?

– Absolument. Comment s'appelait-il, déjà ? Peter lui disait « Docteur », tout simplement. Je peux lui téléphoner, pour le lui demander.

– Non, ce n'est pas la peine. Son cabinet était-il dans Central Park West ?

– Pas du tout. Il consultait dans un immeuble de bureaux donnant sur Broadway et... bon, je ne sais plus... quelque part en dessous la 14e Rue. Nous faisions le trajet à pied, depuis chez nous. À l'époque, nous habitions Alphabet City, ce n'était pas tout près, mais ça n'avait rien à voir avec le trajet jusqu'à Central Park West.

– Je vois.

– Je ne me rappelle ni son nom ni son adresse, mais je suis sûre que Peter pourra vous les donner.

– On verra ça plus tard. Ce n'est pas très important.

– Bien sûr que je me souviens de vous ! dit Helen Watling. Vous êtes l'homme qui m'a payé une brioche au son.

– Et je parie qu'elle est encore meilleure que celle au ginkgo[1].

– Meilleure que... ça alors, quelle mémoire ! Quant au principal avantage qu'il y a à manger de la brioche au son, ne nous aventurons pas dans ce domaine.

Je n'y vis aucun inconvénient.

– Voyons un peu votre mémoire à vous, maintenant. Vous m'avez dit que votre fils était suivi par un psychologue.

– Enfin... il a été suivi par un psychologue-conseil. Je ne sais pas s'il continuait à le voir.

– Mais ça l'a aidé.

– C'est l'impression que j'ai eue. Franchement, j'ai trouvé qu'il reprenait du poil de la bête. Certes, étant sa mère, j'avais envie de le croire, cependant...

– Je me demandais si Jason aurait, par hasard, glissé le nom du psychothérapeute dans la conversation.

– Le nom du psychothérapeute ?

– Ou bien si vous avez jamais été en correspondance avec ce monsieur.

1. Arbre d'origine asiatique dont les feuilles sont utilisées en phytothérapie dans le cas de troubles circulatoires cérébraux entraînant des pertes de mémoire *(NdT)*.

– Concernant le dernier point, la réponse est non. Mais je suis également certaine que Jason ne m'a jamais dit comment il s'appelait. Et à ce propos, je prends bien du ginkgo, mais pas assez, à l'évidence, car je n'arrive pas à me souvenir de ce nom.

– Jason n'en aurait-il pas fait état dans une de ses lettres ?

– N'y comptez pas ! Non, monsieur Scudder, je ne crois pas qu'il m'ait écrit une seule fois depuis son départ du Wisconsin. La seule fois que j'ai entendu parler de ce monsieur, c'était au téléphone.

– C'est donc lors d'une conversation téléphonique qu'il y aurait fait allusion.

– Exact.

– Vous pourriez peut-être essayer de vous souvenir du son de sa voix. Vous êtes au téléphone, il vous parle de son psy...

– Oh non, vous allez me faire pleurer, monsieur Scudder.

– Je suis désolé.

– Sa voix, je l'ai encore dans l'oreille. J'allais dire que c'est dommage qu'il n'ait pas été du genre à écrire des lettres ; ce serait bien d'en avoir une de lui. Mais vous voulez savoir ce que je regrette ? C'est de ne pas l'avoir enregistré. J'aimerais avoir conservé une trace sonore de sa voix au lieu d'en être réduite à l'imaginer.

Comment l'expliquer ? Ma gorge se serra. Je ravalai ma salive et lui demandai si Jason avait fait allusion à un certain Dr Nadler.

– Dr Nadler.

– Seymour Nadler.

– Seymour Nadler. Non, ce n'est décidément pas de ce monsieur qu'il s'agissait.

– Vous en êtes sûre ?

– Ça ne fait aucun doute. Le nom, je l'ai sur le bout de la langue et si je ne le retrouve pas, je peux néanmoins vous garantir quc ce n'était pas Seymour Nadler.

– Mais vous l'avez sur le bout de la langue.

– Il me semble. Mais à quoi cela nous avance-t-il, si je n'arrive pas à m'en souvenir ? soupira-t-elle. Enfin... c'était un nom joyeux, enchaîna-t-elle.

– Un nom joyeux ?

– C'est ce que je me suis dit sur le coup. Pas que le nom soit gai en lui-même, mais ce devait être celui de quelqu'un de jovial. Et comme je ne savais rien de cette personne...

– Il faut croire que c'était un nom de famille plein d'allégresse.

– Ça tombe sous le sens.

– Vous voulez dire un patronyme comme M. L'Heureux, ou M. Verni ?

– Non, pas exactement. Ah, je n'ai pas de quoi être fière de moi ! Vous devez regretter de m'avoir téléphoné.

– Pas du tout.

– C'était un nom à connotation positive, voilà tout. Un nom, euh... optimiste. Désolée, mais bon, je suis en train de tout compliquer inutilement. Et puis ça doit vous coûter les yeux de la tête, de m'appeler de New York.

– Il n'y a pas de mal. Attendons de voir si ce nom vous revient. Parfois, c'est quand on n'y pense plus que...

– Oui, c'est vrai.

– Bon, si vous avez une illumination, faites-moi signe.

Elle avait gardé ma carte, mais je lui donnai quand même mon numéro.

– Je vous rappelle dans quarante-huit heures si vous ne m'avez pas donné de nouvelles d'ici là, lui dis-je. Pour en avoir le cœur net, c'est tout.

Un nom joyeux, optimiste... Qu'est-ce que ça pouvait donc vouloir dire ?

33

Cette nana le rend dingue.

C'est le type même de la patiente qu'il se doit de cultiver. Elle vient deux fois par semaine, le mardi et le vendredi à dix heures du matin, un moment de la journée qu'il a en général du mal à remplir. Et elle paye plein tarif, cent dollars de l'heure, deux cents dollars par semaine, dix mille dollars par an et, détail appréciable entre tous, elle règle en liquide. Toujours un billet neuf, auréolé du visage débonnaire de Benjamin Franklin. C'est une dominatrice, qui se fait elle-même payer en liquide par les hommes qu'elle insulte ou maltraite.

Elle est curieuse dans son rôle, une petite bonne femme fluette de quarante-deux ans qui a tendance à s'habiller décontracté pour ses rendez-vous ; comme aujourd'hui, on la voit souvent débarquer en jogging et tennis et elle conclut régulièrement la séance en faisant le tour du réservoir de Central Park en petites foulées. Elle n'est pas maquillée et elle a noué ses longs cheveux noirs en queue-de-cheval, maintenus par un élastique jaune et pelucheux.

Pendant le travail, elle est en cuir noir, lui a-t-elle expliqué.

Vu son métier, on pourrait croire qu'elle a des choses intéressantes à raconter, mais non. Dotée d'une voix grinçante, à laquelle on ne peut pas échapper et dénuée de toute vertu soporifique, c'est une grande névrosée, incapable de prendre la moindre décision sans se mettre dans tous ses états. Elle gémit, murmure, se répète... Mais bon... Heureusement elle l'adore et elle est persuadée qu'il lui sauve la vie, ce qui est peut-être le cas.

Dans ce domaine, il est finalement très bon...

Lorsque sa montre bipe, indiquant que la séance est terminée, il se lève. Elle s'interrompt au milieu d'une phrase, aussi disciplinée que ses propres clients. En un rien de temps elle est sortie et il glisse dans son portefeuille un billet vert et craquant de cent dollars. « L'amour vert », se plaît-il à dire.

Onze heures moins dix. Sa prochaine consultation n'est qu'en début d'après-midi. Il se tourne vers l'ordinateur, s'en détourne, attrape le téléphone.

– Peter, dit-il, je suis perplexe. Je ne comprends pas.

– Je lui ai laissé un message, Doc.

– Vous lui avez laissé un message.

– Sur son répondeur. Je lui ai demandé d'avoir la gentillesse de me rappeler parce qu'il fallait absolument que je lui parle. Mais elle ne l'a pas fait.

– Ça remonte à hier ?

– Oui, dans l'après-midi.

– Et elle ne vous a pas téléphoné.

– Non. Elle n'est peut-être pas à New York en ce moment.

– Ça m'étonnerait.

– Ah...

– Je suis certain qu'elle est ici, chez elle, et qu'elle se sent très seule et paumée.

– Ah.

– Et elle est probablement déprimée et accablée, ce qui est, bien sûr, une réaction normale vu les circonstances. Elle a connu d'affreux malheurs et elle commence seulement à prendre conscience du premier de la série.

– Le premier de la série ?

– La perte de votre amour, Peter. Vous vous êtes séparés, Kristin et vous, pour des raisons peut-être inévitables à l'époque, mais tout le reste en découle.

– Ah bon.

– Vous saisissez ?

– Je crois.

– Il va falloir vaincre ses résistances, Peter. Ne pas se contenter de l'appeler comme ça une fois, mais insister jusqu'à ce qu'elle réponde.

– Vous voulez que j'essaie encore de la joindre ?

– Vous devriez, à mon avis.

– Bon, je le ferai.

– Au final, qu'est-ce qu'on a, Peter ?

– On n'a que ce qu'on récolte.

– Précisément. On passe à l'action et on en assume les conséquences. Mais le résultat dépend de la façon dont on procède. La prochaine fois que vous tombez sur son répondeur, visualisez-la, debout tout à côté, et ne parlez pas à cet appareil ; adressez-vous directement à elle. Essayez de vous la représenter en train d'avaler ce que vous lui racontez.

– D'accord.

– Dites-lui de décrocher. Débrouillez-vous pour qu'elle vous réponde.

– Oui, Doc.

– Et quand vous lui aurez parlé, rappelez-moi.

Il se trouve devant son ordinateur lorsque le téléphone sonne. Il n'y a rien d'intéressant ce matin sur alt.crime.serialkillers, mais il a découvert plusieurs sites Internet où on aborde les diverses facettes du problème et il est en train d'en explorer un. Ce qu'il lit est captivant, fascinant même, et il est tenté de laisser le répondeur gérer l'appel. Mais il sait que c'est Peter Meredith.

Effectivement c'est lui, qui lui fait état d'un succès.

Et d'un échec.

– J'ai suivi vos conseils, dit-il, et ça a marché. Au lieu de parler à son répondeur, j'ai fait comme si je m'adressais carrément à elle. Je ne me suis pas arrêté, j'ai continué sans m'interrompre, en imaginant que c'était une conversation à sens unique ; j'ai évoqué des choses dont nous avons discuté hier, la famille, le destin, et oui, j'ai parlé, parlé.

– Et... ?

– J'ai dû l'avoir à l'usure. Elle a décroché et nous avons discuté.

– *Quand la voyez-vous ?*

– *Je ne la verrai pas.*

– *Comment ça ?*

Elle refusait de le rencontrer, lui avait expliqué Peter. Elle ne lui en voulait pas, elle gardait un bon souvenir des moments qu'ils avaient passés ensemble, mais elle avait tourné la page. Elle avait envie de vivre sa vie, et il avait la sienne, dans la maison de Williamsburg. Elle lui souhaitait bonne chance. Ils n'avaient plus rien à partager.

– *Et puis, Doc, je suis très content que vous m'ayez poussé à l'appeler. Vous savez toujours ce qu'il me faut.*

Ah oui ?

– *Maintenant je suis soulagé. Du coup, pour la première fois, je ne pense plus à elle. Lorsqu'elle m'a dit qu'il n'y avait plus rien entre nous, qu'elle ne voyait pas l'intérêt de nous remettre ensemble, pour moi, ç'a été une véritable libération. Comme si je pouvais désormais vivre à ma façon, ce qui était impossible jusque-là.*

Ah, l'abruti, se dit-il. Mais il n'en laisse rien transparaître.

– *C'est formidable, Peter, déclare-t-il. Je suis fier de vous.*

– *Tout le mérite vous revient, Doc.*

– *Non, c'est vous qu'il faut féliciter, répond-il machinalement.*

En réalité, il fulmine. Ah oui, c'est malin, tiens ! Tu as fait une belle connerie, espèce de gros niais !

– *Ce que vous m'avez expliqué, sur le destin et tout le reste... ? Eh bien, on aurait dit que c'était ce que je pensais en mon for intérieur, mais je n'en ai pris conscience qu'en le disant et en me faisant descendre en flammes par elle. Ça m'en a libéré. Je crois...*

– *Oui.*

– *Je sais bien que vous m'avez dit que c'est une réaction normale, pour quelqu'un qui est sous le coup d'une déception amoureuse, mais Caroline...*

– *La sculptrice ?*

– *Oui.*

– *Celle qui habite dans Wythe Avenue.*

– *Oui.*

– *Va falloir poursuivre de ce côté-là.*

– *Mais si vous croyez que je ne dois pas...*

Bon sang, que ça le fatigue !

– À mon avis, ça mérite de tenter le coup. Si ça ne marche pas entre vous, n'oubliez pas que tout échec sentimental préfigure une réussite du même ordre.

Il respire profondément.

– Maintenant, retournez donc travailler à votre maison, voulez-vous ?

La douche est très puissante. Il y a beaucoup de pression dans cet immeuble, c'est bien mieux que dans l'ancien. Ça lui gicle sur la nuque, la tension se dissipe. Il s'est douché au saut du lit, il prend une douche dès son réveil, le matin, mais il n'est pas rare qu'il en prenne une deuxième, voire une troisième, dans le courant de la journée, et ça lui paraît tout indiqué, actuellement.

On n'a que ce qu'on récolte.

Chacun de nous est son propre médecin. Cette maxime qu'il serine à ses patients s'appliquerait-elle à lui aussi ? On n'a que ce qu'on récolte, et ce qui se présente est toujours une occasion à saisir.

Inutile d'aller à la mer avec un seau ou une cuiller à café. La mer s'en fout.

Peter n'est absolument pas l'homme qu'il faut à Kristin. Il se l'est dit tout de suite en voyant la fille. La princesse BCBG, la petite fille à son papa, mais qu'est-ce qu'elle fabrique avec ce gros benêt tout jovial ?

Il a donc tout fait pour qu'ils se séparent, en s'apercevant, avec le temps, que c'était une erreur. Pendant que l'autre s'échine à retaper sa baraque de prolo à Brooklyn, Kristin, elle, se morfond dans son immeuble en pierre de taille qui vaut chaque jour davantage sur le marché vertigineux de l'immobilier. Évidemment, si on se débarrassait de ses gêneurs de parents pour que la maison et tout le reste reviennent à la demoiselle et si Peter s'arrangeait pour redevenir disponible...

Il sort de la douche, se tamponne avec une serviette, se passe du déodorant, se met de l'eau de Cologne sur les joues.

C'est quand même curieux comme on peut obéir à des mobiles inconscients. Il avait tout arrangé pour Peter afin que le bougre conquière la demoiselle et s'installe au palais. (Et Peter lui en serait reconnaissant, cela va de soi, et l'aimerait plus que jamais. Ensuite, lorsque Peter serait le seul châtelain, eh bien... Peter lui témoignerait sa gratitude de la façon la plus concrète qui soit.)

Mais pourquoi se donner tout ce mal ? Depuis le début – et il aurait dû s'en douter, au fond –, ce n'est pas pour Peter qu'il prépare les festivités, mais pour lui-même. C'est lui qui va hériter de la fille, lui qui prendra possession du château.

Comment a-t-il pu imaginer qu'il en aille autrement ?

Il ne met que des vêtements propres, choisit une chemise bleu intense, avec une cravate rouge. Il la noue, s'apprête à enfiler sa veste lorsqu'il s'aperçoit qu'il a oublié l'amulette, le talisman, le disque de rhodochrosite qui aiguise sa sensibilité et lui éclaircit les idées.

Va-t-il se fustiger de l'avoir oublié ou bien au contraire se féliciter de s'en être souvenu ? C'est à lui d'aviser – la mer s'en fiche.

Satisfait, il pose sa veste, desserre sa cravate, déboutonne son col de chemise et se passe la chaîne en or autour du cou.

Il cherche un numéro de téléphone, le compose. La voix de son destin : « En mon absence, veuillez avoir l'obligeance de laisser un message après le bip. »

Et quelle intonation ! Froide, majestueuse, mais aussi tellement prometteuse...

Il appelle quelqu'un d'autre. C'est un homme qui répond. Il reconnaît la voix de Lucian.

– Doc à l'appareil. Ruth Ann est-elle dans le coin ?

Il apprend qu'elle est partie à la quincaillerie.

– Ce n'est pas grave, tu peux lui transmettre le message. Explique-lui que j'annule toutes mes consultations pour aujourd'hui. Normalement, elle doit venir à quatorze heures. Dis-lui de m'appeler ; on lui trouvera bien une autre place.

Avant de sortir il se caresse la joue, sent sa main, hume le parfum de l'eau de Cologne.

Quelle maison splendide !

Il est venu à pied ce coup-ci, il contemple, de l'autre côté de la rue, sa future résidence. Ce n'est pas la première fois qu'elle lui inspire ce genre de réflexion. Derrière ses murs, lorsqu'il regardait ce barbare d'Ivanko renverser les tiroirs et les tables, il avait voulu le dissuader de faire des dégâts dans la maison et d'abîmer le mobilier.

Et puis bon... lorsqu'il a égorgé la femme, a-t-il seulement pensé, lui, au tapis, souillé de sang ?

Non, il faut le reconnaître. Sur le coup, il n'y a pas songé un instant, il était trop pris par ce qui se passait sous ses yeux pour réfléchir aux conséquences. Par la suite néanmoins, il a eu le temps de regretter ce sang qui avait souillé le tapis.

Son tapis.

Comme il lui paraît tortueux, avec le recul, son plan initial ! Peter et Kristin se réconcilient et reprennent la vie commune, ils se marient, Peter emménage et, après un laps de temps raisonnable, il arrive malheur à Kristin. Peter, dont le seul désir est de revenir habiter Meserole Street avec ses copains adorés, lui offre la maison, par amour, afin qu'il puisse y installer la fondation qu'il va mettre sur pied.

Ou bien, si ça ne marche pas, Peter, déprimé par la mort tragique de l'amour de sa vie, met fin à ses jours, après avoir légué tous ses biens à l'homme sur qui il a toujours pu compter.

Oh, et puis merde ! C'est lui qui va épouser la fille. Il devra gérer habilement les émotions de Peter, mais il saura se débrouiller pour que celui-ci craque sur la sculptrice de Wythe Avenue, au point d'être incapable d'éprouver le moindre ressentiment. Ils pourraient, tous les cinq – tous les six, si on compte la sculptrice –, être invités au mariage et tiens, pourquoi ne pas l'inclure, elle aussi ?

Et alors, il ne sera pas urgent d'en finir. Kristin aura un rôle purement décoratif et il sera intéressant de jouer avec son esprit. Ce n'est que lorsqu'il en aura assez d'elle qu'il ressentira le besoin de l'éliminer et quand elle mourra, ce sera à l'évidence de sa belle mort. La nature, dans sa libéralité, regorge de substances susceptibles d'entraîner une mort merveilleusement naturelle.

Il traverse la rue, sourire aux lèvres. Grimpe l'escalier, se retrouve devant la porte. Il effleure son nœud de cravate, en vérifie la forme, glisse un doigt sous sa chemise pour caresser furtivement le disque rose et moucheté. Il en tend un autre, appuie sur la sonnette.

Reste là, à attendre.

À attendre...

Il plonge la main dans sa poche, en sort un trousseau de clés. Il trouve la bonne, la glisse dans la serrure, où elle s'adapte parfaitement, mais elle ne tourne pas.

Bon, ça se comprend, il y a eu un cambriolage, après tout, et le meurtre cruel de ses parents. Elle a eu l'intelligence de changer les serrures.

La garce. Espèce de connasse !

Il est sidéré de réagir ainsi. Il sent la rage sourdre en lui et fait un pas d'écart pour l'évaluer, la jauger. Elle est totalement disproportionnée à ce changement de serrure, éventualité qu'il a envisagée et acceptée sur le plan intellectuel comme étant une conséquence logique et prévisible. Cela n'a donc rien à voir avec la serrure, ou avec le fait que personne n'a répondu à son coup de sonnette.

La pression. Il est sous pression et a besoin de se défouler.

Heureusement, ça peut s'arranger sans problème.

Le salon de massage se trouve dans Amsterdam Avenue, un étage au-dessus de la pièce où officient les manucures. Les deux établissements sont tenus par des Coréennes, qui en sont également propriétaires. Il gravit l'escalier. Une Coréenne dégarnie encaisse les deux billets de vingt dollars qu'il lui remet, puis lui désigne une porte.

Une fille haute comme trois pommes, menue, au visage aplati, avec deux grains de beauté de part et d'autre de la bouche, qui est petite. Un seul, ça pourrait passer pour une mouche, mais deux, disposés avec une telle symétrie, ça réclame d'urgence une opération de chirurgie esthétique. Si c'était une de ses patientes...

Sauf que c'est lui qui est son client. Pendant qu'il se déshabille, elle ramasse ses affaires et les suspend dans une armoire métallique. Elle porte une robe droite sans manches, couleur rouge-orange, facile à mettre et à enlever, et elle n'a pas l'air de comprendre pourquoi il lui demande de l'ôter. Il mime sa requête, et cette fois elle saisit. Elle hoche la tête, souriante, et lui montre la table.

Il grimpe dessus, s'allonge sur le dos, elle se penche sur lui, lui pétrit les muscles des épaules et du haut des bras. Elle a des petites mains, des bras maigres qui doivent manquer de force. Cette nana ne serait pas foutue de faire un massage correct, même si sa vie en dépendait.

Tiens, voilà une tournure de phrase intéressante...

Ses attouchements se font plus délicats, plus insistants, elle lui caresse la poitrine et le ventre. Il est gonflé de sang. Elle égare ses doigts sur sa turgescence.

– Très grosse, dit-elle.

Elle le touche derechef, légère comme une plume.

– Tu veux massaspécia ? demande-t-elle.

Massage spécial, décode-t-il. Oui, c'est ce qu'il me faut.

– Céquonte dola.

– D'accord.

– Céquonte dola toussuite.

Il se lève, se dirige vers la penderie, sort son portefeuille glissé dans le pantalon. Il lui remet le billet craquant de cent dollars que vient de lui donner la dominatrice – tout finit par se payer –, et intervient quand elle veut lui rendre la monnaie. Moitié en parlant, moitié par gestes, il lui indique qu'elle peut garder le tout, mais qu'il aimerait qu'elle enlève sa robe.

Et hop ! on n'en parle plus. Elle a un corps de petite fille, glabre, hormis le brin de touffe entre ses cuisses. Nichons de poupée.

Elle tend le bras, touche l'amulette.

– Tu portes encore, dit-elle.

– Oui.

– Auli.

D'abord un peu décontenancé, il comprend qu'elle a voulu dire « joli ». Il l'enlève, le lui passe autour du cou. Le disque de rhodochrosite se balance au-dessus de ses seins, entre ses seins.

Elle glousse, toute contente.

Il remonte sur la table. Elle s'exécute, faisant montre d'un art consommé, nonobstant son jeune âge. Avec les mains, plus un Kleenex, pour finir. Il a un orgasme violent, une éjaculation torrentueuse et malgré tout, il éprouve un étrange détachement. Comme s'il assistait à la scène en spectateur, sans y trouver grand intérêt.

Il se lève, elle lui passe ses vêtements, le regarde s'habiller. Avant de boutonner sa chemise il tend la main, lui désigne l'amulette.

Elle rit bêtement, serre entre ses mains le disque de pierre rose, le porte à son cœur.

– Je garde ?

Non, lui fait-il comprendre. Elle n'a d'ailleurs jamais escompté qu'il le lui offre, et elle n'est pas surprise qu'il veuille le reprendre. Elle continue d'ailleurs à sourire et à glousser alors même qu'il enroule les mains autour de son cou.

34

J'ai fait un rêve cette nuit, un rêve effrayant. J'ai rêvé que je dormais profondément lorsque soudain Michael m'appelait pour m'annoncer la mort de son frère Andy. Inutile de dire que pour le coup je me suis réveillé et redressé dans mon lit avec l'horrible incertitude qui vous étreint lorsque vous émergez d'un songe aviné : bon, d'accord, ce n'était qu'un rêve, mais avais-je vraiment bu ? Et mon fils serait-il mort ?

Je n'avais guère dormi qu'une heure. Cédant à la fatigue, je replongeai dans le sommeil et eus droit à toutes les variantes du même cauchemar débile, comme si je voulais le recommencer et faire en sorte qu'il se termine de façon acceptable. Mais ce n'est pas ce qu'il advint.

Je dormis très tard et lorsque enfin j'ouvris les yeux, je compris qu'il s'agissait d'un rêve ; il signifiait simplement que je m'inquiétais pour le plus jeune de mes fils et que je n'aurais peut-être pas dû reprendre de la pizza. Mais je restai hanté par le sombre pressentiment hérité de ce cauchemar. Il me poursuivit pendant le petit déjeuner, m'assaillit lors même que je buvais une seconde tasse de café. Je le mis de côté le temps de regarder les informations à la télé, mais je sentais sa présence diffuse. Il ne voulait pas s'en aller.

J'appelai Kristin. Sa ligne était occupée. La tonalité « occupé » est toujours irritante et c'est sans doute délibéré, sinon ça ne ferait pas ce bruit. Elle m'agaça plus que de coutume : en principe sa ligne aurait dû être libre. Kristin n'était censée parler à personne.

Bien sûr, ça ne signifiait pas forcément qu'elle était en pleine discussion, comme il m'apparut lorsque j'en revins à de meilleures dispositions. C'était peut-être tout simplement quelqu'un qui lui laissait un message sur son répondeur – Peter Meredith, par exemple, en train de lui expliquer en long et en large pourquoi il fallait qu'il lui parle. À moins qu'elle n'ait volontairement laissé l'appareil décroché afin de ne plus être dérangée par les journalistes qui l'appelaient toutes les cinq minutes. Ça n'entrait pas vraiment dans mes plans, je voulais être en mesure de la joindre à toute heure du jour et de la nuit en cas de nécessité, mais je ne m'étais pas montré explicite à ce sujet. Si une fois de plus je lui avais donné des ordres, on aurait pu penser que c'était elle qui travaillait pour moi...

Je la rappelai et retombai sur la tonalité « occupé ». Je passai dans la salle de bains et m'examinai dans la glace. Visiblement, je n'avais pas besoin de me raser, mais ça me changerait les idées.

Lorsque je rappelai Kristin, ça sonna chez elle, puis le répondeur se déclencha. J'écoutai son annonce d'accueil et lui demandai aussitôt après de décrocher : il fallait que je lui parle. J'attendis. Aucune réaction. Je répétai grosso modo la même chose, en faisant durer le plaisir. Je finis par me lasser, l'invitai à me joindre, lui redonnai mon numéro, deux fois de suite, puis je raccrochai.

Je retournai à la cuisine me faire un autre café, me dis qu'il ne fallait surtout pas, avant d'estimer que finalement... Oh, et puis non ! Je regagnai la salle de séjour. Le téléphone sonna.

Je décrochai. C'était Michael. Dans un premier temps je n'en menai pas large, mais cela ne dura pas : il m'annonçait en effet que tout s'était déroulé comme prévu, que le patron d'Andy avait accepté le chèque, qu'il lui avait même renvoyé l'acte de renonciation joint au règlement et qu'Andy avait quitté Tucson, non point pour se soustraire à la justice, ouf ! mais comme un jeune homme désireux d'améliorer sa condition dans un endroit plus propice.

– J'espère seulement qu'il ne manquera pas d'endroits, soupira Michael.

– Sait-il d'où vient l'argent ?

– Je ne le lui ai pas dit.

Ça ne répondait pas à la question, mais qu'à cela ne tienne. Je pris des nouvelles de June et de Melanie, il me demanda comment allait Elaine, et nous n'eûmes bientôt plus rien à nous dire. Je trouvai dommage de ne pas pouvoir lui parler de mon travail, il regrettait peut-être de ne pas pouvoir discuter du sien avec moi. À la place nous échangeâmes les formules de rigueur, « à bientôt », « porte-toi bien », « salue Untel de ma part », puis nous prîmes congé.

Kristin ne m'avait toujours pas rappelé, je m'en aperçus peu après. Mais comment aurait-elle pu le faire alors que j'étais au téléphone avec Michael ? J'essayai à nouveau de la joindre, retombai sur le répondeur, la priai deux ou trois fois de décrocher si elle était là.

Devant son absence de réaction, et après avoir attendu cinq minutes sans qu'elle ni personne ne m'appelle, je commençai à m'inquiéter.

Je ne sais pas si c'était très rationnel, j'ignore dans quelle mesure cela tenait aux circonstances ou bien s'expliquait par la conjonction de mon rêve et du coup de fil de Michael, mais il y avait au moins une chose dont j'étais sûr : ce n'était pas normal et il était temps de réagir.

Je contactai Wentworth qui, une fois n'est pas coutume, était assis devant son bureau.

– Dites-moi... avez-vous affecté des hommes à la protection de Kristin Hollander ?

– J'en ai donné l'ordre.

– Ça, je le sais. Mais j'aimerais savoir si...

– Une minute.

Il s'absenta en me laissant poireauter et danser d'un pied sur l'autre. Lorsqu'il revint, il m'expliqua qu'il attendait l'aval de sa hiérarchie.

J'allais lui répondre, mais j'aurais parlé tout seul car il n'était plus là : j'avais de nouveau droit à la tonalité. J'essayai une fois de plus de joindre Kristin, mais raccrochai très vite, avant même que son répondeur ne se déclenche, et je sortis en coup de vent.

Je trouvai tout de suite un taxi. Le chauffeur devait être le seul à New York à freiner lorsque le feu passait à l'orange, ce qui explique que le trajet fut plus long que prévu, mais je soufflai un peu et me rasséréna. En arrivant dans la 74e, j'avais assez recouvré mes esprits pour comprendre que j'avais eu une réaction disproportionnée.

La voiture se gara, je réglai la course, grimpai les marches du perron, appuyai sur la sonnette.

Elle ne me fit pas attendre longtemps, même si cela dut me paraître plus long que d'habitude. J'entendis manœuvrer le petit cache métallique de l'œilleton, je déclinai mon identité, au cas où l'âge et l'angoisse m'auraient défiguré. Elle m'ouvrit.

J'éprouvai alors un intense soulagement, mêlé à l'intime conviction de m'être comporté comme un imbécile qui panique sans raison. J'allais m'excuser – je ne sais pas de quoi –, mais elle me prit de court.

– Je suis désolée, dit-elle. Vous aviez peur qu'il me soit arrivé quelque chose, c'est ça ? Alors vous êtes venu.

– Vous ne m'avez pas répondu.

– Oh là là...

Elle fondit en larmes et s'effondra dans mes bras. Je la réconfortai, puis l'aidai à se redresser.

– Je suis désolée, répéta-t-elle. Je reviens tout de suite.

Elle se tourna, disparut dans une pièce. À son retour, elle avait l'œil sec et s'était calmée.

– J'ai fait quelque chose qu'il ne fallait pas, dit-elle. Peter m'a rappelée pour la troisième ou quatrième fois, et à travers le répondeur, c'est à moi qu'il s'est adressé. Un peu comme si nous discutions tous les deux, la seule différence étant qu'il était le seul à parler car je n'avais pas décroché.

– Mais vous avez fini par céder.

– Je n'ai pas pu résister. J'ai bien essayé de m'en aller, seulement c'était impossible, j'aurais eu l'impression de raccrocher au nez de quelqu'un, pire, même. Je le reconnais, ça ne rime à rien, seulement voilà... en fin de compte je lui ai répondu.

– Ce n'est pas grave.

– Il me tenait de grands discours sur le destin, en m'expliquant qu'il voulait être à mes côtés, qu'il ne demandait rien d'autre, tant et si bien que ça m'a tapé sur les nerfs.

– Le destin...

– Pour que ça cesse, il fallait en finir une fois pour toutes, c'était clair. Je lui ai donc dit d'oublier le destin et de ne plus compter sur moi car je voulais vivre ma vie et il n'y avait pas de place pour lui dans celle que j'envisageais. Énoncé comme ça, ça fait sans cœur et cruel, n'est-ce pas ? Si on me parlait sur ce ton, je serais complètement effondrée. Mais ce n'est pas comme ça qu'il a réagi.

– Non ?

– Il m'a remercié de lui parler franchement, parce que ça l'aidait à ne plus se faire d'illusions. Pour lui, c'était une libération.

– Il était sincère, d'après vous ?

– Vous ne le connaissez pas. S'il ne le pensait pas, il ne le dirait pas.

Mais la conversation s'était prolongée, dit-elle encore, et c'était sans doute pourquoi sa ligne était toujours occupée lorsque je l'appelais. Quand elle avait fini par raccrocher, elle n'en pouvait plus et avait décidé d'aller prendre un bain en lisant le dernier numéro de *Vanity Fair*, histoire de se repaître du malheur d'autrui. Elle s'apprêtait à entrer dans la baignoire lorsqu'elle avait entendu sonner le téléphone. Si c'était encore Peter, elle ne voulait plus lui parler, si ce n'était pas lui, il s'agissait sans doute d'un journaliste ou de quelqu'un à qui elle ne devait pas répondre : elle s'en était tenue au plan initial.

Pendant qu'elle était plongée dans son bain, en train de lire un article sur le meurtre, toujours pas éclairci trente ans après, d'une personne très en vue dans le Connecticut, le téléphone avait sonné de nouveau. Une fois de plus elle était restée où elle était, laissant le répondeur gérer l'appel.

– Ce n'est qu'après m'être séchée et habillée que je suis allée écouter les messages, reprit-elle. Ils étaient tous les deux de vous, et vous aviez l'air très mécontent. Je vous ai aussitôt appelé, mais je suis tombée sur votre répondeur.

– J'étais déjà parti.

– Et maintenant vous voici. Vous êtes venu pour rien. Ça me désole.

– N'en parlons plus. C'est autant de ma faute que de la vôtre. Et puis, ça m'a donné l'occasion de sortir de chez moi, ce qui n'est pas une catastrophe.

– Vraiment ?

– J'ai fait un cauchemar, la nuit dernière, à propos d'un de mes fils. Il ne reposait sur rien, je n'avais aucune raison de m'inquiéter, mais il faut parfois changer d'air pour tirer un trait là-dessus.

– Je comprends.

– Oui, j'en suis sûr.

– C'est formidable de votre part de vous être précipité ici, mais je vais bien, heureusement, et je m'apprêtais, euh, à monter examiner des documents. Je sais que de votre côté vous avez des choses à faire, aussi...

– Vous avez raison, il est temps que je m'en aille. Simplement, ça ne m'enchante guère de vous laisser ici.

– Même si je vous promets de ne pas répondre au téléphone ? À moins que ce ne soit vous qui m'appeliez, auquel cas je décrocherai immédiatement, juré. N'oubliez pas non plus qu'il y a deux anges gardiens en faction, dehors.

– Vraiment ?

– Les policiers qui me protègent. Je ne les ai toujours pas repérés, mais ça me rassure de savoir qu'ils sont là.

Allais-je continuer à entretenir cette fable ? Et si jamais elle quittait la maison, la bouche en cœur, persuadée que ses gardes du corps veillaient au grain ?

– J'ai parlé à Wentworth, lui dis-je. Il n'a pas encore obtenu l'autorisation d'affecter des hommes à votre protection.

– Je croyais que ce n'était qu'une formalité.

– On doit être plus ou moins procédurier suivant les commissariats et ceux qui les dirigent. Puis-je passer un coup de fil ?

– Je vous en prie. Moi, j'en ai pas le droit mais vous, si, dit-elle avec le sourire.

J'avais bien quatre numéros où joindre Mick Ballou, mais je n'étais pas sûr de le trouver à cette heure. Je les essayai successivement. Ma troisième tentative fut la bonne. Je lui expliquai brièvement ce que j'attendais de lui, il me demanda aussitôt l'adresse.

– C'est un ami à moi, déclarai-je à Kristin. Il va vous tenir compagnie, et malheur à celui qui essaie d'entrer chez vous.

Je lui brossai un portrait sommaire de Mick. Elle tomba des nues.

– À ce propos, dit-elle, j'allais oublier... J'ai au moins réussi quelque chose en parlant avec Peter.

– Si vous avez découragé pour de bon ses ardeurs, vous avez à mon sens réussi un exploit.

– En plus, j'ai trouvé le nom.

Me voyant perplexe, elle précisa :

– Je ne parle pas du sien. Rappelez-vous... vous vouliez connaître le nom du psychologue-conseil auquel nous nous sommes adressés, lui et moi.

– Vous m'avez dit que Peter l'appelait Doc.

– Tout le monde l'appelait comme ça. J'ai demandé son prénom à Peter. Il n'en revenait pas que je l'ai oublié. Remarquez, Doc a joué un rôle beaucoup plus important dans sa vie que dans la mienne. En tout cas, il se prénomme Adam, et je vous jure que je n'en savais rien. On me l'a toujours présenté comme « Doc ».

– Adam.

– Et le Dr Nadler, quel est son prénom, déjà ? Sheldon ?

– Seymour.

– C'est presque pareil. Mais ça n'a rien à voir avec Adam.

– Non. Donc, si je comprends bien, tout le monde l'appelait Doc. Tous les gens dont il s'occupait ?

– Peter et ses amis. Les autres aussi, peut-être, mais je n'en sais rien, je ne parle que de Peter et des quatre artistes avec qui nous devions partager une maison à Williamsburg.

– Ils connaissaient tous cet Adam ?

– Oui, il les recevait en consultation. Je crois d'ailleurs qu'ils se sont tous rencontrés en faisant une thérapie de groupe avec lui, ou quelque chose dans le genre.

– Vraiment.

– Lorsque Peter parlait du destin et de tout le reste, il était évident qu'il ne faisait que répéter ce que lui avait dit Adam. C'est une autre raison pour laquelle j'ai vécu la rupture avec lui comme un soulagement. Adam faisait du bien à Peter, comme il en faisait sans doute aux autres de la bande, sauf qu'ils étaient tous en train de devenir des espèces de clones d'Adam Breit.

– Adam Breit.

– Oui.

– Pourriez-vous me le décrire ?

– Oh là ! Je ne l'ai jamais vu que pendant les séances et Peter et moi passions notre temps à nous regarder dans le blanc des yeux... ou à nous éviter. Bon, disons qu'il a votre taille, qu'il est un peu plus mince et qu'il ressemble à Monsieur-tout-le-monde. Ça ne nous avance pas beaucoup...

– Il faut que je passe un autre coup de fil.

Je consultai mon calepin, composai le numéro. Elle me répondit aussitôt :

– Mme Watling ? C'est encore moi, Matthew Scudder. Je vous appelle à propos de ce psychologue-conseil.

– Son nom ne m'est hélas toujours pas revenu. Je ne suis pas fière de moi.

– Un nom joyeux, optimiste, m'avez-vous dit.

– Oui, mais je n'arrive pas à...

Nous n'étions pas devant un tribunal, personne n'allait m'accuser de poser des questions tendancieuses au témoin.

– Ne serait-ce pas Adam Breit ?

– Si !

– Vous en êtes sûre ? Je ne voudrais pas...

– Si si, c'est ça ! Adam, je n'en mettrais pas ma main au feu, mais Breit, j'en suis certaine. Vous voyez pourquoi je parlai d'un nom joyeux ? Après coup, ça saute aux yeux[1].

Je la remerciai et promis de la tenir au courant des progrès de l'enquête. Puis je m'installai dans un fauteuil et attendis l'arrivée de Mick Ballou avec Kristin.

1. « Breit » se prononce comme *bright*, qui signifie entre autres jovial, enjoué *(NdT)*.

35

Petit sourire en coin, il sort de la cabine. « Salut. À bientôt ! », lance-t-il en fermant la porte. Dodelinant de la tête il passe, tout content, devant la Coréenne au masque impénétrable assise derrière son bureau. Il conserve le même air satisfait pour descendre l'escalier et sortir de l'immeuble. Il se dirige prestement vers le coin de la rue, tourne, poursuit son chemin d'un pas alerte, mais sans se précipiter pour autant, afin de ne pas attirer l'attention.

Inutile de se presser. Personne ne va ouvrir sa porte, pas tout de suite. On va attendre qu'elle sorte. Et lorsqu'on s'impatientera, on ira frapper. N'obtenant aucune réponse on entrera dans la pièce, où il n'y aura personne. On en conclura qu'elle s'est absentée discrètement pour aller aux toilettes.

Évidemment, on finira bien par regarder à l'intérieur de l'armoire métallique dans laquelle il a planqué le cadavre, avec les mules et la robe rouge-orange sans manches.

Personne ne le remarque, tout comme il ne voit personne. Au moment de traverser Columbus Avenue, il est tellement absorbé dans ses réflexions que le feu change deux fois de couleur avant qu'il réagisse.

Il a eu une révélation et se sent obligé de la consigner. Peut-être a-t-elle une certaine valeur sur le plan scientifique, mais cela reste accessoire.

En arrivant dans son immeuble il sourit au portier et à un locataire qui sort de l'ascenseur. Un sourire par ici, un signe de tête par là.

Dans l'ascenseur qui l'emmène dans les étages, il effleure la pierre rose et froide qu'il porte en sautoir.

Il s'installe à son bureau, jette un œil à l'écran de l'ordinateur qui lui offre une vision sans cesse modulée de New York la nuit. Mais pour l'heure, il n'a pas le temps d'en être spectateur. Il appuie sur une touche, l'écran de veille disparaît.

Plutôt que de se connecter sur Internet il ouvre son traitement de texte, choisit « Nouveau Document » dans le menu. Une page blanche occupe l'écran. Il la fixe quelques instants en songeant à ce qu'il ressentait lorsque la fille le tripotait, et à ce qu'il a ressenti en la tripotant.

Ses doigts s'animent, peu à peu les mots remplissent l'écran :

Concernant ce type de tueurs en série qui n'agissent ainsi que dans le but d'éprouver à cet instant des sensations particulières, on présume depuis longtemps qu'il existe en l'occurrence une distorsion de la pulsion sexuelle et que celle-ci a probablement un rôle causal. Ce genre d'individu est incapable d'avoir une sexualité normale et ces agissements lui procurent une satisfaction d'ordre sexuel.

Or, il ressort de mes travaux qu'il n'en va peut-être pas nécessairement ainsi.

Prenons le cas d'un jeune homme que nous appellerons A. Dernièrement, il m'a confié que...

Il s'arrête, se renfrogne. Si un jour il décide de publier, il pourra toujours broder un peu sur le même thème. Pour l'instant, se montrer plus éloquent en abordant le sujet sans détour.

Il efface le dernier paragraphe, celui qui commence par « Prenons le cas de... » et poursuit :

Tout à l'heure, j'ai éprouvé le besoin de me soulager, sexuellement parlant, et me suis adressé à un établissement où l'on se proposait, contre espèces sonnantes et trébuchantes, de répondre à mon attente dans une ambiance décontractée et je présume hygiénique. Sous couvert de me faire un massage, une fille-femme d'origine asiatique m'a branlé avec une dextérité méritoire. Il lui a suffi de me toucher pour que je me raidisse. J'éprouvai ensuite un orgasme violent. Ma performance (si tant est qu'il ne s'agisse pas d'un abus de langage puisque je me contentai de m'allonger sur une table les yeux clos, ne pris pas la peine de regarder ce corps que je lui avais demandé, moyennant un pourboire, de dévêtir et ne m'ennuyai pas à tendre la main pour caresser sa peau d'ivoire), ma performance fut en effet des plus honorables. J'étais arrivé avec le désir farouche, le besoin impérieux de me soulager sexuellement et j'y suis parvenu.

Et ce fut très gratifiant. Le Kleenex dégoulinant qu'elle a négligemment jeté dans la corbeille attestait en silence ma satisfaction.

Or, je n'étais pas vraiment satisfait. Cet orgasme aurait aussi bien pu être celui de n'importe qui. Si j'étais comblé sur le plan sexuel, il n'en demeurait pas moins quelque chose en moi qui ne se sentait pas concerné.

Je ne savais même pas quelle attitude adopter. J'avais presque fini de me rhabiller lorsque ça me prit et je compris tout de suite que c'était bien ça qui me démangeait, que c'était pour cette raison précise que je me retrouvais dans cette petite pièce lugubre. J'enroulai donc mes mains autour de son cou et je serrai.

Elle ne fit aucun bruit. Je l'empêchai d'émettre le moindre son avant qu'elle se rende compte de ce qui lui arrivait, puis je la soulevai. Ses petits pieds lancèrent des ruades dans le vide, l'une de ses mules vola. Elle me fixa et, tandis que je la regardais mourir, je sentis quelque chose, le *kundalini*[1] ? l'énergie vitale ?, s'immiscer en moi par les mains, me remonter le long des bras et s'emparer de tout mon être.

Je n'ai, pendant ce temps, rien éprouvé qui puisse être qualifié d'érotique, tout comme je n'ai pas, sur le plan physique, mani-

1. En yoga, le *kundalini* est une formidable énergie qui transite par divers *chakras* pour atteindre le sommet du crâne *(NdT)*.

festé de réaction sexuelle. Je n'ai pas eu d'érection, je n'ai pas tressailli.

J'éprouvais néanmoins une satisfaction, un sentiment de plénitude infiniment plus fort et durable que celui que m'avait procuré l'orgasme. C'était, à n'en point douter, cela même que j'avais recherché, même si je n'en avais pas pris conscience avant de sauter à la gorge de la petite chérie. Loin d'être vidé, comme cela arrive après ce genre de décharge, je me sentais revigoré, capable d'avoir les idées claires et d'agir résolument. La preuve : je ne me suis pas contenté de remettre de l'ordre dans la pièce et de planquer le cadavre là on ne le retrouverait pas avant un certain temps, avec sa robe et ses mules qu'elle avait perdues en se débattant, j'ai également eu la présence d'esprit d'effacer les empreintes digitales avec cette même robe et de récupérer les cent dollars de pourboire qu'elle avait glissés dans son porte-monnaie. (En fait, il y avait trois billets de vingt dollars et un de dix dollars avec l'argent que je lui avais remis, de sorte qu'en comptant les quarante dollars que j'avais versés à l'entrée ma visite m'a rapporté au total trente dollars, ce qui, compte tenu du temps que cela m'a demandé, soutient favorablement la comparaison avec mes tarifs professionnels !)

La dernière ligne lui arrache un sourire. Lorsqu'il sera temps de publier ses conclusions et qu'il sera décidé à en arriver là, il faudra amender considérablement ce texte. Prétendre qu'il s'agit là des confidences d'un client anonyme. Et pourtant, cela ne présente-t-il pas quelque intérêt de montrer pareil document de façon directe et sans fard ? En l'état actuel, son récit a valeur de témoignage de première main rédigé par quelqu'un qui est lui-même de la partie. Son statut professionnel ne confère-t-il pas à ses analyses une valeur accrue ? Et celles-ci ne vont-elles pas souffrir de passer pour les aveux d'un patient en analyse et à l'identité non précisée ?

Cela mérite réflexion. Il y a peut-être moyen de faire paraître l'article tel quel sur un site Internet correctement choisi. Certes, il ne peut pas l'envoyer par courrier électronique à partir de son propre ordinateur. Mais rien ne l'empêche de s'arrêter dans un cyber-café, de se connecter sur AOL en utilisant un mot de passe volé (ce ne doit pas être trop difficile de s'en procurer un) et de l'envoyer comme ça. On ne pourra pas remonter jusqu'à lui. On pourra savoir d'où ça vient – avec les moyens actuels on y arrive toujours –, mais il n'y aura absolument rien qui le désigne, lui.

En attendant, il va falloir travailler la question, affiner. Peut-être ajouter un peu de détails, rendre toute l'agonie plus impressionnante. Mais d'abord, quelques mots pour résumer :

Il convient, semble-t-il, de distinguer Éros et Thanatos. Tous deux peuvent avancer de concert, tirer le même attelage, creuser un double sillon. Il leur arrive certainement d'empiéter l'un sur l'autre. Ainsi le plaisir de tuer est-il en partie d'ordre sexuel, tout comme le plaisir sexuel consiste d'une certaine façon à imposer sa volonté à autrui. Mais quand tout est dit...

Sa montre bipe.

Finalement, c'est très bien de s'arrêter ainsi, au beau milieu d'une phrase ; ça lui permettra de retrouver le fil de ses idées lorsqu'il se remettra au travail. Pour l'instant, il a d'autres obligations. Il a annulé ses consultations de l'après-midi, mais cela ne signifie pas qu'il peut se tourner les pouces.

Il déplace le curseur, clique avec la souris. La nuit tombe, sous la forme d'un écran de veille. Les lumières s'allument et s'éteignent.

Il se lève. A-t-il le temps de prendre une douche, de changer de vêtements ? Sans nul doute. Tant qu'à faire, pourquoi ne pas en profiter pour laisser son costume chez le teinturier en passant ?

Il a enfilé un blazer en poil de chameau et à boutons de cuir, un pantalon marron sans plis, une chemise blanche et une cravate à grosses rayures beiges et bleu roi. En chemin, il s'arrête chez un fleuriste et se demande ce qu'il conviendrait d'apporter. Certainement pas des roses, mais alors quoi ?

Il ressort sans avoir rien acheté, estimant qu'il serait déplacé d'offrir des fleurs. Pourtant, il ne veut pas arriver les mains vides.

Des bonbons ? A-t-on déjà vu quelqu'un venir vous rendre visite en apportant une boîte de chocolats ?

Sous le coup d'une inspiration, il redescend dans la 72ᵉ Rue, où se trouve une excellente pâtisserie. Je suis passé devant, s'entend-il déjà expliquer, et ç'a été plus fort que moi. Il choisit un éclair, un mille-feuille, ainsi que deux tartelettes qui ont l'air fort appétissantes. Aime-t-elle seulement les gâteaux, sa future épouse, la châtelaine du palais, de son palais à lui ?

Il lui reste encore tellement de choses à apprendre sur elle...

Le carton attaché avec de la ficelle sous le bras, il gagne la 74ᵉ, à deux carrefours de là. Marchant d'un bon pas, le cœur léger, le voilà presque à la hauteur de la maison lorsqu'en sort un homme qui se retourne pour dire un dernier mot, puis fait volte-face et referme derrière lui.

C'est encore le même type, celui dont il a trouvé la carte de visite chez Lia Parkman. Scudder, Matthew Scudder ! C'est bien lui qui descend les marches du perron. Que faire ? Se figer sur place et attirer l'attention ? Continuer comme si de rien n'était et le heurter de plein fouet ?

Il s'arrête, fait semblant de consulter sa montre. Scudder arrive sur le trottoir. Pourvu qu'il tourne à droite et s'éloigne ! Mais non, le salopard prend l'autre direction et se dirige droit vers lui, animé d'une farouche détermination.

Il continue à la même allure, détourne les yeux, mais ne peut s'empêcher de jeter un coup d'œil à Scudder lorsqu'ils se retrouvent tout près l'un de l'autre. Et c'est Scudder qui le dévisage !

Avant de regarder au loin.

Scudder ne le connaît absolument pas. Ils se croisent, Scudder continue vers l'ouest, tandis qu'il passe de son côté devant la maison des Hollander.

Scudder a disparu.

Il n'a aucune raison, il le comprend, de se méfier de lui. Certes, il est mêlé à tout ça, le saligaud. Et puis, il sait maintenant pourquoi sa tête lui disait quelque chose et quand il l'a aperçu. C'était à Brooklyn, dans Coney Island Avenue, le jour où il est passé devant la baraque où tout a commencé. Il longeait la rue au volant de sa voiture lorsque les mecs sont sortis de la maison, deux types qui n'avaient pas l'air d'être du quartier. Le plus jeune portait une chemise hawaïenne et ressemblait à un flic, l'autre, un homme d'un certain âge, Scudder, aurait pu passer pour le propriétaire ou un employé municipal.

Désormais il connaît son nom et son adresse, mais ça s'arrête là. Il n'empêche... il ne peut pas faire un pas sans le trouver sur son chemin. Le moment ne serait-il pas venu d'y remédier ?

Tout de suite. S'il avait eu un flingue, il aurait pu lui régler son compte, puis s'esquiver. Ou bien y aller au couteau, un couteau de chasse bien affûté, dans sa gaine de cuir. Il l'aurait sorti d'un seul coup et le lui aurait planté dans le ventre vite fait, bien fait, sans faire de bruit.

Où peut-on acheter un couteau de chasse à New York ? Dans le reste du pays, d'accord, mais à New York ?

Bon, ça attendra. D'abord, pratiquer une brèche dans la muraille du château afin de sauver la demoiselle.

Il gravit les marches du perron, sonne. Si on ne lui répond pas, il suivra le conseil qu'il a donné à Peter : il insistera et il lui parlera à travers la porte, comme si rien ne les séparait.

Et alors, que ça lui plaise ou non, elle le recevra.

Il avance le doigt et s'apprête à appuyer sur la sonnette lorsqu'on ouvre brusquement. Bouchant la vue, un géant, planté dans l'entrée, le toise, l'air menaçant. Nom d'un chien, quel spectacle ! Un visage taillé dans le granit, avec des yeux verts et un regard perçant...

– Que voulez-vous ?

Une voix âpre – pas étonnant –, avec un soupçon d'accent irlandais.

Il ne sait que répondre.

– Qui êtes-vous ? Encore un de ces connards de journalistes ?

Il hésite, fait signe que oui.

– Dans ce cas, on n'a pas besoin de vous. Fichez-moi le camp !

Et la brute lui claque la porte au nez. Il dévale les marches, tourne à droite, en direction de Central Park. Au carrefour, il jette son carton à gâteaux dans une poubelle.

36

– Nous y voilà, Adam Breit, dis-je en épelant le nom de l'intéressé.

J'avais cherché à « Bright », faute de connaître l'orthographe exacte de ce patronyme. Comment aurait-il pu en être autrement puisque ni Kristin ni Mme Watling ne l'avaient vu écrit ?

Je me trouvais dans la chambre d'hôtel de T. J., où nous étions tous les deux en train d'éplucher l'annuaire, lui les pages jaunes, moi les pages blanches. Ça ne donnait rien du côté des particuliers, en revanche la rubrique professionnelle mentionnait un certain Breit Adam, avec un numéro correspondant, mais pas d'adresse.

Je téléphonai. Une voix synthétique m'apprit que ce numéro n'était plus en service

J'appelai les renseignements en me débrouillant pour parler à un être humain. Le résultat n'aurait pas été différent si j'avais parlé à un enregistrement. Je me fis passer pour un policier en inventant un nom et un numéro de matricule et expliquai que j'étais à la recherche d'une adresse qui n'était pas mentionnée dans l'annuaire. L'employée nota le nom et le numéro de téléphone et me fit attendre quelques instants, le temps de m'apprendre que ce numéro n'était plus en service.

Je le savais déjà, lui dis-je, mais je voulais connaître l'adresse à laquelle il avait jadis correspondu. Elle me répondit qu'elle ne disposait pas de cette information. Ce nom, Adam Breit, figurerait-il par hasard sous une autre rubrique, qu'il soit ou non par ailleurs sur liste rouge ? Non, dit-elle, ce n'était pas le cas.

Je raccrochai.

– Tu n'as pas honte de te faire passer pour un flic ? ironisa T. J.

– Si. En recourant à ce genre de procédé, je me ravale au niveau d'Adam Breit.

– Adam Breit, Arden Brill... Ces noms présenteraient-ils implicitement la même structure ?

– Si on le retrouvait, on pourrait lui poser la question.

– Si tu veux téléphoner, sers-toi de ça.

Il me tendit son portable et s'occupa de son ordinateur, qui fit le drôle de bruit qu'ils émettent tous lorsqu'ils sont reliés à leurs homologues de par le monde. Une voix sympathique lui annonça qu'il avait du courrier.

– Bon, dit-il, ça va attendre un peu...

Il appuya sur des touches, fit la grimace et gloussa comme un débile.

J'attrapai *Un conte de deux villes* de Dickens, ouvrage faisant sans doute partie des lectures obligatoires pour les étudiants inscrits au cours sur la Révolution française et Napoléon, et j'étais en train de redécouvrir Mme Defarge « la tricoteuse » lorsqu'il lança :

– 724 Broadway.

– Quoi donc ?

– C'est l'adresse qui correspond au numéro.

– Comment ça, tu as un annuaire inversé ?

– Plutôt une espèce d'annuaire universel. Et moi, j'ai pas eu besoin de mentir à l'opératrice.

– Kristin m'a dit, je m'en souviens, qu'il avait un bureau dans Broadway, en dessous de la 14e Rue. Apparemment, ça colle.

– Juste une minute...

Il m'annonça peu après que le 724 Broadway devait se trouver aux alentours de Waverly Place. Y aurait-il par hasard quelqu'un d'autre à cette adresse ? lui demandai-je. Qui donc ? fit-il. Quelqu'un qui saurait peut-être où Adam Breit était passé, lui répondis-je.

Au total, je me retrouvai avec plus d'une dizaine de numéros de téléphone. Cinq ne répondirent pas, les autres ne valant pas mieux : quatre personnes n'avaient jamais entendu parler d'Adam Breit, deux se souvenaient vaguement de lui, et un monsieur m'apprit qu'il avait déménagé, sans pouvoir me dire quand ni où il était parti.

– Vous êtes près de Waverly Place, c'est ça ?

– Entre Waverly Place et Washington Square. Mais j'allais sortir, mon pote, alors ce n'est pas la peine de venir me voir.

– C'est pas grave, répondis-je, j'ai plus besoin de toi.

– Eh bien, va te faire voir !

Il raccrocha.

T. J. voulant essayer d'autres manipulations pour localiser Adam Breit, il demeura devant son ordinateur tandis que je descendais dans le centre en métro. Je remontai à la surface à la station Broadway-Astor Place, traversai une rue et fis la moitié du chemin jusqu'au prochain carrefour pour m'arrêter devant un immeuble étroit de sept étages ; la façade en fonte et les locaux commerciaux avaient presque tous été transformés en logements. Il y avait un nom sur chaque boîte aux lettres, mais celui de Breit ne faisait pas partie du lot. Le contraire m'aurait étonné.

Le gardien résidait à deux numéros de là, comme l'indiquait un panneau. Il se trouvait à l'entresol. Peau café au lait, visage oblong, moustache très fine et soupçon d'accent antillais. Je lui expliquai que je cherchais un dénommé Adam Breit. Il s'esclaffa, comme si je venais de dire quelque chose d'hilarant.

– Ça nous arrangerait bien s'il n'était pas parti sans laisser d'adresse, soupirai-je.

– Et comment ! Ça arrangerait des tas de gens. Quand il a déménagé, il lui restait encore pratiquement deux ans avant la fin de son bail et il avait trois mois de loyer de retard. La propriétaire serait bien contente de savoir où il se trouve, ainsi que M. Edison et Mme Bell.

– M. Edison et...

– Con Ed et Bell Telephone[1]. Il n'a réglé ni l'électricité ni le téléphone.

1. Soit les services de l'électricité (Conrad Edison) et un opérateur téléphonique (Graham Bell) *(NdT)*.

– Quand a-t-il déménagé ?

– Toute la question est là. C'est après le jour de l'an qu'il est devenu clair qu'il n'habitait plus ici. Mais je pourrais pas vous dire à quelle date exactement il a quitté les lieux. La propriétaire voulait le retrouver pour encaisser les loyers et a fini par faire ouvrir la porte par un serrurier, et là, c'était comme dans la fable[1] : on est tombé sur une armoire vide.

– Comment ça ?

– Quand elle est entrée, il n'y avait rien dans le placard. Il avait emporté ses vêtements, laissé ses meubles et pris la poudre d'escampette.

– Comme dans la chanson...

– Tout justc.

– Les meubles valaient-ils quelque chose ?

– Il n'avait pas fini de les payer et il faut croire qu'ils avaient une certaine valeur, car la société qui les lui avait vendus est venue les rcchercher. Si je peux me permettre... qu'est-ce que vous lui voulez, au juste ?

– Bonne question. À ce propos, que fabriquait-il, ici ?

– Moi, je m'occupais de mes affaires ; je serais donc bien incapable de vous répondre. Il habitait ici et il recevait des visites, aux heures ouvrables ou non, mais qui peut dire ce que sont les horaires de travail d'un homme ?

– Tout le problème est là.

– Je ne crois pas qu'il se livrait au trafic de substances prohibées, si c'est ce que vous vouliez me demander.

– Je ne pensais pas à ça.

– Et puis, vous ne m'avez toujours pas répondu, sinon pour dire que je vous avais posé une bonne question. M. Breit vous devait-il de l'argent, à vous aussi ?

– Non.

J'aurais pu en rester là, mais il y avait quelque chose chez ce type qui me donna envie de me montrer plus disert.

1. Allusion à l'histoire enfantine d'une grand-mère (Old Mother Hubbard) qui promet un os à son chien et découvre, au moment de le lui offrir, qu'il ne se trouve plus dans l'armoire où elle l'a rangé *(NdT)*.

– Je n'en suis pas absolument sûr, mais il semblerait qu'il ait commis cinq meurtres.

– Ça, par exemple ! Cinq meurtres ?

– Apparemment.

– Mais c'est épouvantable ! Pourquoi aurait-il fait une chose pareille ?

Je repartis comme j'étais venu, par le métro, et, lorsque j'arrivai au Northwestern, T. J. m'attendait en bas, dans ce qui tient lieu de hall.

– Je voulais t'éviter de monter, dit-il. J'ai regardé partout sur Internet. Ce type n'existe pas.

– Adam Breit.

Oui, fit-il de la tête.

– Écris-le comme tu veux B-R-E-I-T ou B-R-I-G-H-T. S'il est psychiatre, psychanalyste, psychologue ou psy quelconque, il doit bien figurer quelque part.

– Tu n'as rien trouvé ?

– Oh si, j'ai déniché des tas de trucs. Plus on élargit la recherche, plus on découvre des choses complètement inutiles. Entre « Adam Bright » et tu tombes sur l'histoire d'un homme politique qui « voit l'avenir en rose pour les péquenots du comté de Schuyler ». Mais restreins tout ça au strictement utile et Adam Breit reste inconnu au bataillon.

– En tout cas, il n'est pas au croisement de Broadway et de Waverly, lui répondis-je en ajoutant qu'il avait mis les voiles et disparu de la circulation.

– Il a peut-être réellement déguerpi sans demander son reste. À moins qu'il n'ait été la première victime de notre assassin.

– L'homme qu'on recherche aurait tué Adam Breit et se ferait passer pour lui ?

– Ça ne te séduit pas comme idée ?

– Pas vraiment, puisque tu viens de me dire qu'il n'existe pas d'Adam Breit dont on peut endosser l'identité.

– J'avais oublié.

– Et il est toujours en liberté vu que Peter Meredith et ses copains continuent à le voir. À tous les coups, c'est une espèce de gourou, le chef spirituel de leur petite communauté.

– Le Bouddha de Bushwick... Si on veut le retrouver, c'est par là-bas qu'il faut commencer.

– Par Meserole Street ? Je ne sais pas... mais s'ils le prennent pour un demi-dieu, ils ne voudront rien nous dire sur lui. On va dans le mur.

– Dans un mur de briques nues, plaisanta-t-il.

Il nous fallait un point de départ et je ne voyais pas comment ç'aurait pu être Meserole Street.

– Seymour Nadler, dis-je, au bout d'un moment.

– Tu crois qu'Adam Breit et lui ne sont qu'un seul individu ? Il invente un personnage, celui d'Adam Breit, s'installe au croisement de Broadway et de Waverly Place, fait la connaissance de Peter Meredith et de toute la bande, et ensuite...

Il s'interrompit, hocha la tête.

– Non, ça tient pas debout, déclara-t-il.

– Ce n'est pas là où je voulais en venir.

– Tant mieux.

– Le cambriolage... Quand on pensait que Nadler était notre homme, il y avait deux possibilités : ou bien le cambriolage était un coup monté, ou bien il avait réellement eu lieu et Nadler avait fait, vingt-quatre ou quarante-huit heures plus tard, une fausse déclaration de vol concernant son arme à feu.

– L'un ou l'autre.

– Seulement, si Nadler est au-dessus de tout soupçon...

– Cela signifie que le cambriolage n'était pas une mise en scène et que celui qui l'a commis a embarqué le flingue.

– Exact. Et comment expliquer que ce soit Adam Breit qui en ait hérité ?

– Parce que c'était lui, le cambrioleur.

– Absolument, ce qui explique qu'on ait procédé de la même façon dans les deux cas. Le mode opératoire était le même car il s'agissait du même homme.

– Maintenant qu'on le sait, ça nous avance à quoi ? Le cambrioleur est le coupable, mais a-t-on plus de chances de le retrouver ?

– Réfléchis.

Il resta un moment silencieux.

– Il a fait tout ça pour se procurer le pistolet.

– J'en ai bien l'impression.

– Oui, mais comment savait-il qu'il y en avait un ?

– Nous y voilà.

Il y a quelques années, lorsque j'habitais encore dans la chambre qui est désormais celle de T. J., deux pirates informatiques, David King et Jimmy Hong, passèrent, à ma demande, une soirée entière dans les entrailles du système informatique d'un opérateur téléphonique afin d'y piocher des dossiers auxquels on n'avait en principe pas accès. Depuis lors ils s'occupent de choses plus intéressantes, plus ambitieuses et aussi beaucoup plus légales, mais enfin... grâce à eux je peux désormais téléphoner gratuitement d'ici, n'importe où en dehors de New York, et ce jusqu'à la fin de ma vie. Je ne sais pas trop ce qu'ils ont fabriqué, mais ensuite ces appels ont cessé d'apparaître sur ma facture détaillée.

Un vol est un vol, qu'il s'agisse d'arnaquer un aveugle qui vend des journaux ou un opérateur téléphonique, et je ne doute pas que le relativisme moral soit indéfendable, philosophiquement parlant, mais qu'à cela ne tienne... nous avons tous des défauts. Si je devais appeler Martha's Vineyard pour essayer de retrouver Seymour Nadler, j'aimais autant que ce soit depuis la chambre de T. J., en sachant pertinemment que jamais personne ne paierait la communication.

Je finis par le joindre.

– Docteur Nadler ? Désolé de vous déranger, déclarai-je, mais je crois que vous avez parlé, hier, avec l'inspecteur Ira Wentworth.

– Oui ?

– Voilà, je voudrais compléter cet entretien, docteur. J'aimerais connaître votre version des rapports que vous avez pu avoir avec un certain Adam Breit.

– Je ne peux pas vous répondre. En vertu du secret médical qui lie le médecin à son patient...

– Si je comprends bien, ça ne vaut que si cet Adam Breit était un de vos malades.

– Si je n'ai pas soigné ce monsieur, pourquoi m'appelez-vous ?

– Nous pensions que c'était peut-être un de vos collègues ?

– Un collègue ?

– Un psychiatre ou un psychothérapeute.

– Breit ? !

– Donc, vous le connaissez.

– Adam Breit... Ce n'est pas un ami, nous n'avons jamais travaillé ni fait nos études ensemble. Cela dit, c'est vrai, je le connais. Pas très bien, mais enfin je le connais.

– Mais encore ?

– Je le connais comme ça, de loin. C'est un garçon charmant. Que lui voulez-vous ?

– Comment se fait-il que vous ayez des contacts avec lui ?

– Je viens de vous le dire : je ne le connais que très superficiellement. On se sourit, on se dit bonjour. Un jour nous avons engagé la conversation et je lui ai dit : « Breit, vous m'êtes sympathique. Venez donc prendre l'apéritif un soir avec votre femme. » « Je n'ai pas de femme, m'a-t-il répondu. » « Alors, venez avec la femme d'un autre », lui ai-je rétorqué. Ça l'a fait rire, ce qui montre qu'il a de l'humour.

– Et il est venu ?

– Oui, mais tout seul. Il est très bien de sa personne et il a plein de choses à raconter. Je ne sais pas exactement dans quelle branche il travaille, mais je pense qu'il doit se spécialiser dans les thérapies comportementales. Il m'a parlé d'une de ses patientes ; une histoire charmante, celle d'une dame qui était allergique aux poils de chien et qui, sur ses conseils, a remplacé son chien par un animal en peluche. Au total, ce fut un succès complet.

Il poussa un petit rire :

– Un traditionaliste comme moi aurait commencé par chercher pourquoi exactement cette dame était allergique, mais voilà : Breit a trouvé une solution humaine et très efficace.

– Intéressant. Mais quelque chose m'échappe. Je n'ai toujours pas compris comment vous vous êtes rencontrés.

– Nous nous sommes retrouvés nez à nez.

– Dans un congrès, ou dans...

– En bas, dans le hall.

– Vous habitez le même immeuble ?

– Où croyiez-vous que nous habitions ? Breit s'est installé ici, euh... vers Noël. Harold Fischer, ce nom vous dit-il quelque chose ? Le paléontologue ?

– Non, je ne crois pas.

– Un homme brillant. Il passe une année sabbatique en France à explorer des grottes. Breit lui sous-loue son appartement.

– Vous vivez dans le même immeuble tous les deux ?

– Qu'est-ce que je viens de vous dire ?

– Bon, d'accord. Et il n'est venu qu'une fois chez vous ?

– Une fois ou deux, je ne sais pas. Pas plus, en tout cas. Il est d'agréable compagnie, mais nous n'avons pas grand-chose de commun.

– Savait-il que vous possédiez une arme à feu ?

– Une arme à feu ? De quelle arme à feu parlez-vous ?

– De celle qui vous a été dérobée lors du cambriolage.

– Moi, je vous parle d'avant le cambriolage. Comment aurait-il pu être au courant ?

– Connaissait-il l'existence de ce pistolet ?

– Ah oui, je vois où vous voulez en venir.

Il éclata de rire.

– Vous vous trompez d'adresse, monsieur le détective.

– Comment ça ?

– Il avait peur de le toucher.

– Vous le lui avez montré ?

– J'ai essayé. Je l'ai sorti du tiroir, je le lui ai tendu, mais il a eu un mouvement de recul, comme si je lui demandais d'attraper un serpent à mains nues. Il n'était pas chargé, j'en étais sûr, mais il n'a pas voulu y toucher.

– Dans quelles circonstances cela s'est-il passé ?

– Je ne sais plus. On en est venus à parler d'armes à feu. Avez-vous d'autres questions à me poser ? Car nous avons des invités et j'aimerais retourner auprès d'eux.

37

Le numéro de téléphone figurait dans l'annuaire : Harold Fischer habitait Central Park West, à la même adresse que Adam Breit. Je l'appelai, laissai sonner quatre fois avant que le répondeur ne se déclenche. Une voix blanche, celle d'un homme, répéta les quatre derniers chiffres du numéro et m'invita à laisser un message après le bip.

Je me tournai vers T. J. :

– Si tu partais un an à l'étranger en sous-louant ton appartement, tu ne fermerais pas ta ligne, toi ?

– Sinon, je risquerais de me retrouver avec une facture pas piquée des vers.

– À moins que Fischer n'ait demandé qu'on suspende sa ligne et que Breit l'ait fait rétablir.

– En se faisant passer pour l'autre, c'est ça ?

– Possible. J'en suis à me demander si Fischer savait que son appartement était sous-loué. Rien ne dit que Breit ne s'y soit pas installé frauduleusement.

– Dans ce cas, il a intérêt à faire ses valises avant que l'autre revienne de France.

– Ça vaudrait mieux pour Fischer aussi.

Je rappelai son numéro et tombai une fois de plus sur le répondeur.

– Il n'est pas là, dis-je.

– Alors, qu'est-ce qu'on attend ?

Convaincre le gardien ne fut pas évident. Je lui montrai une lettre d'Harold Fischer, notifiant à qui de droit qu'il avait autorisé le dénommé Matthew Scudder à pénétrer dans son logement du 242, Central Park West. La missive portait en en-tête l'adresse permanente à New York, à gauche, et en face une adresse temporaire rue de la Paix, à Paris. T. J. avait bidouillé le document sur son ordinateur et j'avais signé le papier « Harold Fischer », d'une écriture qui aurait fait honneur à n'importe quel paléontologue.

Autrefois, quand on avait besoin d'un faux, il fallait s'adresser à un imprimeur. Désormais, on peut le fabriquer chez soi en cinq minutes. Contrefaçon par PAO, comme dit T. J.

Une fois que le gardien en eut fini d'examiner le papier, il me restait encore trois choses à lui montrer. J'attaquai avec ma carte privilège de la mutuelle des détectives et fis suivre par une photocopie de ma licence de détective privé m'autorisant à exercer dans l'État de New York. Elle n'était plus valable depuis longtemps, mais je mis le pouce sur la date... Enfin, au cas où ça n'aurait pas suffi, je glissai à ce monsieur deux billets de cinquante dollars.

– Pour le dérangement, murmurai-je. M. Fischer vous est reconnaissant.

– Ça pourrait m'attirer des ennuis, dit-il.

– Pour commencer, vous avez l'autorisation de M. Fischer. Ensuite, personne ne le saura.

– Et s'il débarque quand vous êtes là-haut ?

– Il est à Paris en ce moment, et je viens de sa part. En plus...

– Je ne parle pas de M. Fischer, mais du nouveau, M. Breit.

– Dites-lui de monter. J'aimerais beaucoup faire sa connaissance.

Il finit par fouiller dans un tiroir pour en sortir les clés de l'appartement d'Harold Fischer.

– Si on me pose des questions, je dirai que c'est vous qui les avez prises de votre propre initiative. Ce n'est pas moi qui vous les ai remises, d'accord ?

– On ne s'est jamais vus, lui déclarai-je.

L'ascenseur nous déposa au treizième étage, où logeait Harold Fischer. Il y avait une sonnette et donc je sonnai, et puis une porte, à laquelle je frappai. Pas de réponse. Je donnai un tour de clé, ouvris et entrai, suivi de T. J.

– Harold ? Harold Fischer ? lançai-je.

Je traversai une pièce très haute de plafond dont les baies vitrées donnaient sur Central Park. Un canapé, deux chaises, un bureau avec un ordinateur. T. J. fonça dans sa direction pendant que j'allais voir ailleurs. Dans la chambre, le lit était fait et les rideaux tirés. Une seule serviette séchait dans la salle de bains.

T. J. m'appela. Je le retrouvai dans la salle de séjour, où il était devant l'ordinateur, les yeux rivés sur l'écran.

– Regarde un peu ça, dit-il.

Ira Wentworth lut et relut *in extenso* la sortie imprimante, en s'arrêtant ici et là pour hocher la tête.

– Redites-moi où vous avez trouvé ça ?

– Sur Internet.

– Vous savez de quoi il s'agit ? Il y est question d'un meurtre qui vient d'être commis il y a à peine quelques heures. En a-t-on déjà parlé aux informations ?

– On l'a découvert en lisant ce machin sur le Web, répondit T. J. Je m'suis branché sur un site qui m'intéresse depuis quelque temps. Il y avait des tas de conneries sur le meurtre des Hollander. Des gens qui se livrent à des spéculations, ils ont tous leur théorie sur ce qui a pu se passer.

– Des mordus, lâcha Wentworth, avec un rictus de dédain.

Il regarda les papiers qu'il avait à la main, hocha la tête et reprit :

– C'est le mec qui a tué une nana tout à l'heure, dans Amsterdam Avenue, à la hauteur de la 88e Rue. Ça s'est passé exactement comme il l'explique. C'est du ressort d'un autre commissariat, mais on ne parle que de ça parce que c'est pas fini. Le dingue est en liberté, il va recommencer.

– Celui-ci a déjà fait le coup.

– Oui, c'est clair. Seulement, il n'y a rien ici sur les Hollander, ni sur Parkman. Et rien non plus qui permette de l'identifier, d'ailleurs.

– Il laisse entendre qu'il est psychothérapeute.

– Psychopathe, oui ! Vous dites qu'il s'appelle Breit ?

– Adam Breit.

– Et comment êtes-vous arrivés jusqu'à lui ? Vous me l'avez dit, mais j'ai oublié.

– Il a fait la connaissance de Kristin à l'époque où son ancien petit ami et elle suivaient une thérapie de couple avec lui. Il s'occupe d'ailleurs toujours de ce type et de son entourage. Enfin... c'était lui le psychologue-conseil, désigné par la cour ou pas, je n'en sais rien, qui s'occupait de Jason Bierman.

– Le mec qui habitait à Coney Island.

Il vivait en réalité à Midwood, mais bon, je laissai passer.

– Il sous-louait un appartement dans l'immeuble de Nadler. Celui-ci l'a invité un jour à prendre l'apéritif et il lui a montré son pistolet.

– Qui sera volé et servira à tuer les Hollander et les deux types de Brooklyn.

– Exact.

– Ça devrait être amplement suffisant pour le faire plonger. Vous voulez que je vous dise ? Il ne nous manque plus qu'une chose : des preuves.

– Il a envoyé ce truc-là sur le Net, déclara T. J. À partir de son propre ordinateur, j'en mettrais ma main au feu, et s'il ne l'a pas effacé...

– Et même... il y a des petits génies capables de reconstituer tout ce qu'on a mis à la corbeille. Seulement, on n'a pas le droit de lui piquer sa bécane sans mandat, ni même d'entrer chez lui.

– Ce n'est pas son appartement.

– Il le sous-loue, c'est ça ?

– On peut se demander dans quelle mesure il a agi en toute légalité. Il est possible qu'il se soit installé là sans avertir le propriétaire.

– Et lui, où se trouve-t-il ?

– Il est en France, répondis-je, et on n'arrive pas à le joindre.

Je montrai la sortie imprimante qu'il avait à la main.

– Ce n'est pas assez pour obtenir un mandat ?

– Ce truc-là ? On ne peut pas prouver d'où ça vient.

T. J. lui désigna l'adresse Internet, qui figurait en haut à gauche, imprimée dans une police de caractères différente du reste.

– Les responsables du site devraient pouvoir nous dire qui a envoyé ce texte.

– Oui, mais ça va prendre un temps fou.

– Disons qu'il y en a pour un moment.

– Encore faut-il qu'on nous donne un coup de main. Or les gens d'Internet ne sont pas toujours très coopératifs.

– Tu m'étonnes.

– Il n'empêche que c'est ce qu'on a fait. On est tombé sur un type qui nous a confirmé que c'était bien notre gus qui avait envoyé ce texte. Évidemment, il y a des juges qui voudront en avoir la preuve avant d'établir un mandat de perquisition. Mais il y en a d'autres, ajouta-t-il avec le sourire, qui n'en demandent pas tant.

À notre arrivée sur place, pourvus d'un mandat de perquisition concernant l'appartement 14-G, sis 242, Central Park West, ville de New York, comté de New York, État de New York, nous avions reçu le renfort de Dan Schering, du 20e commissariat, de deux inspecteurs du 26e district, Hanon et Fisk, et de deux autres de la Criminelle de Manhattan Nord, dont je n'ai jamais pu retenir les noms. Il y avait aussi un type du labo avec un appareil photo et tout le matériel qu'il avait pu mettre dans son sac à dos. En bas, c'était toujours le même portier, mais nous évitâmes scrupuleusement de nous reconnaître. Wentworth lui ayant montré le mandat, il nous fit monter.

– J'aurais dû imprimer un mandat au lieu d'une lettre d'Harold Fischer, murmura T. J. T'aurais économisé cent dollars.

– La prochaine fois, lui répliquai-je.

Le concierge nous ouvrit la porte, puis s'effaça. Wentworth entra le premier. J'allais lui désigner l'ordinateur, mais il l'aperçut immédiatement et se dirigea vers lui en enfilant un gant en plastique pour ne pas laisser d'empreintes.

– New York la nuit, dit-il, en voyant l'écran de veille. Il faut aimer... Espérons qu'il était tellement content de son texte qu'il n'a pu se résoudre à l'effacer.

Il tendit un doigt ganté, appuya sur une touche. L'écran de veille disparut, remplacé par le dernier message d'Adam Breit. Nous l'avions laissé où nous l'avions trouvé.

– Bon sang ! s'exclama-t-il.

Il appela le type du laboratoire pour lui demander s'il serait possible de photographier l'écran. Il y avait un problème de reflet, expliqua son interlocuteur, mais un filtre devrait arranger les choses et il allait voir ce qu'il pouvait faire.

Wentworth le laissa se débrouiller et rejoignit les autres.

– C'est presque trop beau pour être vrai, dit-il en hochant la tête.

Sans doute avait-il raison. C'était trop beau pour être vrai. Mais pas tant que ça.

L'adresse Internet figurant sur la sortie imprimante que nous avions réalisée pour le compte d'Ira Wentworth était celle d'un site qui existait vraiment et que T. J. surveillait depuis huit jours environ. Il était possible que Breit y ait fait, là ou ailleurs, état de ses observations dès lors qu'il avait trouvé le moyen de ne pas se faire repérer. En réalité, il ne les avait pas envoyées et nous ne le fîmes pas à sa place. Nous y avions bien pensé, T. J. savait apparemment comment s'y prendre, mais cela aurait été trop long.

Nous avions donc tenté le coup en espérant que Wentworth n'irait pas chercher plus loin. T. J. avait noté l'adresse e-mail d'Adam Breit dans la partie idoine de son dossier ouvert, puis il avait fait sortir le document sur l'imprimante du même Breit avant d'effacer ce qu'il venait d'ajouter de manière à tout laisser comme il l'avait trouvé au départ.

Contrefaçon par PAO, deuxième cours.

L'un après l'autre, les flics enfilèrent des gants et se relayèrent au téléphone, ce qui fit qu'il en arriva encore d'autres, ainsi que des techniciens. L'un d'eux releva les empreintes digitales, un autre ramassa les vêtements qui se trouvaient dans le sac de linge sale, un troisième fouilla le placard. Dans la salle de bains, un malheureux, à qui je cédai volontiers ma place, eut pour tâche d'enlever le tuyau de vidange de la baignoire, dont il retira un paquet de cheveux mélangés à des cochonneries absolument pas identifiables. Le tout atterrit dans un sac en plastique... il était temps !

– Il l'a expliqué ici, dit Wentworth. L'épisode du Kleenex qu'il a balancé dans la corbeille. Il a peut-être effacé les empreintes et récupéré ses cent dollars, mais vous le voyez vraiment aller rechercher son foutre dans la poubelle de la nana ?

– Personnellement, ça m'étonnerait, répondis-je.

– D'après lui, reprit Wentworth, quand il a giclé, il a mis la dose. Il devrait donc y avoir assez d'ADN pour le condamner au moins six fois.

– Il prétend que ça l'a soulagé, mais qu'il y avait quand même quelque chose en lui qui se sentait pas concerné.

– Quand on lui sera tombé dessus, il changera de disque. Je veux donner l'alerte générale, mais vous savez ce qu'il nous manque ? Un portrait de ce salopard. Il a un ego hypertrophié, comment se fait-il qu'on ne trouve ici aucune photo de lui ?

– Il croit peut-être que tout le monde sait à quoi il ressemble.

– Et vous ? Vous pourriez le reconnaître ?

– Moi, non, mais les employés de l'immeuble devraient en être capables.

– Très juste. Demandez au concierge de nous le décrire et aiguillez-le sur un dessinateur de la police. Comme ça, les journaux pourront publier un portrait-robot qui ne lui ressemble pas du tout, mais tant pis. Vous avez une idée de l'endroit où il pourrait se trouver ?

– Hier encore, je ne savais pas comment il s'appelait. Je n'avais même pas la preuve qu'il existait vraiment.

– J'en conclus que c'est non.

– À votre place, je surveillerais de près la maison des Hollander.

– J'ai des hommes en faction devant.

– Ah bon ? On vous en a enfin donné l'autorisation ?

Il fit la grimace.

– J'ai appelé pour demander qu'une voiture de patrouille soit garée en permanence devant la résidence des Hollander, avec deux hommes à l'intérieur. Si quelqu'un s'en approche, ils ont pour mission de l'intercepter et de l'interroger. Dès que j'aurai une description du bonhomme, je la leur transmettrai pour leur faciliter un peu la tâche.

– Très bien, mais dites-leur bien de ne pas entrer dans la maison. Sinon, il y a un mec, à l'intérieur, qui leur arrachera la tête.

– La maison des Hollander... Quoi d'autre ?

– Le type avait un appartement dans le Village, dans Broadway. Mais il l'a quitté pour venir s'installer ici. Il a déménagé à la cloche de bois. Je ne le crois pas assez fou pour y revenir.

– Il a une copine ?

– Il en avait une au salon de massage, lança quelqu'un d'autre, et vous voyez ce qui lui est arrivé.

– Et la maison de Brooklyn ? demanda Wentworth. Qu'est-ce que ça donne de ce côté-là ?

– Celle de Coney Island, ponctua une voix.

– Non, l'appart de Coney Island Avenue, le corrigea Dan Schering. La maison elle-même se trouve quelque part à Flatbush.

– Plutôt à Midwood, rectifiai-je.

– Je n'ai pas envie de l'acheter, déclara Wentworth. Je me demande seulement si ce ne serait pas une des planques de ce salopard.

– Elle est louée à partir du premier.

– Mais en ce moment, elle est vide ?

– Je crois.

– Il pourrait s'y cacher.

– J'ai parlé à un flic de là-bas. Un certain Iverson. Il dépend du 70e commissariat.

– Il faudrait qu'on l'appelle.

– Je m'en charge, dit quelqu'un. C'est quel commissariat, déjà ?

– Le 7-0, répondit Wentworth. C'est ça, Matt ? Le 7-0 ?

– Exact.

– Je connais ce poste de police, déclara un des flics de la Criminelle. C'est pas dans Lawrence Avenue ?

– Je n'en sais rien, répondis-je. C'est sur les lieux du crime que j'ai rencontré Iverson.

– Oui, le 7-0. Affreux, ce poste de police.

– Putain, ce serait bien le seul dans son cas, persifla Dan Schering.

– Le petit ami. Tu as fait allusion à lui, tout à l'heure.

– Parce que cette crapule a un copain ? Mais alors, qu'est-ce qu'il foutait dans le salon de massage ? demanda un membre de l'assistance.

– Je ne parle pas de Breit, dit Wentworth. Ce n'est pas le criminel qui avait un copain. Tu te fiches de moi, ou quoi ?

– Pourquoi ferais-je une chose pareille ?

– C'est ça, oui...

Puis en s'adressant à moi :

– Hollander avait un petit ami ?

– Ils ont rompu il y a plus d'un an.

– Mais vous m'avez parlé d'une thérapie, par le biais de laquelle Breit aurait fait sa connaissance.

– Oui.

– Et il s'occupe toujours du petit ami ?

Affirmatif, lui répondis-je d'un signe de tête.

– Il est possible qu'il se pointe là-bas. C'est du côté de Bushwick Terminal.

– Aucun être sain d'esprit n'irait faire un tour dans ce coin perdu, fit observer quelqu'un.

À quoi un autre rétorqua que, justement, Adam Breit n'était pas tout à fait normal...

– C'est peut-être déjà fait, dis-je. Sinon, pourquoi ne pas mettre un flic en faction à côté du concierge ?

– Effectivement, répondit Wentworth, c'est ici qu'on a le plus de chances de le voir débarquer, et ce serait bien qu'on nous le montre quand il arrive.

38

Ce n'est pas dur, d'acheter un couteau de chasse à New York.

Il est très difficile, et quasiment prohibitif, d'acheter une arme à feu. Il faut un permis, ce qui n'est pas si facile que ça à avoir, et en plus, on doit apporter deux photos d'identité. Un couteau, c'est moins compliqué : le Mouvement pour la réglementation des couteaux n'a pas beaucoup d'influence. Il existe, il l'apprend, plusieurs sortes de couteaux qu'on n'a pas le droit d'acquérir car c'est illégal. Les crans d'arrêt, par exemple, et les couteaux-sautoirs. Il est toutefois possible d'acheter un couteau transformable en cran d'arrêt, et le commerçant chez qui vous l'achetez peut aussi vous vendre le nécessaire permettant de le modifier. C'est évidemment légal, mais si jamais l'on procède ainsi, on risque d'être interpellé pour détention d'arme illégale.

Un cran d'arrêt est illégal, car il suffit d'appuyer sur un bouton pour en faire une arme. Le couteau de chasse traditionnel qui ne se replie pas est déjà une arme, une vraie. Pas besoin d'appuyer sur un bouton. Et en plus, c'est légal !

D'un autre côté, on n'a pas le droit de l'avoir sur soi si la lame dépasse une certaine longueur. C'est alors une arme mortelle. On peut l'acheter et jouer tranquillement avec chez soi, le balancer en l'air, par exemple, en essayant de le faire retomber de telle façon qu'il se fiche dans le sol, ou encore aller dans les bois pour dépecer du gros gibier. Mais si on se promène avec en zone urbaine, on commet une infraction.

Il est en train d'en commettre une.

C'est un couteau comme en portait Jim Bowie[1], *vingt-cinq centimètres de long, avec gaine en cuir noir et armature en acier, sur laquelle figurent deux drapeaux entrecroisés, celui des États confédérés et la bannière étoilée.*

Le fourreau est désormais attaché à sa ceinture et quand il se promène, bras sur le côté, ça le rassure de le sentir là. Sa veste est assez longue pour le cacher, mais il est facile de glisser la main dessous et de la poser sur le manche. Une languette à bouton-pression empêche le couteau de sauter, mais il n'est pas obligé de la fermer, c'est ainsi bien plus facile de s'en emparer.

C'est du beau travail d'artisanat. Le fabricant vit à Birmingham, dans l'Alabama, et l'on y attache beaucoup d'importance dans la publicité qui accompagne l'objet. Le vendeur, dans le magasin d'articles de sport, a, quant à lui, bien précisé qu'il était fabriqué aux États-Unis. Les meilleurs couteaux seraient-ils fabriqués en Amérique ? Ou bien serait-ce que les gens qui achètent des couteaux de chasse apportent leur soutien à l'industrie américaine ?

Il n'en sait rien et ne s'en soucie guère. Il est content d'avoir le couteau, tout comme il était content d'avoir le flingue. Bien avant qu'il soit prêt à s'en servir, dès l'instant, pratiquement, où il l'a pris dans le bureau de cet abruti de freudien, il a adoré avoir le pistolet sur lui, caché dans une poche ou glissé à sa ceinture, et pouvoir le toucher quand il en avait envie.

C'est jouissif de se balader armé, de dissimuler un calibre sur soi. On sait quelque chose que tout le monde ignore. On se sent puissant, secrètement puissant. Assis dans le métro, on regarde le type en face, en sachant qu'on peut dégainer et l'abattre, et qu'il ne peut rien, mais strictement rien y faire.

Une fois, dans une salle de cinéma plongée dans l'obscurité, il a sorti son arme et l'a braquée sur la nuque de la personne qui était assise devant lui. Bang ! qu'il s'est dit et il a remis le calibre dans sa poche.

Quand il s'en est enfin servi en tirant sur ce crétin de Bierman, il avait mille fois savouré cet instant à l'avance.

1. Figure de légende de l'histoire américaine. Dans *Alamo*, film de John Wayne (1960), il se promène avec un couteau de trappeur à la ceinture *(NdT)*.

Où va-t-il aller maintenant, avec son beau couteau flambant neuf ? Il a toute la journée devant lui et peut en faire ce qu'il veut. Va-t-il aller chercher sa voiture au garage et se balader à la campagne ? Rentrer chez lui, s'étendre et se pelotonner, un livre à la main ?

Il pourrait revenir à la maison. Sa maison, sa prochaine maison. L'espèce de brute irlandaise, un vrai géant, doit être partie maintenant. Sinon, il voit très bien comment le type va s'en sortir, face à quinze centimètres d'acier, coupants comme du rasoir et trempés à 400 sur l'échelle de Rockwell, ce qui veut dire quoi, au juste ? C'est à l'évidence un atout, comme le claironnait le fabricant sur la boîte et comme le vendeur n'a pas manqué de le souligner.

Nul doute que cela signifie que c'est dur, comme est censé l'être l'acier. Il imagine le balaise le congédier, lui dire de se casser, puis écarquiller ses yeux verts en le voyant un couteau à la main.

Remarque, peut-être pas. Une lame de couteau, quel que soit son degré de dureté exprimé en termes numériques, risque de se briser comme du verre sur un cuir épais. De façon plus logique, il voit le type avancer la main, vif comme l'éclair, et lui arracher le coutelas...

Il a envie de l'essayer.

Dans un restaurant, où il mange un sandwich en buvant du café, il s'enferme dans les toilettes et s'entraîne à dégainer, s'entraîne à plonger la lame dans le ventre d'un adversaire imaginaire. Il y a une glace, ce qui lui permet de suivre ses mouvements. Visiblement, il la sent d'instinct, cette arme. Il n'a pas mis longtemps à savoir se servir du pistolet (comme ça l'a tout de suite rendu malade de devoir s'en séparer, après avoir rempli sa tâche), mais il lui apparaît qu'il n'a rien à apprendre, s'agissant du couteau, qu'il en a la science infuse, latente, intuitive et insoupçonnée, qui s'est révélée dès l'instant où il l'a tenu en main.

Peut-être savait-il parfaitement se battre au couteau dans une vie antérieure. Peut-être était-il lui-même Jim Bowie, l'homme qui a inventé ce machin. Il est mort à Alamo, non ? Auréolé de gloire ? Son couteau préféré à la main ? Pourquoi pas ?

Quelqu'un veut entrer. La porte est fermée à clé. Et si elle était ouverte ? Le type entre, s'excuse, aperçoit le couteau, essaie de reculer...

Il se voit en train d'essuyer la lame sur la chemise du type, la remettre au fourreau et sortir tranquillement, en refermant la porte derrière lui. Il passe devant l'employé coréen au crâne dégarni, en bas de l'escalier...

Non, ça, c'était avant, au salon de massage. Il se trouve maintenant dans un restaurant, il vient de manger, d'aller aux toilettes, il ne lui reste plus qu'à régler la note et s'en aller.

Dans la rue, il se dit que c'est juste un effet de son imagination, rien d'autre. Un fantasme qui tourne au souvenir. Ce qui en soi n'a rien de fâcheux et n'offre aucun sujet d'inquiétude.

Et maintenant ? Un autre salon de massage ?

Idée ô combien alléchante. Il en reste saisi. La seule chose qui ne le fasse pas saliver à l'avance, se dit-il, c'est la partie massage. Il ne veut pas qu'on le touche, il ne veut pas qu'on l'excite. Il veut juste voir son regard, quand la lame s'enfoncera.

Il n'a plus les idées claires.

Ça au moins c'est clair. Il s'est baladé, a tourné à gauche, à droite, est entré dans des magasins, a regardé, est ressorti. Il cherche quelque chose, mais il ne sait pas quoi, bref, il n'a pas les idées claires, et du même coup il se met en danger.

Il glisse la main sous sa chemise, effleure l'amulette.

Il sait ce qu'il lui reste à faire. Il doit rentrer chez lui et s'allonger, prendre un Valium, se reposer un peu. Il a eu une journée trépidante, il se sent vidé, il a besoin de refaire le plein d'énergie. Un bain chaud, un verre de cet excellent scotch pur malt qu'il a trouvé chez Harold Fischer, un Valium, et puis dormir pendant huit heures d'affilée. Voilà ce qu'il lui faut, et voilà ce à quoi il va avoir droit.

Il s'approche du bord du trottoir, lève la main, deux taxis se précipitent, changeant de file de façon intempestive, impatients de l'emmener où il veut.

Il récompense le premier qui arrive, lui indique son adresse, s'enfonce dans le siège. Il effleure la poignée du couteau, effleure le disque de rhodochrosite.

Pouvoir et clarté. Ça va déjà mieux.

Dans Central Park West, un carrefour et demi avant d'arriver à destination, le taxi s'arrête à un feu rouge. Sans préambule, à l'improviste, il lance « je descends ici » et sort un billet d'une liasse. Ils ne sont pas au bord du trottoir, il y a encore une voie sur la droite, mais qu'à cela ne tienne. Il glisse l'argent à travers le guichet de la vitre pare-balles, laisse gueuler le chauffeur et descend. Le feu est au rouge, personne ne bouge, il est facile de se faufiler entre les voitures pour atteindre le trottoir.

Oui, mais pourquoi ?

Il doit y avoir une raison, c'est sûr. Il ouvre l'œil et reste sur ses gardes à mesure qu'il remonte l'avenue qui longe Central Park jusqu'au carrefour suivant. À mi-chemin, il comprend pourquoi il n'a pas voulu que le taxi le laisse devant chez lui. Il ne sait pas ce qui lui a mis la puce à l'oreille, quelle observation subtile l'a incité à agir ainsi, mais ça ne fait pratiquement aucun doute.

Son immeuble grouille de flics.

Il y a des voitures de police garées un peu partout, devant une bouche à incendie, sur un arrêt d'autobus, à l'angle d'une rue où le stationnement est interdit. Y aurait-il un camion de pompiers sur les lieux ? Une ambulance ? Non, rien que des voitures de patrouille. Et puis un agent monte la garde devant l'entrée ; il est en train de discuter avec le portier. Il y a aussi un mec en civil, mais ça revient au même.

Aperçoit-il un camion de tournage ? Y a-t-il des barrières, pour tenir les gens à l'écart ? À New York, on est toujours en train de tourner quelque chose, des longs métrages, des séries télé, ou alors des prises de vues en extérieur pour des réalisations qui se passent ici, mais qui sont en réalité filmées à Los Angeles et qui la plupart du temps mettent en scène le crime et la police. Tombez par hasard sur ce qui ressemble à une prise d'otages, et à tous les coups vous allez voir Jerry Orbach[1]*, qui fait encore plus flic qu'un flic.*

1. Présentateur de télévision *(NdT)*.

Sauf que Jerry Orbach n'est pas là. Et que personne ne grave la scène sur la pellicule.

C'est fini, il s'en rend compte. Il n'y a pas le moindre doute, c'est pour lui qu'on a droit à ce déploiement policier. Car ce n'est pas juste un petit flic venu lui poser deux ou trois questions, mais toute une escouade, de quoi remplir plusieurs voitures, ce qui signifie qu'ils sont montés chez lui, et que oui, bien sûr, ils ont lu ce qu'il y avait sur l'écran de l'ordinateur, ils n'ont pas pu faire autrement et auront depuis longtemps découvert l'autre espèce de petite masseuse, dans son espèce de petit placard, et bon, que dire de plus ? C'est fini.

Donc ils l'attendent, ils sont là à monter le guet et s'il n'avait pas eu, pour je ne sais quelle raison, l'idée de descendre du taxi, il se serait carrément jeté dans la gueule du loup.

Mais on lui a encore laissé une chance.

Il se dirige vers le garage pour prendre sa voiture.

On n'a que ce qu'on récolte, songe-t-il.

Libre à chacun d'en faire ce qu'il veut.

Il repense au forum de discussion alt.crime.serialkillers. Il va avoir droit à sa petite rubrique, non ? On va voir des sites Internet exclusivement consacrés à lui et à ses exploits.

Combien d'heures les flics vont-ils perdre à le chercher ? Il n'existe pas de photos de lui, il a fait le nécessaire. Des photos de famille, bien sûr, et des photos des albums de classe au lycée, mais à l'époque il ne portait pas le même nom et ceux qui se lanceront à la recherche d'Adam Breit n'auront aucune chance de découvrir cette autre identité, ni d'avoir accès aux photos. Ils pourront passer tous les portraits-robots qu'ils voudront sur « America's Most Wanted[1] *», ça ne servira à rien. Il regardera l'émission avec les nouveaux copains qu'il se sera faits à Saint Paul ou à Spokane, il hochera la tête et poussera de longs soupirs comme tout le monde. « Quel fumier, ce type ! » s'exclamera-t-il. « J'aimerais bien le voir au bout d'une corde. Je serais le premier à dresser la potence. »*

1. Émission de télévision lançant des appels à témoins pour retrouver des criminels en fuite *(NdT)*.

En attendant que le feu passe au vert, il caresse le couteau accroché à sa ceinture, effleure l'amulette qu'il porte en sautoir.

Et il pense à ceux qui l'aiment.

Putain, ils vont en entendre parler, et ça va leur faire un choc ! Peter, Ruth Ann, Lucian, Marsha et Kieran, toute sa petite famille... Que vont-ils penser ? Que vont-ils ressentir ?

Il ne peut pas les laisser comme ça.

Il déboîte, braque à fond, entend des freins hurler derrière lui tandis qu'il fait demi-tour, tant pis pour les véhicules qui viennent en face. On lui lance des coups de klaxon réprobateurs, c'est tout juste s'il les entend. Il se dirige vers la rue Delancey, puis vers le pont de Williamsburg.

Est-il à l'heure ? Vont-ils l'accueillir en lui donnant cet amour qui est le plus beau cadeau qu'ils pourraient lui faire ? Ou bien ne va-t-il franchir la porte que pour les voir défigurés par la peur et l'effroi ?

Il pile au bord du trottoir, saute de voiture, se précipite vers l'entrée. La porte n'est pas fermée à clé, il l'ouvre tout grand, et voilà Kieran et Ruth Ann qui détournent le regard de leur ouvrage, avec le gros Peter à côté, en train de gratter le plâtre. Que lit-on, sur leur visage ? Le choc ?

Non, mais la surprise. Évidemment que ça les surprend, ils ne s'attendaient pas à sa visite. Mais c'est visiblement une bonne surprise. Ils sont ravis, rayonnants d'amour. « Doc ! », s'exclament-ils, « Doc, quel bon vent vous amène ? Ça nous fait tellement plaisir de vous voir ! »

Il fait le tour de l'assistance, les serre dans ses bras les uns après les autres, et lorsque Peter et lui se sont donné l'accolade il entend des pas dans l'escalier, il se retourne et aperçoit Marsha et Lucian, épanouis, radieux, qui se joignent à la compagnie. Tout le monde est là, sa famille au grand complet. Comment a-t-il bien pu s'en aller sur la route et les abandonner, ces cinq êtres adorables qui l'aiment tant ? Comment a-t-il pu avoir une idée pareille ?

À quoi pensait-il ?

39

Lorsque Wentworth se manifesta enfin, j'étais chez moi, en train de regarder un match de base-ball. Elaine préparait le repas et T. J. s'activait devant l'ordinateur afin de permettre à sa propriétaire d'accomplir plus efficacement une tâche quelconque qu'elle n'avait encore jamais effectuée jusque-là.

J'avais appelé la maison des Hollander un peu plus tôt et expliqué au répondeur de Kristin que je désirais parler à Ballou. Il avait décroché. Je lui annonçai que la maison était désormais surveillée par la police et que plus rien ne le retenait chez Kristin Hollander. Cela faisait un moment qu'il avait aperçu les types en faction, et mieux valait ne pas trop compter sur eux, vu le zèle qu'ils déployaient. Aussi resterait-il sur place, si ça ne me dérangeait pas. La petite était bonne cuisinière, et puis elle avait trouvé un panneau à cribbage[1], et il lui avait appris à y jouer.

– Au cribbage ? Je ne savais pas que tu aimais ça.

– Il y a beaucoup de choses que tu ne sais pas.

Je n'en disconvins pas. Je retournai donc suivre mon match, où un lanceur des Mets était en difficulté. Il gagnait maintenant cinq millions de dollars par an et, à deux exceptions près, avait connu autant de défaites que de victoires. Combien seraient payés aujourd'hui les champions d'autrefois : Bob Wilson, Carl Hubbell, etc. ?

1. Jeu de cartes dont les points, issus de diverses combinaisons, sont consignés sur une planche alvéolée *(NdT)*.

Le téléphone sonna. C'était Ira Wentworth. Il me demanda si j'étais libre. Je lui répondis que ma femme préparait le repas pendant que je regardais un match de base-ball. Que me voulait-il ?

– Vous êtes sur le coup depuis le début, déclara-t-il. À mon sens, ça vous donne le droit de voir la suite. Mais il faut quand même que je vous prévienne : vous feriez mieux de rester où vous êtes.

– Je ne comprends pas.

– Moi non plus. Si vous voulez venir, attendez-moi dans cinq minutes au pied de votre immeuble. Je vous prends au passage.

Elaine avait prévu de faire des pâtes. Je lui annonçai la nouvelle alors que l'eau frémissait.

– Dans ce cas, dit-elle, je me contenterai d'une salade et nous dînerons à ton retour, si tu as encore faim. Où vas-tu ?

Je lui dis que je n'en savais rien. J'arrachai T. J. à l'ordinateur et nous descendîmes. Nous n'étions pas en bas depuis deux minutes qu'une Ford qui devait avoir quelque chose comme trois ans d'âge fit, ce qui est interdit, un demi-tour sur place entre deux carrefours et pila juste devant nous. J'ouvris la portière et m'apprêtais à féliciter Wentworth sur sa façon de conduire, mais je m'arrêtai tout net en voyant sa tête. Je montai devant, T. J. s'assit derrière, la voiture démarra en trombe.

– Je ne sais pas pourquoi je suis tellement pressé, gronda Wentworth. Personne ne va nulle part.

– Qu'est-ce qu'il y a ? lui lançai-je. Il se planque quelque part ?

– Si l'on veut.

– Il a des otages ?

Il s'esclaffa, mais son rire était amer.

– Même réponse que précédemment, dit-il.

Je ne réagis pas. Il tourna à la hauteur de Broadway, brûla un feu rouge en ralentissant suffisamment pour vérifier qu'il n'y avait pas de danger et franchit le carrefour sans encombre. Il conduisait comme un flic, en veillant à ne pas avoir d'accident, mais sans tenir compte du code de la route.

À Times Square il revint dans Broadway. Peu avant d'arriver dans la 34e Rue, il me lança :

– Vous ne me demandez pas où on va ?

– Je pensais que vous finiriez par me le dire.

– On va à Brooklyn.

– À Coney Island Avenue ? Il y est quand même retourné ?

Pas de réponse. À la hauteur de la 31e Rue deux voitures attendaient sagement, côte à côte, que le feu passe au vert. Wentworth donna un coup de volant, traversa le croisement à toute allure, puis réintégra la file. Un automobiliste klaxonna.

– Je ne comprends pas pourquoi ils réagissent comme ça, maugréa-t-il. Le temps qu'ils appuient sur le klaxon, je suis déjà loin.

– S'ils avaient une arme à feu, philosophai-je, ils ne seraient pas obligés de klaxonner.

– Un conducteur armé est un conducteur discret. Bon, moi, je vais suivre Houston Street jusqu'à Forsyth ou Eldridge Street, peu importe, puisqu'elles descendent toutes les deux. Ensuite, je prendrai Delancey et traverserai le pont de Williamsburg.

– Ce n'est pas celui-là qu'il faut emprunter. C'est le pont de Manhattan qui donne dans Flatbush Avenue.

– Merci pour la leçon de géographie, grinça-t-il, mais ce n'est pas là-bas que nous allons.

Difficile de dire ce que je savais vraiment alors de toute cette histoire. Suffisamment, en tout cas, pour préférer me taire.

– Quelqu'un a parlé du petit ami. J'ai oublié son nom, si tant est que je l'aie jamais su.

– Peter Meredith.

– On y a fait allusion tout à l'heure dans l'appartement de Breit, et j'allais appeler Brooklyn pour qu'on mette en faction une voiture de patrouille devant la maison. Mais je me suis dit que quelqu'un d'autre allait s'en charger et que ce n'était pas urgent. Ils allaient en consultation chez lui, mais c'est un médecin, un psychothérapeute, comme vous voudrez, et bon, il doit avoir chez lui une pile de dossiers sur ses patients, non ? Qu'est-ce qu'on va faire ? S'en servir comme de coussins dans l'espoir qu'il se pointe ?

– Qu'est-ce qui s'est passé ?

– Un incendie. La maison a brûlé comme une torche. Meserole Street ? À deux pas de Bushwick Terminal ? Ce n'est pas là que vous m'avez dit que ça se trouvait ?

– Si.

– Vous souviendriez-vous du numéro, par hasard ?

J'allais regarder dans mon calepin, mais T. J. me coiffa au poteau :

– C'est au 168.

– Quelle mémoire d'éléphant, mon garçon !

– Il y est allé, expliquai-je.

– Quand ça ?

– Il y a deux ou trois jours, répondit T. J. Je les ai tous vus, sauf un. Ils m'ont montré ce qu'ils fabriquaient, les rénovations et tout le toutim.

– Tu as eu droit à la visite complète ?

– Ils sont persuadés que je fais partie de la Direction des bâtiments. Ils faisaient plein de travaux dans la baraque.

– Ce n'est rien, dit Wentworth. Tu ne vas pas reconnaître les lieux.

Il avait fallu un certain temps pour maîtriser l'incendie, mais à notre arrivée il était éteint et le dernier camion-grue s'apprêtait à partir lorsque Wentworth se gara à côté de la voiture rouge d'un enquêteur des sapeurs-pompiers de New York.

Je vis, sans y prêter attention, les badauds attroupés, les pompiers avec leurs grosses bottes, puis la maison elle-même – elle n'avait plus de fenêtres mais des trous béants dans le toit. Nous y entrâmes, flanqués d'un enquêteur des pompiers et d'un flic du commissariat du coin. Des gens de la police scientifique se trouvaient déjà sur les lieux, ainsi qu'un spécialiste de médecine légale.

Nous montâmes directement au dernier étage, d'où nous redescendîmes progressivement. On avait abattu la plupart des cloisons, ce qui nous évita d'aller d'une pièce à l'autre, chaque étage offrant un vaste espace dégagé. Et à chaque fois, il y avait des morts...

Tout en haut, un homme corpulent était couché sur le flanc, un bras replié sous le corps, l'autre déplié. Il avait été bel et bien carbonisé, et il ne lui restait plus assez de visage pour qu'on puisse l'identifier.

– Il a été poignardé à deux reprises, peut-être même davantage, dit quelqu'un. Ils l'ont d'ailleurs tous été, même si ça se voit plus dans certains cas. On a retrouvé un peu partout des bidons qui avaient contenu de l'acide chlorhydrique. On s'en sert pour décaper la brique et enlever les restes de plâtre et, à première vue, il leur en a copieusement aspergé le visage. Mais il faudra attendre un peu pour savoir dans quelle mesure les dégâts sont imputables à l'acide chlorhydrique ou à l'incendie, car avant que la maison ne s'embrase chacun a eu droit à une deuxième giclée de produit inflammable.

Vu le gabarit du cadavre, T. J. décida qu'il s'agissait de celui de Peter Meredith. Deux autres corps, ceux d'individus qui avaient été tués, défigurés et carbonisés de la même façon, nous attendaient en dessous. Cette fois, T. J. fut moins sûr, mais il s'agissait vraisemblablement, selon lui, des restes de Marsha Kittredge et de Lucian Bemis. Ils gisaient côte à côte, la plus petite des deux blottie contre l'autre. L'incendie avait été moins violent au rez-de-chaussée, du moins dans la partie avant de la maison, où se trouvaient deux autres cadavres. L'homme avait eu les mains et le visage arrosés d'acide chlorhydrique, ses cheveux avaient brûlé, ainsi que la plupart de ses vêtements, mais on voyait très bien sur sa poitrine l'endroit où il avait été poignardé.

– Kieran Eklund, dit T. J. Je ne l'ai jamais rencontré, mais là, c'est Ruth Ann Lipinsky. On la reconnaît à peine.

Elle reposait tout près, le visage rongé par l'acide, les cheveux calcinés, la gorge tranchée. Elle baignait dans une mare de sang et des traces de pieds rouges, que l'incendie n'avait pas réussi à effacer, coupaient la pièce à la diagonale et conduisaient jusqu'à un escalier au fond.

– Il est sorti par-derrière, dis-je.

Certainement pas, me fit comprendre l'enquêteur des pompiers.

– Il n'a pas bougé d'ici.

L'escalier descendant au sous-sol ayant pratiquement disparu dans l'incendie, nous empruntâmes, à tour de rôle, une échelle portative en fer frappée du sigle des pompiers de New York pour aller voir en bas. La cave, entre autres, était inondée.

Des chiffons s'entassaient au pied des marches. Sauf qu'il ne s'agissait pas de chiffons.

– Le plus dégoûtant de la bande, commenta l'inspecteur des pompiers en repoussant le cadavre de sa botte. On a retrouvé un couteau de chasse auprès de lui. À votre avis, qu'est-ce qui a bien pu causer pareilles blessures, là-haut ? Pour moi, ça ne fait pas l'ombre d'un pli. Vous voulez que je vous dise ce qui s'est passé ?

– J'aimerais bien le savoir, déclara Wentworth.

– Je peux vous expliquer comment on a reconstitué la scène à partir des observations préliminaires. Mais c'est susceptible de changer, lorsque nous serons en mesure de publier un rapport complet.

– D'accord.

– Il a procédé systématiquement en partant du dernier étage. Il a commencé par liquider le type qui habitait en haut, puis ç'a été le tour du couple qui vivait en dessous, et enfin il a répété l'opération au rez-de-chaussée. Quant à savoir comment il s'est débrouillé pour ne pas rencontrer de résistance, je suis bien content que ce ne soit pas à moi de l'établir.

– Ils faisaient partie de ses patients, dis-je. Pour eux, il se situait quelque part entre la figure du père et le gourou d'une secte.

– Qui sait s'ils n'ont pas bu du Kool Aid[1], plaisanta Wentworth.

– Va savoir... Il a zigouillé le dernier de la bande, reprit l'inspecteur des pompiers, puis il est remonté et a aspergé ses vic-

1. Le Kool Aid est un soda en poudre qui se dilue dans l'eau. Wentworth fait allusion aux adeptes de la secte de Jim Jones, installée au Guyana, qui se suicidèrent au début des années 80 en ingurgitant un breuvage empoisonné *(NdT)*.

times avec de l'acide chlorhydrique avant de les arroser, eux et le décor, de liquide inflammable. À ce propos... on dirait qu'il n'avait que l'embarras du choix et qu'il a tout mélangé : diluant pour la peinture, essence de térébenthine, des solvants de toutes sortes... C'étaient des artistes. Entre les produits dont ils avaient besoin pour exercer leur art et ceux qui leur servaient à effectuer les travaux de rénovation, il y avait assez de substances inflammables pour faire brûler la moitié de la ville. Il est donc redescendu d'un étage pour tuer à nouveau et il a recommencé en dessous. Une fois au rez-de-chaussée, il ne lui restait plus beaucoup de catalyseur, ou alors il s'est dit qu'il ferait mieux de se tirer en vitesse avant que toute la maison s'embrase. Il y est donc allé mollo avec les produits inflammables, et puis il a marché dans le sang et il en a mis partout.

– Quelle négligence ! déplora une voix.

– C'est ici que se trouve ce à quoi était destiné le reste des produits inflammables, reprit l'inspecteur. Il avait vu juste : le feu monte, il ne descend pas. Il a répandu ces cochonneries partout, et c'est alors qu'il a fait ce qu'il ne faut surtout pas faire quand on a décidé de foutre le feu à la baraque.

– Il a gratté une allumette ?

– Oui, c'est possible, s'il était complètement con. À mon avis, il a dû vouloir un peu plus de lumière et a appuyé sur l'interrupteur, ici. Ce qui déclenche une minuscule étincelle. On ne la voit pas, ça n'a aucune importance, sauf quand on se trouve, comme c'était le cas, dans une pièce remplie de gaz explosifs. Et boum ! Tout saute et se transforme en brasier. Espérons qu'il sera mieux inspiré la prochaine fois...

– Saloperie d'électricité, gronda quelqu'un. Il aurait dû allumer une bougie.

– Si seulement... Une autre possibilité avant que vous ne vous sauviez pour aller dîner alors que vous n'avez plus faim. Il se peut aussi qu'il ait su ce qu'il faisait. S'il s'est dit que tout était fini et qu'il voulait rejoindre les membres de sa petite secte dans l'au-delà, eh bien... de cette façon-là, il ne perdait pas de temps. Bon, ce ne serait peut-être pas très drôle sur le coup, mais enfin ça ne durerait pas non plus très longtemps. Des questions, messieurs ?

– Quelqu'un a-t-il une lampe de poche ? demanda Wentworth.

On lui en tendit une.

– Je peux l'allumer sans danger ? Il n'y a pas de risque ? s'inquiéta-t-il.

– Je ne crois pas qu'une lampe de poche puisse faire des étincelles. Et puis, comme vous l'avez peut-être remarqué, il y a déjà eu un incendie, ici, répondit l'enquêteur.

– On dirait qu'il y a quelque chose sur le mur, reprit Wentworth.

– Je l'ai remarqué tout à l'heure, dit l'inspecteur. J'ai d'abord cru que c'était du sang, mais il semblerait qu'il ait utilisé de la peinture rouge.

– « Comme l'eau je suis venu, et je m'en vais semblable au vent. Audrey Beardsley. » Qui c'est, ce type ?

– Il doit s'agir d'Aubrey Beardsley.

– C'est un B, ça ? Bon, si vous voulez. La question reste la même : qui est cet Aubrey Beardsley ?

– Un illustrateur anglais de la fin du XIXe siècle, répondis-je. Ce n'est pas lui qui a écrit ces vers, mais Omar Khayyâm, dans les quatrains *Rubâ'iyyât*.

– L'orthographe de Beardsley lui posait peut-être moins de problèmes, suggéra un membre de l'assistance.

– Arden Brill, Adam Breit, Aubrey Beardsley... Visiblement, persifla Wentworth, il s'est cramponné à sa petite valise ornée d'un monogramme.

Il dirigea le pinceau de la lampe sur ce qu'il restait de notre mystérieux troisième homme.

– Alors ? Vous l'avez déjà vu ?

Il n'avait même plus rien d'humain. C'est alors que je perçus une lueur. Je saisis la lampe, me penchai et éclairai l'endroit où j'avais vu briller quelque chose. Je tendis la main, ramassai un petit objet.

Une chaîne en or dont les anneaux avaient fondu dans le brasier et à laquelle était accrochée une petite pierre ronde, rose et mouchetée...

40

On donnait ce samedi-là le dernier concert du festival « Surtout Mozart ». Nous y assistâmes, Elaine et moi, avant d'aller dîner. Cette manifestation, qui avait duré un mois entier, s'était déroulée pendant qu'on assistait à un bain de sang autrement plus tragique que celui qui survient d'ordinaire dans un opéra. Le bilan était impressionnant : Byrne et Susan Hollander, Jason Bierman, Carl Ivanko, Lia Parkman, la masseuse Deena Sur, Peter Meredith et les quatre personnes avec qui il partageait la maison de Williamsburg, sans oublier Adam Breit, alias Arden Brill ou Audrey Beardsley, comme on voudra.

Douze, en tout. En réalité, cela faisait treize à la douzaine, puisque au milieu de la semaine suivante Ira Wentworth, sur la base d'une information, demanda aux services de la morgue d'examiner les cadavres non identifiés qu'on avait retrouvés depuis les huit ou dix derniers mois. Un corps, repêché au printemps après avoir séjourné plusieurs mois dans l'eau, avait pu être identifié grâce au dossier dentaire d'Harold Fischer. Le distingué paléontologue n'était jamais allé en France et il était désormais évident que, faute de pouvoir payer le loyer de son local situé au croisement de Broadway et de Waverly, Adam Breit avait décidé d'occuper un luxueux appartement dans un immeuble élégant de Central Park West.

Je m'installai dans la cuisine avec Wentworth, pour faire du café. Une fois encore, j'eus droit à des compliments à ce sujet. En savait-on un peu plus sur le corps retrouvé dans l'entresol, grâce à son dossier dentaire ou à quelque chose d'autre ?

– Ce doit être lui, vous ne croyez pas ?

– Si, répondis-je, mais ce ne serait pas plus mal d'en avoir la confirmation. Où en est-on du côté ADN ? Serait-il possible d'en prélever sur un corps carbonisé ?

– On arrive bien à en extraire sur le squelette d'un dinosaure. Souvenez-vous de *Jurassic Park*... Ils ont trouvé sur lui tout l'ADN qu'il fallait.

– Et alors ?

– L'ennui, c'est qu'il n'y a rien à quoi le comparer.

– Et le Kleenex ramassé dans le salon de massage ?

– On a fouillé la corbeille dans laquelle la nana balançait les mouchoirs en papier. Vous savez, quand je me plains de faire un boulot de chien, faites-moi penser au pauvre mec qui s'est chargé de cette tâche... Mais bon, on a examiné le contenu de la poubelle et on n'a rien trouvé qui corresponde. Ce qui signifie que c'est un petit génie, dans son genre, puisqu'il est allé récupérer le mouchoir en papier imprégné de son sperme ou alors c'est que le compte rendu scientifique découvert sur son ordinateur n'était qu'une fable.

– Il ne s'est jamais rendu dans ce salon de massage ?

– Non. Il n'a pas éjaculé, il n'est pas venu voir la Coréenne et il n'y avait donc aucune raison qu'elle utilise un Kleenex puisqu'il n'y avait pas d'ADN à jeter à la poubelle. Et c'est pour ça qu'il l'a tuée. Seulement, il ne veut pas admettre qu'il n'assure pas, question sexe. Alors il se la joue, il raconte comment ça s'est passé et en fait tout un plat.

– Du style « je suis peut-être un tueur, mais je ne suis pas une espèce de lope incapable de bander ».

– Quelque chose dans le genre.

– Possible. Bien sûr, il y a une autre possibilité, dont on n'a pas parlé...

– Je n'ai pas envie d'y penser.

– Il a déjà voulu nous faire croire qu'il était mort en faisant porter le chapeau à l'un de ses comparses.

– Jason Bierman.

– Eh oui. D'après l'enquêteur des pompiers, ou bien il a accidentellement déclenché l'explosion avant de quitter l'immeuble, ou bien il voulait disparaître avec les autres. J'ai tout de suite envisagé une troisième hypothèse.

– Moi aussi. Savez-vous ce qui me gêne le plus ?

– Les traces de pas ensanglantées.

– Tout juste. Les traces de pas qui conduisent directement à l'escalier de la cave pour nous guider dans nos recherches. Il n'y a qu'un mot qui me vienne à l'esprit : malin.

– Il a déjà procédé ainsi.

– Oui, chaque fois qu'il en a eu l'occasion.

– Et son dossier dentaire ? Incendie ou pas, il avait une mâchoire et des dents.

– Absolument, mais à quoi les comparer ? Le cadavre qu'on a repêché dans le Hudson avait des dents, lui aussi, mais ça ne nous aurait servi à rien si on n'avait pas d'abord vérifié le dossier dentaire d'Harold Fischer. Le problème avec Adam Breit, c'est qu'on ne sait pas ce qu'il fabriquait avant de se faire appeler comme ça. Il n'a jamais habité à New York sous cette identité, pas à notre connaissance du moins, sinon pendant un an et demi au croisement de Broadway et de Waverly, et pendant huit mois dans Central Park West. Il ne s'est jamais inscrit sous ce nom dans une fac de médecine et aucun ordre médical n'a jamais entendu parler de lui. Aurait-on affaire à un charlatan qui se réclame, en matière de psychothérapie, de références imaginaires ? Ce ne doit pas être bien sorcier d'y arriver. On ne vous demande jamais d'opérer une appendicite ou d'interpréter une radio. Il suffit de hocher la tête une fois de temps en temps et de faire des commentaires du style : « Et alors, comment vous êtes-vous senti ? » On a vu des imposteurs se faire passer pour des médecins, des avocats, ou le fils de Sidney Poitier[1].

– Ou la fille du tsar de toutes les Russies, ajoutai-je.

– À côté, ce doit être un jeu d'enfant de jouer au psy, d'autant qu'on peut affirmer que la moitié du temps ces mecs-là n'ont aucune qualification.

J'attrapai la cafetière et remplis nos tasses.

– On n'a pas retrouvé d'empreintes digitales, j'imagine.

1. Acteur de cinéma américain *(NdT)*.

– Vous voulez rire ! Ce sont à peine des doigts. Et si l'on a effectivement trouvé des empreintes dans l'appartement de Central Park West, il n'y en avait pas beaucoup, et il était impossible de dire lesquelles étaient les siennes.

– Pourquoi ?

– Aucune ne prédomine. À mon avis, il en a effacé un max et ça ne m'étonnerait pas qu'il soit du genre méfiant de ce côté-là. Il va de soi que parmi celles qu'on a relevées, certaines sont celles des gens de Meserole Street. Ils étaient toujours fourrés là-bas, pour suivre des séances individuelles ou collectives avec leur guide intrépide. Et on ne peut pas relever leurs empreintes pour les comparer aux autres puisque l'acide chlorhydrique qui ne leur a pas rongé le visage leur a coulé sur les mains. Sans parler du fait qu'ils ont été carbonisés.

– Quel bordel ! soupirai-je.

– Je ne vous le fais pas dire.

Je bus une gorgée.

– Comment est-il allé là-bas ?

– Où ça ? À Brooklyn ?

– Certainement pas à pied.

– Non, il a dû prendre le métro. À moins d'avoir trouvé un taxi qui a bien voulu le conduire à Williamsburg. À ce propos... aucun chauffeur n'a noté la course dans son registre, ce qui ne signifie pas qu'il ne s'en soit pas trouvé un pour le dépanner.

– Avait-il une voiture ?

– Pas qu'on sache. Les services de l'immatriculation n'ont délivré aucune carte grise à son nom.

– Je pense qu'il avait une bagnole.

– Immatriculée sous un nom d'emprunt ? Ce n'est pas à exclure.

– À mon avis, il s'en est servi quand Ivanko et lui ont réglé leur compte aux Hollander. J'y ai pensé dès le début.

– Possible. Mais on ne peut pas en conclure qu'il l'a empruntée pour aller à Meserole Street.

– Non.

– Cette fois, il ne transportait pas deux taies d'oreillers remplies d'objets volés. Il pouvait très bien prendre le métro sans risquer d'éveiller les soupçons.

– C'est vrai.

– Il a aussi pu s'y faire conduire par un des colocataires de Meserole Street. Rien ne dit qu'il ne les a pas appelés pour leur demander de venir le chercher. Ils sont bien restés là, à glander, pendant qu'il les poignardait les uns après les autres. Vous ne croyez pas qu'ils se seraient précipités s'il avait claqué dans ses doigts ?

– Si.

– En admettant qu'il ait eu une voiture, il n'a pas dû la prendre ce jour-là, mais la laisser au garage quelque part, ou bien en stationnement le long d'un trottoir. Tôt ou tard, elle atterrira à la fourrière et sera vendue aux enchères, à titre de bien non réclamé, et l'on n'en saura rien puisqu'elle est immatriculée sous un autre nom.

– Oui...

Le silence retomba dans la pièce.

– En revanche, s'il est bien venu avec sa bagnole, reprit Wentworth, elle devait être garée devant la maison.

– Ça paraît logique.

– Sauf qu'elle n'y était pas. Évidemment, il aurait pu laisser les clés à l'intérieur, de sorte que maintenant elle pourrait se trouver n'importe où.

– Exact.

– Ou bien garder les clés avec lui, sans que ça change quoi que ce soit. Dans le quartier, les jeunes apprennent à trafiquer les fils pour faire démarrer une voiture avant même de savoir conduire.

– Ça !

– Comment voulez-vous qu'il se dégote un larbin comme ça, au pied levé ? En ramassant le premier venu dans la rue ?

– Ce n'est pas si simple.

– Exactement. A-t-on signalé une disparition ?

– Je n'en sais rien.

– Eh bien, moi non plus. Officiellement, il n'y a rien d'anormal, mais combien de gens disparaissent sans qu'on en fasse jamais état ? Vous savez, Matt, je crois bien que c'est lui.

– Moi aussi.

– On a retrouvé son portefeuille dans sa poche. En piteux état, avec le feu et l'eau, mais enfin il y avait de quoi l'identifier à l'intérieur : une carte de bibliothèque, ainsi qu'une carte d'étudiant générique, comme on vous en fabrique à Times Square. Le genre de conneries avec lesquelles on se balade quand on circule sous une fausse identité.

– Pas de permis de conduire ?

– Non, et pas de carte grise non plus. Ce qui tend à accréditer la thèse selon laquelle il n'avait pas de voiture.

– Ou bien que sa carte grise et son permis de conduire étaient établis à un autre nom et qu'il les gardait à part. En veillant à ne pas les laisser traîner sur le cadavre car il risquait d'en avoir besoin plus tard.

– Comme lorsqu'il s'est éloigné au volant de son véhicule et s'est fondu dans le crépuscule... Il a laissé de l'argent dans le portefeuille, si ça peut vous convaincre. Enfin quoi... A-t-on jamais vu quelqu'un jeter de l'argent ?

– De quelle somme s'agissait-il ?

– De cent soixante-dix dollars, ce qui, pour vous rafraîchir la mémoire, correspond exactement au montant avec lequel il s'est flatté d'avoir quitté le salon de massage.

– Le montant exact.

– Tout juste.

– Il s'est baladé avec toute la journée et au bout du compte, c'est ce qu'on retrouve dans son portefeuille.

Nous nous regardâmes. Il écarquilla les yeux.

– Vous savez ce que je me dis ?

– Je crois.

– Que c'est un malin.

– En effet.

– Oh, et puis merde ! Je ne vais pas me torturer les méninges avec ça. C'est lui qu'on a retrouvé au pied de l'escalier. Tant que je n'aurai pas lieu de penser le contraire...

– Je suis d'accord.

– Il est mort. Et si par malheur il était toujours vivant, au moins nous a-t-il débarrassé le plancher. Ce n'est plus notre problème, aux autres de s'en charger. Qu'a-t-il écrit sur le mur du sous-sol ?

– « Je suis venu comme l'eau, et je pars comme le vent. »

– Moi, tout ce que je peux dire, conclut-il, c'est qu'il s'agit d'un vent mauvais.

Une semaine plus tard environ Elaine décrocha le téléphone et eut pendant quelques minutes une conversation téléphonique enjouée avec quelqu'un avant de mettre la main sur l'écouteur et de se tourner dans ma direction :

– C'est pour toi, dit-elle. Andy.

Eh oui, c'était bien lui. Il voulait me prévenir qu'il avait déménagé. Il avait quitté Tucson et avait commencé par se balader, histoire de voir du pays, avant de s'arrêter à Cœur d'Alene, dans l'Idaho, une petite ville située juste en face de Spokane, sur la rive opposée de la Columbia River.

– D'ici quelques mois, me fit-il observer, je risque de regretter de ne pas être en Arizona, car il paraît que l'hiver est rigoureux par ici. Mais bon, jusque-là tout va bien.

Il avait trouvé un boulot de barman, ainsi qu'une chambre tout à fait correcte à cinq minutes à pied de son travail.

– Comme ça, raisonna-t-il, si je suis bourré, je peux rentrer chez moi sans problème. Je n'ai même pas à traverser d'artère passante.

– C'est toujours appréciable.

– À ce propos... je déconnais l'autre jour en parlant comme ça au Hershey's après l'enterrement. Et puis, je devais être aussi à cran...

– Ce n'est pas grave.

– En tout cas, ce que je voudrais de te dire, euh... c'est que je m'excuse.

Je lui répondis que je ne lui en voulais pas et que tout cela était oublié. Je notai son adresse et son numéro de téléphone, nous convînmes de nous appeler régulièrement.

– C'est bien joli, tout ça, déclarai-je ensuite à Elaine, mais il ne s'est pas montré très chaleureux dans la conversation.

– Tu l'as trouvé froid ? Ce n'est pas l'impression que j'ai eue.

– Plutôt sur la défensive. Il savait très bien d'où venait l'argent.

– Michael le lui a dit ?

– Pas exactement. Il le lui a fait comprendre à mots couverts, tout comme lui, Andy, voulait que je sache qu'il était au courant et qu'il me remerciait.

– Il est dans l'Idaho, c'est ça ?

– Oui, il est barman dans un petit patelin baigné par la Columbia, juste en face de Spokane, ville située pour sa part dans l'État de Washington. Il habite aussi suffisamment près de son lieu de travail pour pouvoir rentrer à pied, même s'il est complètement soûl.

– Tu t'inquiètes pour lui ?

– Je n'ai pas à m'inquiéter pour lui.

– Ce n'est pas ce que je t'ai demandé.

– Ah bon. Je ne sais pas si je m'inquiète vraiment. En réalité, je ne crois pas que ça changera. Les gens évoluent, mais seulement quand ils y sont contraints. Il s'en est encore tiré à bon compte, à Tucson. Ç'aurait pu très mal tourner pour lui, même s'il s'en sort sans dommage. Il l'a échappé belle, mais ça reste quand même un échec.

– Et la prochaine fois ?

– Oh, il y en aura une, et peut-être encore une ou deux autres ensuite. J'espère seulement qu'il ne se fera pas tuer ou qu'il n'atterrira pas en prison. Ça ne me laisse pas indifférent, c'est quand même mon fils, mais je ne me sens pas vraiment concerné. Je ne suis pas le Bon Dieu, je ne suis même pas son parrain...

– Mais son père, tout simplement.

– Et encore.

Je me surpris ensuite à penser à un entretien que j'avais eu avec Helen Watling, la mère de Jason Bierman. Elle était très contente qu'on ait établi l'innocence de son fils qui n'était désormais plus considéré comme l'auteur de tous ces crimes, mais comme la première victime d'une longue série. C'était pourtant une victoire très relative. Son fils était bien mort et enterré, et il avait connu une mort inutile, une mort insensée, trahi et assassiné par celui-là même dont on disait qu'il lui avait permis de se reprendre en main.

– Enfin, ça m'ennuie de parler comme ça, mais je me demande si ça ne vaut pas mieux pour lui, conclut-elle. Je ne crois pas qu'il s'en serait sorti. Je ne devrais peut-être pas parler comme ça puisqu'on ne sait jamais, hein ?

– Non, on ne peut pas savoir.

J'ai eu l'occasion de parler deux ou trois fois à Kristin Hollander. Elle me téléphona un après-midi, pour me signaler que je ne lui avais pas envoyé ma note d'honoraires. Je lui rappelai que je n'en avais pas l'habitude et qu'elle ne me devait rien du tout.

– Ce n'est pas juste, dit-elle. Avec tout le temps que vous m'avez consacré, T. J. et vous... Sans compter que vous avez dû avoir des frais.

– Bof, des broutilles. Et puis, je n'ai pas fait grand-chose.

– Ah non ? Pourtant, je suis toujours en vie !

– Mais pas votre cousine, ni tous ces gens qui se partageaient une maison à Williamsburg. Vous m'avez déjà remis mille dollars, c'est amplement suffisant.

Elle essaya de discuter mais finit par renoncer. J'en conclus que l'affaire était close. Deux jours après, le concierge m'appela pour me demander de signer un bon de livraison de Bergdorf[1]. Il m'envoya le livreur, auquel j'expliquai que le concierge avait toute latitude pour réceptionner les livraisons adressées aux résidents de l'immeuble.

– Dans le cas présent, il fallait absolument que ce soit le destinataire en personne qui appose sa signature, me dit le garçon.

À son retour, je montrai le paquet à Elaine. Elle commença à le déballer et me dit soudain que c'était pour moi. Je me frottai les yeux.

– Et ça vient de chez Bergdorf ?

1. Magasin d'articles de luxe *(NdT)*.

Il y avait là-bas un magasin pour hommes, m'expliqua-t-elle, et on m'avait envoyé un colis cadeau, avec une carte sur laquelle était inscrit mon nom. Interloqué, j'attrapai le tout.

Il s'agissait d'un portefeuille en crocodile, absolument superbe. Mais sans faire-part. Je le sortis de son écrin, cherchai vainement un petit mot d'explication. À défaut, je trouvai cinq mille dollars, en coupures de cent dollars, avec une carte signée K. H. et portant pour toute mention « En guise de cadeau ».

Je l'appelai aussitôt.

– Vous m'avez rendu service, répondit-elle, et je vous ai fait un cadeau. Ce n'est pas comme ça que ça se passe ?

Quand on vous donne de l'argent, vous dites merci et vous empochez le tout. C'est un flic, un dénommé Vince Mahaffey, qui me l'avait expliqué dans le temps, et j'avais appris ma leçon.

Je remis la moitié de la somme à T. J., qui avait fait la moitié du travail, sinon plus. Il ouvrit des yeux ronds, puis il ramassa l'argent et le mit dans sa poche. Lui aussi, il avait appris sa leçon.

Un soir, Elaine et moi mangeâmes avec Ira Wentworth et sa femme. Puis il passa me voir un après-midi, en m'expliquant qu'il se trouvait dans le quartier et qu'il ne connaissait pas de meilleur endroit où boire un café. Nous nous installâmes à la cuisine, pour parler base-ball, essentiellement, et des espoirs que pouvait légitimement nourrir une équipe new-yorkaise de seconde division.

– Ils ne vont pas aimer, dans l'Amérique profonde. Mais tant pis ! proclama-t-il.

Un peu plus tard, il se proposa de m'aider à récupérer ma licence de détective privé. Je déclinai son offre.

– Ma proposition tient toujours, dit-il. Si jamais vous changez d'avis...

Je repensai à cette discussion après avoir reçu le cadeau de Kristin Hollander. Je gravis bientôt les marches de Saint-Paul et pénétrai dans le sanctuaire vaste et désert. Je m'assis au fond sur un banc, puis je m'avançai vers une chapelle et allumai un bouquet de cierges avant de retourner m'asseoir en pensant à tout ce qui avait changé, et à tout ce qui était resté pareil.

En chemin, je glissai deux cent cinquante dollars dans le tronc des pauvres. Ne me demandez pas pourquoi.

41

Il y a tant de choses à apprendre !

Prenez les couteaux, par exemple. Pendant une éternité, tout ce qu'il savait sur les couteaux, c'était comment s'en servir pour couper de la viande. Puis il en a acheté un, un beau couteau dans un beau fourreau, cinquante dollars, hors taxes, et il l'a eu en sa possession combien, deux, trois heures ?

Non pas qu'il regrette ce qu'il lui a coûté. Il est parti, le beau couteau, et c'est avec tendresse qu'il y pense, mais il ne lui doit pas un sou, son beau couteau. Oh non. Non, il en a eu pour son argent avec ce bout de métal durci.

Son nouveau couteau ressemble étrangement à l'ancien. Dans le genre, lui aussi, de celui que portait à la ceinture Jim Bowie, avec le même motif décoratif. Il fait peut-être deux ou trois centimètres de moins, et il est possible que la rainure par laquelle s'écoule le sang soit un peu plus profonde, mais à part ça, aux yeux du profane, rien ne le distingue du précédent.

Il lui a coûté quatre fois plus cher. Deux cents dollars, mais pour le coup il n'avait pas de taxes à payer, car on en est exonéré à la foire aux couteaux et aux armes à feu où il l'a acheté. Il a vu un couteau comme le sien, mais un peu moins cher, puis il a vu celui-là, à côté, en vente au prix de deux cent vingt-cinq dollars, il l'a montré du doigt et a demandé au gros barbu de vendeur pourquoi il était si cher.

– C'est Randall qui l'a façonné, lui a répondu ce dernier.

Il le lui a tendu.

– Il est fait de manière artisanale, c'est-à-dire non industrielle. Avez-vous déjà eu un couteau réalisé par un artisan ?

Il n'avait jamais entendu parler d'une chose pareille. Le vendeur lui parla de couteliers qui vous fabriquent des couteaux sur commande, un seul à la fois. Avec les meilleurs d'entre eux, il faut s'y prendre un an ou deux à l'avance. Il était tout ouïe, et pour sa peine l'homme lui avait sorti ses couteaux, les uns après les autres, en lui expliquant leurs avantages respectifs, en l'invitant à les prendre, à apprécier leur ligne, à sentir comme ils étaient parfaitement équilibrés.

– Vous avez le coup de main, lui dit-il. Si vous en achetez un, d'ici un an vous en aurez une pleine vitrine. Je vous le garantis.

Il en examina toute une kyrielle et acheta le premier qu'il avait remarqué, le Randall. Une semaine plus tard et à mille cinq cents kilomètres de là, il est assis au bord de son lit, dans un motel, son couteau à la main. Il en apprécie la ligne, sent comme il est parfaitement équilibré.

Il a deux armes à feu achetées en même temps, ce salon était bien pratique. D'abord, un pistolet calibre .22, semblable à celui dont il s'est servi à New York, mais muni d'un chargeur de dix balles, et il a trois chargeurs de rechange. Ensuite un revolver à cinq coups, pour lequel il dispose d'une boîte de cartouches de .38.

Il les aime bien, mais il préfère le couteau.

Cela étant, malgré tout l'intérêt qu'il porte à ces flingues et au couteau Randall, pour finir ce ne sont que des objets. Ils ne sont là que pour appartenir à quelqu'un, être utilisés, appréciés, tout en n'étant que des objets qui vont et viennent.

On n'a que ce qu'on récolte, on en fait ce qu'on peut, puis on passe à autre chose.

C'était triste de laisser tout ça. De laisser son appartement, avec une vue superbe sur Central Park. D'abandonner ses vêtements, y compris de splendides chemises et cravates. Harold Fischer avait un goût exquis en la matière.

C'était triste de laisser sa maison, de l'abandonner avant même d'en avoir pris possession. Il s'était donné tellement de mal pour elle, il avait dressé des plans si précis...

C'est du passé. Passons.

Et puis, le plus triste de tout, c'est qu'il a laissé derrière lui ses amis, les gens qui l'aimaient tant. Il se rappelle la joie avec laquelle ils l'ont accueilli. « Doc ! », « Salut, Doc ! », « Doc, quel bon vent vous amène ? », « Vous êtes adorable ! »

Lucian et Marsha surgissent dans l'escalier, suivis d'un copain de fac de Marsha, un timide aux yeux écarquillés qui a débarqué cet après-midi sans crier gare, mais qui était le bienvenu. Son nom ?

Isaac.

N'est-ce pas la perfection absolue, un signe du ciel par excellence ? « Mais où est l'agneau pour le sacrifice ? C'est Dieu qui pourvoira à l'agneau pour l'holocauste, mon fils Isaac. »

Partis maintenant, tous autant qu'ils étaient. Impardonnables, tous autant qu'ils étaient, mais remplaçables, chacun d'eux. Prenez le couteau. Il l'avait aimé, ce couteau, aimé cette présence rassurante sur sa hanche, aimé le sentir dans sa main. Il s'est envolé, mais maintenant il en a un encore mieux !

Il glisse la main sous son col de chemise, se remémorant le contact de la rhodochrosite, se souvenant de la clarté qu'elle lui donnait. Mais on peut absorber et intérioriser une amulette, il a fini par s'en rendre compte. Envolée, la rhodochrosite, restée dans une ville où il ne retournera jamais. En revanche, la clarté d'esprit qu'elle lui procurait lui est à jamais acquise. Il pourrait en trouver une autre taillée dans le même matériau, ça n'a rien de rare ni de très cher, mais il n'en a pas besoin.

Il sort la pierre qu'il porte désormais en sautoir, un cristal de roche quasiment incolore à la pointe, violet foncé à l'autre extrémité, celle qui est brisée. Il la tient et en ressent le pouvoir.

Il s'installe à son bureau, allume son ordinateur, se branche sur Internet. Il préférait celui d'avant, il préférait l'écran de veille déclinant le thème de New York la nuit. S'agissant là d'un portable, il n'a pas besoin d'écran de veille. Il l'éteint complètement quand il ne s'en sert pas. À bien des égards, il aimait mieux son ordinateur de bureau, mais il faut bien reconnaître que celui-ci est mieux adapté à sa façon de vivre. Lorsqu'il sera prêt à prendre racine ailleurs, il aura toujours le temps de s'acheter un ordinateur de bureau.

Il fera également attention à ce qu'il laissera dessus.

La voix enjouée lui souhaite la bienvenue, mais sans lui dire qu'il a du courrier. Il vient de débarquer, personne ne le connaît, personne ne va lui envoyer du courrier.

Il va directement sur alt.crime.serialkillers.

Et il prend note des dernières déclarations concernant le défunt et diversement regretté Adam Breit. Là encore, songe-t-il, on peut dire qu'un verre est à moitié plein ou à moitié vide. D'un côté, Adam Breit est mort. De l'autre, il vit !

Breit est vivant, et comme il ne l'a jamais été auparavant. Adam Breit s'est fait une réputation, une réputation due à un palmarès impressionnant. Certains commentaires le laissent pantois. Il y a des gens prêts à attribuer à Adam Breit la mort de toutes les putes qui officient dans les salons de massage de la côte Est à la côte Ouest, d'autres qui se disent persuadés qu'il connaissait personnellement John Wayne Gacy. Sans oublier, sur les sites Internet qui lui sont explicitement consacrés, les spéculations selon lesquelles il aurait, d'une façon ou d'une autre, survécu, que le corps entièrement carbonisé ne soit pas le sien, qu'il ait pu s'échapper afin de recommencer à tuer...

Crétins.

Adam Breit est mort. Adam Breit vivra dans les mémoires, dans la légende, mais en chair et en os il a disparu, auréolé de gloire, tel Jim Bowie à Fort Alamo. Un autre spécialiste de la lutte au couteau, parti toucher sa rétribution.

Il ne reviendra pas.

En revanche, Alvin Benjamin est tout ce qu'il y a de plus vivant. Bien entendu, personne n'a entendu parler de lui.

Mais ça va venir...

Ses doigts se posent sur la nouvelle amulette, il caresse la pierre. C'est du quartz et sa couleur atteste qu'il s'agit d'une variété appelée améthyste.

Pour l'immortalité.

Du même auteur

Haute Voltige
Gallimard, 1968

Faites sauter la Reine !
Gallimard, 1969

Sacrés Lascars !
Gallimard, 1970

Le Monte-en-l'air dans le placard
Gallimard, 1979

Vol et Volupté
Gallimard, 1981

L'Aquarium aux sirènes
Gallimard, 1984

Meurtres à l'amiable
Gallimard, 1984

Le Voleur insomniaque
Gallimard, 1984

Des fois ça mord
Gallimard, 1985

Ya qu'à se baisser
Gallimard, 1985

Beau Doublé pour Tanner
Gallimard, 1986

Huit Millions de façons de mourir
Gallimard, 1989

Drôles de coups de canif
Gallimard, 1990

Un ticket pour la morgue
Gallimard, 1992

Une danse aux abattoirs
Gallimard, 1993

Meurtre à cinq mains
en collaboration avec Sarah Caudwell,
Tony Hillerman, Jack Hitt,
Peter Lovesey, Donald E. Westlake
Seuil, « Policiers », 1993

La Balade entre les tombes
Seuil, « Policiers », 1994
et « Points », n° P105

Le voleur qui aimait Mondrian
Gallimard, 1995

Le Blues des alcoolos
Gallimard, 1995

Le Diable t'attend
Seuil, « Policiers », 1995
et « Points », n° P282

Tous les hommes morts
Seuil, « Policiers », 1996
et « Points », n° P389

Tuons et créons, c'est l'heure
Seuil, « Policiers », 1996
et « Points », n° P432

Le Blues du libraire
Seuil, « Policiers », 1997
et « Points », n° P533

Même les scélérats...
Seuil, « Policiers », 1997

La Spinoza Connection
Seuil, « Policiers », 1998
et « Points », n° P648

Au cœur de la mort
Seuil, « Policiers », 1998
et « Points », n° P768

Ils y passeront tous
Seuil, « Policiers », 1999
et « Points », n° P793

Le Bogart de la cambriole
Seuil, « Policiers », 1999
et « Points », n° P888

L'Amour du métier
Seuil, « Policiers », 2000
et « Points », n° 909

Les Péchés des pères
Seuil, « Policiers », 2000
et « Points », n° P950

La Longue Nuit du sans-sommeil
Seuil, « Policiers », 2001

Les Lettres mauves
Seuil, « Policiers », 2001

GROUPE CPI

Achevé d'imprimer en janvier 2002 par
BUSSIÈRE CAMEDAN IMPRIMERIES
à Saint-Amand-Montrond (Cher)
N° d'édition : 50678. – N° d'impression : 020256/1.
Dépôt légal : février 2002.
Imprimé en France
COMPOSITION : NORD COMPO À VILLENEUVE D'ASCQ